신녀의 서

신녀의 서 1

초판 1쇄 찍은 날 | 2015년 05월 29일
초판 3쇄 펴낸 날 | 2016년 12월 19일

지은이 | 다인 김민경
펴낸이 | 서경석

편집책임 | 조윤희
디 자 인 | 신현아

펴낸곳 | 도서출판 청어람
등록번호 | 제387-1999-000006호
등록일자 | 1999. 5. 31
어람번호 | 제11-00019호

주소 | 경기도 부천시 원미구 부일로 483번길 40 서경B/D 3F (우) 14640
전화 | 032-656-4452 팩스 | 032-656-4453
http://www.chungeoram.com
E-mail | chungeorambook@daum.net

ISBN 979-11-04-90247-5 04810
ISBN 979-11-04-90246-8 (SET)

1

다인 김민경 장편 소설

神女의 書

신녀의 서

도서출판 청어람

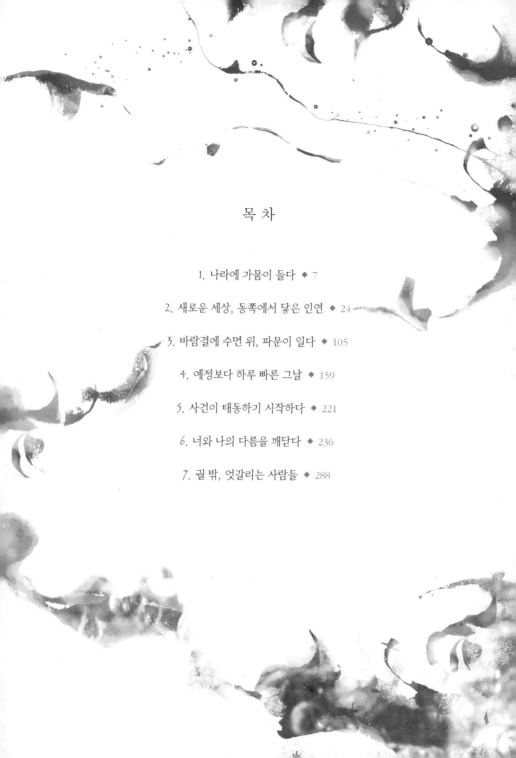

목 차

1.
나라에 가뭄이 들다

"송구합니다."

차가운 달빛만 아스라이 들어오는 방 안, 복면 밖으로 흘러나오는 사내의 낮은 목소리에는 무심함만이 가득했다. 그는 자신의 품속에서, 끊어지는 생명을 간신히 붙들고 있는 어린 소녀를 내려다보았다.

이제 겨우 열댓 살. 창백하게 질려 버린 피부는 생기를 잃었고, 순수하던 눈빛은 어지러이 흔들렸다. 그 물기 어린 눈동자에는 무슨 마법이라도 걸려 있는 것일까, 얼음 같던 사내의 심장에 작은 균열이 갔다. 그러나 그는 제 가슴에 새겨진 상처를 애써 모른 척했다.

여린 몸을 파고들었던 단검이 살갗을 찢으며 다시 밖으로 빠져나오자 소녀의 심장에서 흘러내리는 따뜻한 액체가 그의 손을 적셨다. 새빨간 피 때문인지 사내의 손에 들린 단검이 어둠 속에서도 유독 붉게 빛났다.

검이 빠져나가자 하얀 속저고리 위로 죽음의 꽃이 붉게 피어났고, 소녀의 육신이 허물어졌다.

"폐하! 폐하!"

새하얗게 질린 내관이 녹색 소매를 펄럭이며 황후의 처소로 난입했다. 황제의 친위대, 풍월대의 대장 소렵이 그의 앞을 가로막았으나 내관은 좀체 진정하지 못했다. 황제의 안위를 지켜야 하는 소렵이 그의 무릎 뒤를 가격해 제압했지만, 내관은 닫힌 침소 문 앞에서 목이 쉬도록 황제를 불러댔다. 아직 해도 뜨지 않은 새벽녘에 벌어진 소동이었다. 결국, 잠에서 깬 황제의 낮은 음성이 방 밖으로 흘러나왔다.

"무슨 일이냐."

그토록 바라던 목소리가 들려왔음에도 내관은 도리어 힘없이 고개를 떨구었다. 도대체 이 일을 어찌 전해야 할지, 목구멍이 콱 막혀서 소리가 나오질 않았다.

"문을 열라."

황제의 명령에 소렵이 미닫이문을 열었다. 어둠과 빛이 적당히 섞인 침소 안에서 황제가 몸을 일으키는 게 느껴졌다. 옅은 자줏빛 휘장에 가려져 용안이 잘 보이지는 않았으나, 비치는 그림자에는 나른함이 깃들어 있었다. 그의 곁에서 잠들었던 황후도 일어나 흐트러진 의관을 가다듬었다.

침상 밖으로 나온 황제는 큰 키에 붉은 머리카락과 적색 눈동자를 가진, 매우 날카로운 분위기를 풍기는 미남자였다. 그의 흐트러진 의관 사이로 살짝 드러난 상체에는 검술로 다져진 단단한 근육이 박혀 있었다.

황제는 내관 앞에 서서 그를 차갑게 내려다보았다. 별것도 아닌 일로 호들갑을 떤 것이라면, 시끄럽게 놀리던 혀를 잘라 버릴 생각이었다.

"말하라."

"그, 그게……."

내관은 쉬이 말하지 못하고 어물거렸다. 답답한 그의 행동에 황제의 눈살이 찌푸려졌다. 참을성이 벌써 바닥난 황제의 입술 사이로 짜증 섞인 한숨이 흘러나왔다. 그냥 두면 내관의 목이 날아갈 분위기에 황후가 휘장을 걷고 밖으로 나왔다.

금발을 탐스럽게 기른, 아름다운 황후는 유리잔에 물을 따라 황제에게 조심스럽게 권했다.

그런 아내를 잠시 바라보던 그는 말없이 받아 마셨고, 황후는 흐느끼는 내관을 고운 미성으로 다독였다.

"폐하께옵서 듣고자 하시니, 이제 그만 얘기해 보세요."

그녀는 황제가 더 눈썹을 찌푸리기 전에 내관이 어서 이야기하길 바랐다. 그 마음을 느꼈는지 내관이 용기를 내 입을 열었다.

"그것이, 신녀님께옵서…… 자, 자객에게 살해를……."

내관의 입에서 나오는 이야기에 황후의 침소 안이 조용해졌다. 황후는 물론이고 소렵도 놀라 움직임을 멈췄다. 신녀가 살해당했다는 이야기. 황제의 손에 들린 유리잔이 파삭 부서졌다.

동연국 황궁에 적막이 흘렀다. 황제의 미간이 한껏 구겨져 있는 상황에서 이른 아침부터 근정전으로 불려 나온 신료들은 안절부절못하며 황제의 눈치를 살필 뿐이었다.

"폐하, 대책을 강구하여야……."

쾅!

조심스럽게 뱉은 말이 끝나기도 전에, 커다란 옥새가 신료들이 있는 바닥으로 내동댕이쳐졌다. 황권을 상징하는 귀한 옥새가 바닥에 굴러다니자 놀란 신료들이 몸을 굳혔다. 옥새를 집어 던진 황제는 여전히 분이 풀리지 않는지 거친 숨을 내뱉으며 옥좌 앞을 이리저리 서성였다.

그러기를 잠시, 그의 눈에 옅은 광기가 비쳤다. 숱한 경험 덕에 다음에 일어날 일을 직감한 신료들은 다시 고개를 바닥으로 돌렸다. 고개 숙인 신료들이 눈을 질끈 감자마자 황제의 노호가 정전 안을 울렸다.

"호위들은 도대체 뭘 한 거야! 검은 뒀다가 죽 쒀 먹나? 눈깔은 왜 달고 다녀!"

단단히 화가 난 황제는 괴성까지 질러대며 주위에 있는 물건을 닥치는 대로 때려 부쉈다. 이토록 심하게 이성을 잃은 황제를 말릴 수 있는 이는 동연국 내에 그리 많지 않았다.

'저놈의 성질머리.'

신료들은 하나같은 마음으로 황제를 욕했다. 그때, 더는 부술 물건을 찾지 못한 황제가 시립해 있는 신료들에게로 눈을 돌렸다. 화풀이용 제물을 찾고 있는 것이다. 본능적으로 위험을 감지한 신료들은 고개를 조아리며 황제의 눈에 띄지 않기 위해 최선을 다했다. 그 노력이 빛을 발했는지, 그는 누군가를 죽이는 대신 모두에게 화를 퍼부었다.

"뭐 하고 섰어! 당장 가서 살릴 방법을 찾아와! 이 밥버러지들아!"

황제와 대신이란 직책에 맞지 않는 폭언이었으나, 불쾌감을 드러내는 이는 아무도 없었다. 신녀가 죽은 건 국운이 달린 문제였고, 이런 상황에서 기분 나쁜 티를 냈다가는 목이 잘릴 가능성이 높았다. 그나마 신료들 중에서 가장 연배가 높고 황제의 신임을 받고 있는 국상(황제에게 조언을 하는 대학자) 김학이 충언을 올리고자 한

발 앞으로 나섰다. 하지만 그가 말을 꺼내기도 전에 맞은편에 있던 중년 남성이 선수를 쳤다.

"폐하, 죽은 이는 살리지 못합니다. 그 대상이 신녀님이라도 마찬가지입니다."

지극히 상식적인 지적에 황제의 눈살이 찌푸려졌다. 얇아진 눈이 짜증 나는 심기를 대변하고 있었으나, 입을 열어 화를 내진 않았다. 그의 반응에 자신감이 붙었는지, 남자는 계속 말을 이어갔다.

"지금 즉시 가뭄에 대한 대책을 강구하셔야 하옵니다. 백성들로 하여금 강물도 퍼 담게 하시옵소서."

그는 침착하게 대응할 것을 요구했다. 분노한 황제 앞에서도 기가 죽지 않는 그는 동연국의 실세, 우현(동연국 최고 관직) 초가였다. 황후의 의부이기도 한 그는 월궁항아에 비견될 만큼 아름다운 수양딸을 황제에게 바침으로써 권력의 정점을 찍었다. 그것이 눈을 부라리는 황제 앞에서도 떳떳할 수 있는 이유 중 하나였다.

감정을 억누르는 황제의 이 가는 소리가 정전에 생생히 울려 퍼졌다. 신료들이 다시 한 번 숨을 죽였으나, 다행히 황제의 이성이 돌아왔다. 그는 급히 신녀의 부재에 대한 대책을 지시하기 시작했다.

"지금 당장 전국 각지로 파발을 띄워 물을 비축하라 전하라. 신녀가 몸이 좋지 않아 비가 오지 않을 수 있다 둘러대고. 그대들은 신녀 부재에 대한 대책을 강구토록 하라."

"예, 폐하!"

신료들은 그의 심기를 거스르지 않기 위해 목소리에 힘을 주었다. 그 와중에 눈치를 살피던 몇 명이 파발을 띄우기 위해 급히 정전을 빠져나갔고, 황제의 관심은 신녀를 죽인 범인에게로 향했다.

"그 찢어 죽일 놈은 잡았나?"

범인의 행방에 대한 물음이었으나 답하는 이가 없었다. 사건이 터진 지 얼마 되지 않았으니 당연한 일이었지만, 황제는 그마저도 용납하지 못했다. 다시금 붉은 안광에 살벌한 기세가 어렸다. 그 눈길에 신료들은 차마 아픈 허리를 펼 수 없었다.

무능력한 신료들을 내려다보는 황제도 답답하긴 마찬가지였다. 그는 싹 다 물갈이를 하고 싶다는 충동을 간신히 억누르면서 질문의 방향을 바꿨다.

"발견자는?"

"달천의 대장, 하랑이 처음 발견했다 하옵니다."

"하랑?"

즉각적인 대답에 섞인 이름은 의외의 것이었다. 신녀를 모시는 무녀도 아니고 달천대의 대장이 야밤에 신궁에 갈 이유가 없었다. 물론, 그에게는 신궁을 지킬 의무도 있다지만 첫 발견자라는 점이 찜찜했다. 황제는 높은 단상 위, 금으로 만든 화려한 옥좌에 앉아 잠시 생각에 잠겼다가 이윽고 입을 열었다.

"부르라."

"달천의 대장, 하랑을 대령하라!"

황제의 뒤에 서 있던 소렵이 큰 소리로 외쳤다. 곧이어 근정전의 문이 열리고 대기하고 있던 하랑이 들어왔다. 달천대의 남색 무복 위에 가죽 갑옷을 덧입은 그는 짙푸른 머리칼에 무심한 눈빛을 지닌 미남자였다. 보기 좋게 벌어진 어깨에서는 사내다움이 엿보였고, 어느 곳 하나 흠잡을 데 없는 외모는 뭇 여성들의 마음을 헤집어놓기에 충분했다. 완벽한 사내의 표본이라 해도 부족함이 없는 그가 단상 앞, 계단 근처로 다가가 고개를 숙이고 예를 갖췄다.

"신, 달천의 하랑이 폐하를 뵈옵니다."

신녀의 주검을 발견한 사람이라 하기에는 너무나 덤덤한 음성이었다. 그런 하랑에게 황제는 날카로운 눈길을 주었다. 의심이 가득한 그의 눈빛에도 하랑은 동요하지 않았다.

그에게서 별다른 낌새를 발견하지 못한 황제는 새벽에 신녀를 찾아간 이유를 물었다. 하필이면 오늘, 그것도 새벽에 신궁에 갔다가 변을 당한 신녀를 발견한단 말인가. 우연이라 하기에는 현실적으로 맞지 않았다. 그에 대한 하랑의 답변은 매우 모호했다.

"이상한 느낌이 들어 찾아갔을 뿐입니다."

"그냥, 느낌이다, 그건가?"

"예."

단호한 말투에 황제는 눈을 감았다.

십여 년 전, 선황이 어린 하랑의 무공을 보고 반하여 궁에 들여놓았다. 그의 무공은 날이 갈수록 일취월장했고, 철이 들 무렵부터는 동연국의 수도를 지키는 달천의 대장이 되었다. 올해 스물다섯 살이 된 하랑은 십만 명의 부하를 거느렸고, 선황과의 인연으로 나라에 대한 배반은 생각하지도 않을 인물이었다. 그러나 자신과는 악연이 깊었다.

'나에 대한 원한이 있어도…… 네가 신녀를 죽일 리는 없겠지.'

황제, 가후는 그가 범인이 아님을 알고 있었다. 본인이 피해를 보는 한이 있더라도 옳고 그름은 따지는 성격이니, 개인적인 원한 때문에 죄 없는 신녀를 죽일 리 없었다. 그렇게 생각을 정리한 그는 붉은 눈동자를 하랑에게 겨눴다.

"달천의 대장, 하랑은 신녀의 죽음을 발견한 자로서 범인일 가능성을 배제할 수 없다."

범인이 아니라는 생각과는 달리 그의 입에서 나온 말은 하랑을 용의자로 지목하는 내용이었다.

"그러므로 범인을 찾을 때까지 하랑을 지하 감옥에 가두도록 하라."

냉랭한 두 사내의 시선이 서로 얽혔다. 억울하다고 하소연이라도 할 법하건만, 하랑은 입을 꾹 다문 채 그저 황제를 빤히 바라볼 뿐이었다. 꼼짝없이 갇힐 분위기에 평소 하랑을 두둔해 주던 김학이 다급히 한 발 앞으로 나섰다. 그는 희끗희끗한 머리를 조아리며 명을 거두어줄 것을 청했다.

"폐하, 하랑 대장이 아니면 누가 달천을 이끌겠사옵니까. 노기를 가라앉히시옵소서."

그는 황제를 만류했다. 황궁과 수도를 지키는 달천은 하랑의 수족이나 마찬가지였다. 그를 잃으면 달천대원도 흔들릴 가능성이 높았다. 그러나 황제는 단호했다.

"끌고 가라!"

칼 같은 황제의 명에 풍월대원 두 명이 하랑의 팔을 포박했다. 하랑은 끝까지 변명 한마디 하지 않고 근정전에서 끌려 나갔다.

하랑이 지하 감옥에 갇히고, 신녀가 살해당한 지 삼 개월에 접어들면서 동연국의 상황은 심각한 수준에 도달했다. 비축해 둔 물은 거의 바닥을 드러냈고, 쩍쩍 갈라지는 땅의 모습처럼 나라의 근간도 흔들렸다. 백성의 입에서 나오는 한탄이 깊어질수록, 황제를 향한 신료들의 압박도 날이 갈수록 심해졌다. 상황이 이러하니 집무실에서 김학과 대면하고 있는 황제의 얼굴에 근심이 가득한 건 매우 당연한 일이었다.

"국상은 어찌 생각하시오."

"선택은 폐하의 몫입니다."

당연한 대답을 내뱉으면서 김학은 한숨이 새어 나오는 걸 억지로 참았다. 비를 관장하는 신녀가 죽으면서 생성된 가뭄은 타개할 방법이 두 가지뿐이었다. 전쟁을 벌이더라도 다른 나라의 신녀를 빼앗아 오거나, 황위를 다른 나라에 넘기거나. 무엇을 선택하든 그건 황세의 몫이었다.

"가리국과 수우국이 쉬쉬하고는 있으나, 두 나라도 신녀님을 잃은 듯합니다. 신녀님들이 당한 시기가 엇비슷한 걸 보면 범인의 실력이 매우 뛰어난 건 확실합니다."

"청일국, 그 망할 것이 벌인 짓이겠지."

"그랬을 가능성이 높습니다. 한데, 수우국은 청일국에게 황위를 넘긴다고 합니다."

쾅!

멋들어지게 조각되어 있던 의자 손잡이가 황제의 주먹을 맞고 폭발했다. 허망한 의자의 운명을 짐작하고 있던 김학은 눈 하나 깜짝 않고 말을 이어갔다.

"가리국은 버티는 중입니다만, 물이 워낙 귀한 나라인지라 얼마나 갈지 모르겠습니다."

사막 위에 세워진 가리국이 위기에 처한 건 확실했다. 하지만 흥분한 황제의 귀에 가리국의 위급한 상황 따위는 들어오지도 않았다.

"청일국이 신녀를 살해한 게 확실한 마당에 수우국은 나라를 바치겠단 말인가!"

심기가 뒤틀린 황제에 비해 김학은 차분하게 상황을 판단했다. 그게 대학자인 그가 해야 할 일이었다.

"기왕이면 강국에 붙겠다는 심산이겠지요."

"수우국, 그 망할 놈의 영감 같으니라고. 아무리 노망이 들었어도 그렇지, 그 나이 먹어서 제 자식보다 어린놈한테 기겠다는 게야?"

그것이 현명한 방법일 수도 있다는 말이 목구멍을 비집고 나오려 했지만, 김학은 입을 꾹 다물고 참아냈다. 그 말을 내뱉는 순간 자신의 머리가 바닥을 굴러다닐 게 자명했다. 황제에게 황위를 포기하고 나라를 넘기란 건 죽으라는 것과 동일한 뜻이었다. 황제는 피곤에 전 얼굴을 한 번 쓱 쓸어내리곤 의자 깊이 몸을 기댔다.

"하아, 국상."

"예."

좀 진정이 된 음성에 김학이 고개를 조아렸다. 황제의 눈은 그 어느 때보다 흔들리고 있었다. 벌써 삼 개월째 잠도 제대로 자지 못했으니 힘에 부칠 때가 되기도 했다. 그럼에도 그는 그 누구보다 빨리 해결법을 찾아냈다.

"다른 방법을 하나 찾았는데, 이게 가능할지는 모르겠소."

다른 방법은 없다. 그리 생각하는 김학의 머릿속으로 꽤 설득력을 가진 이야기가 들려오기 시작했다.

그리고 그날 밤, 신료들이 모두 퇴청한 근정전으로 천관녀가 불려 왔다.

바닥에 엎드려 고개를 조아리고 있는 늙은 천관녀의 앞에는 높은 단이 있었고, 풍월대원 두 명이 지키는 단 위에는 옥좌에 앉은 황제가 있었다. 붉은 용포에 금으로 만든 상투관을 쓴 그는 천관녀를 지그시 내려다보았다.

"그대가 해줘야 할 일이 있다."

"하명하소서."

이제 노년에 접어들어 얼굴 가득 세월의 흔적을 담고 있는 천관녀는 젊은 황제의 명을 기다렸다. 머리 위에서 짧고 간단하지만, 그 의미를 알기 힘든 말이 들려왔다.

"하늘의 문을 열어."

"예?"

뜬금없는 황제의 말에 부복하고 있던 천관녀가 고개를 들고 그를 올려다보았다. 무심한 황제의 붉은 눈동자는 심장까지 졸아붙게 만드는 무언가가 있었다. 알싸한 기분에 천관녀는 급히 고개를 숙였다. 그때, 그녀의 앞으로 낡은 책 한 권이 툭 떨어졌다.

"동연국 탄생 설화가 담긴 책이다."

바스러질 듯 낡은 책에는 동연국의 탄생 설화가 적혀 있었다.

─세상을 다스리는 세 명의 신에게 선택받은 황제가 동쪽에 처음으로 나라를 설립했다. 이후 나라에 물을 내려줄 신녀를 맞이하고자 천관녀를 제물로 삼아 제를 지내니, 하늘에 문이 열리면서 맑은 물과 함께 신녀가 내려왔다.

설화에 담긴 내용을 확인한 천관녀의 손이 부들부들 떨렸다. 황제는 그녀를 제물로 삼아 하늘에 빌고자 했다. 물의 신녀를 내려달라고. 심장이 떨려서 고개조차 제대로 들지 못하는 그녀의 늙은 몸 위로 황제의 담담한 목소리가 들려왔다.

"이 나라를 위해 죽어줄 수 있겠지?"

"폐하!"

졸지에 목숨을 내놓게 된 그녀는 다시 황제를 쳐다보았다. 그녀의 눈에 담긴 공포를 확인한 황제가 손을 까딱였다. 그 손짓에 단 아래에 시립해 있던 풍월대원 하나가 밖으로 나갔다. 그는 곧 젊은 여인 한 명을 끌고 들어왔다. 강보에 싸인 갓난아기를 안고 흐느끼며 끌려 들어오는 여인의 모습에 천관녀의 눈이 부릅떠졌다.

"이노야!"

"어머니!"

여인은 천관녀에게 가려 했지만 풍월대원이 팔을 놔주지 않았다. 그녀는 자신의 어머니를 바라보며 울부짖었다. 황제의 의중을 파악한 천관녀는 늙은 몸을 이끌고 황제가 있는 단 아래로 기어갔다.

"폐하, 살려주십시오! 폐하!"

엎드려 비는 천관녀의 눈주름 사이로 괴로움이 가득한 눈물이 흘렀다. 축 늘어진 순한 눈매에 마음이 흔들릴 법도 하건만, 황제는 턱을 괴며 심드렁한 반응을 보였다.

"선택은 그대 몫이야. 여기서 딸과 손자가 죽는 꼴을 보고 천수를 누리던가, 내 뜻에 따라 하늘에 제를 지내고 혼자 죽던가."

"폐하, 살려주십시오. 제발…… 살려주십시오."

죽음을 앞둔 두 여인은 눈물로 애원했다. 그러나 황제는 언제나처럼 무정하고도 단호했다. 그에게 필요한 것은 비를 내리는 물의 신녀다. 신녀만 데려올 수 있다면 더한 짓도 할 수 있었다.

"손자부터 죽이지."

황명을 받은 풍월대원이 여인의 품에 있던 갓난아기를 빼앗았다. 그 사나운 손길에 아기가 자지러질 듯 울어댔지만, 황제에게 연민이란 마음을 심기에는 턱없이 부족했다.

풍월대원이 허리춤에 매어두었던 단검을 꺼내 아기의 목에 가져다 대자 천관녀는 더욱 애처롭게 살려달라고 빌었다. 그러나 황제는 얼굴 근육 하나 변하지 않았다.

"죽여라."

"합니다! 하겠습니다, 소인이 하겠습니다. 그러니 제발……."

흐느끼는 천관녀의 입에서 황제가 원하던 대답이 나왔다. 그제야 그는 천관녀에게 온후한 눈빛을 보여주었다.

"그래, 그래야지."

그는 현 상황이 매우 만족스러운 듯 한쪽 입술 끝을 비스듬히 끌어 올렸다.

"그대는 이 나라에 큰 공을 세울 테니, 내 그대의 핏줄에게 상을 내릴 것이다."

목숨을 앗아놓고 아량이라도 베풀 듯이 황제는 천관녀의 딸에게 상을 내렸다. 어머니의 목숨과 바꾼 금덩이를 안고 여인은 하염없이 울었다. 그리고 그날부로 천관녀는 풍월대원들의 삼엄한 감시 속에서 하늘에 제를 지낼 준비를 시작했다.

뜨거운 태양이 높이 뜬 날, 신궁 마당에 제단이 세워졌다. 가장 높은 단에는 물을 가득 채운 검은 욕조를 놓았고, 그 앞에 천관녀가 자리했다. 천관녀보다 한 단 아래에는 황제와 황후가 섰으며, 그 아래쪽에 황제의 친위대, 풍월대가 자리했다. 황제의 뒤를 항상 지키는 풍월대의 대장, 소렵이 그들을 이끌었고 제일 아래쪽에는 대신들과 무녀들이 직책에 맞게 나열했다.

수많은 이들이 그 자리에 시립해 있었으나 작은 말소리 하나 새어 나오는 곳이 없었다. 그만큼 이번 일은 그들에게 있어 매우 중요했다.

천관녀는 등 뒤로 쏟아지는 뜨거운 시선을 느끼며 앞에 놓여 있는 오래된 책을 집어 들었다. 이미 너덜너덜한 책은 마치 자신의 육신을 보는 듯 세월의 흔적을 고스란히 담고 있었다.

황위를 다른 나라로 넘기기 싫은 황제가 선택한 방법, 너무 오래된 내용이라 실제로 있었던 일인지조차 의심이 가지만 차라리 성공하길 바랐다. 성공한다면 자신의 목숨 하나로 끝이 나지만 실패한다면 너무 많은 이들이, 특히 자신의 딸과 손자가 죽으리란 건 분명했다.

혈육을 위해 삶에 미련을 버린 천관녀는 원망스럽도록 파란 하늘을 올려다보며 제문을 외웠다. 세월이 깃든 목소리가 엄중하고 안타깝게 울려 퍼졌다.

웅성거리는 사람들의 시선이 제단 위에 꽂혔다. 가장 높은 단 위에 검은 구멍 하나가 나타나더니 점점 크기를 키워갔다. 그것은 제문을 외우면 외울수록 더 커졌고, 더불어 천관녀의 몸은 눈에 띄게 노화하기 시작했다. 하지만 그뿐이었다.

"어째서 신녀가 안 나와!"

신녀의 머리카락 한 올조차 구경하지 못한 황제의 입에서 노호가 터져 나왔다. 그러나 그가 아무리 성질을 부려도 신녀는 나타나지 않았다.

천관녀의 얼굴이 노쇠해질수록 황제의 마음도 조급해졌다. 그는 붉은 입술을 잘근잘근 물기 시작했다. 준비에 부족함은 없었다. 다행히 책대로 문이 열렸고, 천관녀도 생명을 소진해 가는 중이었다. 그런데도 왜 신녀가 안 나오는지, 그것이 그를 미치게 했다.

"소렵!"

"예, 폐하."

단 아래에 서 있던 소렵이 황제의 부름에 곧바로 한쪽 무릎을 꿇었다. 이제 삼십대 후반에 다가선 그는 충성스런 심복이었다. 오로지 황제만을 위해 평생을 살아왔다고 해도 과언이 아니었다. 그런 그에게 좀처럼 믿기 힘든 명령이 떨어졌다.

"당장 안으로 들어가서 신녀를 끌고 와라."

죽으란 것과 다름없는 명령이었다. 소렵은 태어나 처음으로 답을 올리지 못하고 그를 멍하니 올려다보았다. 그러나 보이는 건 광기에 사로잡힌 붉은 눈동자뿐이었다. 이성을 잃은 황제의 눈빛에 소렵의 등 뒤로 식은땀이 흘렀다.

'어찌 이런 시국에 곁을 떠나라 명하신단 말인가.'

폭동이나 전쟁이 일어나도 이상하지 않을 만큼 국내외로 불안정한 시기였다. 하랑과도 척을 진 마당에, 황제를 지킬 수 있는 건 자신뿐이었다. 주군을 위해서라면 목숨도 아깝지 않았으나, 지금은 황제를 두고 죽을 수 없는 상태였다. 그러니 한시라도 빨리 자신 대신 구멍으로 들어갈 만한 이를 찾아내야 했다.

황제의 눈 밖에 났으면서도 인정할 수 있을 만큼 임무 수행에 부족함이 없는 자, 그런 이는 동연국에 단 하나뿐이었다.

"폐하, 소신은 폐하의 곁을 지켜야 하오니, 차라리 하랑을 보내심이 어떠십니까."

그의 말에 소렵을 바라보는 황제의 눈매가 가늘어졌다. 광기를 덮은 서늘한 눈빛의 의미가 무엇인지는 알 수 없었으나, 그는 곧 비소를 머금었다.

"그렇군."

"폐하!"

황제의 대답에 깜짝 놀란 황후가 지아비의 소매를 붙잡았다. 그런 황후를 바라보는 황제의 눈길에는 일말의 감정도 들어 있지 않았다.

"소렵, 가서 하랑을 끌고 와라. 천관녀가 죽기 전에 신녀를 데려와야 한다."

"예!"

늦장을 부렸다간 구멍이 닫힐 것을 짐작한 소렵이 급히 황궁의 지하 감옥으로 달려갔다. 잠시 후, 소렵과 함께 온 하랑은 삼 개월 전에 감옥으로 끌려갔을 때의 모습 그대로였다. 가죽 갑옷조차 벗기지 않았음을 본 황제는 미간을 찌푸렸으나, 이 급박한 상황에 그런 것까지 신경 쓸 여력이 없었다. 지금은 저 구멍 안으로 들어갈 또 다른 제물이 필요할 뿐이었다. 황제는 하랑에게 잔인한 명령을 내렸다.

"천관녀가 하늘의 문을 열었으나 신녀가 오지 않고 있다. 네가 가서 신녀를 데려와라."

"하—"

하랑은 한숨과 비웃음이 섞인 오묘한 소리를 뱉었다. 그 소리에 가후의 이마에 힘줄이 돋았다. 가뜩이나 뙤약볕 아래서 불쾌지수가 치솟고 있는데, 하찮은 신하 따위가 숨소리 하나로 성질을 긁어놓았다. 그 꼬락서니를 보고만 있을 그가 아니었다. 당장 구멍에 처넣어야겠다고 생각하는 순간, 이를 짐작한 황후가 황제 앞에 엎드렸다.

"폐하, 신녀가 내려오지 않음은 하늘이 원치 않으심이 아니겠습니까. 도리어 화를 입을까 두렵습니다."

그녀의 말이 무슨 뜻인지 짐작한 황제는 입술 끝을 비틀며 슬쩍 웃었다.

"그렇소?"

"예, 그러니 차라리 다른 방도를 찾으심이."

"그럼 그대가 가면 되겠군."

"예?"

황제의 나지막한 목소리에 황후가 깜짝 놀라 고개를 들었다. 놀란 것은 비단 그녀만이 아니었다. 뒤에 시립해 있던 소렵과 가만히 있던 하랑도 흠칫 놀라 황제를 바라보았다. 황후를 목숨과 같이 아끼던 황제였다. 정인이 있던 황후, 비아를 빼앗아서 다른 사내는 접근조차 못 하도록 하던 그가 그녀를 사지로 내몰고 있었다.

황제는 무릎을 굽혀 몸을 낮추고 황후의 얼굴을 매만지면서 부드러운 음성으로 다독였다.

"아름다운 그대가 가면 하늘도 양해해 주지 않겠소? 분명 그대와 신녀를 맞바꾸어 줄 것이오."

"폐, 폐하……."

떨려오는 황후의 목소리가 보는 이들의 마음을 헤집었다. 충격받은 듯 멍하니 황제만 바라보던 그녀의 금빛 눈동자에 눈물이 차올랐다. 하지만 눈물로도 황제의 마음을 바꾸진 못했다.

"자, 어서 들어가시오."

그는 황후를 억지로 일으켜 구멍으로 끌고 갔다. 그의 행동에는 거침이 없었다. 그 꼴을 가만히 보고 있던 하랑은 서서히 미간을 찌푸렸다.

"그만하십시오, 폐하."

중저음의 미성에 황제의 움직임이 멈췄다. 하랑의 목소리에 반응한 것은 황후도 마찬가지였다. 눈물이 그렁그렁 맺힌 그녀의 눈동자가 심하게 흔들리고 있었다. 하랑은 애써 그 눈을 외면했다.

"소신이 가겠습니다."

"하하……. 역시 넌 내 예상을 벗어나질 않아."

황제의 메마른 웃음소리에는 빈정거림이 가득 묻어 있었다. 그 음성을 한 귀로 흘리면서 하랑은 계단을 올라가 활짝 열린 하늘의 문 앞에 섰다. 새까만 구멍은 마치 지옥처럼 보였다. 그 안을 살펴보는 잠깐의 시간도 참지 못한 황제가 그를 재촉했다.

"빨리 찾아와라. 천관녀의 목숨이 얼마 안 남았으니."

"하랑!"

황후가 그를 불렀으나 하랑은 망설임 없이 구멍 안으로 들어갔다.

2.
새로운 세상, 동쪽에서 닿은 인연

약 반년 전에 서울에서 살던 한 중년 부부가 제주도 서귀포시 안덕면에 있는 사계리로 이사 왔다. 그들에게는 이제 갓 고등학교를 졸업한 딸이 하나 있었는데, 평소 제주도에 관심이 많았던 딸이 제주대학교에 지원하면서 부모도 같이 제주도에 새로운 삶의 터전을 마련했다.

하늘도 푸르고 날도 화창하던 6월. 제주도 사계리에 있는 1층짜리 전원주택의 문이 벌컥 열렸다. 활짝 열린 문을 통해 검은 잠수복을 든 여학생이 뛰쳐나왔다. 등을 덮는 긴 생머리에 숱이 조금 부족한 앞머리의 그녀는 여전히 젖살이 남아 통통한 얼굴에 환한 웃음을 걸었다.

"다녀올게요."

"조심해서 다녀와!"

해연은 엄마의 외침을 뒤로하고 해녀들이 옷을 갈아입는 쉼터로 달려갔다. 도로를 따라 열심히 달리던 해연은 탁 트인 바다가 나타나자 걸음을 멈추고 숨을 크게 들이마셨다. 싱그러운 바다 내음이 폐부를 깨끗하게 씻어주는 듯했다. 입가에 미소를 잔뜩 머금은 그녀는 콧노래를 흥얼거리며 가볍게 걸음을 옮겼다.

햇살이 부딪치는 파란 바다를 옆에 끼고 걷자 오래지 않아 콘크리트로 만든 해녀의 쉼터에 당도했다. 도에서 만들어준 쉼터는 해녀들이 물질을 가기 전에 옷을 갈아입고 쉬는 장소였다.

해연은 쉼터의 문을 벌컥 열어젖혔다. 그 안에서 나이 든 해녀 열댓 명이 모여 수다를 떨고 있었다.

"이모들, 저 왔수다!"

"해연이 왔시냐."

밝게 웃으며 인사하는 해연을 마을 해녀들이 반갑게 맞아주었다.

힘든 물질을 견디는 젊은 여성이 별로 없고, 딸들에게 물질을 가르치려는 이들도 없어서 제주도의 해녀는 하루가 다르게 줄고 있었다. 전통이 점점 끊어져 가는 와중에 물질을 좋아하는 해연은 가뭄의 단비 같은 존재였다. 게다가 성격도 싹싹하고 밝으니 예뻐하지 않을 수가 없었다.

"이모, 약 먹었어요?"

아직은 서울말이 더 익숙한 해연이 해녀들 사이에 끼며 이것저것 물었다. 해녀들은 물질 전에 두통약 등을 챙겨 먹는 편이었다. 힘든 물질을 약으로 버티는 그녀들의 푸념을 해연은 열심히 경청했다. 배가 준비될 때까지 대화를 나눈 뒤에야 해연도 물질 준비를 단단히 했다. 오늘따라 왠지 느낌이 좋은 게, 비싼 전복이나 해삼을 망서리 가득 담을 수 있을 것만 같았다.

모든 해녀가 준비를 끝내자, 그녀들을 태운 작은 어선 한 척이 시원하게 바다를 가르며 사계리 주변의 형제섬으로 나아갔다. 목적지에 도달한 배가 속도를 늦추고, 뱃머리에 앉아 있던 상군 해녀들이 테왁과 망서리를 가지고 거침없이 바다로 뛰어들었다.

홀로 배에 남은 해연은 상군 해녀들을 부러운 눈빛으로 바라보았다. 상군 해녀들이 내린 곳은 깊이가 깊어서 이제 막 중군이 된 해연이 물질하기에는 무리였다. 그 때문에 해연은 상군 해녀들과는 조금 떨어진 곳에 홀로 자리를 잡았다.

부력이 있는 하얀 테왁을 잡고 바다로 뛰어들자 입고 있는 잠수복의 온도가 훅 떨어지는 게 느껴졌다. 바다 위로 빠끔히 고개를 내민 해연은 배의 위치를 확인하고 물질 준비를 시작했다. 저 멀리서 상군 해녀들의 숨비소리가 들려오고 있었다.

물 위에 떠 있는 테왁 아래에 수확물을 담을 망서리를 매달고, 그 밑으로 밧줄로 묶은 돌을 놓아 고정했다. 테왁이 파도에 떠밀려 가지 않게 만반의 준비를 끝낸 해연은 자맥질을 시작했다.

물안경에 비친 연푸른 바다는 예전만치 많은 수확물을 주진 못했지만, 그래도 나름의 아름다움을 간직하고 있었다. 그 절경에 감탄하면서도 해연은 빠른 손놀림으로 돌 사이를 헤집으며 숨어 있는 해산물을 수확했다.

깊은 바닷속에 들어가면 공포심을 느낀다지만 해연은 집에 온 것처럼 편안함을 느꼈다. 어렸을 적부터 물을 좋아했고, 사방이 바다인 제주에 잠시 놀러 왔다가 반해 버렸다. 인연처럼 이끌렸던 이곳이 이제는 해연의 새로운 터전이었다.

한참 채취에 열을 올리던 해연은 숨이 차오르는 느낌이 들자 망설임 없이 바다 위로 고개를 내밀었다.

피이익~

숨을 내뱉는 해연의 입에서 숨비소리가 높고 청아하게 흘러나왔다. 잠시 호흡을 가다듬은 그녀는 가지고 올라온 해산물을 망서리에 집어넣고 다시 물속으로 뛰어들었다.

정신없이 소라를 줍다가 숨이 반쯤 차올랐을 때, 해연은 자신이 망서리에서 꽤 떨어졌음을 깨달았다. 수확에 눈이 멀면 종종 생기는 일이었다. 이러다 행동반경을 벗어난다면 위험하기 때문에 빨리 위치를 파악하고 돌아가야 했다. 방향을 가늠하기 위해 주위를 살피던 해연의 눈에 저 멀리, 하늘하늘 흔들리는 검은 무언가가 보였다.

'뭐지?'

검은 덩어리는 바위 사이에 있었다. 움직이는 모양새가 돌은 아니었다. 해연은 오리발을 낀 다리를 움직여 조금 더 가까이 헤엄쳐 갔다. 적당히 거리를 두고 멈춰 서서 눈을 가늘게 뜨고 그 검은 덩어리가 움직이는 모습을 지켜보았다. 유심히 살피던 해연은 잠시 후 그게 무엇인지 깨달았다.

"큽!"

너무 놀라 남은 숨을 다 들이마신 해연은 급히 입을 막고 바다 위로 올라갔다. 수면 위로 해연의 머리가 불쑥 솟아올랐다.

피이익~

"허억, 헉—"

숨비소리가 나자마자 거친 숨을 몰아쉬고 고개를 저어 정신을 차리려 애썼다. 헛것을 본 건지 물에 빠져 죽은 시신을 본 건지 알 수 없었으나 그 검은 덩어리의 정체는 사람이 분명했다.

'해녀? 아니, 잠수복은 아니었던 것 같은데.'

순식간에 떠오르는 여러 가지 의문점들이 해연의 머릿속을 헤집었다. 윤곽만 봐서 정확한 정체는 알 수 없었다. 하지만 상군 해녀 중 누군가가 해산물을 찾아 이쪽까지 왔다가 바위틈에 오리발이나 칼이 끼어 발버둥 치던 것일 수도 있었다. 종종 그런 사고가 일어난 다던 말을 기억한 해연은 숨을 가득 들이마신 뒤, 지체 않고 물속으로 몸을 던졌다.

하랑은 구멍 안쪽으로 몸을 넣자마자 그곳이 차가운 물속임을 깨달았다. 눈을 뜨니 바위에 붙은 해초가 물결을 따라 흔들리는 것이 보였다. 그 순간 그는 자신이 곧 죽을 것임을 직감했다. 당장 내쉴 숨이 모자란 것도 문제였지만, 더 큰 문제는 갑옷이었다. 무거운 갑옷이 자꾸 그를 짓눌렀다.

하랑은 갑옷 끈을 잘라내야만 살 수 있다고 생각했다. 하지만 감옥에 들어가기 전에 날카로운 물건을 모두 간수에게 넘겨줘서 끈을 끊어낼 도구가 없었다. 가지고 있는 공력을 이용해 끈을 태울 수도 있지만, 장소가 바닷속이라는 게 문제였다. 그의 공력인 뇌력을 물속에서 방출한다는 건 자살행위나 마찬가지였다. 갑옷을 뜯어내기 위해 발버둥 치던 그는 점점 손놀림이 무뎌지는 걸 느꼈다. 그리고 그 순간, 그의 눈앞에 검은 물체가 내려앉았다.

'남자?'

'신녀?'

두 사람의 시선이 얽히고 생각이 얽히는 찰나에, 해연은 허리를 끌어당기는 강한 힘을 느꼈다. 사실 하랑은 눈앞에 나타난 사람이 여자인지 남자인지도 구별하지 못했다. 몸은 새까맣고 얼굴 주변만 동그랗게 유리로 덮여 있었다. 그럼에도 불구하고 그는 자신의 앞에 나타난 자가 신녀임을 직감했다. 그렇지 않다면 이 깊은 바닷속을 유유히 돌아다닐 수는 없을 것이다.

하랑에게 붙잡힌 해연은 빠져나가려고 발버둥 쳤다. 숨이 차오르는데 남자는 자신이 생명줄이라도 되는 양 꽉 붙들고 있었다. 물에 빠진 사람에게는 함부로 접근하면 안 된다더니, 그 말을 무시했다가 꼼짝없이 같이 죽게 생겼다.

'놔!'

'돌아가야 한다!'

'놔!'

발버둥 치는 해연의 코에서 공기 방울이 꼬르륵 빠져나왔다. 수면을 향해 올라가는 방울의 수만큼 해연의 숨이 달리기 시작했다. 이대로는 죽는다. 그런 생각이 들자 해연은 본능적으로 손목에 감긴 칼을 쥐었다. 해산물을 채취하기 위해 손에 감고 다니는 칼이 남자의 팔을 향해 휘둘러졌다. 그리고 그 순간, 두 사람은 바위틈에 있던 구멍 속으로 순식간에 빨려 들어갔다.

※

바짝 말라 버린 천관녀가 가루가 되어 사라지고, 제단 위의 구멍에서는 둑이 터지듯 물이 뿜어졌다. 폭포처럼 쏟아지는 물과 함께 움푹 파인 제단 안으로 무언가 커다란 것이 쿵— 떨어졌다.

제단에 고여 있던 물이 튀어 오르고, 부딪치는 소리도 제법 우렁찼으나 무엇이 떨어졌는지는 알 수 없었다.

제단에 가려 아무것도 보이지 않자 애가 탄 황제는 직접 위로 올라가려 했다. 그때, 물이 담긴 제단 안에서 하랑이 몸을 일으켰다. 그는 물에 흠뻑 젖은 채 가쁜 숨을 내쉬면서 서슬 퍼런 눈길로 황제를 노려보았다. 하지만 황제의 관심사는 그의 감정 상태가 아니었다.

"신녀는?"

하랑과 눈이 마주친 황제는 신녀부터 찾았다. 그에 하랑은 손에 쥐고 있던, 축 늘어진 검은 덩어리를 들어 올렸다. 그가 잡아온 신녀의 모습은 해괴하기 그지없었다.

피부는 새까만 데다 머리카락은 없었고 발은 기이하게 컸다. 허리에는 쇠를 둘렀고, 손목에는 칼을 찼다. 그것만으로도 인간의 외형은 아니었는데, 얼굴마저 괴상했다.

해연의 얼굴을 본 그는 화를 주체하지 못하겠는지 살기를 품어 번들거리는 눈으로 하랑을 쏘아보았다.

"네놈이 감히 날 농락하는 것이냐! 데려오라는 신녀는 어디다 두고 잡귀를 집어 와!"

황제는 길길이 날뛰었다. 그가 보기에 해연은 요망하게 생긴 잡귀에 불과했다. 황제뿐만 아니라 아래쪽에서 지켜보던 모든 이들이 해연의 생김새에 적잖이 놀랐다.

웅성대는 좌중을 쭉 훑어본 하랑의 시선이 다시 황제에게 향했다. 감정이 사라진 하랑의 눈은 예전처럼 침착해져 있었다.

"폐하께서 원하셨던 신녀님입니다."

망측하게 생긴 잡귀가 신녀라는 하랑의 궤변에 황제의 이성이 툭― 끊어졌다.

"네가 감히!"

그의 분노가 폭발하자 시끄럽던 좌중이 순식간에 조용해졌다. 황제의 붉은 눈동자에 광기가 스며들 때, 하랑의 손에 잡혀 있던 잡귀가 움찔 움직였다.

"웨엑— 콜록! 콜록!"

양껏 먹어버린 물 때문에 눈물, 콧물 안 나오는 것이 없었다. 해연은 먹었던 물을 전부 게워내고 숨을 크게, 여러 번 들이쉬자 그제야 정신이 조금 돌아오는 걸 느꼈다.

'뭐야, 나 죽은 거야?'

갑자기 세상과 이어져 있던 끈이 뚝 끊어진 느낌이 들면서 죽었다는 생각이 들었다. 그 이상한 느낌에 심장이 두근대더니, 심 봉사가 눈을 뜨듯 앞이 보였다.

물안경을 통해 가장 먼저 본 것은 검은 돌로 만든 바닥이었고, 불편한 팔 쪽으로 고개를 돌리자 누군가가 제 팔을 잡고 서 있는 것이 보였다. 뻣뻣해진 목을 움직여 위를 바라보자 파란 머리의 미남자가 눈에 들어왔다. 그의 잘생긴 외모에 혹하기도 전에 해연은 그가 자신을 죽인 물귀신이란 걸 깨달았다. 그제야 정신이 번쩍 든 해연은 오리발의 불편함도 잊고 벌떡 일어나 물귀신의 멱살을 잡았다.

"야, 이 나쁜 자식아! 죽을 거면 혼자 죽지, 왜 죄 없는 나까지 죽여!"

이성을 놓은 해연의 발악에 멱살이 잡힌 하랑은 물론이고 황제까지도 멍하니 서 있었다. 죽었다는 충격으로 자신을 보고 있는 사람들을 발견하지 못한 해연은 하랑을 붙잡고 별별 욕을 다 쏟아냈다.

억울해도 너무 억울해서 눈이 회까닥 뒤집혔다. 이놈의 물귀신은 자신과 전생에 무슨 악연이 있어서 같이 죽는단 말인가. 정신없이 욕을 퍼붓던 해연의 행패가 멈춘 건, 그녀가 흥분을 이기지 못하고 물안경과 잠수복 헤드를 벗어 땅에 내동댕이쳤을 때였다.

하랑에게 퍼부어지는, 난생처음 듣는 쌍욕에 얼이 빠져 있던 황제가 대뜸 다가가 그녀를 돌려세웠다. 갑작스럽게 다른 이를 마주하게 된 해연은 방언 터지듯 나오던 욕을 꿀떡 삼켰다. 그런 해연을 황제가 위아래로 쓱 훑어보았다.

"그래도, 사람이긴 한가 보군."

"뭐?"

"이건 옷인가?"

물에 젖어 미끌미끌 거리는 잠수복을 만져 본 황제는 단 아래에 있는 내관을 불러 해연을 떠밀었다.

"갈아입혀라. 신녀인지 확인하겠다."

"뭐? 이봐요! 이게 무슨……. 읍! 으읍!"

황제의 태도에 해연이 발끈하여 다시 한 번 성을 내려 하자 뒤에 있던 내관이 식겁하며 황급히 해연의 입을 막았다. 신녀에게 할 만한 행동은 아니었지만, 달천대 대장에게 한 욕을 황제에게 똑같이 했다가는 이곳에서 여럿이 죽어 나갈 게 자명했다. 그럴 바에는 차라리 착한 신녀에게 불경을 저지르고 나중에 싹싹 비는 것이 나았다.

"읍! 으읍!"

해연의 저항이 거세지자 내관 둘이 더 달라붙었다. 손을 놓았다가는 황제에게 달려들 기세라 내관들은 쩔쩔매면서도 해연을 꽉 붙잡았다.

감정적으로 불안정한 상태에서 모르는 이들에게 입이 틀어 막히고 몸까지 붙들리자 해연의 이성도 끊어졌다. 뻗쳐오르는 열불을 풀 길이 없어지니 자연스레 다리를 들어 황제에게 발길질을 하려 했다. 오리발을 낀 채로 시도한 발길질은 내관들이 몸을 뒤로 빼는 바람에 허무하게 실패했고, 해연은 그 상태 그대로 끌려 나갔다.

소란을 피우던 인물이 신궁 안으로 끌려들어 가는 걸 확인한 황제는 뒤도 돌아보지 않고 자신의 처소로 갔다. 황후도 물에 푹 젖은 하랑에게 잠시 시선을 주다 황궁으로 돌아갔다.

대충 일이 마무리되었다 생각한 하랑은 피곤한 몸을 이끌고 달천대 숙소로 향했다. 감옥으로 돌아가라는 말이 없었으니 방에서 쉬어도 될 터였다.

커다란 연무장을 지나 푸른 기와를 얹은 한옥으로 들어간 그는 복도 끝에 있는 방으로 향했다. 나무로 된 미닫이문을 여니 수수하지만 익숙한 방이 눈에 들어왔다. 잘 정리된 침상과 옷장, 벽에 붙어있는 커다란 거울과 창가 앞에 놓인 탁자가 하랑을 반겼다. 삼 개월 만에 돌아온 방은 차갑게 식어 있었다.

하랑은 여전히 물이 뚝뚝 떨어지는 갑옷을 뜯어내듯 벗어버렸다. 묵직한 갑옷이 나무 바닥에 쿵 소리를 내며 떨어지자마자 달천대의 부대장 역운의 목소리가 문밖에서 들려왔다.

"대장, 역운입니다."

그가 찾아온 이유를 짐작한 하랑은 자신의 왼쪽 팔을 바라보았다. 찢어진 남색 소매 사이로 물과 섞인 피가 줄줄 흐르고 있었다.

"들어와라."

하랑의 허락에 역운이 문을 열었다. 그의 손에는 약과 붕대가 들려 있었다. 다른 이들은 눈치채지 못했으나 눈썰미가 좋은 역운은 하랑의 부상을 바로 알아차렸다.

역운이 다가가자 하랑은 순순히 윗옷을 벗어 상처를 보여주었다. 날카로운 검에 베인 듯 팔뚝에는 사선으로 꽤 길게 상처가 나 있었다. 공력이 높아서 별다른 치료 없이도 웬만한 상처는 금세 사라진다지만, 매번 방치되는 상처에 역운의 한숨도 끊이지 않았다.

"제대로 관리 안 하시면 덧날 것 같습니다. 감옥에 있다가 하늘까지 다녀오셨으니 몸이 상할 대로 상하지 않았겠습니까."

"괜찮다."

"곧 나으시기야 하겠지만, 관리는 하셔야 합니다. 하늘에서 누구랑 붙으셨기에 부상을 입으십니까? 대장 몸에 이렇게 큰 상처를 낸 자는 처음 봅니다."

하랑은 자신의 품속에서 발버둥 치던 해연을 떠올리곤 입을 다물었다. 그가 대답할 생각이 없는 걸 짐작한 역운은 고개를 저으며 치료에 전념했다. 약을 바르고 붕대를 감아 마무리를 하던 중에 누군가가 방문을 두드렸다.

"대장, 폐하께서 신궁으로 들라 하셨습니다."

문밖에서 달천대원 하나가 황제의 명을 전했다. 황제란 단어에 역운의 얼굴에 근심이 떠올랐다. 황제와 엮여서 좋을 것이 없기 때문이었다. 그러나 당사자인 하랑은 별다른 반응 없이 옷장에서 달천대의 남색 무복을 새로 꺼내 갈아입었다.

동연국 사내들이 즐겨 입는 무복은 하얀 속바지와 속저고리 위에 바지와 저고리를 입고, 그 위에 무릎까지 내려오는 긴 옷을 덧입었다. 넓적한 천을 이용해 허리를 감고 소매와 발목을 얇고 긴 줄로 꽉 감아 조이면 활동하기 편한 무복이 되었다.

하랑이 옷 입는 걸 도와주던 역운은 붉어진 그의 손목을 보고 눈살을 찌푸렸다. 지하 감옥에 있는 수갑을 삼 개월이나 차고 있는 바람에 살갗이 다 벗겨진 상태였다. 역운은 최대한 조심스럽게 소매를 감으며 무표정한 하랑의 얼굴을 힐끔 살폈다.

"이번에는 폐하께서도 대장의 공을 인정하실 수밖에 없을 겁니다. 그래도 혹시 모르니 조심하십시오."

역운은 황제가 또 무슨 꼬투리를 잡아 괴롭힐지 걱정이 되었다. 하랑이 감옥에 갇히는 일이 이제는 익숙하다지만, 수장의 빈자리를 부대장인 그가 채우기에는 한계가 있었다.

"대장이 안 계시니 다들 풀죽어 다닙니다."

부하들이 기죽어 지낸다는 말에 하랑이 고개를 살짝 내저었다. 답변할 가치도 못 느끼는 듯했다. 그가 대꾸도 없이 방을 나서자 불안해진 역운이 뒤를 쫓으며 설득하려 애썼다.

"진짭니다, 대장. 그놈들 다독이느라 제가 얼마나 마음고생을 했는지 모르실 겁니다."

하랑은 역운의 한탄을 한 귀로 흘리며 달천대원들이 몰려 있는 연무장으로 내려섰다. 오랜만에 온 대장을 만나기 위해 숙소 앞을 기웃거리던 수십 명의 달천대원들이 그의 곁으로 우르르 몰려들었다. 역운은 이 감격스러운 상봉을 틈타 부하들의 마음을 전하고자 했다.

"대장의 빈자리가 생각보다 큽니다. 이 녀석들이 아무리 열심히 하려고 해도 실력이 도통 늘지를 않으니, 대장이 직접 지도해 주셔야……."

하랑이 걸음을 멈추고 뒤를 돌아보자 역운은 뒷말을 삼켰다. 그런 역운의 뒤로 졸졸 쫓아오고 있는 부하 놈들을 쭉 훑어본 그는 작게 코웃음을 쳤다. 부하들의 실력이 도통 늘지 않는 데에는 다른 이유가 있음을 하랑은 이미 알고 있었다.

"저번처럼 궁녀들이랑 노닥거리는 모습 보였다간 내 손에 죽는다."

그의 말이 끝나자마자 어미 새 쫓듯 따라다니던 대원들이 모두 얼어버렸다. 하랑이 감옥에 갇혀 있을 때 상심한 대원을 위로한다는 명목으로 궁녀 몇이 접근했었다. 한창때인 십대에서 삼십대로 꾸려진 대원들이 달라붙는 궁녀를 뿌리친다는 건 쉬운 일이 아니었다. 그래서 역운과 하랑 몰래 한두 번 만난 적이 있었는데, 그때는 분명 하랑이 감옥에 갇혀 있어서 바깥소식은 듣지 못하던 때였다.

하랑이 유유히 달천대 연무장을 빠져나가자 대원들은 식은땀을 흘리며 역운의 눈치를 보기 시작했다. 평소 하랑의 명이라면 죽음도 기꺼이 받아들일 수 있는 그였다. 충성심이 깊은 역운에게 하랑이 없는 동안 여인들과 노닥거린다는 건 절대 용납할 수 없는 일이었다. 그것도 대장이 억울하게 감옥에 갇혀 있는 상황에서.

"오늘 다 죽을 거 알고 나와라."

이를 아드득 갈며 말하는 역운의 뒤로 대원들은 사색이 되어갔다. 그리고 그날, 정신이 해이해졌다는 죄목으로 붙잡혀 온 대원 스무 명은 곡소리가 나도록 훈련을 받았고, 다른 대원들도 평소보다 더 열심히 훈련에 매진해야만 했다.

황제는 턱을 괴고 의자 손잡이만 톡톡 건드리고 있었다. 그의 뒷모습을 보던 하랑은 슬쩍 미간을 찌푸렸다. 신궁에 와보니 신녀는 침상에 죽은 듯이 누워 있었고, 그 앞에 앉아 있는 황제는 눈빛으로 신녀를 죽였다고 해도 믿을 만큼 살벌했다.

"물의 신녀가 목욕을 하다 기절을 했다. 어떻게 생각해?"

화를 억누른 황제의 목소리에 하랑이 옅은 한숨을 내쉬었다. 자고로 신녀는 물을 이용하는 능력 덕에 물이 옆에 있으면 물리적인 힘도 강해지고 심리적인 안정감도 얻는다. 그런 신녀가 물이 많은 목욕탕에서 기절했다는 건 여러 가지 의미를 내포하고 있었다. 황제가 지적하는 것도 그 부분이었다.

"이 여자가 신녀일 거라 확신하는 근거가 뭐지?"

"두 가지…… 이유에서입니다."

"두 가지?"

하랑의 말이 꽤 흥미로웠는지 황제의 고개가 뒤에 있는 하랑에게로 돌아갔다. 그 감정을 어렵지 않게 짐작한 하랑은 말하기 싫다는 표정을 억지로 지우면서 천천히 입을 열었다.

"구멍 안은 바다였습니다. 빛이 잘 들어오지 않는 걸로 봐서 꽤 깊었는데, 그곳을 아무렇지도 않게 돌아다니고 계셨습니다."

"흠. 또 하난?"

"두 번째는…… 그냥 제 느낌입니다."

느낌이란 말에 황제는 하랑을 빤히 바라보더니 몸을 일으켜 다가갔다. 마주 보고 선 두 사람은 키가 비슷했는데, 풍기는 느낌은 확연히 달랐다. 하랑이 냉기라면 황제는 화기였다.

"만약 저 여자가 신녀가 아니라면, 너도 저 계집과 함께 묻어버릴 거야. 알고 있겠지?"

"어련하시겠습니까?"

비꼬는 하랑의 말에 황제의 얼굴에 조소가 어렸다. 죽이고자 한다면 못 죽일 것도 없었다. 다만 아직 적절한 시기가 아니라 참고 있을 뿐이었다. 선황의 유언을 하랑이 먼저 깨는 날, 그날이 하랑의 위패에 새겨질 제삿날이었다. 하지만 지금 중요한 건 하랑을 죽이는 일 따위가 아니었다. 황제는 쓸데없는 생각을 지우고 신녀 건부터 마무리 짓기로 했다.

"난 저 계집이 신녀가 아니라고 생각한다. 이유는 두 가지. 첫째는 여전히 비가 안 온다는 점."

신녀가 있는 나라는 물의 양이 자동으로 조절되었다. 물이 넘치면 샘에서 솟는 양이 줄어들었고, 부족하면 비를 내려 충당했다. 이러한 효과는 매우 즉각적이어서 삼 개월째 메마르는 동연국이라면 신녀가 나타난 그 순간부터 비가 내렸어야 했다. 그러나 비는 소식조차 없었고, 하늘은 황제의 기분을 나쁘게 만들 만큼 구름 한 점 없이 맑았다.

"두 번째 이유는, 너무 못생겼어."

"……."

둘 사이에 적막이 흘렀다. 동의하느냐는 황제의 노골적인 눈빛에 하랑은 그저 침묵하는 것으로 대답을 대신했다. 말을 하지 않는 그를 두고 황제가 설명을 이어갔다.

"신녀의 미색은 따라갈 이가 없지. 그런데 저게 예쁘다고 생각해서 집어온 건가? 난 처음 봤을 때 지옥에서 굴러다니던 잡귀인 줄 알았는데. 언제부터 계집 보는 눈이 이렇게 낮아졌지?"

황제의 말에 토를 달고 싶어도 하랑은 차마 아니라고 하지 못했다. 해연의 외모가 못난 건 아니었으나 그렇다고 아름답지도 않았다. 이목구비는 뚜렷한 편이지만 약간 살집이 있었고, 자맥질로 인하여 피부는 까무잡잡하면서도 거칠기 그지없었다. 말 그대로 계곡에 굴러다니는 돌멩이만큼 흔하디흔한 외모였으니, 경국지색인 신녀라고 하기에는 어폐가 있음을 그도 잘 알고 있었다. 하랑이 반박하지 못하자 황제는 잠시나마 승리욕에 도취되었다.

"부디 저 계집이 신녀이길 빌도록 해."

황제는 한껏 비아냥거리다 몸을 돌려 방을 나갔다. 홀로 남은 하랑은 기절해 있는 해연을 보면서 옅은 한숨을 내쉬었다.

그녀를 왜 물의 신녀라고 느꼈는지는 자신도 모른다. 다만 그녀가 신녀라면 한시라도 빨리 깨어나서 비를 내려주길 바랐다. 자신의 목숨이야 내어놓은 지 오래인지라 어찌 되든 상관없지만, 물이 부족해 고통받는 백성들은 선황이 사랑했던 이들이었다. 그런 하랑의 간절한 바람을 아는지 모르는지, 해연은 이후로도 오랫동안 정신을 차리지 못했다.

✠

해가 져서 춥고 어두운 사계리 포구에서 제주 해양경찰들은 해연의 부모와 실랑이를 벌이고 있었다. 해가 떠 있는 동안 계속된 수색에도 해연은 발견되지 않았고, 예상치 못한 거친 파도로 인해 더 이상의 수색도 어려운 상태였다. 그러나 해연의 부모는 이를 인정하지 못했다.

"해연아! 해연아!"

"내 딸이 저기 있단 말입니다!"

"파도가 좀 가라앉으면 다시 수색하겠습니다. 지금은 파도가 심해 보트를 띄우기가 어렵습니다."

"애가 잠수복 하나 입고 들어갔는데, 체온이 떨어지기 전에 찾아야 하는 것 아닙니까! 배만 빌려주시면 제가 가겠습니다."

"해연아! 엄마가 갈게. 기다려, 조금만 기다려!"

딸을 찾지 못한 해연의 엄마는 무작정 바다로 뛰어들려고 했다. 그녀를 단단히 붙들어 맨 경찰들은 서로 난처한 눈빛을 주고받았다. 딸을 잃은 부모는 이성적인 상태가 아니었다. 그 마음을 짐작 못 하는 바는 아니었으나 지금으로선 보트가 뒤집힐 수도 있었다. 그러나 경찰들도 사람이기에 애끓는 부모의 마음을 모른 척하기가 어려웠다. 결국, 그들은 한 번 더 수색을 강행하기로 결정을 내렸다.

"한 번 더 수색하겠습니다. 대신 두 분은 댁에서 기다려 주십시
오. 댁으로 가 계셔야 저희도 마음 놓고 수색에 집중할 수 있습니
다."

"알겠습니다. 꼭 좀 찾아주세요. 감사합니다. 정말 감사합니다!"

해연의 부모는 땅에 머리라도 박을 듯이 경찰들을 향해 끊임없이
고개를 숙였다. 그 모습을 조금 떨어진 곳에서 지켜봐야만 하는 해
연은 가슴이 먹먹해졌다.

"신녀님. 신녀님?"

신녀 담당 무녀로 배정된 단야는 잠든 채로 흐느끼는 해연을 깨
우기 위해 흔들어도 보고 불러도 봤다. 그러나 깊이 잠든 해연은 깨
어나지 못했고, 그녀의 울음소리는 그칠 줄을 몰랐다. 이 사태를 어
찌해야 하나 고심하던 단야는 최후의 방법으로 탁자 위에 있던 미
지근한 물을 한 잔 가득 따라왔다.

'도대체 얼마나 슬픈 꿈을 꾸시기에 이리 우시나…….'

단야는 자신이 생각한 방법이 통하길 바라면서 해연의 손 위로
물을 살살 흘렸다. 축축한 물이 손에 닿자 해연의 울음소리가 잠잠
해지면서 이윽고 눈이 떠졌다.

"신녀님, 괜찮으세요?"

단야의 물음에도 해연은 말없이 그녀를 보았다. 동글동글한 눈에
귀엽게 생긴 단야는 구름 모양이 들어간 흰 비단옷에 파랗고 넓적
한 천으로 허리를 묶고 있었다. 풍성한 치마 위로 긴 저고리를 덧입

은 형태의 무녀복은 해연에겐 익숙하면서도 낯선 것이었다. 한복을 닮아서 익숙하지만, 눈을 뜨자마자 본 일은 드무니 생소하기도 했다.

가만히 누워서 자신을 빤히 쳐다보는 신녀의 모습에 단야는 등 뒤로 식은땀이 흐르는 것을 느꼈다. 신녀는 자애롭지만 그만큼 무서운 힘을 지닌 인물이기도 했다. 그런 이가 적의를 품은 눈으로 자신을 노려본다면 당황스럽고 두려운 감정이 들게 마련이었다. 그럼에도 단야는 자신에게 주어진 임무를 완수하기 위해 어렵사리 입을 뗐다.

"신녀님, 폐하께옵서 기다리고 계십니다. 지금 준비를 하셔야⋯⋯."

그녀의 입에서 나온, 폐하라는 단어에 해연은 아예 몸을 돌려 버렸다. 꼴도 보기 싫다는 티가 팍팍 나는 상황에 단야는 안절부절못했다.

"저, 신녀님?"

"혼자 있고 싶어요."

갈라질 대로 갈라진 목소리에는 은근한 무게가 담겨 있었다. 더는 설득할 수 없는 단호한 음성에 단야는 조용히 방에서 물러 나왔다. 신녀를 대령하라는 황명을 이행하지 못했으니 황제의 분노를 받아내야 하겠지만, 그렇다고 눈물을 쏟아내는 신녀를 억지로 일으키고 싶지도 않았다.

단야가 방 밖으로 나오자, 초조하게 기다리며 애태우던 무녀들이 주변으로 몰려들었다. 그녀들의 눈빛만 봐도 근심이 얼마나 쌓여 있는지 알 수 있었다. 그 얼굴을 보면서 단야는 슬픈 낯빛으로 고개를 저었다. 좋지 않다는 고갯짓에 무녀들의 표정이 어두워졌다. 가뭄을 끝내줄 새로운 신녀님이 온 건 다행이지만, 강제로 끌고 와서 상처를 줬다는 생각에 마음이 무거워졌다.

문밖에서 무녀들이 한숨을 내쉬는 사이, 혼자 남은 해연은 정신을 잃기 전에 욕실에서 들은 내용부터 천천히 곱씹었다. 자신이 끌려온 경위도 좀처럼 이해하기 어려웠고, 자신에게 비를 원한다는 사실도 답답하고 두려웠다. 하지만 그 무엇보다 꿈속에서 보았던, 부모님이 받았을 충격이 해연의 가슴에 커다란 상처로 남았다.

딸을 구해달라고 고개를 수십 번 숙이던 아빠를 떠올리면 가슴이 미어졌고, 어두운 바다로 뛰어들려던 엄마를 생각하면 억장이 무너졌다. 정신적 충격이 극에 달하자, 해연은 이것이 모두 꿈이라고 생각하려 애썼다.

아침 댓바람부터 신궁으로 달려온 황제의 인내심은 점점 극에 달하고 있었다. 고서에 적힌 말 한마디에 의지해서 진행한 일이 진짜로 성공할 줄은 그도 몰랐다. 이거라도 해보자는 심정으로 시도했는데, 눈앞에서 기적이 일어났다. 그런데 하루가 더 지난 지금까지 비가 오질 않았다. 만약 신녀가 아닌 여자를 데려온 것이라면, 상황은 정말 최악으로 치달을 것이었다. 현재 동연국은 여기저기서 폭동이 일어나도 이상하지 않을 만큼 일촉즉발의 상태였다. 그걸 잘 아는 황제의 짜증은 정점을 찍었다.

"신녀는 아직도 멀었나!"

"곧 채비를 마치실 것이옵니다. 잠시만 기다려 주십시오, 폐하."

대무녀, 모라는 잘생긴 얼굴을 팍팍 찡그리고 있는 황제를 능숙하게 다독였다. 그러나 황제의 급한 성미는 안절부절못하며 들어온 단야가 모라에게 처량한 눈길을 주는 순간에 튀어나왔다.

"신녀는 어찌하고 혼자야! 그년이 오지 않겠다 하더냐?"

"그, 그것이 아니오라……."

단야의 목소리가 기어들어 갔다. 신녀에게 이년, 저년 하는 황제에게 뭐라 대꾸해야 할지 곤혹스러웠다. 단야가 해연을 위해 변명을 하려는 차에 황제가 그녀의 말을 확 잘라먹었다.

"내 직접 갈 것이다."

눈에 불을 켠 황제는 살벌한 기세를 풍기며 해연의 처소로 쳐들어갔다. 문이 부서질 듯이 거칠게 열렸다. 침상에 누워서 눈물을 훔치던 해연은 다짜고짜 들어오는 황제를 보고 미간을 찌푸렸다. 저놈이 화근이었다. 저놈 때문에 자신이 여기까지 끌려오게 된 것이다.

"나가!"

울분을 품은 해연의 목소리는 날카로웠다. 하지만 황제는 해연의 기분 따위는 안중에도 없었다. 그는 성큼성큼 침상으로 다가가 해연을 내려다보며 눈을 부라렸다.

"당장 비를 내려라. 지금 당장!"

"폐하! 신녀님은 안정이 필요하십니다."

대무녀 모라가 한사코 만류했지만, 그는 이미 흥분할 대로 흥분한 상태였다. 하지만 해연의 고집도 만만찮았다. 그녀는 듣기 싫다는 듯 눈을 감고 고개를 돌려 버렸다.

완전한 무시에 황제의 이마에 힘줄이 돋았다. 뒤따라온 내관들이 말리기도 전에 그의 손이 해연의 목을 움켜쥐었다.

"살고 싶다면 당장 비를 내려!"

그는 버럭 화를 내며 협박을 쏟아냈다. 그가 목을 조르는 힘에 놀란 해연은 살심을 품은 황제의 눈을 보았다. 그 붉은 눈동자를 마주하자 가뜩이나 엉망이던 속이 더 뒤틀렸다. 제주에서 평화롭게 살던 자신을 여기까지 멋대로 끌고 와놓고 비를 내리라며 협박하는 행태가 불쾌하기 그지없었다. 잘 알지도 못하는 자에게 왜 이런 대접을 받아야 한단 말인가. 뭘 그리 잘못했다고. 너무나 억울하단 생각과 함께 숨이 턱 막혔을 때, 간신히 유지 중이던 해연의 이성이 끊어졌다.

짜악!

황제의 고개가 돌아가고, 해연은 목을 죄던 손에서 가까스로 벗어났다. 통증이 남아 있는 목을 본능적으로 가린 해연은 벌게진 눈으로 황제를 노려보면서 씩씩거렸다. 화끈화끈한 손바닥의 감각마저 아쉽게 느껴졌다. 더 세게 때려줄걸, 그렇게 생각하는 해연과 달리 주위에 있던 이들은 심장이 멎는 듯했다. 입이 쩍 벌어지는 것도 느끼지 못하고 다들 멍하니 서 있었다.

붉은 용포를 입은 황제가 뺨을 맞는 장면도, 그를 때리는 모습도 본 적이 없었다. 절대 있을 수 없는 일이었고, 일어나서도 안 되는 일이 그들의 눈앞에서 처참하게 벌어졌다.

태어나 처음으로 뺨을 맞은 황제는 자신이 맞았다는 사실을 인정하기 어려운지 한동안 미동조차 하지 않았다. 그러나 얼얼한 볼이 확실한 증거가 되었다. 생소한 볼의 통증은 얼마 되지도 않는 황제의 이성을 갉아먹었다. 점점 얇아지는 그의 이성이 완전히 끊어진 것은 이어진 해연의 말 때문이었다.

"죽여봐, 죽여보라고, 이 개자식아! 비를 내려달라고? 하— 그딴 건 하지도 못하고, 할 수 있어도 안 해. 안 해줄 거라고!"

눈이 뒤집힌 해연의 발악에 모든 이들이 숨을 죽이고 벌렁거리는 자신의 심장을 부여잡았다. 끝이었다. 이제는 말리지도 못한다. 황제의 이성이 더 남아 있을 리가 없었다.

다 풀리지 않는 응어리에 씩씩거리던 해연은 돌아갔던 황제의 고개가 천천히 제 위치를 찾자 순간적으로 파고드는 공포에 흠칫 놀랐다. 그러나 그것도 잠시, 애태우던 부모님이 떠오르자 두려움은 저 멀리 날아가 버렸다. 해연은 광기를 품은 황제의 붉은 눈을 피하지 않고 마주했다. 그리고 그 대가는 처참했다.

"네년이…… 죽고 싶었구나."

씹어뱉는 황제의 말투는 소름이 쫙 끼칠 만큼 공포스러웠다. 하지만 해연은 움츠리지 않았다. 자신은 잘못한 게 없었다. 꼬리를 내리지 않는 그녀의 당당한 모습이 황제를 더 분노케 했다.

"그래, 그렇게 죽고 싶다면 죽여줘야지. 당장 이 계집을 근정전 앞에 매달아라!"

신녀를 말려 죽이겠다는 뜻이었다. 하지만 선뜻 움직이는 이가 없었다. 그러자 황제의 몸에서 하얀 연기가 아지랑이처럼 피어오르기 시작했다. 그것이 무엇인지 짐작한 풍월대원들이 대경실색하며 부랴부랴 해연의 팔을 포박했다.

"놔!"

"가셔야 합니다."

"이거 놔!"

해연은 묶인 팔을 빼내기 위해 몸을 비틀었다. 악에 받친 그녀의 몸짓에 당황한 풍월대원들은 냉정한 황제의 친위대답지 않게 허둥댔다. 신녀의 몸에 함부로 손을 대는 일은 경천동지할 만한 죄였으니, 죄책감이 생기지 않을 리가 없었다. 그러나 황제의 타오르는 시선에 대원들은 이를 악물었다. 지금은 어떻게 해서든 두 사람을 떼어놓아야만 했다.

결국, 그들은 힘으로 해연을 제압하고 거칠게 끌고 나갔다. 그렇게 하는 것이 황제의 분노를 조금이나마 줄이는 것임을 오랫동안 옆에서 지낸 그들은 뼈에 사무치도록 잘 알고 있었다.

동연국 수도에는 두 개의 궁이 존재했다. 하얀 돌과 나무로 만들어진 신궁과 갈색 나무에 청색 기와를 얹은 황궁이 그것이다. 신녀와 무녀들이 사는 신궁과 달리 황궁에는 황실과 궁녀, 군부대 등이 함께 공존하고 있어서 그 규모가 신궁의 여섯 배에 달할 만큼 어마어마했다.

그런 황궁의 수많은 전각은 용도에 따라 모양이 가지각색이었지만, 그중에서도 가장 화려한 전각은 황후의 침소가 있는 황후전이었다. 금색을 좋아하는 황후와 붉은색을 좋아하는 황제의 취향에 따라 황후전은 붉고 노란빛이 한데 어우러져 더욱더 화사하고 아름답게 꾸며져 있었다. 하지만 그곳의 가치를 높이는 건, 값비싼 보석이 아닌 황후의 고운 심성과 미색이었다.

황후전에 배속된 궁녀, 보덕은 화장대 앞에 앉아 있는 황후의 머리를 다듬어주고 있었다. 창문으로 들어오는 햇살이 높이 틀어 올린 황후의 금빛 머리칼에 내려앉았고, 보석처럼 반짝이는 머리결에 보덕은 황홀한 표정을 지었다. 이 세상에서 가장 아름다운 여인을 정하라면 그녀는 단연코 황후를 꼽을 것이었다. 또한 그런 여인의 외모를 가꾸는 일을 보덕은 자랑스럽게 생각했다.

"마마, 어느 비녀를 하시겠습니까?"

보덕의 말에 옆에서 시중들던 궁녀 둘이 재빨리 황후의 앞으로 비녀 상자를 내밀었다. 상자 안에는 최상급 보석이 박힌 아름다운 비녀들이 늘어서 있었다. 그러나 비녀의 눈부신 자태에도 불구하고 황후는 옅은 한숨을 쉬며 손짓으로 상자를 물렸다. 근심이 가득한 그녀의 모습에 보덕은 심장이 철렁 내려앉는 듯했다.

"마음에 드시는 것이 없사옵니까? 다른 것으로 준비하라 이르겠습니다."

"되었다. 폐하께옵서 마음이 어지러우신데 내가 치장을 한들 무슨 소용이겠느냐. 되었으니 다 물려라."

이틀 전, 뺨을 맞은 황제는 쉬이 노기를 누그러뜨리지 못했다. 신녀가 이틀 내내 물 한 모금도 마시지 못하고 근정전 마당에 있는 신수 대랑(호랑이 모습에 사슴뿔을 가진 물을 다루는 신수)상에 매달려 있어도 황제는 살심을 억누르는 것조차 힘들어했다.

그는 태어날 때부터 일인지하 만인지상의 신분으로 떠받듦만 받아왔고, 태자 시절에는 여러 전장을 승리로 이끌면서 백성들의 민심까지 얻었다. 그런 와중에 외모까지 타의 추종을 불허할 만큼 미남인지라, 궁궐 내에서 황제의 목소리만 들려도 애타는 궁녀들이 적지 않았다.

그렇게 완벽하다면 완벽한 황제에게 바락바락 악을 써대고 뺨까지 때린 신녀는 결코 받아들일 수 없는, 본인의 위상에 흠집을 낸 죄인 중의 죄인이었다. 더군다나 나라에 가뭄이 들어 심기가 불편한 상태에서 신녀가 기름을 왕창 엎어버렸으니, 그 불같은 성질머리에 신녀의 목숨을 끊지 않은 것만으로도 참고 또 참은 것이다.

"좀 쉬고 싶구나. 다들 물러가거라."

황후의 명에 보덕과 다른 궁녀들이 인사를 올리고 침소를 나서려 했다. 그때 처소 밖에서 작은 소란이 일었다.

"달천대는 황후전 출입이 불가하다!"

"중요한 일이오. 황후마마! 마마! 달천대의 주평이라 합니다."

달천대란 말에 깜짝 놀란 보덕이 황후를 바라보았다. 황후의 표정에도 당혹감이 어렸다. 황제의 명에 의해 하랑의 달천대는 그 누구라 하더라도 황후전 출입이 불가능했다. 황후전은 황제의 친위대인 풍월대에 의해 보호되었고, 달천대가 드나들었다간 그 대원은 최소 사형이었다. 황후도 그 사실을 잘 알고 있었으나, 그녀는 이례적으로 방문을 허가했다.

"들라 하여라."

"마마! 폐하께서 아시면 어찌하시려고 이러십니까."

보덕이 깜짝 놀라 만류했으나 황후는 단호했다. 저리 다급하게 자신을 부르는데 못 본 체할 수는 없었다.

"내가 직접 나가야 하느냐! 들이라 하지 않아!"

황후는 평소 아랫것들에게 절대 보이지 않던 짜증까지 냈다. 그런 황후의 모습에 보덕은 할 수 없이 달천대원을 안으로 들였다. 검푸른 달천대 무복 위에 견갑옷을 입은 사내는 이제 막 소년티를 벗기 시작한 앳된 인물이었다.

"달천대 소속 주평이 황후마마를 뵈옵니다."

주평은 조급함을 잠시 숨겨두고 늠름하게 예를 갖췄다. 고개를 숙인 그는 황후가 먼저 하문해 주길 기다렸다. 다행히 자애로운 황후는 그의 기대를 벗어나지 않았다.

"무슨 일로 여기까지 온 건가요?"

"그게, 그러니까."

주평은 황후에게 올릴 마땅한 표현이 생각나지 않아 우물쭈물 거렸다. 달려오는 데 집중하느라 뭐라고 설명해야 할지 먼저 생각해 두지 못한 게 문제였다. 그러다 체념한 듯 그는 자주 쓰는 어휘를 이용해 간단하게 답했다.

"폐하께옵서 대장과 한판 하고 계십니다. 저희 대장 좀 살려주십시오, 마마."

간절한 눈빛으로 읍하는 주평의 말에 황후는 자리에서 벌떡 일어났다. 한판 한다는 표현이 평소에 하던 말싸움이 아니라는 것쯤은 능히 짐작할 수 있었다. 황제와의 대결을 최대한 피하던 하랑이 어쩌다 그랬는지는 모르겠지만, 촌각을 다투는 시급한 일임은 분명했다.

"어딥니까. 앞장서세요."

"예!"

황후의 빠른 결단력에 주평의 얼굴이 환해졌다. 하지만 그와 달리 보덕의 얼굴은 하얗게 질렸다. 식겁한 그녀는 두 팔을 벌리고 문 앞을 가로막았다. 황후의 미간이 좁혀졌지만, 보덕은 고개를 저으며 만류했다. 지금 하랑을 구하러 간다면 질투에 휩싸인 황제의 분노가 황후에게 향할 것이다. 보덕은 그걸 원치 않았다.

주평이 황후를 찾아가기 삼십 분 전쯤, 황제는 내관에게 기분 좋은 이야기를 들었다. 근정전 앞, 땡볕 아래에 묶여 있는 신녀가 눈물을 질질 짜고 있다는 내용이었다. 제까짓 게 아무리 독하더라도 그 땡볕에서 말라 죽을 것 같으니 두려움에 휩싸여 눈물을 펑펑 쏟고 있는 것이리라.

황제는 그 추한 꼬락서니도 구경하고, 사람들 앞에서 신녀가 자신에게 용서를 비는 모습도 보여줄 겸 친히 근정전 앞으로 행차했다.

근정전은 황제가 정무를 보는 전각으로 황궁에서도 가장 규모가 컸다. 사람들도 자주 드나들었고, 큰 행사를 치르는 장소인 만큼 마당도 매우 넓었다. 그런 근정전 앞마당에는 하늘을 향해 울부짖는 커다란 대랑상이 있었는데, 그 아래에 해연이 묶여 있었다.

황제는 해연을 보고는 피식 웃음을 흘렸다. 흰 비단으로 만든 저고리에 청실로 파도를 수놓은 풍성한 치마는 해연에게 어울리지 않았다. 이틀 동안 뜨거운 햇볕 아래에 있어서 벌겋게 탄 얼굴과 흐르다 말라 버린 눈물 자국, 자극적인 태양열로 인해 피부 발진까지 일어나면서 얼굴이 더 흉해진 상태였다.

"하랑에게도 보여주고 싶군. 이딴 계집을 신녀라고 데려오다니."

궁녀들과 내관, 호위무사들은 신녀에 대한 존중의 의미로 해연이 있는 근정전을 지나갈 때는 고개를 푹 숙이고 그녀의 얼굴을 눈에 담지 않았다. 그것이 그들의 세상에서 신녀가 지니는 위치였다. 단 하나, 분노에 눈이 돌아간 황제만이 신녀를 우습게 여겼다.

그는 해연에게 가까이 다가가 그녀의 얼굴을 빤히 바라보았다. 그러나 보면 볼수록 역겹다는 생각이 들자 한 걸음 물러나서 입을 놀렸다.

"물을 가져와라!"

신녀를 불쌍히 여긴 황제가 드디어 물을 주려는 것이라고 지레짐작한 내관들은 반색하며 신녀가 마실 물을 한 잔 가득 떠왔다. 그들에게 신녀는 이 땅에 물을 내려줄 유일한 희망이자 생명줄이었다. 그것을 황제가 모를 리 없었다. 그런데도 그는 물그릇을 빼앗아 들고 일말의 망설임도 없이 해연의 얼굴에 끼얹었다.

"폐, 폐하!"

황제가 끼얹은 차가운 물이 해연의 검은 머리카락을 타고 바닥으로 뚝뚝 떨어졌다. 물방울들이 돌바닥에 부딪쳐 산산이 부서질 때마다 내관들과 궁녀들의 심장도 함께 조각났다. 두렵고 걱정스러운 마음에 황제를 제외한 모든 이들이 어쩔 줄 몰라 하며 발만 동동 구르는 그때, 해연의 의식이 살짝 돌아왔다.

그녀의 입에서 흘러나오는 옅은 신음에 의식을 차렸음을 짐작한 황제는 단단히 으름장을 두었다.

"이만하면 내게 반항한 대가가 얼마나 고통스러운 건지 알았겠지. 아무리 신녀라 해도 나보다는 아래다. 네년이 죄송하다고 빌고 비를 내린다면 목숨만큼은 거두지 않겠다."

정신이 들자마자 들려오는 목소리가 황제의 것임을 안 해연은 기력이 쫙 빠지는 기분을 느껴야만 했다. 고개를 들 힘조차 없고 비몽사몽한 와중에도 이것이 꿈이라면, 제발 꿈이라면 이 지독한 악몽에서 한시라도 빨리 깨길 바랐다. 그러나 참혹한 현실은 사라지지 않았고, 계속해서 그녀의 숨통을 죄어왔다.

"언제까지 기다려야 하지? 어서 빌지 못해?"

내리쬐는 햇볕에 점점 짜증이 올라온 황제가 그녀를 다그쳤다. 그러나 해연은 요지부동이었다. 만만찮은 고집에 주변에 있는 이들, 특히 멀리서 그 모습을 지켜보던 달천대원들은 속이 타들어 갔다.

"대장, 저러다 큰일 치르시겠습니다."

가만히 바라만 보는 하랑의 뒤로, 달천대의 서열 5위인 동비가 대장의 눈치를 보며 해연을 걱정했다. 황제의 물불 안 가리는 성미는 이미 세계적으로 유명했다.

한 번은 그의 탄생일 축하연에 수우국 황제가 금으로 젖병을 만들어 보낸 적이 있었다. 그 선물을 본 황제는 어린 나이에 등극한 자신을 놀리는 뜻이라며 노발대발했다. 그 자리에서 수우국의 사신들을 전부 참수한 황제는 전쟁까지 일으키려 들었다. 다행히 가리국이 중재를 했고, 수우국의 황제가 태자가 탄생하길 바란다는 뜻이었다고 해명하면서 사건은 종결되었다. 하지만 그 덕택에 동연국 황제는 다혈질에 성격이 개차반이라 사람 목숨을 쉬이 여긴다는 세간의 평가를 받아야만 했다. 그런 황제를 근거리에서 겪어온 달천대이니 해연의 목숨을 걱정하는 건 당연한 일이었다.

"대장, 저러다 이번 신녀님도 잘못되시면, 이 나라는 어찌 됩니까."

동비의 걱정에도 하랑은 별말 없이 황제와 해연을 주시했다. 자신이 아는 황제라면 이쯤에서 일을 마무리할 것이다. 하나뿐이던 천관녀까지 죽은 마당에 다른 신녀를 데려올 수도 없었고, 해연만이 유일한 희망임을 그 누구보다 가후가 잘 알고 있다고 믿었다. 그럼에도 해연에게 저리 험하게 구는 건 신녀를 본보기로 삼아 신료들과 군사들에게 자신의 강건함을 보이려는 수작이라 생각했다. 적어도 황제가 검을 빼 들어 올리기 전까지는, 하랑은 그렇게 믿고 있었다.

황제는 아무리 닦달을 해도 말없이 축 늘어져 있기만 하는 해연을 보며 미간을 찌푸렸다. 그냥 죄송하다는 말 한마디만 하고 좀 전처럼 눈물 콧물 빼며 빌면 너그러운 척 용서한 뒤에 신녀로 삼아 비를 내리게 할 작정이었다.

해연이 신녀가 아니면 가장 큰 손해를 보는 건 황제인 본인이었다. 대신들은 신녀가 있는 다른 나라와 병합하자며 은근슬쩍 압박하고 있었고, 백성들은 물이 없어서 하루에도 수백, 수천씩 죽어 나갔다. 사기가 꺾인 군사들은 탈영하는 수가 많아졌고, 그는 나라를 지키지 못한 무능력한 황제로 이름을 남길지도 몰랐다. 그런 최악의 상황을 단번에 끝내줄 유일한 해답이 바로 해연이었다. 그래서 대답조차 없는 그녀의 행동이 그를 더 자극하고 있는 걸지도 몰랐다.

"자비를 베푼다 할 때 빌어라."

무슨 말을 하더라도 가만히 있던 해연이 황제의 말에 손가락을 움찔하며 반응을 보였다. 그리고 잠시 뒤, 그녀의 입에서 비소가 섞인 음성이 흘러나왔다.

"자비? 하— 엿 같은 소리 하네."

하도 갈라진 목소리라 황제는 자신이 잘못 들었다고 여겼다. 그러나 이어지는 그녀의 말은 황제의 이성과 자존심을 또다시 짓밟았다.

"할 일 없으면 가서 발이나 닦고 잠이나 자. 잘못한 게 없는데 내가 너한테 왜 빌어야 하는데?"

해연의 목소리에는 점점 힘이 들어갔다. 말을 하면 할수록 가슴속 깊은 곳에서 분노가 솟구쳤다. 더불어 그만큼 서글퍼졌다. 이곳이 정확히 어디인지, 돌아갈 방법은 있는 것인지, 앞으로 어떻게 해야 하는지, 알 수 있는 게 아무것도 없었다. 그리고 무엇보다 부모님 걱정이 눈앞을 가렸다.

"정신을 잃으면 나 때문에 우는 엄마랑 아빠가 보여. 그게 다 너 때문인데……."

끌려 나와 묶인 날 밤, 해연은 또 꿈속에서 부모님을 만났다. 엄마는 어두운 방구석에 앉아 흐느꼈고, 아빠는 끊었던 담배를 줄곧 피워대며 한숨만 푹푹 내쉬었다. 그리고 깨어났다가 다시 기절했을 때 해연이 본 것은 장례식장이었다. 엄마는 딸의 영정사진을 보며 멍하니 앉아 있었고, 아빠는 안쪽 방에서 숨죽여 오열했다.

외동딸을 아꼈던 엄마에 비해 아버지는 매우 엄해서 해연에게는 돈만 벌어다 주는 사람이었다. 듣기 좋은 말 한마디 해주지 않았던 아버지가 자신의 사진을 품에 안고 우는 모습은 또 다른 충격으로 다가왔다. 해연은 그때 깨달았다. 아버지가 애정을 표현하는 방법이 그저 매일 아침마다 출근해서 돈을 벌어다 주는 일이었음을. 그 깊은 사랑을 너무 늦게 알아차렸다. 이제는 사랑한다고, 감사하다고 말 한마디 건네지 못하는 상황이 되어버렸다.

"너 때문에 왜…… 왜 우리 엄마랑 아빠가 울어야 하는데! 차라리 죽여, 이게 꿈이라면 깨버리게. 비 같은 건 내리지도 못하니까 차라리 죽이라고!"

해연의 발악에 담긴 고통은 많은 이들에게 생생히 전해졌다. 그러나 황제에게만큼은 아니었다. 그가 원하는 것은 물의 신녀, 비를 내릴 수 있는 여자. 오로지 그것 하나뿐이었다.

"비를 내리지 못한다? 그럼 죽어야지. 쓸모가 없으니."

낮게 울리는 황제의 목소리에는 분노조차 담기지 않았다. 그저 죽이겠다는 일념. 그것 하나로 그는 뒤에 시립해 있던 풍월대원의 허리춤에서 검을 뽑아 들었다. 날카롭게 벼린 검이 그대로 해연을 향해 내려쳐졌다.

쾅!

고막이 찢길 만큼 강한 폭발음이 터졌다. 놀란 사람들이 겨우 정신을 수습할 때쯤 황제는 두어 발자국 뒤로 물러나 있었고, 기절한 해연의 앞에는 하랑이 서 있었다. 옅은 흙먼지 사이로 언뜻언뜻 보이는 하랑의 표정은 차분했으나, 그의 짙푸른 눈동자에는 이글거리는 감정이 숨어 있었다.

"기껏 모셔왔더니 이게 무슨 짓입니까."

"비켜."

가후는 치솟는 노기를 억누르고 단호하게 명령을 내렸다. 하지만 하랑은 물러서지 않았다. 목숨을 버릴 각오로 데려온 신녀였다. 황제의 다혈질적인 성격 때문에 함부로 죽게 만들 수는 없었다.

그가 해연을 지키기로 마음먹은 게 보이자 황제의 미간이 일그러졌다.

"감히 내 앞에서 공력을 사용하더니, 이젠 명령도 안 들어먹는군. 죽겠다는 뜻으로 받아들여도 되나?"

황제는 공력 사용을 이유로 들어 목숨을 거둘 의사가 있음을 피력했다.

선천적으로 타고나는 특별한 힘인 공력은 물을 제외한 자연을 닮은 능력이었다. 공력을 사용할 줄 아는 이는 육체의 강함이 일반 무인과는 차원이 달랐고, 그 희소성도 매우 높았다. 그래서 각 나라의 황제들은 주요 무관 직을 주며 그들을 곁에 두려고 노력했다. 다만 자신들을 향해 공력을 사용하는 건 엄격하게 다스렸는데, 이는 동연국도 마찬가지였다.

하랑도 그 사실을 모르지 않았으나, 이번만큼은 절대 물러설 수 없었다. 지금 그가 지켜야 할 존재는 황제가 아니라 등 뒤에 있는 여인이었다.

"신녀님을 죽이고 나라를 팔아먹기라도 할 생각입니까."

"팔아먹든 말아먹든 그건 황제인 내가 결정해."

슬슬 짜증이 치민 황제의 몸에서 옅은 아지랑이가 피어오르기 시작했다. 그 모습에 하랑도 몸을 긴장시켰다. 검끝에 피를 묻히는 한이 있더라도 지켜야 했다.

"이 나라가 망하는 꼴은 못 봅니다."

하랑의 몸에서 옅은 파란 빛이 나타났다 사라졌다. 그 빛을 본 내관과 궁녀들이 식겁하며 뒤로 물러났고, 풍월대원들은 검에 손을 가져다 댔다. 하랑의 몸에서 빛이 번쩍거릴 때 덤볐다가는 개죽음을 당한다는 걸 잘 알고 있지만, 황제를 호위해야 하는 그들에게는 선택권이 없었다.

일촉즉발의 상황이 펼쳐지자 멀리서 주시하고 있던 달천대원들은 머리를 싸매고 끙끙 앓았다. 황제는 그들이 지켜야 할 군주였고, 하랑은 존경하는 대장이었다. 어느 한쪽의 편도 들 수 없는 그들은 지금의 상황을 타개할 방법을 찾지 못했다.

평소 황제가 공력을 쓰려 할 때면 하랑이 먼저 물러났지만, 나라의 운명을 쥔 신녀가 뒤에 있는 이상 그들의 대장은 물러서지 않을 것이었다.

"두 분 다 공력을 쓰시려는 것 같은데 이를 어쩝니까."

황제와 하랑의 모습을 지켜보던 달천대원 하나가 울상을 지으며 선배들에게 방책을 물었다. 황제의 몸에서 피어오르는 하얀 아지랑이가 더 심해지고, 하랑의 몸에서 나오는 푸른 빛도 더 빨리 번쩍였다. 둘 다 공력을 운용하는 중임을 깨닫는 건 어렵지 않았다. 대치 중인 지금의 기 싸움 후에 제대로 붙게 된다면, 둘 중 하나는 불구가 돼야 끝날 가능성이 높았다.

"풍월대 대장까지 오면 우리 대장이 지는 것 아닙니까?"

"으아아아아아. 어쩌지? 어쩌냐? 이걸 어떻게 해야 하냐?"

풍월대 대장이란 말에 달천대원들은 머리를 쥐어뜯으며 비명을 질렀다. 동연국에는 세 명의 공력자가 있는데, 화공을 쓰는 황제와 뇌공을 쓰는 하랑, 파공을 쓰는 풍월의 소렵이었다.

무공이 가장 뛰어난 이는 단연코 하랑이지만, 문제는 황제와 소렵이 같은 편이라는 점이었다. 암담한 상황에서 시간만 속절없이 흐르고 있을 때, 좋은 아이디어 하나가 툭 튀어나왔다.

"어쩌면 황후마마가 말리실 수도 있지 않겠습니까?"

달천대원 하나가 내뱉은 말에 하도 머리를 쥐어뜯어서 산발이 된 다른 대원들의 시선이 얽혔다. 하랑에게 호의적이면서 황제를 말릴 수 있는 이는 국상, 김학과 황후뿐이었다. 특히 황후는 이 싸움을 말릴 수 있는 위치에 있었다. 문제 해결의 실마리가 보이자 남은 건 누가 황후전으로 찾아가느냐였다.

"제가 가겠습니다!"

어린 주평이 자진하여 나서자 다른 대원들의 얼굴에 그늘이 졌다. 약관도 채 되지 않은 주평을 사지로 보낸다는 점이 마음에 걸렸다. 그러나 하랑을 구하기 위해 황제 앞으로 뛰어들어야 한다면 전력상 가장 약한 이가 황후에게 가는 것이 나았다. 그걸 알기에 주평도 먼저 나선 것이었다.

"제가 좀 날렵하지 않습니까. 빨리 다녀오겠습니다."

걱정하지 말라는 듯 씩씩하게 구는 주평의 모습에 달천대원들은 힘겹게 고개를 끄덕였다. 지금으로선 다른 방법이 없었다.

"부탁한다. 황후마마가 나서시면 대장이 살 가능성이 조금이라도 생긴다."

동비는 주평의 어깨를 한 번 다독여 주었다. 그에 주평은 걱정하지 말라는 듯 씩 웃어 보이곤 황후전으로 달려갔다. 이번 일이 황제의 귀에 들어가기라도 하면 죽는다는 걸 그도 잘 알고 있지만, 대장이 목숨을 걸고 신녀를 지키려는 상황에 그까짓 것쯤은 아무래도 좋았다.

풍월대원인 평산은 등 뒤로 식은땀이 흐르는 걸 느꼈다. 황제의 화기가 점점 강해지면서 주변의 온도를 높였고, 육신은 죽음이 가까워졌음을 느끼고 있었다. 벼랑 끝에 다다른 이성이 도망치라고 외쳐 댔지만 그럴 수는 없었다. 필시 검을 휘두르지도 못하고 생을 마감할 테지만, 황제의 친위대인 그는 죽는 한이 있어도 황제의 곁에 머물러야만 했다. 긴장한 평산의 턱을 타고 땀이 한 방울 떨어지는 그 순간에, 황제의 발이 땅을 박찼다.

콰강!

검이 맞부딪힌 소리라고는 믿기 힘든 굉음이 터지고, 황제의 주변으로 불길이 일었다. 활활 타오르는 불길은 황제의 옆에 있다가 미처 피하지 못한 풍월대원 하나를 무참히 집어삼켰다.

"끄아아아악!"

뜨거운 고통에 비명을 지르던 풍월대원이 새까맣게 탄 채 털썩 쓰러졌다. 네 편 내 편 구분하지 않고 목숨을 앗아가는 힘에 풍월대원들은 이를 악물었다. 그들의 시련은 이제 시작이었다.

쿠르릉—

쾅! 콰과강!

마른하늘에 날벼락이 이런 말일까. 하랑과 황제의 주변으로 푸른 빛의 벼락이 큰 소리를 내며 떨어졌다. 죽기 싫으면 다가오지 말라는 듯 하랑의 공력이 무자비하게 쏟아져 내렸다.

본격적인 전투에 내관과 궁녀들이 비명을 지르면서 혼비백산, 뿔뿔이 흩어졌다. 공력자들의 싸움에 휘말리면 그대로 즉사한다.

하랑은 황제의 주변에 넘실대는 불덩이들을 보며 몸속에 있는 공력을 더 빨리 돌렸다. 폭발력이 강한 화공이 황제의 공력인지라 한 번이라도 제대로 맞으면 피해가 클 수밖에 없었다. 그러니 그전에 제압해야만 했다.

번쩍!

벼락 한 줄기가 황제의 머리 위로 떨어졌다. 급히 검에 공력을 둘러 벼락을 쳐내자 굉음이 터지면서 몸에 충격을 주었다.

"하랑, 네놈이 감히."

검을 타고 흐르는 찌릿찌릿한 벼락 맛에 가후의 눈에 불길이 일었다. 이 년 전 그가 하랑의 여인을 빼앗았던 그날 이후로 하랑은 그를 무시하거나, 견뎌내거나, 져주었다. 그렇게 싸움을 피해온 건 군주를 향한 지극한 충심 때문이 아니었다. 어기면 안 될 약조가 그를 묶어둔 탓이었다. 그런데 오늘, 하랑은 신녀를 지키고자 그에게 검을 겨눴다.

공격을 받고 흥분한 가후의 몸에서 불덩어리들이 쑥쑥 빠져나와 하랑을 향해 달려들었다. 뒤에 해연이 있어서 피할 수도 없는 상황인지라 하랑도 목숨을 걸어야 했다.

하랑은 자신의 앞으로 번개를 집중시켰고, 거대한 폭발음과 함께 근정전 앞마당이 산산이 부서졌다. 흙과 돌조각이 뒤섞이면서 뿌연 먼지구름을 일으켰다. 시야까지 흐려진 최악의 상황이지만 그는 지체 않고 다시 검을 휘둘렀다.

까가강!

하랑이 휘두른 검을 막아낸 가후는 심장이 새까맣게 타는 기분을 느꼈다. 검을 섞으면 섞을수록 하랑이 진심을 담아 휘두르고 있다는 게 여실히 느껴졌다. 그래선 안 되는 것이거늘.

"나와 사생결단이라도 내려는 거냐!"

하랑의 검에 실린 힘이 진심임을 느낀 가후의 몸에서 뜨거운 열기가 뻗어 나왔다.

이글거리는 아지랑이에 아직 목숨이 붙어 있는 풍월대원들은 숨이 턱턱 막히는 것을 느꼈다. 그러나 그와 검을 맞대고 있는 하랑은 아무렇지도 않아 보였다.

"신녀님께 시간을 주십시오. 그것 외엔 방도가 없음을 아시지 않습니까."

"타협은 저 계집년의 혓바닥이라도 잘라낸 뒤의 일이다!"

말도 안 되는 억지에 하랑의 미간이 좁아지고, 검을 맞대고 있는 가후의 머리 위로 다시 하얀 빛이 번쩍였다. 벼락이 떨어지기 직전의 신호임을 감지한 황제의 얼굴이 콱 구겨졌다. 검을 맞대고 있으니 벼락을 피하거나 막을 길이 없었다. 순간, 강렬한 전류가 그의 머리 위로 내리꽂혔다.

콰앙!

커다란 폭발음이 터지자마자 가후는 하랑의 검을 밀치고 거리를 벌렸다. 목숨은 부지했으나 그의 머리장식인 화려한 상투관에 작은 금이 갔다. 그래도 그 정도로 끝난 건 아슬아슬한 순간에 도착한 소렵 덕분이었다.

"폐하, 괜찮으시옵니까?"

"저게 진짜 날 죽이려 드는 걸 봤느냐?"

가후는 뿌연 먼지 사이로 흐릿하게 보이는 하랑을 노려보며 노발대발했다. 폭발음에 급히 달려온 소렵이 벼락을 막아내지 못했더라면 그는 제법 큰 상처를 입고 최소 일 년은 침상에 누워서 고생했을 것이다. 머리로 내리꽂히던 공격의 위험성을 알기에 소렵도 하랑을 다그쳤다.

"이게 도대체 무슨 짓인가, 하랑!"

"자네야말로 주군이 잘못된 길을 가려 하면 막아야 하는 것 아닌가? 내가 아니라 충신인 자네가 말일세."

"난 호위무사일세. 그 무엇보다 폐하의 안위가 먼저야."

가후의 일에는 좀처럼 말이 통하지 않는 소렵 탓에 하랑은 눈살을 찌푸렸다. 이렇게 되면 승산은 황제 쪽으로 기울게 된다. 차라리 이쯤에서 합의를 보는 것이 이득이었다.

"열흘만 시간을 주십시오. 열흘 내로 신녀님이 비를 내릴 수 있게 하겠습니다."

검을 거둔 하랑의 말에 황제는 심기가 뒤틀렸다. 전심을 다해서 자신을 죽일 듯이 공격해 놓고는 열세에 처하니 이제 와 손을 내민다? 그 손을 덥석 잡아준다면 잔인하기로 악명 높은 그가 아니었다.

"그따위 협박에 굴할 내가 아니다."

가후는 다시 공력을 운용했다. 결국 하랑도 검을 고쳐 잡았다. 둘이 다시 전투태세를 취하자 소렵은 아직 숨이 붙어 있는 자신의 부하들을 일정 거리 밖으로 내보냈다. 이미 세 명이 새까맣게 타서 즉사했지만, 모두 황제의 공력에 당한 것이었다. 하랑이 신녀를 지키면서도 풍월대원들을 최대한 신경 써주었음을 짐작할 수 있었다. 그의 배려에 소렵은 쓴 입맛을 다셨다.

풍월대원들이 동료의 시신을 수습하고 급히 물러나자 하랑과 황제의 2차전이 시작되었다. 소렵의 존재가 신경 쓰인 하랑은 공력을 사용하는 강도를 높였고, 근정전 앞마당은 불과 번개, 파공이 어지러이 뒤섞였다. 흙먼지와 번쩍이는 공력들에 의해 검을 섞는 세 사람의 모습은 잘 보이지 않았으나, 내리쳐지는 번개와 불꽃의 파괴력은 그 소리만으로도 보는 이에게 공포심과 경외감을 심어주었다. 그리고 그 와중에도 해연이 묶여 있는 신수상에는 여전히 흠집 하나 나지 않았다.

격렬하게 검을 섞으면서 가후는 하랑의 실력에 내심 감탄했다. 황제인 자신과 무인인 하랑은 공력을 갈고닦는 일에 투자하는 시간과 노력이 달랐다. 그러나 그 점을 참작하더라도 하랑은 그와 소렵이 따라갈 수 없을 만큼 뛰어났다. 기본적으로 타고난 공력이 강한 편인 덕도 있지만, 제멋대로의 속성을 가진 번개를 원하는 자리에, 원하는 강도로만 다룬다는 건 노력만으론 불가능한 일이었다. 하지만 아무리 뛰어난 사냥개라 하더라도 주인을 물려고 한다면 버릇을 고쳐 놓거나 죽여야 후환이 없는 법이었다.

'빈틈이 없다면 만들어주어야겠지. 어디 얼마나 버티나 보자.'

가후의 몸에서 빠져나온 다섯 개의 불덩어리가 해연이 묶여 있는 신수상으로 내달렸다. 공력을 쏘아낸 가후는 하랑이 막지 못하도록 끊임없이 검을 휘둘렀다. 검을 막으면 해연이 죽고, 불덩어리를 막으면 하랑이 생명을 내주어야 하는 상태였다. 양자택일의 상황에 빠졌음을 짐작한 하랑은 이를 악물고 검을 고쳐 쥐었다.

까앙!

황제의 검을 막은 하랑은 재빨리 그의 복부를 가격해 밀쳐 내고 불덩어리를 쳐내기 위해 몸을 돌렸다. 그러나 이미 막기엔 늦은 상태였다. 그때, 해연을 덮치던 불덩어리들이 강한 파동과 함께 위로 날아가면서 터져 버렸다. 그 모습에 가후의 얼굴이 소렵을 향해 획 돌아갔다. 하랑도 놀란 얼굴로 소렵을 바라보았다.

소렵은 어렸을 때부터 선황의 호위로 발탁되었고, 전쟁이 터지자 당시의 태자였던 가후와 함께 전쟁터를 누비고 다녔다. 그때부터 소렵은 가후에게 충성을 맹세했다. 그의 명이라면 부당하더라도 우선 받아들이고 보던 소렵이 대놓고 황제의 뜻에 반하는 행동을 하는 일은 흔치 않았다. 그러니 신녀를 구한 일은 하랑은 물론이고 가후마저 놀랄 수밖에 없었다.

"송구합니다, 폐하. 부하들 목숨값은 해야 하지 않겠습니까."

소렵이 말하는 바를 짐작한 가후가 혀를 쯧— 찼다. 불에 타 죽은 부하들이 눈에 밟혀서 신녀를 구하는 것으로 나름의 항의를 하고 있는 것이었다. 하랑이 달천대를 아끼듯이 소렵도 풍월대원들을 제 자식처럼 돌봤다. 그런 부하들을 적도 아닌 황제에게 허망하게 잃었으니, 그 심정이 오죽 뒤틀렸으랴. 더군다나 하랑은 단 한 명의 풍월대원도 죽이지 않았다. 괴로워하는 소렵의 속내를 짐작한 황제가 쓰쓰름한 입맛을 다셨다.

"용서는 한 번뿐이다."

"예."

소렵의 돌발행동을 깔끔하게 정리한 가후는 다시 공격을 준비했다. 공력이 얼마 남지 않았으나 여기서 물러나는 건 황제로서의 자존심이 용납하지 않았다. 더군다나 자신은 소렵까지 있으니, 못 해도 생채기 하나는 내야만 했다.

가후가 끝장을 보려 하자 하랑도 슬슬 조급해졌다. 먼지가 걷히면서 저 멀리서 금방이라도 튀어올 듯 몸을 달싹이는 달천대원들이 보였다. 그러나 하랑은 고개를 저었다. 부하들이 끼어봤자 억울하게 죽는 목숨만 늘릴 뿐이었다. 그런 하랑을 향해 가후와 소렵의 검이 겨눠졌다.

"언제까지 버틸 수 있나 보자."

가후의 말을 신호로 또다시 공력들이 줄기차게 섞이기 시작했다.

"황후마마! 안 됩니다. 마마! 마마!"

보덕은 처소를 빠져나와 근정전으로 내달리는 황후의 뒷모습을 보면서 애타게 그녀를 불렀다. 그러나 비아의 신경은 이미 근정전을 향해 집중되어 있었다. 근정전의 폭발음이 들려온 지도 꽤 시간이 지났다. 긴 치마가 자꾸 발을 붙잡았으나 그녀는 체면도 내던지고 치마폭을 휘어잡은 채 근정전을 향해 정신없이 달렸다.

"허억. 허억."

근정전에 도착하자 턱까지 차오르는 숨을 돌리기 위해 잠시 발을 멈췄다. 심장이 두근두근 뛰면서 좁은 목구멍을 비집는 듯했다.

황후를 발견한 궁녀와 내관, 호위들이 그녀를 향해 허리를 숙이고 예를 갖췄다. 하지만 비아의 눈에는 그들이 들어오지 않았다. 당황한 느낌이 역력한 그녀의 금빛 눈동자에는 공력에 휘말려 날아오른 흙먼지들과 그 사이로 번쩍이는 빛만 아로새겨지고 있었다.

폭발음은 줄기차게 터져 나오는데, 시야를 가린 먼지구름 때문에 상황이 어찌 진행되고 있는지 알 수 없었다. 다만, 한 가지는 확실했다. 싸우고 있는 그들을 말릴 수 있는 게 본인뿐이라는 것. 조심성 없이 다가갔다가 눈먼 번개나 불에 당하기라도 하면 끔찍한 일이 벌어질 테지만, 두 사람을 말려야 한다는 생각에 비아는 다른 걸 생각지 못했다. 그녀는 숨을 크게 들이마시곤 공포심에 심장이 억눌리기 전에 공력이 쏟아지는 곳으로 뛰어들었다.

"황후마마!"

"마마!"

황후가 뛰어드는 장면을 목격한 모든 이가 깜짝 놀라 비아를 불러댔다. 그녀를 붙잡을 용기는 없었으나, 그들의 다급한 목소리 덕에 안에서 싸우고 있던 세 사람의 움직임이 잠시 멈췄다.

쿠르릉! 꽈광!

"꺄악!"

황제의 뒤쪽에서 터지는 높은 비명에 셋은 서로 눈치를 보았다. 황후의 안전을 위한다면 뿌려둔 공력을 거둬야 하지만 먼저 거두는 쪽이 이 싸움에서 패배하게 될 것이다.

황제는 하랑이 지는 한이 있더라도 먼저 공력을 거두리라 생각했다. 하지만 하랑은 공력을 거두지 않았고, 신수상 앞에서 움직이지도 않았다. 그런 하랑의 행동이 재미있는지, 가후가 피식 웃음을 지었다.

"의외군. 황후의 비명임을 짐작했을 텐데. 죽어도 된다는 건가?"

황제의 비꼬는 말투에 담긴 의미를 하랑은 쉽게 짐작했다. 해연이 있는 신수상이야 자신이 조절하고 있으니 번개의 영향에서 벗어나 있지만, 황후가 있는 곳은 아니었다. 단 한 번이라도 벼락을 맞는다면 평범한 사람인 그녀는 그 자리에서 죽는다. 하지만 하랑은 흔들리는 모습도, 조바심이 나는 감정도 함부로 드러내지 않았다.

"폐하께서 착각하시는 모양입니다."

"뭐라?"

가후의 얼굴에 어이없다는 빛이 떠올랐다. 하랑은 그런 황제의 반응을 무시하며 정확히 선을 그었다.

"제가 지켜야 하는 건 황후마마가 아니라 제 뒤에 계신 신녀님과 이 나라입니다. 황후마마는 폐하의 지어미가 아닙니까. 폐하가 해야 할 일을 제게 떠넘기지 마십시오."

"하— 하하하하하하!"

가후의 웃음소리가 근정전 앞마당에 울려 퍼졌다. 미친 듯이 웃던 그는 검을 버리고 하랑에게 등을 보였다. 뿌연 흙먼지를 헤집고 들어간 그는 곧 주저앉아 있는 황후 앞에 도달할 수 있었다.

눈앞에 나타난 붉은 용포 자락에 비아가 고개를 들고 그를 올려다보았다. 눈물이 그렁그렁 맺힌 그녀의 모습에 가후는 심기가 뒤틀렸다. 그래서인지 황후를 일으키는 그의 손길은 거칠기 그지없었다.

"여기가 어디라고 온 거요."

"폐하……."

"뭐가 그리 걱정돼서 목숨까지 내걸고 뛰어든 거지? 그대 목숨은 내 것임을 알지 않나?"

달콤하게 포장된 말속에 가시가 들어 있음을 황후는 모르지 않았다. 하지만 그녀는 상관하지 않는 듯 그의 얼굴을 살짝 매만졌다.

"폐하, 다치신 곳은…… 없으시옵니까?"

걱정이 가득한 그녀의 반응에 가후의 눈동자가 흔들렸다. 얼굴에 닿는 손길은 부드러웠지만, 기분이 썩 좋지만은 않았다. 그래서 그는 좀 더 심술을 부렸다.

"하랑이 공력을 거두질 않더군. 그대보다 저 못생긴 신녀가 더 중한가 보오."

이번엔 비아의 눈동자가 설핏 흔들렸다. 그러나 그녀는 하랑과 해연이 있는 곳으론 시선조차 주지 않았다.

"달천의 대장으로서 제 안위를 생각지 않는 건 괘씸하나, 폐하께서 이리 와주셨으니…… 신첩은 그것이 제일 기쁩니다."

지아비의 사랑을 바라는 듯한 말에 가후의 고개가 하랑에게 돌아갔다. 이것 보라는 듯, 승리감에 도취된 그의 눈빛에 하랑은 쓴웃음을 머금었다. 저 질투의 화신이 황제랍시고 미친 짓을 수도 없이 많이 하긴 하지만, 가끔 보이는 저런 어린애 같은 행동은 헛웃음만 나오게 만들었다. 그래도 다행히 기분이 좀 나아졌는지 황제는 해연에게 마지막 기회를 주었다.

"닷새 안에 비가 내린다면 오늘의 무례는 용서해 주마. 단, 그 안에 비가 내리지 않는다면 저 계집이 신녀인지부터 최후의 방법으로 확인할 것이다.”

하랑은 제안을 받아들인다는 뜻으로 공력을 거뒀다. 그제야 소렵도 황제와 황후를 모시고 자리를 벗어났다.

휘날리던 흙먼지가 가라앉으면서 드러난, 폐허가 된 근정전의 마당에는 하랑과 그 뒤의 신수상만이 오롯이 서 있었다.

기절했던 해연이 깨어난 것은 그다음 날이었다. 띵띵 울려대는 머리를 부여잡고 겨우겨우 침상에서 몸을 일으키자, 창가에 앉아 느긋이 책을 보며 차를 홀짝이는 사내가 보였다. 머릿속을 울려대는 자신의 고통과는 완전히 동떨어진, 그 말도 안 되게 아름다운 자태에 해연은 그것이 무엇인지 곰곰이 생각했다. 그리고 좀 더 시간이 지나서야 자신을 이곳으로 끌고 온 두 번째 원수임을 알아차렸다.

“너…… 윽!”

해연은 심각한 두통에 머리를 부여잡고 침상 위로 고꾸라졌다. 머릿속에서 뇌가 제멋대로 굴러다니며 두개골에 박치기를 하는 듯이 지끈거렸다.

“한동안 가만히 계시는 게 좋을 겁니다.”

하랑은 책에 시선을 고정하고 무심한 말투로 말을 건넸다. 누가 본다면 다른 이가 말했다고 느껴질 만큼 그는 책에만 집중하고 있었다.

“너…… 아으윽.”

말을 좀 하려 해도 절로 앓는 소리가 새어 나왔다. 도대체 기절한 새에 무슨 일이 벌어졌기에 이리 아픈가 싶었다. 아픈 머리를 붙잡고 흐릿했던 기억을 더듬자, 황제가 검을 뽑아 들고 자신을 죽이려

했던 일과 눈을 질끈 감은 뒤로 정신이 끊어진 걸 알 수 있었다.

해연이 고개도 들지 못하고 끙끙 앓는 동안, 하랑은 읽고 있는 책의 내용을 다시 확인했다. 신궁에 있는 서고를 다 뒤져서 겨우 찾은 책이었다. 오래되어 눅눅한 냄새를 풍기는 고서에는 신녀가 능력을 쓰지 못할 때도 있는가에 대한 대답이 적혀 있었다.

―비를 내려주는 신녀의 수는 최대 다섯이다. 그래서 이 땅은 기본적으로 다섯 개의 나라를 유지하고 있다. 각 나라에 있는 신녀는 하늘이 내려준 천수를 다 누리고 죽어야 그 땅에서 다시 태어난다. 만약 신녀가 암살 등의 이유로 일찍 죽으면, 육체에 주어졌던 수명이 끝나기 전에는 다시 태어나지 않는다. 새로 태어나는 신녀는 갓난아이의 몸을 가지고 있기 때문에 간혹 물의 힘을 다루지 못하기도 한다. 그러므로 신녀가 죽으면 황제는 물을 비축하고 새로 태어나는 신녀가 힘을 사용할 수 있을 때까지 기다려야 한다. 물론 신녀가 물을 사용하지 못하는 기간은 매우 짧아서 가뭄이 오래 연장되지는 않는다.

고서에 적힌 내용에 따라 해연의 상황을 대치해 본 하랑은 찜찜한 부분을 떠올리며 의자 등받이에 깊이 몸을 기댔다. 해연이 신녀가 아니라면 이 나라의 모든 이들이 다 죽은 목숨이었다. 그래서 하랑은 해연이 신녀일 것이라는 가정하에 그에 따른 문제점들만 차근차근 짚어 나갔다.

'저 여인이 진짜 신녀라면, 신녀가 있음에도 비가 내리지 않는 이유를 두 가지로 압축할 수 있다. 비를 내리기 싫어하거나, 힘을 각성하지 못했거나. 신녀의 능력이 나타나지 않은 문제는 역사 속에서도 종종 있었고, 시간이 지남에 따라 해결될 수 있다. 그렇다면

문제는 신녀가 비를 내리기 싫어해도 각성만 하면 자연적으로 비가 내리느냐다.'

신녀는 물을 다루듯이 비도 조절할 수 있는가. 그에 대한 답은 하랑도 알지 못했다. 정답을 아는 신녀는 이미 죽은 마당이니 스스로 유추해야만 했다. 오랜 고민 끝에 그는 해연이 '가뭄을 끝낼 마음을 먹도록 하는 게 비가 올 가능성을 높인다'는 결론을 도출할 수 있었다. 생각을 정리한 하랑은 침상 위에 엎어져서 끙끙거리고 있는 해연을 보곤 깊은 한숨을 내쉬었다.

한동안 움직이지도 않고 숨만 쉬던 해연의 이마에 물에 젖은 차가운 손이 얹어졌다. 손을 통해 전해지는 찬 기운이 의외로 머리를 편안하게 만들어주었지만, 누구의 손인지 잘 알고 있었기에 그 친절을 그대로 받아들일 수가 없었다.

"치워."

냉기가 폴폴 풍기는 해연의 말투에도 하랑은 미열이 느껴지는 그녀의 양쪽 관자놀이를 지그시 눌러주었다. 극심한 스트레스와 펑펑 쏟은 눈물 때문에 생긴 편두통이었다. 이럴 때는 관자놀이를 눌러주면서 공력을 좀 흘려주면 한결 상쾌해진다.

"아……."

순식간에 가라앉는 두통이 신기한 듯 해연이 작은 탄성을 터뜨렸다. 뇌가 갈라진다는 생각이 들 만큼 아팠는데 갑자기 시원해졌다.

"좀 나으십니까?"

"뭐, 좀……."

해연은 얼떨결에 순순히 대답했다. 자신을 이곳으로 끌고 온 원수 중 하나지만, 황제를 대할 때와는 달리 감정이 누그러졌다. 처음 그를 보았을 때 대뜸 멱살을 잡고 욕을 했었는데, 그럼에도 불구하고 이 남자는 자신에게 친절했다. 그런 사람에게 계속 악을 써댄다는 건 생각보다 민망한 일이었다.

해연이 조금 진정한 듯 보이자, 하랑은 손을 떼고 일이 어찌 돌아가고 있는지 차분히 알려주었다.

"황제가 닷새의 시간을 주었습니다."

목숨을 걸고 얻은 시간이었다. 해연이 기절한 사이 이미 하루가 지났으니 이제 나흘 남았다. 하지만 그녀의 뒤틀린 심사는 쉬이 풀어지지 않았다. 팔짱을 낀 해연은 불만이 가득한 눈으로 하랑을 노려보았다.

"그 안에 비를 내려라. 안 그러면 죽이겠다. 또 그 말이야?"

해연은 있는 힘껏 비아냥거렸다. 사람에게 비를 내려달라고 하는 것 자체가 말이 되지 않았다. 사람의 힘으로는 할 수 없는 일을 자꾸 요구하는 게 답답하기도 했다. 하지만 하랑은 그 뜻을 다르게 받아들였다.

"비를 내리기 싫으십니까."

비를 내리기 싫다고 해야 하는지, 불가능하다고 해야 하는지, 해연은 쉽게 결론을 내리지 못했다. 지금까지 만난 이 나라의 사람들은 자신이 비를 내려주길 간절히 바랐다. 그런 상황에서 비를 내리지 못한다고 한다면 목숨을 부지하기 힘들지도 몰랐다.

살기가 가득하던 황제를 떠올린 해연은 그제야 나갔던 이성이 돌아오는 걸 느꼈다. 이 모든 것은 꿈이 아니라 현실이었다. 그리고 이곳은 한국의 과거와 많이 닮은 나라였다. 사내들은 긴 칼을 차고 다녔으며, 대통령 대신 황제가 있었고, 법은 사람의 목숨을 보장해 주지 않았다.

그렇게 해연이 조금씩 현실을 받아들이고 있을 때, 하랑은 당장 직면한 현실이 무엇인지 깨우쳐 주었다.

"이유가 무엇이든 나흘 안에 비가 내리지 않는다면 결론은 마찬 가지입니다."

결론은 죽는다는 뜻이었다. 그제야 해연은 자신이 얼마나 위험한 처지에 직면했는지 느낄 수 있었다. 하지만 그렇다고 해서 눈물을 터뜨리거나 유약한 모습을 보이지는 않았다. 현실을 받아들이기 힘 들고 온몸의 털이 곤두설 만큼 두려웠으나 그럴수록 더 강하게, 아 무렇지도 않아 보이게 굴어야 한다고 믿었다. 그래야 남들도 자신 을 무시하지 않는 법이었다.

해연의 반항적인 눈빛에 하랑은 작은 한숨을 내쉬곤 그녀의 옆에 앉았다.

"저와 거래를 하시겠습니까?"

대뜸 나온 거래라는 말에 해연이 의아한 표정을 지으며 그를 바 라보았다. 복잡한 심경을 대변하듯 우수에 젖은 하랑의 옆모습이 대놓고 사람을 홀렸다. 검푸른 눈동자와 단정한 얼굴은 진중함을 느끼게 했고, 톡 튀어나온 울대는 남성다움을 풀풀 풍겼다. 눈을 떼 기 힘든 외모였지만, 지금은 남자의 외모에 혹할 때가 아니었다. 주 먹을 꽉 쥐고 정신을 수습한 해연은 하랑의 말에 귀를 기울였다.

"말 그대로 거래입니다. 전 이 나라에 비가 내리길 바랍니다. 제 가 원하는 바를 이뤄주신다면, 저도 신녀님께서 원하시는 것 하나 를 들어드리겠습니다."

해연은 왜 사람에게 비를 내려달라고 하는지 물어볼까 하다가 그 냥 입을 다물었다. 비를 내릴 줄 모른다는 걸 그가 눈치채기라도 하 면 곤란했다.

"당신한테 원하는 거 없어."

"그럼…… 지켜 드리는 건 어떻겠습니까? 남은 기간만 노력해 주신다면, 비가 내리지 않더라도 평생 곁에서 지켜 드리겠습니다."

본인의 인생을 다 건 하랑의 말에 해연의 눈이 휘둥그레졌다. 그를 직접 대면한 건 오늘이 두 번째였다. 초면이나 마찬가지인 사람에게 평생이란 단어를 붙이는 이유를 알 수 없었다.

"왜?"

그녀의 복잡한 심정을 대변하기에 '왜'라는 질문보다 더 적절한 건 없었다. 다행히 그 질문의 요지를 제대로 파악한 하랑은 씁쓸한 미소를 지었다.

"저로 인해 이리되셨으니 지켜 드리고자 합니다."

비가 오지 않아 나라가 망하면 더 이상 의미도 없는 목숨이었다. 그러니 남은 인생은 자신 때문에 위험에 처한 그녀를 위해 써도 좋을 것이었다.

대충이나마 하랑의 뜻을 짐작한 해연은 잠시 고민했다. 어제까지만 해도 이것이 꿈일 것이라 생각했다. 아직 해가 뜨지 않아서 깨어나지 못하는 것이라면 황제의 칼에 죽어서 그 충격으로 확 깨어난 뒤에, 엄마 아빠에게 달려가 지독한 악몽을 꾸었다고 앙탈이라도 부리고 싶었다. 하지만 정말로 칼을 빼 들고 죽이려 들던 황제 때문에 현실을 받아들이게 되었다.

꿈이라고 치부하던 것이 현실이 되자 가장 급선무가 된 건 목숨을 부지하고 무사히 집으로 돌아가는 일이었다. 게다가 비가 내리지 않아도 지켜준다 했으니 나흘간 노력해본다고 손해 볼 건 없었다.

"그쪽, 음…… 그러니까."

해연이 마땅한 호칭을 찾지 못해 우물쭈물하자 하랑이 피식 웃었다. 그러고 보니 그들은 아직 통성명도 안 한 상황이었다.

"하랑이라 부르십시오."

"아. 그냥 그렇게 불러도 되나, 요? 나보다 나이가 많아 보이는데……."

해연의 말에 하랑의 표정이 묘해졌다. 처음 봤을 때부터 반말에 욕을 했으면서 이제 와 나이를 거론한다는 것도 좀 우스웠다. 물론 갑자기 끌려와 이성을 잃은 탓이 컸지만, 애초에 그녀에게 존댓말을 들을 생각이 없었다.

"신녀님의 직책이 저보다 더 높으니 상관없습니다. 말도 놔주십시오."

처음 볼 때부터 이미 말을 놔버려서 갑자기 존댓말을 쓰는 것도 어색한 상황이라 해연은 순순히 그의 뜻을 받아들였다.

"그럼 그냥 하랑이라고 부를게. 아무튼, 내가 나흘만 노력하면 황제한테서도 지켜줄 수 있는 거야? 그러다 하랑도 위험해지는 거 아냐?"

"그건 걱정하지 마십시오. 지켜 드릴 수 있습니다."

한 치 앞도 알 수 없는 게 사람의 인생이라지만, 하랑은 그녀를 지켜주기로 마음먹었다. 그러니 지금 그에게 중요한 것은 자신의 목숨이 아니었다.

"저와의 거래를 승낙하신 겁니다."

"아, 그게……."

해연이 다시 얼버무리자, 하랑의 눈에 의문이 어렸다. 분명 그녀가 혹할 만한 내용이었다. 그럼에도 저리 우물쭈물하는 이유는 하나뿐이다.

"혹, 비를 내리지 못하셔서 그러십니까?"

해연은 티가 날 만큼 화들짝 놀랐다. 그가 아무리 친절하다고 하더라도 그건 어디까지나 표면적인 부분이었다. 아직 어떤 사람인지도 다 파악되지 않았는데 덥석 믿고 모든 걸 밝힐 수는 없었다. 해연이 당황하며 굳어버리자 하랑은 그녀의 긴장을 풀어주기 위해 작게 미소 지었다.

"저는 신녀님이 물의 힘을 지니고 있다고 생각합니다. 능력의 각성이야 시간이 흐르면 될 일입니다만, 문제는 신녀님의 마음입니다."

"마음?"

"예. 비를 내리겠다는 간절한 소망 말입니다."

그의 말뜻을 해연은 잘 이해하지 못했다. 어리둥절해하는 그녀에게 하랑은 손을 내밀었다.

"일어나십시오. 함께 가고 싶은 곳이 있습니다."

"어딜?"

"수도 밖에, 신녀님이 봐주셨으면 하는 곳이 있습니다."

하랑이 내민 손을 잠시 바라보던 해연은 그 위에 손을 올렸다. 자신을 끌고 온 원망스러운 사람이었으나 직감이 그 손을 잡으라고 외치고 있었다. 그렇게 하랑과 해연의 끊어낼 수 없는 거래가 성립되었다.

해연은 한 마리의 말에 하랑과 같이 타고 거리로 나왔다. 그제야 비로소 이 나라의 진짜 모습을 볼 수 있었다. 황성을 중심으로 넓게 펼쳐진 도시는 친숙한 분위기를 풍기는 곳이었다. 반듯하게 잘 닦인 길을 따라 한옥이 줄지어 늘어서 있었고, 사람들은 한복을 입은 채 거리를 활보했다. 그 모습이 마치 사극 세트장과 비슷했다. 그런

데도 해연은 이곳이 한국이 아님을 여실히 느끼고 있었다.

건물들은 대부분 2층으로 되어 있었고, 사람들은 머리카락 색이 통일되지 않았다. 게다가 여인들의 옷차림은 서로 조금씩 달랐는데, 고급스러운 옷일수록 저고리의 길이가 길어졌고, 겉옷의 소매통은 쓸데없이 넓었다.

'그래서 겉옷을 못 입게 했구나.'

하랑은 무녀들이 해연에게 입혀놓은 옷 중, 맨 위에 걸친 겉옷을 벗게 했다. 바닥을 쓸고 다니는 겉옷은 황후와 신녀만 입기 때문에, 그대로 입고 나가면 신분을 광고하고 다니는 것과 마찬가지였다. 그 탓에 해연은 소매가 좁은 흰 저고리에 검은 치마만 입었고, 머리부터 어깨까지 내려오는 검은 너울을 썼다. 삿갓에 얇은 천을 씌워 만든 너울은 시야를 좁게 했지만, 그럼에도 해연은 자신을 흘겨보는 젊은 여인들의 시선을 알 수 있었다. 대부분 고급스러운 옷을 입은 여인들이었는데, 저들끼리 속닥이며 눈동자를 위아래로 훑어댔다. 그 시선이 불쾌하기 그지없어서 해연의 이맛살을 찌푸렸다.

'왜 저래? 약 먹은 것도 아니고. 단체로…….'

무슨 억하심정으로 저러나 싶던 순간, 그녀는 이 사태의 범인을 알아내고 고개를 휙 돌렸다. 얌전히 말을 몰던 하랑이 멈칫하며 민망해하는 게 느껴졌다. 그가 범인이었다. 그가 워낙 잘난 탓에 자신이 팔자에도 없는 욕을 얻어먹고 있었다. 게다가 그의 뒤를 따르는, 다섯 명의 달천대원들도 사지 멀쩡한 젊은 남정네들이었다. 이런 상황에 여성들의 질투가 쏟아지지 않는 게 도리어 이상한 일이었다.

'아무리 그래도 그렇지. 내가 가만히 앉아서 욕 들어주는 성격은

아닌데 말이야.'

　가뜩이나 기분이 좋지 않았던 해연은 심기가 뒤틀려 복수에 이를 갈았다. 그러다 자신의 허리 언저리로 뻗어 있는 하랑의 팔뚝을 발견했다. 소매를 끈으로 묶어서 단단함을 여실히 드러내는 것이 뭇 여성들의 애간장을 녹일 만했다. 게다가 하랑에게 거부감을 주지도 않으면서 보는 여자들에게는 울화통을 심어줄 수 있는 적당한 부분이었다.

　"흐흐."

　씨익 벌어진 해연의 입에서 음산한 웃음소리가 흘러나왔다. 그 소리에 하랑은 알 수 없는 한기를 느꼈다. 그러나 그가 사태를 파악하기도 전에 해연의 계획이 진행되었다. 그녀는 매우 작위적인, 어머나를 크게 외치면서 균형을 잃은 척, 그의 팔뚝을 껴안았다.

　그 꼴을 본 여성들이 충격에 뒷목을 잡은 건 매우 당연한 일이었다. 물론 하랑도 얼음이 되었다.

　"신녀님, 그러다 돌 맞으십니다."

　해연의 행동을 다 보고 있던 달천대 소속의 사륜이 진심 어린 충고를 해주었다. 이제 갓 삼십대에 접어든 그는 콧수염이 잘 어울리는 남자였다. 그런 그가 장난기 가득한 얼굴로 웃자, 해연은 헛기침을 하며 하랑의 팔을 놓아주었다.

　"말을 타본 적이 별로 없어서 균형을 잃었을 뿐이에요."

　서둘러 내뱉은 변명은 당연히 거짓말이었다. 능숙하진 않아도 제주도에 살면서 몇 달간 승마를 배웠다. 하랑이 위험하니 같이 타자고 하지만 않았더라면, 혼자서도 능히 말을 몰았을 것이다.

　그럼에도 그런 변명을 한 건, 자신이 외쳤던 어머나가 얼마나 인위적이었는지 전혀 인지하지 못한 탓이었다.

그 소리를 기억하는 달천대원들만 숨죽여 웃느라 고생이었다. 그들은 정말 오랜만에 배가 아플 정도로 웃느라 여념이 없었고, 얼어 있던 하랑의 입가에도 어느새 잔잔한 미소가 스며들었다.

전대 신녀가 죽은 뒤로 나라 사정이 여의치 않아지면서 궐 안팎으로 한숨 쉬는 자들이 많아졌다. 상황이 이러하니 웃고 떠드는 걸로 고된 훈련을 이겨내던 달천대원들의 분위기마저 좀처럼 풀리질 못했었다. 그런데 해연은 작은 행동 하나만으로 부하들의 잃었던 웃음을 되찾아주었다. 그것은 매우 신기하면서도 고마운 일이었다. 이처럼 웃고 즐길 수 있는 시간이 최근 들어 매우 소중해진 탓에 하랑은 잠시 그들의 유희를 내버려 두었다. 하지만 즐거운 시간은 그리 오래가지 못했다. 뒤를 밟는 자들의 기척이 느껴졌기 때문이다.

'일류는 아닌데.'

전대 신녀를 죽인 암살자의 패거리라면 최소한 일류는 되어야만 했다. 그런데 지금 뒤를 쫓는 자들은 조금 거슬리는 정도였다. 누가 보냈는지 알 수 없는 자들이 최소 열 명은 따라붙자, 달천대원들도 웃음을 그치고 진지하게 대장의 명이 떨어지길 기다렸다. 적어도 배후를 알아볼 필요성은 있어 보였다. 하랑은 시장 한복판에 말을 세운 뒤 훌쩍 뛰어내렸다.

"이쪽으로 내리십시오."

그는 해연을 향해 두 손을 내밀었다. 해연은 군말 않고 그를 향해 손을 뻗었다. 원래 말에서 내릴 때는 가슴과 배를 안장에 대고 미끄러지듯 천천히 내려와야 하지만, 잘생긴 남자가 받아주겠다는데 굳이 마다할 이유는 없었다.

폴짝 뛰어내린 해연을 팔심만으로 받아낸 하랑은 예상과 다른 무게에 신음이 나오려는 것을 억지로 참아냈다. 생김새야 어떻든 해연은 여인이었다. 무게 때문에 충격받았다는 티를 낼 수는 없었다. 그는 딴 데로 새는 정신을 급히 수습하고 부하들에게 따로 명령을 내렸다.

"나는 신녀님과 간다. 뒷정리는 해두도록."

"예."

달천대원들이 명을 받들자 하랑은 해연과 함께 샛길로 들어섰다.

건물 사이로 난 작은 길을 지나자 또 다른 시장이 나왔다. 장신구 상점이 늘어선 그곳은 옆쪽 길보다 사람이 많은 편이었다. 말을 타고 가던 길이 문을 닫은 가게가 반 정도 된다면, 하랑이 택한 곳은 가뭄의 타격이 거의 보이지 않는 거리였다. 손님들은 대체로 고급스러운 옷을 입은 자들이었고, 상인들도 중류층쯤 되는 이들이었다. 하랑은 해연의 손을 덥석 잡고 그 속에 섞여들었다.

그가 잡은 손을 의식하기도 전에 해연은 이리저리 걸음을 옮겨야만 했다. 곁을 지나가는 사람들이나 좌판에 깔린 장신구를 구경할 시간조차 없었다.

"하랑, 조금만 천천히……."

해연은 발에 치이는 치맛자락을 움켜쥐고 그의 등을 보며 뛰었다. 뭐가 그리 급한지 정신조차 없을 지경이었다. 그러다 그가 이끄는 대로 들어간 곳은 텅 빈 건물 안이었다. 나무 틈 사이로 들어오는 햇살만이 바닥에 굴러다니는 잡동사니들을 보듬고 있었다.

도대체 이런 곳에 왜 왔는지 물으려던 해연은 그가 갑자기 몸을 돌리자 아무 소리도 내지 못했다. 마치 껴안기라도 할 것처럼 그와의 거리가 너무 가까웠다. 이런 일에는 영 익숙지 않은 해연은 쭈뼛거리며 어줍게 머리만 뒤로 빼서 거리를 벌리려 했다. 그러나 너울의 넓은 챙이 벽에 닿자 그마저도 별 소용이 없었다. 설상가상, 자유혹던 그의 손 한쪽이 해연의 뒤에 있는 벽을 짚었다. 드라마에서나 보던 그 자세였다. 해연은 저고리를 꽉 움켜쥐고 고개를 슬쩍 돌려 버렸다. 이 사태를 어찌해야 좋을지 혼란스러웠다.

'도대체 왜 이러는 거야, 말을 같이 탄 게 문젠가?'

어쩌면 그럴지도 몰랐다. 멀쩡히 타고 가던 말에서 내려 부하들과 헤어진 것도 수상쩍었다. 손을 잡은 것 외에는 별다른 터치가 없었지만, 사람이 없는 빈 창고로 들어온 것도 그녀의 생각에 힘을 실어주고 있었다.

그렇게 해연이 딴생각에 젖어 있을 때, 하랑은 그녀의 뒤쪽 벽 틈으로 보이는 두 사내를 살폈다. 옷은 평범해서 소속을 알 수 없었으나, 검을 들고 무언가 찾듯이 두리번거리는 모양새가 수상쩍기 그지없었다.

'열 명 가지고 덤빌 생각을 하진 않았을 텐데.'

달천대보다 실력이 아래인 자들이었다. 그냥 나가서 베어버려도 될 일이지만, 가뜩이나 심리적으로 불안한 해연을 자극하고 싶진 않았다. 결국, 그는 기다리기로 결론을 내렸다. 부하들에게 알아서 처리하라고 명령을 내려놓았으니 무슨 답이든 가져올 것이었다. 그때, 더는 이 상황을 버티기가 힘들던 해연이 그를 불렀다. 잘 달래서 이곳을 나가야 했다.

"저기, 하랑?"

조심스러운 그녀의 음색에 고개를 숙인 하랑은 해연과 너무 붙어 있는 자신을 발견하고 흠칫했다. 그는 심각할 정도로 당황하며 잡고 있던 손까지 놓고 두어 걸음 뒤로 물러났다. 따라오던 자들만 의식해서 해연이 앞에 있던 것도 몰랐던 게 문제였다.

"송, 송구합니다."

그는 급히 사과했다. 생각했던 것과는 전혀 다른 그의 반응에 해연도 달리 설득할 필요가 없어졌다. 수고스럽진 않아서 좋은데 한편으론 기분이 이상했다. 뭔가 혼자 북 치고 장구 친 기분이랄까. 그렇게 어색한 침묵 속에 서 있던 두 사람은 추적하던 남자들이 사라진 뒤에야 창고 밖으로 나올 수 있었다.

해가 뉘엿뉘엿 저물어갈 때, 해연의 손은 다시 하랑에게 잡혀 있었다. 시장통을 걸어 다닌 지 벌써 네 시간째였고, 해연은 허벅지부터 종아리까지 쑤시지 않는 곳이 없었다.

"얼마나 더 가야 해?"

"곧 당도합니다."

"그 말만 벌써 열여섯 번째인 건 알아?"

해연의 대꾸에 하랑은 입을 꾹 다물었다. 그런 쓸모없는 걸 일일이 셀 시간에 조금만 더 빨리 다리를 움직였다면 지금쯤 숙소에 당도했을 것이다. 하지만 그는 굳이 그런 생각을 입 밖으로 꺼내지 않았다. 무인인 자신과 해연의 체력을 동일시하는 건 크나큰 오류임을 스스로도 잘 알기 때문이었다. 그 대신 그는 검을 쥔 손을 들어 저 멀리, 기와지붕 위에서 펄럭이는 노란 깃발을 가리켰다.

"저기 노란 깃발이 꽂힌 곳에서 숙박할 겁니다."

그의 검이 가리키는 남청색 기와지붕 위의 노란 깃발에 해연은 이를 악물었다. 어찌 되었든 저기까지만 가면 쉴 수 있었다. 그리만 된다면 내일은 꼭 말을 따로 탈 것이었다. 같이 탔다가 수많은 여자에게 저주를 받아 이 고생을 하는 것이 틀림없었다. 그리고 그 모든 것의 원흉은 눈앞의 인간이 미치도록 잘생겼기 때문이다.

이글이글 타오르는 분노의 눈빛에 뒤통수가 따가워진 하랑은 걸음을 재촉했다. 그 덕에 거의 뛰듯이 끌려가는 해연은 더 고생을 해야 했지만, 다행히 그녀의 주먹이 날아가기 전에 노란 깃발이 꽂힌 2층짜리 기와집 앞에 당도할 수 있었다.

활짝 열린 대문을 지나 건물에 들어서자마자 식사 중인 사람들의 모습이 보였다. 1층을 식당으로 쓰고 있어서 건물 안은 물론이고, 마당에도 탁자와 의자가 곳곳에 놓여 있었다.

"어서 오십시오."

이십대로 보이는 젊은 남성이 두 사람에게 다가왔다. 가슴에 노란 깃발이 수놓아진 옷을 입고 있는 것으로 보아 그곳에서 일하는 사람이 분명했다. 점원은 깨끗이 정리된 탁자를 가리키며 사람 좋은 미소를 지어 보였다.

"이쪽으로 앉으시지요."

그가 자리를 권하자 죽을상이던 해연의 얼굴이 확 밝아졌다. 쉴 수 있다는 희망에 부풀어 천근만근 무거운 다리를 옮기려는데, 하랑이 잡고 있던 손을 놓아주지 않았다.

"아, 왜에— 나 다리 아파. 좀 앉자."

더는 참을 수 없는 근육통에 해연이 칭얼댔으나, 하랑은 묵묵히 가게 안을 살필 뿐 그녀를 놓아주지 않았다. 그의 반응에 점원은 한 번 더 선택을 요청했다.

"저, 손님? 주문은 어떻게……."

"식사는 나중에 하겠네. 우선 방부터 잡아주게."

"아. 숙박도 하시는 겁니까? 그럼 좋은 걸로 방 두 개 잡아드리겠습니다."

숙박도 한다는 말에 점원은 반색하며 방에 대한 주문을 꼼꼼하게 짚었다. 그렇게 하랑과 점원이 대화하는 내내, 해연은 자신의 자유를 앗은 그의 길고 고운 손가락들을 떼어내기 위해 안간힘을 썼다.

그의 손이 기분 좋게 느껴진 것도 초반 한 시간 정도가 다였고, 그 이후부터는 제발 놓아주기를 바랐다. 눈이 뒤집어질 만큼 잘생긴 남자면 무얼 하겠는가. 계속 끌려 다니다 보니 금세 지쳐 버렸다. 지금 해연에게 중요한 것은 앉아서 쉴 수 있도록 하랑의 손을 벗어나는 것이었다.

그런 해연의 행동을 빤히 보던 하랑이 그녀를 잡고 있던 손을 휙 당겼다. 예상치 못한 반격에 중심을 잃은 해연이 하랑의 갑주에 이마를 박았다.

"아악!"

단단한 가죽 갑주는 혹이 솟을 만큼 찡한 아픔을 남겼다. 하지만 하랑은 그런 점에 개의치 않았다. 옆에서 꼼지락대는 모습에 자꾸 눈이 가니 주위에 위험한 자가 있는지 파악하는 데 좀처럼 집중하지 못하고 있었다.

"곧 쉬게 해드릴 테니 가만히 좀 계십시오."

하랑의 타박에 해연은 눈매를 일그러뜨리며 그를 불만스럽게 쳐다보았다. 이마를 찧게 만들었으면 사과부터 해야 하는데 타박이 돌아오니 자연스레 툴툴댈 수밖에 없었다. 그렇게 두 사람이 아옹다옹하는 모습을 번갈아 보던 점원은 눈치를 보며 슬쩍 끼어들었다.

"저, 그럼 방은 두 개로 하시고 식사도 차후에 말씀해 주시면 준비하겠습니다."

가뭄으로 손님이 많이 끊겼지만 그래도 저녁 시간대라 빨리 이 두 사람을 해결하고 다른 이들을 맞이하러 가야만 했다. 한자리에서 더 시간을 끌었다가는 주인에게 불호령이 떨어질지도 몰랐다.

재빨리 주문을 확인시킨 뒤에 방으로 안내하려 했으나, 하랑이 그를 불러 세웠다.

"방은 하나로 해주시오."

혹이 솟을 것만 같은 이마를 벅벅 문지르던 해연은 손을 멈추고 그를 올려다보았다.

'하나? 지금 하나라고 했나?'

해연은 자신이 잘못 들었다고 생각하곤 하랑에게 다시 한 번 되물었다.

"하나?"

"예."

단호한 그의 태도는 오히려 해연을 당혹스럽게 만들었다. 성인이 된 남녀가 방을 잡을 때는 응당 여성이 쓸 방과 남성이 쓸 방을 구분해서 잡게 마련이었다. 물론 부부 사이라면 이해가 간다지만, 그들은 결코 그런 사이가 아니었다.

혼란스러운 상황에서 해연의 머릿속으로 막장드라마 한편이 떠올랐다. 배가 끊길 때까지 섬에서 놀던 두 남녀가 방을 잡으려 하니 남은 방은 하나. 어색하게 방에 들어가 베개로 금을 그어두고 넘어오면 가만 안 둔다느니, 너 나 못 믿느냐는 등의 말이 오가는데 그 금이 아무런 기능도 못 하는, 그런 상황이 촤르륵 연상되었다.

'와, 이 자식. 그렇게 안 봤는데.'

그렇게 안 생겼으면서 밝힌다고 쏘아줄 요량으로 하랑을 한 번 쭉 훑은 해연은 예술작품인 그의 옆얼굴과 툭 튀어나온 목울대, 떡 벌어진 어깨와 검을 들고 있는 단단한 팔뚝을 보곤 꼴깍 넘어가는 침을 주체하지 못했다. 그러나 아무리 여인네의 혼을 앗아가는 외모라고 하더라도 손도 처음 잡아본 남자가 아닌가. 해연은 쉬이 넘어갈 수 없다는 생각에 마음을 굳게 다잡았다.

"이건 좀 아니지 않아? 우리가 알기 시작한 지 얼마나 됐다고……."

"예?"

해연의 말을 이해하지 못하고 그가 고개를 갸웃했다. 그러나 해연은 이대로 넘어가 줄 수 없었다.

"방을 하나만 잡는다니. 남들이 봐도 이상하게 생각할 거야. 물론, 하랑이 무슨 생각을 하는진 모르지 않는데……."

"설마, 이미 알고 계셨던 겁니까?"

"당연하지! 말을 같이 타자고 할 때부터 알아봤어."

해연은 하랑이 자신에게 마음이 있다고 확신했다. 사실 말을 같이 타자고 할 때는 그냥 그런가 보다 했었다. 그러나 대놓고 손을 잡고 다니고, 아무것도 없던 창고에 데려간 일도 분명 평범한 행동은 아니었다. 생각해 보면 부하들을 떼어놓은 것도 그의 노림수일지도 모른다. 그런 마음을 이미 짐작했다는 식으로 이야기하자 하랑이 놀란 표정을 지었다.

확실히 그는 해연의 말에 놀라고 있었다. 내색하지는 않지만, 궁에서 출발할 때 가장 걱정스러웠던 점이 해연의 안위였다. 해연이 혼자 말을 몰다가 암살자라도 나타나면 위험했기에 일부러 말도 함께 탔고, 부하들이 미행하는 자들을 유인하는 사이에 사람이 많은 시장 속으로 몸을 숨겼다. 혹여 해연이 불안해할까 봐 미행이나 암살 위협에 대해서는 입 밖에 내지 않았는데, 그녀는 이미 짐작했는지 다른 사람의 눈을 조심하라고 충고까지 해주고 있었다.

"그 말씀도 일리가 있습니다. 제가 생각이 짧았습니다."

하랑은 순수하게 감탄하며 자신의 실책을 인정했다. 그녀의 말대로 방을 하나만 잡는다면 자신들이 방 안에 매복했음을 적들이 눈치 챌 수 있었다. 하지만 해연의 충고를 수용하여 방을 두 개로 잡는다면, 어느 곳에 그녀가 머무는지 모를 테니 적들에게 혼선을 줄 수 있었다.

"내일 아침까지 묵을 테니 방은 두 개로 주시오."

하랑은 주문을 정정하고 점원에게 두 개의 방을 안내받았다. 점원이 방문을 열어주고 자리를 벗어나자, 해연도 홀가분한 마음으로 배정받은 방에 들어가려 했다. 그런 해연을 붙잡은 건 하랑이었다. 그는 의아해하는 해연의 귓가에 대고 다른 이들이 듣지 못하도록 작게 속삭였다.

"절대 먼저 주무시지 마십시오. 최대한 빨리 건너가겠습니다."

해연이 혼자 있을 때 먼저 잠들어 버리면 암습의 위험이 커지기에, 최대한 빨리 건너가서 호위할 테니 피곤해도 버티라는 뜻이었다.

그런 하랑의 뜻을 다른 식으로 받아들인 해연은 민망함에 얼굴이 발갛게 달아올랐다. 좋게 설득했다 생각했는데 좀처럼 포기하질 않으니 곤란하기까지 했다. 그러나 안타깝게도, 해연의 얼굴을 가린 햇빛가리개 때문에 하랑은 그녀의 잘못된 상상을 짐작조차 하지 못했다. 그렇게 두 사람의 동상이몽은 점점 더 깊은 수렁으로 빠져들어 갔다.

우현 초가의 집은 황궁과 신궁 다음으로 수도에서 가장 크고 화려한 저택이었다. 본래 황제의 별궁이었으나, 초가가 가후에게 여식을 바치면서 하사품으로 받았다. 그 거대한 저택의 검은 기와 위로 어둠이 짙게 내려앉은 야심한 밤에, 한 전각에서 초가의 성난 목소리가 터져 나왔다.

"그래서 놓쳤단 말이냐!"

초가의 노호에 앞에 부복한 사병들이 급히 몸을 낮췄다. 그들의 보고를 받은 초가는 노기를 참지 못하고 부들부들 떨었다.

"이런, 쓸모없는 것들 같으니!"

그가 방방 뛰며 화를 낼수록 사병들의 고개는 바닥과 가까워졌다. 일을 제대로 처리하지 못한 것에는 엄연히 타당한 연유가 있었지만, 초가는 그들의 사정 따위는 생각해 주지 않았다.

"내가 네놈들한테 하랑을 죽이라고 하더냐? 그냥 뒤만 밟으라고 했거늘 그것 하나 못하고, 그러고도 낯짝을 들고 기어들어 와?"

초가의 잔소리가 길어질수록 사병들의 얼굴도 일그러지기 시작했다. 하랑이 누구란 말인가. 무예가 뛰어나기로는 동연국에서 첫 번째 손가락에 꼽히는 자였다. 죽이는 것은 절대 불가능했고 뒤를 밟는 것조차 쉬운 일이 아니었다. 그런데 일반 사병인 자신들에게 달천대 대장의 뒤를 쫓으라는, 말도 안 되는 명을 내려놓고는 실패했다고 저리 길길이 날뛰는 건 매우 억울한 일이었다. 다행히 초가는 더 큰 벌을 내리는 대신 힘이 바짝 들어간 손가락으로 문을 뚫을 듯이 가리켰다.

"꼴도 보기 싫으니 전부 꺼져라!"

"물러가겠습니다."

초가가 마음을 바꿔 벌을 내리기 전에 사병들은 조심스러우면서도 신속하게 물러났다. 그들이 문을 열고 나가는 순간, 방 안으로 들어온 찬바람이 초가의 몸을 서늘히 훑었다.

"그리 흥분할 필요가 있나."

주인을 알 수 없는 목소리가 초가가 있는 방 안에 낮게 울려 퍼졌다. 사람의 모습은 보이지 않았으나, 초가는 그런 상황에 익숙한 듯 목소리의 주인을 찾으려 들지 않았다. 대신 옷자락을 펄럭이며 거칠게 의자에 앉으면서 바득바득 이를 갈았다.

"오늘은 다시없는 기회였단 말이오. 궁 밖이니 하랑만 떼어놓으면 손쉽게 처리할 수 있었을 텐데, 저 머저리들이 놓치는 바람에!"

"착각하고 있군. 궁에서도 못 죽일 건 없어."

사내는 무덤덤한 음성으로 살벌한 말을 쉬이 꺼냈다. 최근 들어 경계가 더 삼엄해진 궐에서 살인을 한다는 건 결코 쉬운 일이 아니었지만, 그의 말에는 한 톨의 거짓도 들어 있지 않았다. 그는 마음만 먹으면 누구든 쉽게 죽일 수 있는 힘이 있었다.

초가도 그걸 모르지 않았다. 최강의 힘을 가졌다는 물의 신녀를 셋이나 처리했으니 실력이야 확실했다. 그럼에도 마음 한구석이 불안한 이유는 해연의 등장으로 동연국 내의 분위기가 달라졌기 때문이다.

"간단히 생각할 문제가 아니오. 청일국과 병합하자던 신료들이 흔들리고 있소. 이러다 정말 비가 온다면 그동안 내가 했던 모든 노력이 다 허사가 되는 것이오. 정말 신녀라면 황제는 물론이고 하랑도 그 계집을 보호하려 들 텐데, 그때도 죽일 수 있다고 장담하시오?"

"물론. 그대가 그걸 모르지는 않을 텐데?"

할 수 있다는 말속에는 옅은 협박이 담겨 있었다. 그의 자존심을 건드린 게 분명했다.

차가운 기운이 몸을 휘감자, 날 선 기운을 감당하지 못한 초가가 몸을 슬쩍 떨었다. 확실히 청일국의 황제가 실력을 자신한 자다웠다. 하랑과 붙어도 밀리지 않을 것이라 장담하던 황제의 서신이 떠오르자, 조급하던 마음도 조금은 진정되었다.

"크흠— 내가 그대의 능력을 모를 리가 있겠소. 조급해서 실수를 한 것이니 기운은 거두시구려."

초가가 정중히 사과하자 그제야 그의 몸을 훑던 바람이 스윽 사라졌다. 빠른 판단 덕에 목숨을 부지한 초가의 귓가로 사내의 살벌한 음성이 닿았다.

"그리 불안하면 죽여는 주겠어."

"그대가 직접 나서준다면 내 무슨 걱정이 있겠소. 하하하!"

최대한 비위를 맞춰주는 초가의 언행에 사내는 언짢은 티만 내고 더는 말을 걸지 않았다. 그가 자리를 벗어났음을 짐작한 초가의 얼굴이 아그작 구겨졌다.

'두고 보자. 왕좌만 차지한다면 네놈도 내 발밑에서 기게 해줄 것이다.'

초가가 자신의 야심을 되새기고 있는 그 시각, 해연은 어두운 방 안에서 홀로 머리를 쥐어뜯고 있었다.

'아아아악! 어쩌지? 이게 도대체 무슨 일이야.'

해연은 앞으로 진행될 상황에 대해 상상하다가 패닉에 빠졌다. 드라마 속의 여주인공 같은 낭만은 아니더라도 이런 식으로 남자를 알고 싶진 않았다.

'이름도 오늘 알았는데 이건 빨라도 너무 빠르잖아.'

믿기지 않는 현실에 해연은 다시 머리를 쥐어뜯었다. 그와 함께 있으면 심장이 제멋대로 두근거렸다. 하지만 그걸 순수한 사랑이라 여기기는 힘들었다. 오히려 잘생긴 이성에 대한 본능적인 반응이라 하는 게 더 정확했다. 해연은 지금껏 사랑이란 걸 해보지 못했으나,

그 감정의 출처만큼은 확신할 수 있었다.

'아, 나 미치겠네. 싫다고 해도 억지로 덮치는 파렴치한은 아니겠지? 확실히 운동을 해서 힘이 좋던데. 설마 반항도 못 하고 당하는 거 아냐? 팔을 확 물어버릴까? 아니면 거길 차고 도망가?'

혼자 위험한 상상을 하며 도주로까지 고민하고 있을 때, 문을 두드리는 가벼운 노크 소리가 그녀를 현실로 끌어 올려주었다.

"누, 누구세요?"

"접니다. 들어가겠습니다."

작게 들려오는 중후한 목소리에는 약간의 조급함이 서려 있었다. 적에게 들키기 전에 안으로 들어가려는 생각 때문이었지만, 그런 하랑의 속내를 모르는 해연은 긴장하며 몸을 굳혔다. 결국 올 것이 왔다. 사색이 된 해연이 안 된다고 소리치기도 전에 하랑이 문을 열었다.

방 안으로 들어선 그의 눈에 가장 먼저 보인 건 짙은 어둠이었다. 불빛 한 점 들어오지 않는 곳에서 해연은 숨죽인 채 아무런 반응을 보이지 않았다. 이상함을 느낀 하랑이 그녀를 불렀다.

"신녀님? 어찌 이리 어둡게 해놓고 계십니까."

"아, 그, 그냥. 불 켜는 방법을 몰라서."

해연은 더듬더듬 대답했다. 급히 생각해 낸 것치고는 제법 그럴싸했기에 하랑은 별다른 의심 없이 복도를 지나던 점원을 불러들였다.

"거울부터 꺼내고 방에 불을 좀 붙이시오."

"예."

거울을 떼어달라는 하랑의 주문은 좀 이상했지만, 점원은 크게 토를 달지 않고 어두운 방에서도 능숙하게 화장대를 찾았다. 큼직한 거울을 밖으로 옮긴 그는 방 곳곳에 있는 촛불에 불을 붙여주었다. 아직 불이 안 붙은 촛불이 있는지 찾다가 무심코 해연을 본 점원은 비명을 지르며 주저앉았다.

"으아악! 요, 읍!"

돌발 상황에 깜짝 놀란 하랑이 급히 점원의 입을 틀어막았다. 놀란 심정을 모르는 바 아니었지만 어쨌거나 지금은 해연의 심기를 어지럽히고 싶지 않았다. 오랜 시간 햇빛에 노출돼 엉망이 된 얼굴을 보면 비를 내리는 데 신경을 쓰지 못할 수도 있었다. 그래서 신궁의 처소는 물론이고 이곳에서도 거울을 뺀 것인데, 점원의 솔직한 발언 때문에 계획했던 일이 모두 수포로 돌아갈 뻔했다.

하랑은 다리가 풀린 점원을 힘으로 일으킨 뒤, 방 밖으로 내보냈다. 여전히 얼떨떨해하는 점원에게 함부로 입을 놀리지 말라는 당부도 잊지 않았다.

그렇게 점원을 쫓아내고 문을 닫은 하랑은 심호흡을 하고 해연을 돌아보았다. 먹지도 못하고 고생한 덕에 살은 좀 빠졌으나 붉은 발진이 곳곳에 남아 있었고, 화상 부위가 조금씩 벗겨지면서 얼굴을 더 흉측하게 만들었다. 게다가 머리는 또 왜 저 모양인지. 번개로 지진 머리도 저보다는 차분할 것 같았다. 좀 정리를 해주어야겠다는 생각에 하랑은 해연에게 다가가 엉망이 된 머리를 살짝 매만져주었다.

소리를 지르는 점원에 진짜로 건너온 하랑까지. 연달아 펼쳐지는 상황이 하도 당혹스러워서 멍하니 있던 해연은 머리에 닿는 손길에 퍼뜩 정신을 차리고 방구석으로 후다닥 달아났다.

"가, 가까이 오지 마!"

전염병 환자를 대하는 듯한 그녀의 태도에 하랑의 눈이 살짝 가

늘어졌다.

"왜 그러십니까?"

"멈춰! 오지 말라니까."

조금만 다가가려 해도 발작하듯이 구는 바람에 명령대로 가만히 있을 수밖에 없었다. 180도 달라진 그녀의 태도 변화에 하랑이 의문을 품는 동안, 해연은 두근거리는 심장을 부여잡고 그의 움직임을 견제했다. 확실히 그와 있으면 심장이 요동치는 것이 매우 위험했다. 좀 전에도 머리를 쓰다듬는 행동이 야릇하게 느껴져서 당장 떨어지지 않으면 뭔가 사달이 나겠구나 싶었다.

무엇보다 해연은 자기 자신이 제일 무서웠다. 머리는 안 된다고 하는데 마음은 자꾸 끌리고 있었다. 마치 이성이 통제되지 않는 병에 걸린 것만 같았다. 게다가 잠을 자지 말고 기다리라는 말을 들었을 때부터 위험한 상상이 머릿속을 헤집어댔다.

'안 돼! 정신 차려, 윤해연! 내가 지금 이럴 때가 아니잖아!'

해연은 잠시 잊고 있었던 자신의 상황을 억지로 주입했다. 그 방법은 꽤 효과가 있어서, 하랑 때문에 생긴 위험한 상상이 조금은 흐릿해졌다.

"저기, 우리 이러지 말자."

좀처럼 이해하기 어려운 해연의 말에 하랑의 미간에 작은 주름이 잡혔다. 무슨 뜻일지 고민하던 그는 엉뚱한 결론을 도출했다.

'머리를 만진 것 때문에 심기가 불편해지신 건가?'

해연의 감정과는 전혀 상관없는 답이었으나 하랑은 자신의 추리가 제법 그럴듯하다고 생각했다. 동연국은 부부가 아닌 이상 자유로운 신체 접촉이 불가능했다. 뒤쫓는 이들을 따돌리려고 해연의 손을 잡고 이끌었다지만, 올바른 행동이라 하기에는 어려웠다. 더군다나 만난 지 며칠 안 된 사이이기도 했다. 그러고 보면 자신이 생각해도 이상할 만큼 해연과의 접촉에 거리낌이 없었다. 하지만 이어진 해연의 말에 하랑은 자신의 추리가 잘못된 것임을 아는 데 그리 오래 걸리지 않았다.

"미안해. 나도 알 건 다 아는 나이니까 하랑 마음을 모르는 건 아닌데, 그래도 이건 아닌 것 같아. 난 아직 마음의 준비가 안 된 상태야."

"그게 무슨……."

"믿기 싫겠지만, 아까 그것도 거절한 거였어. 당신이 이렇게 적극적으로 나올 줄 모르고 돌려 말한 건데, 지금 다시 말할게. 아무리 호감이 있어도 이렇게 빠른 건 아닌 것 같아. 우리 아직 서로에 대해 잘 모르고 있잖아."

"그러니까, 그게 도대체 무슨 말씀이십니까."

해연의 말과 태도에서 무언가 이상함을 감지한 하랑은 진지하게 반문했다. 등골이 서늘한 게 혹시나 싶은 생각이 들면서 알 수 없는 불안감까지 증폭되었다.

그런 하랑과 달리 해연은 좀처럼 현실을 받아들이지 못하는 그의 태도에 난감한 감정과 함께 스트레스가 쌓여갔다. 자신이 쩔쩔매면서 거절했으면 치솟던 성욕도 가라앉혀야 하는 것이 아닌가. 게다가 오늘 처음 말을 나눈 사이에 얼마나 가볍게 봤으면 이러나 싶어 언짢기까지 했다.

'이 남자가 끝까지 모른 척이네? 그냥 대놓고 말해 버릴까?'

빙빙 돌려 말하니 순진한 얼굴로 못 알아듣는 척한다고 짐작한 해연은 그가 아예 회피하지 못하도록 대놓고 말해주기로 마음먹었다. 굳게 마음을 다잡은 그녀는 심호흡을 크게 한 뒤, 검지로 하랑을 가리키며 큰 소리로 당당하게 말했다.

"못 한다고. 우리 오늘 처음 만난 거나 마찬가진데, 당신이 아무리 잘생겼어도 안 돼. 이런 식으로 내 순결을 요구할 권리는 없단 얘기야!"

아까부터 입안을 맴돌던 말을 다 쏟아낸 해연은 속이 후련해졌다.

만족감에 고개를 끄덕이는 그녀와 달리 하랑은 정신이 아득해졌다. 그는 처음에 해연의 말뜻을 이해하지 못했다. 그러다 마지막에 들린, 순결이란 단어에 그녀가 무슨 착각을 하고 있었는지 알 수 있었다. 어떻게 그런 말도 안 되는 생각을 한단 말인가. 게다가 남사스러운 내용을 당당하게 말하는 저 태도는 또 뭔지. 동연국에서만 살아온 하랑은 해연 같은 여성을 처음 겪었기에 더 당혹스러웠다.

순식간에 휑한 기운이 감돌면서 분위기가 이상해졌다. 누구 하나 먼저 입을 여는 이가 없었다. 그 미치도록 어색한 분위기를 상쇄해 준 건, 청명한 노크 소리였다.

똑똑.

"대장, 저휩니다."

사륜의 목소리에 하랑이 놓고 있던 정신을 수습했다. 생각보다 심한 충격을 받았는지 정신을 차리기 위해서 갖은 애를 써야만 했다.

"들어와라."

살짝 떨림이 있는 하랑의 목소리가 들리자마자 낮에 헤어졌던 다섯 명의 달천대원이 우르르 몰려들어 왔다. 대원들은 해연의 민낯을 보고 움찔했지만, 이전에 하랑이 당부했던 바가 있어 별말 없이, 그저 눈치만 보며 조심스럽게 목 인사를 했다.

묘하게 이상하던 분위기는 적절한 순간에 등장해 준 대원들 덕에 조금씩 해소되었다. 하랑은 그런 고마운 부하들에게 속내를 감추고 퉁명스럽게 말을 걸었다.

"알아봤나."

뒤를 쫓던 자들에 대한 질문이었다. 이번에 하랑을 따라온 대원들 중에서 서열이 가장 높은 도평이 그에게 다가가 작게 답을 전했다.

"우현 초가의 사병들이었습니다. 전부 잡아 물어보았는데, 혹시 모를 암습이 있으면 저희를 도와 신녀님을 지켜 드리라 했답니다. 우현 댁 사병인 걸 확인했고, 처리할 명분이 없어서 우선은 그냥 돌려보냈습니다."

달천대가 호위로 붙었는데 굳이 사병을 보낼 필요는 없었다. 하지만 평소 충신의 모습을 보여주던 초가였으니 노파심에 그랬을지도 모를 일이었다. 하랑은 고개를 끄덕이고 부하들의 노고를 치하했다.

"그래, 고생했다. 홍우와 풍제는 창가, 부창과 사륜은 문 옆을 지킨다. 도평은 신녀님 옆에서 호위하도록."

"예!"

하랑의 명대로 일사불란하게 움직인 달천대원들은 습격에 대비해 자신의 위치에서 감각을 곤두세웠다.

그 모습을 멍하니 보고 있던 해연은 갑작스러운 그들의 등장에 지금의 상황이 서서히 이해되기 시작했다.

그가 굳이 방을 하나만 잡으려 했던 이유가 명백해지자 심장이 미친 듯이 두방망이질 치면서 당혹스러운 감정은 식은땀이 되어 흘러내렸다. 그리고 그 순간 들려온 하랑의 딱딱한 목소리가 해연을 절망의 나락으로 밀어버렸다.

"이 방에서 호위할 터이니 주무십시오. 어찌하여 그런 생각을 하셨는지는 모르겠으나 신녀님께서 우려하시는 일은 앞으로도 절대 없을 겁니다."

확실하게 선을 그어버린 하랑은 해연과 가장 멀리 떨어진 벽으로 가 팔짱을 끼고 눈을 감았다. 서로 대화에 오해가 있었음은 알지만, 자신을 그런 파렴치범으로 여긴 그녀에게 조금 섭섭한 마음이 들었다.

시선도 마주치지 않는 쌀쌀한 그의 모습에 해연은 심장이 따끔따끔했다. 부끄럽다는 감정이 쭉 올라오면서, 목부터 귀까지 붉게 변해 차마 고개를 들 수가 없었다.

'이게 무슨 일이야, 진짜. 쥐구멍에 숨고 싶다.'

땅을 팔 수만 있다면 파고 들어가고 싶었다. 혀를 뽑을 수만 있다면 뽑고 싶었다. 온몸을 휘감는 민망함과 부끄러움에 해연은 소매로 얼굴을 가리고 미치도록 부끄러운 자신을 원망하고 또 원망했다. 내 순결을 요구하지 말라니. 이제 앞으로 저 얼굴을 어찌 본단 말인가. 하랑의 시야에서 벗어나고 싶어진 해연은 급히 이불 속으로 기어들어 가 얼굴까지 싹 가려 버렸다.

'으아아아아아. 나 미치겠네.'

해연이 들어간 이불이 볼록 솟아서 꼬물꼬물 거렸다. 이불 안에서 발광을 하는지 거칠게 움직일 때도 있었으나 그것도 잠시, 오래 돌아다니느라 피곤했던 해연은 곧 잠에 빠져들었다.

해연이 잠들자 하랑은 창문에 그림자가 비치지 않도록 촛불도 전부 꺼버렸다. 그렇게 적막해진 방 안에 해연의 고른 숨소리만 들리다가 이윽고, 옅은 울음소리가 슬며시 흘러나왔다. 쉬이 가라앉지 않는 흐느낌은 방 안에 있는 모든 이들의 마음을 헤집고 다녔다.

해연의 앞을 가린 검은 너울이 말의 움직임에 따라 달싹였다. 그

때마다 살짝 벌어지는 얇은 천 사이로, 앞서 가는 하랑의 등이 선명히 보이다가 흐려지곤 했다. 평소의 그녀라면 그 넓은 등을 보며 탄성을 흘렸을 테지만, 오늘은 그저 말들이 만들어내는 흙먼지를 가만히 바라볼 뿐이었다.

'엄마.'

간밤에 또다시 부모님 꿈을 꾸었다. 앓아누운 엄마는 가만히 누워 있다가도 하염없이 눈물을 쏟아내서 눈 주위가 벌겋게 부어올라 있었다. 손 한 번 대면 바스라질 듯이 초췌하고 창백해진 엄마는 기력조차 없는지, 아빠가 사다 준 죽조차 쉽게 넘기지 못했다.

'괜찮을 거야. 그냥 꿈이겠지. 내가 너무 보고 싶어 하니까 자꾸 나오는 거겠지.'

그렇게 꿈이라고 치부하며 마음을 다잡아보아도, 매일 밤마다 이어지는 꿈은 쉽사리 잊혀지지 않았다. 자꾸 떠올리면 떠올릴수록 가슴은 미어지는데, 집으로 가는 방법을 찾는 것조차 쉽지 않은 상태였다. 설상가상 비는 여전히 내리지 않고, 암담한 상황에 나오는 건 깊은 한숨뿐이었다.

뒤에서 해연을 호위하던 홍우는 제 옆에서 말을 몰고 있는 사륜을 손짓으로 슬쩍 불렀다. 왜 그러냐는 눈빛을 보내는 사륜에게 그는 하랑과 해연을 가리켰다. 분위기를 띄워보라는 뜻임을 간파한 사륜이 씁쓸한 얼굴로 고개를 저었다.

그들도 분위기가 무거운 이유를 짐작하고 있었다. 어젯밤에 해연이 잠들었을 때, 작게 들려오는 잠꼬대와 옅은 울음소리를 그 방에 있는 모든 이들이 들었다. 전대 신녀가 살해당한 것은 그들의 죄가 아니었지만, 자신들이 살고자 해연을 끌고 온 건 모두의 죄였다. 더군다나 지금 가는 곳이 썩 좋은 장소는 아니었기에, 평소 분위기를 주도하던 사륜마저도 나서기가 어려웠다. 그러나 홍우의 재촉이 계속되자, 그는 마지못해 해연을 불렀다.

"신녀님."

갑작스러운 부름에 생각에 젖어 있던 해연이 흠칫 놀라며 사륜을 돌아보았다. 그는 특유의 능글맞은 미소를 짓고 있었다.

"어제 대장과 시장 구경은 잘하셨습니까?"

내내 아무 말도 없다가 갑작스레 한 질문이 참으로 생뚱맞았다. 영양가 없는 질문에 어리둥절해하던 해연은 그가 어색한 분위기를 바꾸어보고자 시도 중임을 간파했다. 조금 생뚱맞긴 해도 가상한 그의 노력에 해연은 빙긋 웃었다. 혼자 가슴앓이하기보다는 차라리 그의 장단에 맞춰주는 게 덜 괴로울 듯싶었다. 또한 그것이 그녀의 성격에도 맞았다.

해연은 싱숭생숭한 마음을 잠시 접고 대원들과의 원활한 대화를 위해 적당한 떡밥을 뿌려주었다.

"에휴— 말도 마요. 노리개 구경할 시간도 안 주더라고요."

언제 축 처져 있었느냐는 듯 경쾌하게 말하는 그녀의 모습에 달천대원들이 모두 반색하며 열띤 호응을 보냈다.

"신녀님, 용서하십시오. 저희 대장이 검술은 최강인데 여인의 마음은 영 모르셔서 말입니다."

"흐음, 그래요?"

해연은 풍제의 말에 새치름히 대꾸했다. 그러자 이번에는 사륜이 끼어들었다.

"문제는 저희도 못 만나게 하신다는 겁니다. 하루는 궁녀들이 도와달라고 왔는데, 대장이 훈련을 빌미로 다 쫓아냈습니다. 이건 명백한 질투 아닙니까."

"어머~ 그렇게 안 봤는데."

대화의 제물이 된 하랑은 제외였지만, 다른 이들의 얼굴에는 화색이 돌고 있었다. 그동안 쌓인 불만을 털어놓을 기회를 잡은 것이 진심으로 기뻤는지, 가만히 있던 부창까지 불쑥 끼어들었다.

"말도 마십시오. 그 때문에 달천대에는 혼인을 한 이가 없습니다. 대장이 워낙 혹독하게 구시니 방법이 있겠습니까? 이 나이 먹도록 혼례를 못 치른 건 대장 탓도 있습니다."

"설마, 그럴 리가요."

"진짭니다. 믿어주십쇼!"

억울하다는 얼굴로 하소연하는 달천대원들을 보고 있자니 괜스레 웃음이 났다. 그들이 혼인을 하지 않은 게 과연 하랑 탓이겠는가. 그저 축 처져 있던 자신을 달래주기 위한 노력이라 생각하니 고맙기도 하고 미안하기도 했다. 그래서 해연은 그들이 마음 놓고 장난칠 수 있도록 아주 큰 미끼를 휙 던져 주었다.

"부하들에게는 그리 빡빡하게 굴면서 본인은 여자 손을 덥석덥석 잡는단 말예요?"

"……!"

그녀의 폭탄발언에 모두가 놀랐으나, 가장 당황한 사람은 앞서 가던 하랑이었다. 그는 정말 깜짝 놀라서 목이 부러질 듯 격하게 뒤를 돌아보았다. 축 처져 있던 분위기를 띄우는 것도 좋겠다 싶어서 내버려 두었더니, 때 아닌 오해를 사게 생겼다.

해연은 그런 하랑을 향해 피식 웃어주었다. 그만하라는 그의 눈길도 담담히 받아넘겼다. 여기서 그만둘 생각은 없었다. 어젯밤에 평생 잊지 못할 민망함을 얻었다. 그 일을 떠올리면 지금이라도 이불을 걷어차고 싶을 정도였다. 그러니 하랑도 그 사건에 대해 책임을 져야 했다. 호위 때문이라고 미리 말해주지 않아서 오해를 하게 만든 건 분명 그의 잘못이었다.

"왜 다들 믿지 못하죠? 진짜로 내 손을 잡아끌었어요."

"마, 말도 안 됩니다."

도평이 말까지 더듬어가며 부정했다. 그들의 대장은 이 년 전에 연인을 잃은 뒤로 쉽게 웃지 않았다. 이성에게 먼저 말을 거는 경우조차 매우 드문 편이었다. 그런데 그런 대장이, 다른 누구도 아닌 해연에게 그리했다는 점이 그들을 패닉 상태로 몰고 갔다. 정신적 충격을 극심하게 받은 달천대원들에게 해연은 친절하게도 확인사살까지 해주었다.

"놔달라고 해도 끝까지 붙잡고 있었는걸요? 자꾸 끌어당기질 않나, 둘이 있을 땐 내 머리를 쓰다듬기까지 하더라고요."

그녀의 말에 하랑은 어이가 없었지만 뭐라고 반박하지도 못했다. 가만 생각해 보면 전부 사실이기 때문이었다. 그의 떨떠름한 표정에 해연은 도리어 기쁜 마음으로 혀를 삐죽 내밀어 보였다.

'내가 밝히는 게 아니라, 당신의 태도가 이상했던 거라고. 이 나쁜 남자야.'

나름대로의 복수였다. 그런 해연의 속내를 대충 짐작한 하랑은 기가 찼다. 그렇다고 부하들 앞에서 억울함을 토로하고 싶지도 않았다. 그는 고개를 설레설레 내젓고 말의 배를 박찼다.

뭔가 묘하게 끝난 대화에 달천대원들은 급히 표정을 관리하며 뒤따라 말을 몰았다. 그러나 하랑의 뒤에서 여섯 명의 남녀가 속삭이는 건 오랜 시간이 지나도록 멈추지 않았다.

하랑을 제외한 이들이 웃고 떠들며 말을 모는 와중에, 갑작스레 역한 냄새가 코를 찔러왔다. 한 번도 맡아본 적 없던 고약한 냄새는 순식간에 해연의 속을 뒤집었다.

"우욥!"

해연은 미간을 한껏 찌푸리고 입과 코를 가렸다. 그럼에도 숨을 쉬는 내내 손가락 사이로 냄새가 새어 들어왔다.

"이게 무슨……."

물에 젖은 음식물을 오래도록 부패시켜도 이보다는 덜할 것이었다. 계속된 헛구역질 끝에 해연은 결국 쓴 위액을 게워내고 말았다. 먹은 것이 없어서 탁한 액체만 뱉어냈으나, 기분이 급속도로 떨어지면서 빨리 그 자리를 벗어나고 싶어졌다.

냄새를 견디지 못하고 힘들어하는 해연의 모습에 달천대원들이 슬쩍 하랑을 보았다. 그들이야 자주 맡다 보니 무뎌졌지만, 여인이 맡기에는 과한 냄새이긴 했다. 하지만 하랑은 돌아갈 생각이 없었다.

"조금만 더 가면 됩니다. 소매로 코를 막고 입으로만 숨을 쉬면 좀 덜하실 겁니다."

힘겨워하는 해연을 보고 있자니 그도 마음이 약해졌지만, 이제 와서 물러설 수는 없었다. 워낙 황제와의 첫인상이 좋지 않아서 동연국을 위한 마음을 심어주려면 이 방법밖에 없다고 생각했다. 이미 황제가 준 시간 중에 이틀이 지났고, 가장 충격적인 방법이 효과 또한 강렬할 것이라 믿었다.

하랑이 강행할 의지를 비치자 해연은 별수 없이 소매로 코를 가렸다. 도대체 어디를 그리 가기에 이런 냄새에도 자신을 데려가려 하는지는 알 수 없었다. 그렇다고 혼자 돌아갈 수도 없는 노릇이었다. 길도 모르고 노잣돈도 없으니 이대로 하랑을 따라 말을 몰아야 했다.

해연의 헛구역질이 네다섯 번 더 이어진 후에, 검은 새가 내려앉아서 새까맣게 변해 버린 마을이 나타났다. 적어도 수백 마리는 될 법한 새떼가 커다란 날개를 활짝 펼치고 무언가 열심히 뜯어 먹고 있었다.

하랑이 말을 몰아 조금 더 가까이 다가가자, 말발굽 소리에 놀란 새들이 후드득 날아올랐다. 일순간 새까맣게 변해 버린 하늘 아래 새들의 먹이가 모습을 드러냈다. 그걸 본 해연의 눈동자가 갈피를 잡지 못하고 흔들렸다.

새의 먹이는 부패된 시체였다. 폐허가 된 마을 곳곳에 어른, 아이 할 것 없이 시신들이 방치되어 있었다. 겁 없는 몇 마리의 새들은 사람의 내장을 가지고 서로 먹겠다며 싸웠고, 죽은 할아버지의 뜯겨진 볼을 통해서는 통통한 구더기들이 입안을 헤집는 것도 보였다.

이보다 더한 지옥은 없다고 단언할 수 있을 정도로 최악이었다. 어느 방향으로 고개를 돌려도 새들에 의해 눈이 파이고 내장이 헤집어진 사람들이 있었다.

그 광경에 너무 놀란 해연은 숨을 쉬기조차 힘들었다. 손이 덜덜 떨리고 몸에는 한기가 돌았다. 괴로워서 눈을 꽉 감아버리자 냄새가 더 역하게 느껴졌다. 결국, 해연은 끊임없이 구역질을 했다. 극심한 구토에 머리는 어지럽고 식도는 화끈거렸다.

몸과 마음을 다 사로잡는 고통에 눈물이 핑 돈 뒤에야 그녀는 깨달았다. 하랑은 이 지옥을 보여주기 위해 자신을 데려온 것이었다. '비가 없어 죽어가는 사람들을 보고 당신이 왜 비를 내려야 하는지 깨달아라'. 그렇게 다그치는 느낌이었다. 미칠 듯한 두려움과 책임감이 그녀의 심장을 옥죄어왔다.

그때, 메마른 하랑의 목소리가 잔인하게 다가왔다.

"이들은 죄 없는 양민들입니다. 그저 가난했기에, 물을 살 돈이 없어서 죽은 자들입니다. 폐하가 밉고 제가 원망스러워서, 그래서 비를 내리지 않겠다고 마음먹으셨다면, 부디 이들을 위해 그러지 말아주십시오."

하랑의 말은 틀린 말이 아니었다. 머리는 아니라고 부정하지만, 해연의 마음 한구석엔 그런 생각이 있었다. 부모님을 울게 하고, 영영 볼 수 없게 만든 그들이 미웠기에. 그것이 미치도록 원망스럽고, 밉고, 싫었기에 그들이 원하는 바가 이루어지지 않길 바랐다. 꿈속에서 부모님을 볼 때면 심장이 무너져 내렸고, 그만큼 이곳을 저주했다. 비가 내려 무사히 집에 돌아가길 바라면서도 비가 내리지 않아 자신과 똑같은 고통을 얻길 원했다. 그런 이중적인 자신의 악한 마음을 직면한 해연의 볼을 타고 어젯밤에도 흐르던 눈물이 다시 흘러내렸다.

"당신……."

하랑을 부르는 해연의 목소리가 떨렸다. 그녀는 입술을 물고 눈물을 삼키다가 간신히 다시 목소리를 쥐어짜 냈다.

"잔인하다, 정말……."

해연의 말이 비수가 되어 하랑의 심장에 박혔다. 애써 아무렇지 않게 그녀를 보고 있지만, 서러움에 울먹이는 해연의 목소리까지 무시하는 건 힘에 부쳤다.

"신녀님."

"이러려고! 이러려고 나한테 잘해준 거야?"

온종일 붙어 있으면서 자상하게 대해주고 세심하게 챙겨주는 모습에 그에게 향했던 원망은 어느덧 사그라지고, 스스로도 놀랄 만큼 많이 의지하게 되었다. 황제가 죽으려 했을 때에도 하랑 덕에 살았다는 달천대원들의 언질에, 내색은 안 했으나 진심으로 고마웠다. 그런데 그렇게 믿고 의지했던 그가 이런 곳으로 끌고 왔다는 사실이 해연으로 하여금 극심한 배신감을 느끼게 했다.

"그래. 당신이 날 구해준 것도 내가 아니라 비가 필요해서였겠지."

"오해하지 마십시오. 비 때문만은 아닙니다. 그저 남은 기간이라도 노력해 주셨으면 해서……."

하랑은 해연의 생각을 부정했다. 그녀를 구한 건 비를 얻기 위함도 있지만, 지켜주고자 하는 마음도 존재했기 때문이다. 그렇지 않았다면 평생 곁에서 지켜주겠다는 약조를 하지도 않았을 것이다. 하지만 시신을 본 충격에 이성을 잃어버린 해연은 그의 말을 끝까지 듣지 않고 확 잘라 버렸다.

"내게 이런걸 보여주면서 노력해 달라고? 당신은 어떤지 몰라도 나는 시체를 본 적도 없단 말이야!"

원망과 공포에 사로잡힌 그녀의 검은 눈동자에서 하염없이 눈물이 흘렀다. 평소에도 징그럽고 잔인한 것을 싫어했다. 스릴러는 보지도 못했고, 공포영화의 예고편이라도 나올라 치면 항상 눈을 감고 귀를 막았었다. 예기치 못하게 그런 걸 보고 난 날이면 밤마다 악몽을 꿔서 더 싫어했다. 화면으로 보는 것도 그런데 이건 아예 시신들 사이에 던져 놓은 것과 무엇이 다르단 말인가.

그러나 하랑도 벼랑 끝에 서 있었다. 눈앞의 마을은 구하기엔 이미 늦었지만, 지금 이 순간에도 죽어가는 이들이 도처에 널려 있었다. 그런 상황에서 해연의 사정만 배려해 줄 수는 없는 노릇이었다.

그걸 잘 알고 있기에 달천대원들도 묵묵히 동조한 일이었다. 어찌 보면 공범이라 할 수 있는 도평이 해연의 오해를 풀고자 나선 것도 그러한 이유 때문이었다.

"신녀님, 대장도 어쩔 수 없이……."

"닥쳐요!"

해연의 눈에 강한 거부와 경멸이 서렸다. 다 똑같았다. 여기 사람들은 전부 자신에게 말도 안 되는 요구를 하고 바라기만 했다. 왜 힘겨워하는지 알면서도 위로의 말 한마디보다는 오로지 비만, 그저 비만 내려달라고 재촉했다.

"내가 집으로 돌아가길 바라는 사람이 있긴 해요? 내가 여기 있는 걸 왜 당연시 여기는데? 다 본인들 위해서 그러는 거잖아!"

그녀의 비난에 달천대원들은 모두 고개를 숙였고, 하랑만이 해연을 똑바로 바라보았다. 그 눈빛이 싫어서 해연은 눈물을 훔칠 새도 없이 말 머리를 돌려 그 자리를 벗어났다.

말발굽 소리와 함께 멀어지는 해연의 뒷모습을 하랑은 그저 가만히 바라보았다. 그녀가 얼마나 상처를 받았을지 모르지 않았다. 전날 밤, 자면서도 흐느끼는 해연을 보면서 그의 마음도 무거웠다. 미안했고 또 미안했다. 그럼에도 불구하고 이 아비규환을 보여준 건, 해연과 이 나라의 백성들에게 남은 시간이 얼마 없었기 때문이다.

"객잔으로 모셔라."

"예."

명령을 받은 달천대원들이 해연의 뒤를 쫓았다. 부하들을 먼저 보낸 하랑은 마을로 고개를 돌렸다. 다시 내려앉기 시작한 새떼 사이로 젖을 문 채 죽은 갓난아기가 그의 시선을 끌어당겼다. 목이 말라 한참을 울다가 고통 속에서 죽어갔을 아기는 얼마나 괴로웠을까. 또 그런 아이를 두고 먼저 죽어야만 했을 엄마의 마음은 과연 어떠했을까. 그 감정이 전이되어 가슴이 무너져 내렸다.

3.
바람결에 수면 위, 파문이 일다

무거운 침묵이 방 안에 감돌았다. 달천대원들은 하랑의 눈치를 보았고, 하랑은 기대고 있는 벽 너머로 들리는 해연의 흐느낌을 가만히 듣고 있었다. 그녀의 울음소리는 잠잠해지다가도 다시 들려왔고, 간간이 욕지거리도 섞여 있었다.

화가 나던 감정은 미움이 되고, 미움은 다시 서러움이 되어 해연을 괴롭혔다. 자신이 무슨 죄를 그리 지었기에 이런 말도 안 되는 곳으로 끌려와 고통을 겪어야 하는지 알 수 없었다. 하랑도 원망스러웠고, 이곳의 모든 것이 미웠다.

'힘들어.'

점점 지치고 있었다. 이곳으로 떨어진 지 이제 겨우 닷새째인데 너무 많은 일을 한꺼번에 겪었고, 이제는 이곳에서 지내는 일조차 버겁게 느껴졌다. 그동안 오기와 정신력으로 버텼다고 해도 과언이 아니었다. 한국과는 너무 다른 이곳의 생활은 평생 겪지 않아도 될 일을 끊임없이 만들어냈다. 그건 생각보다 고통스러운 일이었다.

실컷 울고 난 뒤에 눈물이 메마르자 몸에 한기가 돌았다. 낮에 시신을 보면서 느껴진 한기가 이제는 뼛속까지 스며드는 느낌이었다. 피부에 오돌토돌한 닭살이 돋아나자 해연은 덮고 있던 이불을 끌어당겨 몸에 감았다.

'왜 이러지?'

추위에 턱까지 떨렸고 이가 딱딱 소리를 냈다. 몸을 한껏 웅크렸으나 추위는 조금도 나아지지 않았다.

내장이 얼어붙는 느낌이 들면서 통증이 더 심해졌다. 창자까지 싸하게 아픈 배를 쥐고 부들부들 떨고 있을 때, 누군가가 이불을 확 들췄다. 물기 탓에 침침해진 눈으로 바라본 곳에는 하랑이 있었다. 그의 얼굴에는 당황한 기색이 역력했다.

"이게 무슨? 도대체 왜."

"당…… 크윽!"

해연은 그에게 당장 나가라고 하고 싶었으나 극심한 통증에 말조차 나오지 않았다. 점점 눈앞이 흐려지고 의식조차 몽롱해졌다.

몸을 심하게 떨면서 정신을 잃어가는 모습에 하랑은 당혹스러움을 감추지 못했다. 딱딱—거리는 소리가 신경에 거슬려서 건너와 보았는데, 해연이 이리 떨고 있을 줄은 몰랐다.

"신녀님? 신녀님!"

하랑은 해연을 불렀으나 그녀는 반응이 없었다. 그가 보기에도 그녀는 위태로웠다. 눈도 반쯤 풀렸고 몸을 사시나무 떨듯 떨어댔다. 혹시나 싶어 귀 뒤쪽을 지나가는 경동맥에 손을 대자 싸한 한기가 손끝으로 몰려들었다. 이건 사람의 체온이 아니었다. 뇌에 혈액을 운반하는 혈관의 상태가 이러하니 더 살피지 않아도 상태가 얼마나 심각한지 알 수 있었다.

"도평!"

하랑은 방 밖에서 대기 중인 도평을 다급히 불렀다. 심상찮은 그의 부름에 도평이 재깍 문을 열었다.

"예, 대장!"

"가서 이불과 화로를 받아와, 최대한 많이!"

"예!"

도평이 점원을 찾아 나가고, 다른 달천대원들도 놀라 방 안으로 들어섰다. 그들은 달달 떠는 해연을 보고 얼굴을 굳혔다. 신녀는 추위나 더위에 영향을 받지 않는다. 아무리 더워도 땀 한 방울 흘리지 않았고 극심한 추위에도 굳건했다. 그것이 물의 신녀였다. 신녀는 그래야만 한다. 그럼에도 해연은 심하게 떨고 있었다. 마치 그녀는 신녀가 아니라는 것을 증명하듯이.

"오늘 일은 아무에게도 발설하지 않는다."

"예."

하랑은 부하들이 동요하는 걸 느끼고 미리 입막음을 해두었다. 혹여 황제의 귀에 오늘 일이 들어가기라도 하면 해연의 목숨은 장담할 수 없었다. 그녀가 진짜 신녀가 아닐지도 모른다는 건 그로서도 암담한 일이었지만, 그래도 해연을 살리는 것이 먼저였다.

'어쩐단 말인가. 몸을 따뜻하게 해야 할 터인데.'

추위를 견디기 위해 힘이 들어간 해연의 몸은 딱딱하게 굳어 있었다. 턱에 힘이 들어가고 호흡도 불안정해서 이대로 가다가는 혈압이 올라 뇌에 충격이 갈 수도 있는 상황이었다. 물론 그전에 얼어 죽을지도 몰랐다.

곧 도평이 이불과 화로를 가져올 테지만, 해연의 체온을 보면 이불 몇 겹으로 몰아낼 수 있는 한기가 아니었다. 어찌해야 할지 방도를 고심하던 그는 검을 내려놓고 갑주를 벗었다. 얇은 옷만 남겨두고 전부 벗은 뒤, 침상에 앉아 해연을 끌어안았다. 몸이 닿은 곳을 타고 극심한 한기가 전해졌다.

'크윽.'

하랑은 이를 악물었다. 피부에 닿는 느낌이 한겨울의 서릿발보다 매서웠다. 신음이 절로 새어 나올 만큼 강렬한 한기는 온몸을 마비시킬 것만 같았다. 그럼에도 불구하고 그는 해연을 더 세게 끌어안았다.

'제발. 돼라.'

그가 생각한 방법은 공력이었다. 그의 공력인 번개는 온도가 매우 높아서 공력을 빨리 돌리면 몸에 열이 나곤 했다. 그걸 떠올린 하랑은 해연을 안고 공력을 돌렸다. 어두운 방 안에 그의 혈관을 타고 흐르는 푸른 빛이 더 선명하게 번쩍였다. 빛이 빨리 깜빡일수록 그의 몸에 침투한 냉기가 서서히 물러났고, 해연에게도 조금씩 영향을 주기 시작했다.

꽤 오랜 시간, 그는 해연을 살리기 위해 악전고투했다. 방의 온도를 높이기 위해 화로를 곳곳에 놓게 했고, 도평이 가져온 솜이불로 몸을 감싸서 공력의 열기가 밖으로 빠지지 않도록 했다. 그가 노력하는 만큼 해연도 살기 위해 본능적으로 그의 품을 파고들었다. 그렇게 두 사람은 지독한 추위와 싸워야만 했다.

밤이 지나고 창가를 비추는 어둠도 흐릿해졌을 때, 그가 잠시 방심한 틈을 타 무언가 차가운 것이 허벅지 위로 스멀스멀 기어 올라왔다.

그 느낌에 기함한 하랑이 해연의 손을 저지했다. 사내의 허벅지를 마음대로 더듬다니, 도대체 무슨 여인이 이러한지 도통 알 수가 없었다.

"정신이 좀 드신 거 압니다."

귓가로 흘러들어 오는 하랑의 음성에 해연이 슬며시 눈을 떴다. 빤히 내려다보는 그와 시선을 오래 맞출수록 점점 민망해졌다. 일부러 그런 것은 아닌데, 하필 손이 닿은 곳이 허벅지였다. 그것도 안쪽. 의도했던 건 아니었으나 현행범으로 걸렸으니 이럴 때는 뻔뻔하게 구는 게 상책이었다.

"손, 손이 시려서 그래."

어쩌다 앵앵대는 소리까지 섞여 들어갔는지는 모르겠으나 손이 시린 건 사실이었다. 그걸 잘 알기에 그도 옅은 한숨을 쉬며 손을 잡고 공력을 돌려 따뜻하게 해주었다.

민망함을 극복하고 쟁취한 하랑의 품에 얼굴을 비비고 있으니, 겨울날 따뜻한 온천탕에 들어간 느낌이었다. 기분이 한층 나아진 해연은 낮에 있었던 일도 아주 조금은 용서해 주기로 했다.

"그거 알아?"

"무얼 말입니까?"

언제 울었냐는 듯 해연의 눈동자에는 생기가 돌았다. 그녀의 반짝이는 눈빛에 하랑의 입가에도 작은 미소가 떠올랐다. 밝고 순수한 그녀의 눈은 마음을 편안하게 만들어주는 힘이 있었다.

"동상에 걸려서 얼어 죽기 직전이었는데 커다란 핫팩을 주운 기분이야."

"뭡니까, 그게."

"음, 화로 같은 거?"

그녀의 말 한마디에 난방 기구가 되어버린 하랑의 눈이 가늘어졌다. 차가운 것도 마다치 않고 기껏 녹여주었더니 한다는 소리가 고작 저거다. 하랑은 자신의 허리를 감싼 해연의 팔을 풀었다.

"다 나으신 것 같은데 그만 일어나심이……."

"아아, 추워."

그의 말이 끝나기도 전에 해연은 몸을 동글게 말면서 더 엉겨 붙었다. 딱 봐도 거짓인 게 티가 났지만, 하랑은 그저 실소를 지으며 내버려 두었다.

왜인지는 모르겠으나 해연이 하는 행동은 다른 여인들과는 달리 거부감이 들지 않았다. 외모 때문에 여자로 느껴지지 않아서 그런 것일 수도 있겠지만, 당돌하면서도 애교를 부리는 모습이 귀엽게 느껴지기도 했다. 그래서일까, 그는 해연을 보면서 생각보다 더 자주 웃고 있었다. 그런 대장의 색다른 모습에 경악하는 건 달천대원들의 몫이었다.

해가 완전히 뜰 때까지 해연에게 시달린 하랑은 녹초가 되었다. 공력 소모량도 극심했지만, 자꾸 더듬어대는 손을 저지하기 위해 긴장을 풀 수 없었던 것도 한몫 단단히 했다.

"이제 그만 놔주십시오."

"흐응~"

해연은 하랑의 옷자락을 붙들고 콧소리를 내며 애교를 부렸다. 본래 곰 같은 스타일인데 그에게는 자꾸 아양을 부리게 된다. 하지만 그것이 오히려 역효과를 냈다.

정체불명의 애교에 하랑의 표정이 썩어버렸다. 그는 더는 용납지 않겠다는 단호한 태도로 해연을 떼어놓은 후, 침상 옆에 벗어둔 겉옷과 갑주를 착용했다. 밤새도록 붙어 있던 몸이 떼어지자 허전해진 해연의 입이 삐쭉 튀어나왔다.

"그래, 됐어. 나도 이제 더는 싫어."

"언행이 불일치하십니다."

하랑은 말과 행동이 다른 그녀에게 한마디 해주고 도평이 건네는 검을 받아 들었다. 더는 객잔에서 시간을 보낼 수 없었다. 황제가 준 기간에서 이틀밖에 남지 않았으니 의심을 피하기 위해서라도 궐로 돌아가야만 했다.

"오전 중에는 돌아가야 하니 다들 내려가서 식사해라. 식사가 끝나면 바로 출발한다."

"대장은 안 하십니까?"

"난 좀 쉬어야겠다."

하랑은 피곤한 기색으로 뒷목을 주물렀다. 그의 마음을 십분 이해한 도평도 더는 권하지 않았다. 대신 그는 해연에게 시선을 주었다. 하지만 도평의 입에서 식사를 하시겠냐는 물음이 나오진 않았다. 묻기가 애매한 탓이었다. 원래 신녀들은 음식을 섭취하지 않지만, 그녀는 신녀가 아닐 수도 있다는 게 문제였다. 다행히 그의 눈빛을 읽은 해연이 먼저 고개를 저었다.

"난 안 먹을래요. 어제 이상한 걸 봐서 입맛이 떨어졌어요."

시신을 보게 한 일을 타박하는 말에 하랑이 그녀를 힐끔 눈질했다. 눈이 마주친 둘 사이에서 미묘한 눈싸움이 계속되다가, 결국 그가 먼저 물러났다.

"좀 쉬어야겠습니다. 누구 때문에 정신적으로 피곤합니다."

"아아, 그러세요? 저도 예쁜 걸 보면서 안구나 정화해야겠네요. 거울 좀 가져다줘요."

해연의 말에 하랑은 물론이고 달천대원들도 표정이 이상해졌다.

도대체 어디서 저런 뻔뻔함이 나오는 건지, 알면 알수록 놀라웠다.

남자들의 표정에 부정적인 뜻이 서려 있음을 간파한 해연이 미간을 좁혔다. 고3 때 살이 좀 찌고, 물질하며 피부 관리를 못 해서 그렇지, 어디 가서 빠지는 외모라 생각해 본 적은 없었다. 어렸을 때는 예쁘다는 말도 자주 들었었다. 미스코리아를 시키라는 동네 아주머니들의 성화가 얼마나 대단했었는데 이런 표정들이라니. 흡사 벌레라도 씹은 듯한 얼굴의 남정네들을 보니 이마에 힘줄이 돋아났다.

"뭐예요, 그 표정들은? 지금 얼굴이 타서 이렇지, 원래 본판은 괜찮은 편이거든요?"

다들 쉬쉬하고 있었지만, 해연도 지금 자신의 피부 상태가 엉망인 건 알고 있었다. 손으로 만져 보면 뱀 허물 같은 조각들이 떨어지곤 했으니 모를 수가 없었다. 하지만 얼마나 심각한 상태인지 감이 잡히지 않아서 확인해 보려는데, 다들 숨기는 데 급급했다.

"나도 지금 내 피부가 좋지 않다는 거 알고 있으니까 거울 달라고요. 여긴 거울 없어요? 모습이 비치는 거요."

물론 거울이야 있었다. 하지만 보고 울지 않으면 다행일 정도인지라 쉽게 보여줄 수가 없었다.

"지금은 없습니다. 나중에 구해다 드리죠."

대충 상황을 얼버무린 하랑은 정신 공격을 더 당하기 전에 급히 옆방으로 피신했다. 그에 해연의 눈치를 살피던 달천대원들도 슬금슬금 방을 빠져나가더니 얼마 지나지 않아 해연만 덩그러니 남아버렸다. 텅 비어버린 방 안에서 그녀는 회심의 미소를 지었다.

조심히 문을 열고 밖을 내다보자 점원이 달천대원들을 마당으로 안내하는 것이 보였다. 그들이 시야에서 완전히 사라진 걸 확인한 해연은 너울로 얼굴을 가리고 방을 나섰다.

'내가 미치지 않고서야 그 자식이 있는 궁으로 왜 가.'

붉은 눈의 황제를 떠올리자 소름이 쫙 끼쳤다. 해연은 팔을 싹싹
문지르며 이를 갈았다. 그 정신병자와는 단 한시도 같이 있고 싶지
않았다.

'돈이 없는 게 좀 불안하긴 해도 우선은 도망가는 게 살길이야.
하랑의 약속도 완전히 믿긴 힘들 것 같고.'

해연은 지켜준다던 그의 말을 좀처럼 믿지 못했다. 물론 하랑 덕
에 목숨을 부지하긴 했지만, 비를 내리기 위해서 시신까지 보여준
그를 무턱대고 신뢰하기도 어려웠다.

'이대로 들어갔다간 궐 밖으로 나오지도 못하고 죽을 수도 있어.
차라리 사람 많은 시장에 숨어드는 게 낫지.'

해연은 목이 잘리는 일부터 면하고 보자는 심정으로 점원에게 물
어 뒷문을 알아냈다. 그녀는 달천대원들의 눈에 띄지 않게 조심하
면서 밖으로 빠져나갔다.

해연이 도망친 지 얼마 지나지 않아, 침상 위에 쓰러져 있던 하랑
은 슬며시 눈을 떴다. 해연의 방이 너무 조용한 것이 거슬렸다. 여
인의 방이라 침입자가 느껴지지 않는 한 방 안의 기척은 읽지 않으
려 했건만, 숨소리조차 나지 않는다는 점이 그의 예민한 감각을 잡
아끌었다. 결국, 몸을 일으킨 하랑은 해연의 방문 앞에 섰다.

"신녀님."

굳게 닫힌 문을 두드려도 보고 소리 내어 불러도 봤지만 안에서
는 아무런 반응이 없었다.

"잠시 들어가겠습니다."

혹시나 싶은 생각에 문을 열고 들어가자 텅 빈 방이 그를 맞이했다. 심장이 철렁 내려앉는 와중에도 그는 빠르게 방 안을 훑어보았다. 잠겨 있는 창문과 흐트러짐 없는 방, 침상 옆에 걸어두었던 너울의 분실. 하랑은 그 작은 단서만으로도 상황을 깨닫고 이마를 짚었다.

"도대체."

"대장, 준비 끝났습니다. 지금 바로 출발……."

식사를 끝내고 보고를 위해 올라온 도평이 말을 멈췄다. 방 안에 있어야 할 사람이 없다는 점을 깨달은 것이다. 하랑은 도평에게 빠르게 지시를 내렸다.

"멀리 못 갔을 것이다. 주변을 다 뒤져서라도 찾아내. 찾으면 신호 보내고."

"예!"

명을 받은 도평은 아래서 기다리고 있는 대원들에게 상황을 알렸다. 하랑도 급히 방을 나섰다. 시간상 멀리 가지는 못했을 테지만 빨리 찾지 않으면 심각한 문제가 벌어질 가능성이 농후했다. 전에 있던 신녀처럼 이번에도 당하게 둘 수는 없었다. 밖으로 향하는 그의 걸음이 점차 빨라졌다.

해연은 맨다리가 보이든 말든 치마를 잡고 미친 듯이 뛰었다. 쓰고 있던 너울이 속도를 이기지 못하고 뒤로 넘어가 목에 대롱대롱 매달렸지만, 다시 쓸 여력조차 없었다. 숙소에서 꽤 멀리 떨어진, 하얀 석조 다리에 진입한 해연의 다리가 눈에 띄게 무뎌졌다.

"허억. 허억."

벌떡벌떡 뛰는 심장이 입 밖으로 튀어나올 것만 같았다. 해연은 가쁜 숨을 내쉬면서도 달천대원들이 쫓아오는 건 아닌지 확인했다. 다행히 슬금슬금 피해가는 행인들만 있었다. 그제야 안심이 되면서 다리가 살짝 떨려왔다. 숨도 돌릴 겸, 석조 다리의 난간에 털썩 주저앉은 해연은 두리번거리며 주변을 살폈다.

다리 앞뒤로 상점들이 즐비했으나 사람은 그리 많지 않았다. 문을 닫은 상점들도 많았고, 거리는 한산했다. 한때는 북적였을 저잣거리가 텅텅 비어버린 건, 가뭄이 몰고 온 타격 때문이었다. 순간, 새가 날아가던 끔찍한 장면이 떠오른 해연은 고개를 내저어 생각을 떨쳐 버렸다. 지금은 좋은 것만 보고 좋은 것만 들어야 한다. 혼자가 된 마당에 겁까지 먹어버리면 곤란했다. 해연은 나쁜 기억을 지우고자 간간이 지나가는 사람들을 구경하는 데 집중했다.

'정말 신기하긴 해. 옷은 한복이랑 똑같고 말도 통하고.'

대화를 하는 일에는 어려움이 없었고, 사람들이 입고 있는 옷은 한복과 매우 흡사했다. 치마는 조선을 닮고, 저고리는 고려나 신라 쪽에 가까웠지만, 신기한 건 마찬가지였다.

사람들이 입고 있는 화려한 옷들을 호기심 가득한 눈으로 바라보던 해연은 누군가 옆에 앉자 반사적으로 고개를 돌렸다. 무심코 본 곳에 흰 비단옷을 잘 차려입은 귀공자가 있었다. 긴 흑발을 높이 묶고 흰 부채를 살랑살랑 부치는 모습이 혼을 쏙 빼놓을 지경이었다.

"와."

해연의 입에서 감탄이 절로 튀어나왔다. 지금껏 본 남자들 중에 세 손가락 안에 꼽을 만큼 미남이었다. 하랑이 가장 잘생겼다고 확신했는데 이 남자도 만만치 않았다. 조각 같은 외모를 지닌 하랑이 전형적인 백마 탄 왕자님이라면, 눈앞의 남자는 차갑지만 귀티가 줄줄 흘러서 여심을 홀리는 귀공자에 가까웠다. 이제 갓 스물댓 살이나 먹었을까. 뽀얀 피부와 꽃잎을 닮은 붉은 입술이 한 번쯤 훔쳐보고 싶게 생겼다.

자신을 노골적으로 훑어보는 시선을 느꼈는지, 그가 해연을 향해 고개를 돌렸다. 흑요석을 박아놓은 듯 아름다운 눈동자에 옅은 웃음기가 떠올랐다. 그는 잠시 고민하는 듯하더니 먼저 말을 걸어왔다.

"목이 졸리진 않으십니까?"

목소리마저 미성이었다. 하랑처럼 중후한 멋은 없어도 외모와 완벽하게 어우러지는 음성이 듣기 좋았다. 심장이 녹는다는 표현이 어떤 것인지 확실하게 느낄 만큼 그는 해연의 혼을 쏙 빼놓았다. 그 탓에 해연은 그의 말을 쉽게 이해하지 못했다. 하지만 곧 그가 목을 가리키자 너울에 달려 있던 끈이 목을 압박하고 있음을 알아차렸다. 그제야 얼굴이 다 드러나 있었다는 걸 깨닫고 후다닥 가리개를 썼다. 도망치느라 정신이 없어서 다시 쓰는 걸 깜박했다. 엉망인 얼굴을 보인 게 부끄러워진 해연은 고개를 숙였고, 그는 부드러운 미소를 지었다.

"귀여우신 분이군요."

할아버지를 제외한 남자에게 귀엽다는 칭찬을 처음 들어본 해연은 얼떨떨한 감정을 숨기지 못했다. 당황한 감정은 떨리는 그녀의 목소리에도 고스란히 묻어 있었다.

"가, 감사합니다."

칭찬 한마디에도 놀라는 순진한 모습에 그는 부채로 입가를 가리고 웃었다. 웃는 소리가 흘러나오진 않았으나 그의 눈만 봐도 입가에 머물던 미소가 더 진해졌음은 충분히 짐작할 수 있었다.

"함께 걸으시겠습니까?"

그는 자리에서 일어나며 해연에게 산책을 권했다. 데이트 신청과 비슷한 것을 받은 해연은 저도 모르게 그를 따라 일어났다. 어차피 자유가 된 몸, 이렇게 인연을 만드는 것도 나쁘지는 않을 것이었다. 물론 그의 외모와 친절한 말투가 그녀의 마음을 흔든 탓도 있었다.

유신은 곁에서 함께 걷는 여인에게 슬쩍 시선을 던졌다. 물의 신녀는 큰 원한이 생기지 않는 한 사람을 쉽게 믿고 좋아하는 편이었다. 그런 신녀들의 성향은 그녀들의 목숨을 앗는 독이나 마찬가지였다. 실제로 그는 그 점을 이용해 신녀들을 살해했다. 그리고 이번엔 해연이 덫에 걸려들었다.

해연은 간간이 이어지는 그와의 대화에 집중하느라 인적조차 드문 뒷길에 진입한 걸 눈치채지 못했다. 그렇게 몇 분을 더 걷다가 어느 허름한 집 앞에 당도했을 때, 유신은 정말 미안해하는 얼굴을 꾸며냈다.

"잠시 이곳에서 기다려 주시겠습니까? 이 집에 볼일이 있는데, 물건만 전해주고 금방 나오겠습니다."

그는 처음부터 그 집이 목적지였던 것마냥 자연스럽게 행동했다. 그 덕에 해연은 그를 의심하지 않고 순순히 고개를 끄덕였다.

"그러세요. 전 여기 있을게요."

"예, 오래 기다리시게 하진 않겠습니다."

유신은 스스럼없이 대문을 열고 들어갔다. 하지만 그 집은 비어 있었고, 그가 선택한 이유도 사람의 기척이 느껴지지 않았기 때문이다. 마당을 휙 둘러본 유신은 문틈으로 해연이 뒤돌아서 있는 걸 확인하고 품에 손을 집어넣었다. 딱딱한 단검이 손끝에 닿았다. 이제 검을 뽑아 등 뒤에 숨겨두었다가 방심한 여자를 불러들여서 찔러 버리면 될 일이었다.

'간단해. 쉽게 끝낼 수 있어.'

물의 힘을 각성하지 못한 여자였다. 힘도 없는 여인을 처리하는 건 그에겐 숨 쉬는 것만큼이나 쉬운 일이었다. 그러나 그는 좀처럼 검을 뽑지 못했다. 신녀를 죽이는 건 한 나라를 끝장내 버리는 것과 마찬가지였기에, 잠깐의 갈등이 그의 몸속에 머물렀다. 하지만 그건 곧 바람처럼 사라졌다.

검을 잡은 손이 품에서 빠져나오려던 그 순간에, 유신의 얼굴에 낭패감이 스쳤다. 그는 검을 뽑길 포기하고 부채에 공력을 실었다. 그가 머리 위로 부채를 휘두르자마자 그의 머리 위로 무언가 번쩍이며 내리꽂혔다.

콰앙!

"꺄악!"

폭음에 놀란 해연이 비명을 지르며 주저앉았다. 닫혀 있던 문이 풍압을 이기지 못하고 기분 나쁜 소리를 내며 열렸다. 마당에 서 있던 유신은 겉보기에 멀쩡했으나, 그의 눈은 일그러질 대로 일그러진 채였다. 부채를 타고 전해지는 저릿한 감각이 뒷목까지 쭉 훑어 올라왔다.

끊어질 뻔한 의식을 간신히 붙잡은 해연은 날뛰는 심장을 진정시키기도 전에 눈앞에 나타난 하랑을 보고 기겁했다. 하지만 그는 해연의 앞을 가로막고 서서 유신을 경계하는 일에만 집중하고 있었다.

"물러나라."

"초면에 꽤나 거치시군."

유신은 번개를 막고도 멀쩡한 부채를 살랑살랑 부치면서 여유를 부렸다. 진중한 하랑과 느긋한 유신의 시선 사이로 불똥이 튀는 듯했다.

그 모습을 가만 지켜보던 해연은 후들거리는 다리에 힘을 주어 간신히 몸을 일으켰다. 이유는 모르지만 만나자마자 싸우려는 두 사람을 빨리 말려야 했다.

"둘 다 그만해요. 지금은 싸울 때가 아니라고요."

목소리마저 떨리는 해연의 만류에도 불구하고 두 사람은 들은 척도 하지 않았다. 그들은 곧 사생결단이라도 낼 듯이 날이 서 있었다. 그러나 해연은 그들이 만들어내는 분위기 따윈 사뿐히 지르밟았다.

"좀 전에 뭔가 터지는 소리 못 들었어요? 여기 있으면 위험하다고요. 언제 또 터질지 모르는데 당장 피해야죠!"

그녀의 말에 살벌했던 분위기가 와장창 깨져 버렸다. 두 남정네는 매우 모호한 얼굴로 해연을 보았다. 좀 전의 폭음이 그들로 인해 생긴 것임을 모르는 해연은 무척이나 진지한 상태였다.

"이 근처에서 터진 게 분명해요. 진짜 가까웠다고요."

해연은 심각한 얼굴로 하랑의 팔을 끌어당겼다. 당장 대피해야 한다는 그녀의 절박한 몸짓에 하랑은 차마 웃지 못했고, 유신은 입 안을 꽉 깨물고 웃음을 참느라 고생해야만 했다. 어깨를 가늘게 떨기까지 하는 그의 모습에 해연의 눈 끝을 뾰족하게 올라갔다.

"이 심각한 상황에 웃음이 나와요? 또 뭔가 터지면 우리 다 죽을 수도 있다고요!"

"큭, 크큭—"

유신은 최대한 웃음을 참으려 했으나 결국 배를 잡고 폭소를 쏟아냈다. 벙찐 채 서 있는 해연의 표정에 유신은 숨까지 넘어갈 뻔했다. 그는 태어나 처음으로 하도 웃어서 눈물이 나는 신기한 경험을 하고 있었다.

물론 그런 유신을 보는 해연도 심란하기 이를 데 없었다. 그녀는 가만히 유신을 지켜보다가 혹시나 그에게 들릴까, 매우 작은 목소리로 하랑에게만 속닥였다.

"하랑, 아까 그 폭발 때문에 미친 건 아니겠지?"

정말 심각하게 묻는 그녀의 태도에 이번에는 하랑마저 입술을 깨물었다. 좀 진정되어 가던 유신의 웃음도 다시 터져 버렸다. 그는 아픈 배를 붙잡고 끅끅거리다가 안 되겠다는 듯 고개를 저었다.

"내 오늘은."

유신은 말을 하다 말고 한참을 더 웃다가 심호흡을 하며 폐를 진정시켰다. 다행히 효과가 있어서 그는 곧 말을 이을 수 있었다.

"한판 할 분위기가 아니니, 좀 전에 받은 빚은 나중에 갚아주도록 하지."

유신은 다음을 기약했다. 한바탕 웃었더니 싸울 마음조차 사라져 버렸다. 그건 하랑도 마찬가지여서 가겠다는 유신을 굳이 말리진 않았다. 그의 정체가 의심쩍긴 했지만 확신할 수는 없는 데다가, 함부로 싸움을 벌였다가 해연이 휘말리기라도 하면 그것도 그것 나름대로 큰일이었다.

밖으로 나가기 위해 두 사람 곁을 지나치던 유신이 갑자기 걸음을 멈추고 해연을 향해 고개를 살짝 숙였다.

"오늘 즐거웠습니다. 그럼."

아주 멀쩡한 작별 인사에 해연은 그가 미치지 않았음을 깨달았다. 안도한 그녀는 멀어져 가는 유신의 등에 대고 열심히 손을 흔들었다.

"담에 또 봐요, 꽃도령~"

정체불명의 호칭과 함께 콧소리 섞인 인사를 받은 유신이 고개를 저으며 사라지고 나자, 기다렸다는 듯 하랑의 잔소리가 쏟아졌다. 아까 터진 건 공력이라는 힘이고, 알지도 못하는 사내와 동행한 것도 잘못이며, 왜 궁 밖이 위험한지부터 준비도 없이 도망치면 안 된다는 설명까지 주구장창 해주었다.

하랑이 그렇게 말을 많이 하는 걸 처음 본 해연은 멍하니 서서 그의 잔소리를 한 귀로 듣고 한 귀로 흘려보내 주었다. 완전히 넋 빠진 그녀의 표정에 하랑의 눈썹이 꿈틀거렸다.

"안 듣고 계십니까?"

"응? 아냐~ 잘 듣고 있어."

척 봐도 영혼 없는 대꾸였다. 기회만 생기면 도망가려고 눈만 데굴데굴 굴리는 중인데 잔소리를 해봐야 귓등으로도 듣지 않을 터였다.

"됐습니다. 그냥 가시죠."

다 포기한 하랑은 해연의 손을 확 낚아챘다. 아침부터 심장을 졸아붙게 만든 그녀였지만, 그래도 맨몸으로 도망을 선택한 마음을 이해하기에 차마 미워할 수가 없었다. 그래서 더욱 그녀를 지켜주고 싶었다. 만약에 일이 뜻대로 풀리지 않는다면, 그녀와 함께 도망자의 삶을 살 각오도 하고 있었다.

손을 잡아끄는 강한 힘에 해연은 반항도 못 하고 그가 이끄는 대로 순순히 걸어야만 했다. 그 와중에 이틀 전 시장에서 있었던 장면이 떠올랐다. 그때도 갑자기 그가 손을 잡았었다. 그때 문득 이 남자가 박력 있다고 느꼈는데, 하랑은 그런 것이 여자의 마음을 설레게 한다는 것도 모르는 듯했다.

"근데 하랑, 저번부터 느낀 건데, 아무리 봐도 당신이 진짜 최고인 것 같아."

"무슨 의미입니까."

"그냥, 그런 게 있어."

의미를 알 수 없는 말을 하며 헤실헤실 웃는 해연의 모습이 의외로 나쁘지 않았다. 도망치다 붙잡힌 사람답지 않게 잘 웃는 그녀의 넉살에 굳어 있던 하랑의 입매도 슬그머니 풀어졌다. 그는 해연을 잡은 손에 좀 더 힘을 주었다. 새벽만 해도 차갑던 손이 이젠 제법 따뜻해져 있었다.

달천대원인 동비는 몇 시간째 황궁 앞 대로에서 서성이고 있었다. 그는 매우 초조한 얼굴로 입술을 잘근잘근 물어댔다. 오전 중에는 왔어야 할 대장이 오후가 된 지 한참이 지나도록 보이지 않자 입 안이 바짝 타들어갔다.

'왜 이렇게 안 오십니까, 대장. 해가 지면 늦는데…….'

벌써 네 시가 다 되어가고 있었다. 점점 더 창백해지는 그를 신이 가엽게 여겼는지, 저 멀리서 하랑과 그 일행들이 모습을 드러냈다.

"대장!"

동비는 반가움과 안도감, 걱정스러움이 혼잡하게 얽힌 마음을 품고 하랑에게 뛰어갔다.

그를 발견한 하랑은 무언가 일이 터졌음을 직감했다. 대장이 온다고 강아지마냥 문 앞에서 꼬리를 흔들며 달려올 리 없었다. 달천대에 무슨 일이 생기지 않는 한.

"무슨 일이냐."

"그게……."

동비는 쉽게 말이 나오지 않았다. 그토록 기다렸는데 막상 마주하고 나니 고개를 들어 그를 볼 낯도 없었다. 결국 동비는 딱딱한 바닥에 무릎을 꿇고 머리를 숙였다.

그가 무릎을 꿇자 달천대원들은 상황이 심각함을 깨달았다. 아니나 다를까, 동비의 입에서 나오는 말은 보통일이 아니었다.

"저번에 주평이 황후전에 들어갔던 일을 폐하께서 아시는 바람에, 일몰 무렵에 처형한다 하십니다. 제가 그날 마마를 모셔오라고 그를 황후전으로 보냈었습니다."

그의 짧은 설명만 듣고도 하랑은 일이 어떻게 돌아가는 건지 파악했다. 황제와 싸우던 날에 황후가 갑자기 뛰어든 일의 전말도 대충 짐작이 갔다.

주평은 보기 드문 재능 덕에 어린 나이임에도 하랑이 직속부하로 선택한 자였다.

막내인 그를 모두 아꼈기에 달천대원들은 아연실색했다. 해연도 처형이란 단어에 깜짝 놀랐으나, 하랑은 담담하게 그 일을 받아들였다. 자신이 동요하면 부하들도 흔들리게 됨을 그는 잘 알고 있었다.

"일어나라. 너는 그때 지휘관으로서 올바른 선택을 했으니 죄가 없다."

그 당시 동비와 다른 달천대원들도 목숨을 걸고 전투에 뛰어들려고 했었다. 일이 조금만 다르게 풀렸어도 주평만 살고 나머지는 즉사했을 터였다. 그렇기에 하랑은 동비에게 벌을 줄 수 없었다. 괴로워하는 부하의 마음을 추슬러 준 하랑은 뒤따르던 도평을 불렀다.

"도평."

"예, 대장."

"신녀님을 신궁까지 모셔다 드리고 내일 역운이 부를 때까지 네가 직접 호위해라. 무슨 일 있으면 내게 오고."

"예."

마음 같아서는 좀 더 실력이 좋은 동비를 붙여놓고 싶었으나, 그래도 이틀 동안 붙어 다니며 익숙해진 도평이 해연도 편하리라 생각했다. 그렇게 도평을 호위로 삼아둔 하랑은 나머지 달천대원들을 물렸다.

"동비는 남고 너희는 그만 가서 쉬어라. 그동안 고생했다."

하랑의 명에 대원들은 어두운 얼굴로 고개를 숙여 명을 받들었다. 이 상황에서 그들이 할 수 있는 일은 아무것도 없었다.

대원들과 함께 궐로 돌아가는 해연은 불안감에 자꾸 뒤를 돌아보았다. 그런 그녀를 하랑은 끝까지 지켜봐 주었다. 일이 조금 어렵게 돌아가고 있었지만, 그녀를 지켜주겠다는 마음을 다잡을 뿐이었다. 모두 궁으로 들어간 뒤에야 하랑은 동비에게 따로 지시를 내렸다.

"역운에게 내일 아침부터 저녁까지 달천대 훈련을 진행하라고 전해라. 직속들은 전부 참석해야만 한다. 정오에는 도평도 불러서 한 명도 빠지지 않게 해라."

"예, 대장."

동비에게 내일 일정을 단단히 일러둔 하랑은 궐 안으로 들어갔다. 이제 주평을 구하고 내일 달천대가 훈련할 때를 틈타 해연과 함께 궐을 빠져나가면 된다. 그렇게만 된다면 훈련에 참석한 부하들은 그의 탈주에 대한 죄를 뒤집어쓰지 않을 것이었다. 부하들이 살 방도까지 마련해 놓은 하랑은 황제를 만나기 위해 용주전으로 향했다.

찬란하게 빛나는 신궁과 긴 회랑을 걸어가는 도평의 쓸쓸한 뒷모습이 묘하게 대조되었다. 그 모습을 바라보던 해연은 걸음을 멈췄다. 이제 곧 해가 지면 도평과 똑같은 옷을 입은 한 사내가 처형당한다. 그가 죽는 이유는 어처구니없었지만, 그것이 잘못된 일이라고 말하는 이도 없었다. 이곳에서는 어쩔 수 없는 일이었다. 황제의 말이 곧 법이니까. 그걸 알면서도 해연은 괜히 속이 상했다. 침묵하는 건 쉬운 일이지만, 편한 길을 택한 만큼 세상은 바뀌지 않는다.

"신녀님?"

해연이 따라오지 않자 도평이 그녀를 불렀다. 상념에서 빠져나온 해연의 얼굴은 침중했다.

"도평, 황후전에 가는 게 왜 죽을죄인가요? 그곳에는 가면 안 되는 이유가 있는 건가요?"

"그것이 황명이기 때문입니다."

"왜 그런 황명이 내려졌는데요? 나쁜 짓을 한 것도 아니고, 발만 들여도 죽는다는 게 말이 되나요?"

말이 안 된다. 그건 도평도 알고 있었다. 하지만 그 이유를 해연에게 설명할 수는 없었다. 군주의 치부를 들추는 것이 되기 때문이었다. 그가 대답하지 못하자 해연은 질문을 바꾸기로 했다.

"좋아요. 황명이 그렇다는데 좋다 싫다 할 수는 없겠죠. 그럼 그 사람은 황후전으로 가면 죽는다는 걸 알면서도 왜 갔죠? 아까 그 동비라는 사람은 왜 그를 보냈고요? 다들 수긍하지만 나는 모르겠어요. 이 나라는……."

해연은 입술을 깨물고 뒷말을 삼켰다. 더 말해봐야 무얼 하겠는가. 답답함을 토로해 봤자 이 땅의 사람들은 자신과 너무 다른 환경에서 살아왔다.

해연의 마음속에 동연국에 대한 부정적인 인식이 늘자 도평의 얼굴도 어두워졌다. 그녀를 궁 밖으로 데려간 건 이 나라와 백성에 대한 연민을 심어주기 위함이었다. 그런데 궁으로 돌아오자마자 또 반감이 생겨 버렸으니, 그녀를 신녀라고 굳게 믿고 싶은 도평은 이 사태가 심히 안타까웠다.

"오해치 마십시오, 신녀님. 당시 상황이 너무 급박해서 주평을 보내지 않을 수 없었습니다. 주평이 가서 황후마마를 모셔오지 않았다면, 신녀님은 물론이고 폐하를 막아선 대장도 위험하셨을 겁니다."

"……."

해연은 말문이 막혔다. 그제야 사건의 전말을 알 수 있었다. 기절한 사이에 하랑이 황제와 담판을 지었다는 내용은 들었지만, 주평이 어떤 일을 했는지는 모르고 있었다. 결국, 그는 자신을 살리려다가 죽게 된 것이다.

"그러니까, 그 사람이 나 때문에…… 죽는다는 거네요?"

충격받은 해연의 표정에 도평은 다급히 고개를 저었다. 그가 원한 건 이런 결론이 아니었다.

"아닙니다. 신녀님 때문이 아닙니다. 그건 어쩔 수 없던 일이었고, 주평은 달천대원으로서 자신의 임무를 수행한 겁니다. 그는 신녀님과 대장을 구한 일을 자랑스럽게 생각할 겁니다."

도평이 침착하게 달랬으나, 해연은 좀처럼 죄책감을 떨쳐 내지 못했다. 이제 곧 사람 하나가 죽는다. 그것도 자신을 구하려고 노력했던 이가.

'이건 아니야. 이건 잘못된 거야.'

해연은 열이 오르는 이마를 짚었다. 이제 어찌해야 할지, 그 물음이 머릿속을 헤집어댔다. 하지만 한참을 고민해도 답은 나오지는 않았다. 이곳에서 자신이 할 수 있는 것이 아무것도 없었다. 그렇다고 이대로 시간을 흘려보낼 수도 없는 노릇이었다.

"하랑한테 안내해 줘요. 그와 상의를 해야겠어요."

하랑이라면 주평을 구할 방법을 알지도 몰랐다. 해연은 그것이 설령 자신의 희생을 담보로 하는 일일지라도 감내할 마음을 먹었다. 그러나 그런 해연의 각오와 달리 도평은 그녀를 말렸다.

"대장이 이미 폐하께 독대를 청하셨을 겁니다. 어떻게든 해결이 될 테니 너무 염려하지 마십시오."

그가 아는 대장이라면 부하의 억울한 죽음을 방관하지 않을 것이었다. 그런 믿음이 있기에 그는 침착했으나, 해연은 마음을 놓을 수 없었다. 주평은 자신을 구하기 위해 목숨을 걸었는데, 정작 구명을 받은 본인은 하랑에게 떠넘겨 두고 안도하는 꼴이 아니던가. 그건 그녀의 양심이 허락하지 않는 일이었다.

용주전을 총괄하는 내관 모백은 하랑이 전각 안에 모습을 드러내자 못마땅한 눈빛을 띠었다. 그가 자주 황제의 심기를 건드리는 탓에 그 분풀이를 본인이 받아내느라 얼마나 고생했는지 모른다. 그렇게 남몰래 이를 가는 모백의 불순한 태도를 알면서도 하랑은 별말 없이 황제의 집무실 앞에 섰다.

"고해주시오."

"폐하, 달천의 대장, 하랑이 뵙기를 청하옵니다."

의자에 앉아 턱을 괴고 눈을 감은 채로 있던 황제는 내관의 말에 한쪽 입꼬리를 슬쩍 올렸다. 그의 눈이 서서히 떠지면서 드러난 홍안에 앞에 앉아있는 황후의 모습이 비쳤다. 그녀는 침착한 듯 보였지만, 지아비의 눈을 똑바로 마주하지는 못했다.

"들라 하라."

황제의 명이 떨어지자 조심스레 열리는 문 사이로 하랑이 들어왔다.

단아한 자태로 앉아 있는 황후의 모습이 제일 먼저 눈에 들어왔지만, 그는 시선을 돌려 황제를 바라보고 예를 취했다. 황제를 대하는 자세에는 일말의 부족함도 없었으나 얼굴은 무표정으로 일관했다.

그 얼굴에 익숙해져 버린 가후는 도리어 그것이 당연하게 느껴질 지경이었다.

"네가 제 발로 날 찾아오다니, 부하를 아끼는 마음이 참으로 갸륵하군."

"신의 부하이기 이전에 폐하께서 보듬으셔야 할 백성입니다."

하랑은 '네가 그러고도 군주냐'는 뜻으로 말했지만, 그걸 알면서도 가후는 화내지 않았다. 오히려 오랜만의 대면이 즐거운 듯 미미하게 웃고 있었다.

"아아, 그래. 그도 짐의 백성이지. 하지만 군인의 신분으로 황명을 어겼으니 죽어 마땅하지 않겠나. 궐의 질서를 어지럽혀 황제의 권위를 실추시켰는데, 그 죄를 가볍다 하진 않겠지."

위계질서를 중시하는 이 땅에서 가후의 주장도 틀리지 않았다. 황제의 권위를 떨어뜨린 주평은 죽어 마땅했다. 하지만 하랑은 그 말에 찬성하지도 반박하지도 않았다. 그는 가후의 머릿속에 다른 계획이 잡혀 있음을 알고 있었다. 주평을 죽일 생각이 있었다면 굳이 일몰까지 기다리지도 않았을 것이다. 손에 피를 묻히길 좋아하는 가후가 참고 있다는 건, 그의 본심이 따로 있다는 반증이었다.

"원하는 바가 있으시면 그냥 명을 내리십시오."

하랑의 냉소적인 반응에 가후는 진한 비소를 지었다. 대놓고 말해달라 하니, 그것도 나쁘진 않을 터였다. 그는 불안감을 감추지 못하는 황후의 모습을 살피며 조금은 즐거운 어조로 말을 꺼냈다.

"네 그 질긴 목숨을 쓸 곳이 생겼다."

사형선고나 다름없는 말에 움찔한 건 하랑이 아닌 황후였다. 오히려 하랑은 제 이야기가 아닌 것처럼 덤덤하게 서 있었다. 평소에도 곧잘 사지로 몰아넣던 황제였으니 남다르게 반응할 필요도 없었다.

가후에게 신하란, 쓸모는 있되 아낄 필요는 없는 물건과 같았다. 언젠가 쓸 곳이 생기면 가차 없이 밀어 넣었기에 도리어 나라를 잘 다스려 왔다. 물론 강한 힘과 뛰어난 두뇌를 두루 갖추어서 가능한 일이었지만, 어찌 되었든 그는 능력 있는 황제로 백성들 위에 군림하고 있었다. 그런 그가 이번엔 하랑을 사지로 밀어 넣는 중이었다.

"이틀 안에 비가 내리지 않는다면, 네가 다른 나라로 가서 신녀를 잡아와라."

약조했던 닷새 중에 이틀밖에 남아 있지 않았다. 그 안에 비가 오지 않는다면 해연과 함께 하랑도 죽일 생각이었다. 하지만 나름대로 쓸모 있는 하랑을 화풀이용으로 죽일 만큼 그는 어리석지 않았다.

"신녀를 데려오면 내게 검을 겨눴던 죄는 용서해 주지."

가후는 희망적으로 말했으나, 사실 다른 나라의 신녀를 데려온다는 건 말처럼 쉬운 일이 아니었다. 능력을 사용할 줄 아는 신녀는 공력자들보다 더 강했다. 더군다나 후로국과 청일국의 신녀는 물과 친화력이 가장 절정에 달하는 삼십대의 신녀들이라 함부로 손을 쓸 수가 없었다. 때문에 청일국도 후로국의 신녀만큼은 건들지 못하고 다른 나라의 어리거나 나이 든 신녀만 암살한 것이다. 그걸 빤히 알면서도 가후는 하랑에게 납치를 지시했다. 그러곤 웃는 낯으로 주평의 목숨마저 운운했다.

"성공한다면 그건 네 공이고. 황명을 어긴 놈은 그냥 죽이는 게 좋을 것 같은데, 어떻게 생각하나."

의견을 묻는 듯했지만 답은 정해져 있었다. 가후의 의중을 파악한 하랑은 서서히 무릎을 꿇었다. 그가 궐에 도착하자마자 주평의 소식을 들은 건 결코 우연이 아니었다. 오늘 그에게 목줄을 채우기 위해 주평의 처형을 명하고, 황후를 용주전으로 불러들인 것이다. 네가 마음에 품은 이들이 이렇게 내 주위에 있으니, 도망 같은 허튼 생각 따위는 하지 말라는 경고. 그걸 알기에 하랑은 황제가 원하는 대로 행동했다.

"소신이 미흡하여 부하를 잘못 가르쳤으니, 그 죄가 가장 크다 할 수 있습니다. 어린 부하 대신 벌을 내려주십시오. 달게 받겠습니다."

무릎을 꿇은 하랑의 모습을 차마 눈에 담지 못한 황후의 시선이 앞에 놓은 찻잔에 머물렀다. 그런 황후를 보는 황제의 얼굴에 뒤틀린 웃음이 서렸다.

"역시 바로 알아들으니 편해. 부하 대신 벌을 받겠다고 하니 그 뜻을 갸륵하게 여겨주지. 주평의 처형은 취소토록 하고, 대신 네가 이틀간 지하 감옥에서 근신해라. 그 이후에도 비가 내리지 않으면 청일국이든 후로국이든 가서 신녀를 잡아와."

가후의 명령이 떨어지자마자 대기하고 있던 풍월대원들이 하랑에게 접근했다. 하랑은 얌전히 두 팔을 내주었다.

그렇게 그는 부하를 구한 대가로 포박당한 채 용주전을 나섰다. 밖으로 나오자마자 가장 먼저 눈에 들어온 건 청명한 하늘과 용주전 앞뜰로 들어서는 해연이었다. 눈이 마주치자 그녀는 흠칫하며 걸음을 멈췄다. 풍월대원들에게 잡힌 모습을 보고 놀란 모양이었다. 뒤따라오는 도평이 쩔쩔매는 걸 보니 아마도 그녀의 고집을 이기지 못한 듯했다.

'하긴, 그 땡볕에서도 이틀을 버티던 고집인데 꺾을 수 있을 리 만무하지.'

황제 앞에서도 기죽지 않던 모습을 떠올린 하랑은 고개를 설레설레 내저었다. 하지만 그런 부정적인 몸짓과 달리 그는 해연이 찾아와 다행이란 생각을 했다. 그녀에게 줄 것도 있고 할 말도 있었다.

하랑은 팔을 잡고 있는 풍월대원들을 보았다. 움찔한 대원들이 황급히 팔을 놓아주었다. 어차피 황제 앞에서 보여주기 위한 행동에 불과했기에, 더 붙잡고 있어봤자 소용이 없었다.

"잠시 할 얘기가 있으니 이곳에 있게."

직속상관은 아니더라도 하랑의 말을 거부할 권리가 그들에게는 없었다. 그렇게 풍월대원들을 떼어놓은 하랑은 해연이 뭔가 말을 꺼내기도 전에 그녀를 용주전 밖으로 데리고 나갔다.

두 사람의 모습이 시야에서 사라지자 사색이 된 풍월대원들이 황급히 용주전 앞뜰로 내려섰다. 그런 그들을 막아선 건 도평이었다.

"우리 대장이 하신 말씀 못 들었나?"

하랑의 명령을 거론하자 풍월대원들은 차마 반박도 못 하고 그 자리에서 대기해야만 했다. 그들이 할 수 있는 건 황제의 눈에 띄기 전에 하랑이 돌아오길 간절히 바라는 것뿐이었다.

해연을 데리고 나무 아래, 구석진 곳으로 간 하랑은 주위에 사람이 있는지 기척을 살폈다. 그러나 마음이 조급한 탓에 그 시간마저 길게 느껴진 해연은 더 참지 못하고 먼저 말을 꺼냈다.

"하랑, 그 주평이라던 사람, 그 사람 어떻게 해야 살릴 수 있어?"

"이미 해결되었으니 걱정하지 마십시오. 황명을 받았으니 곧 풀려날 겁니다."

"정말? 나 안심시키려고 거짓말하는 거 아니지? 아무 데도 안 다치고 무사히 풀려나는 거 맞는 거지? 진짜, 진짜로."

근심과 걱정이 컸던 만큼 그녀는 자꾸 되물었다. 그런 해연의 모습에 하랑은 작게 미소 지었다. 황제라면 치를 떠는 그녀가 용주전까지 오는 동안 마음고생을 했을 게 보였고, 두려워도 외면하지 않고 찾아와 준 그 용기가 고마웠다. 그 덕일까, 황제 때문에 굳어 있던 그의 표정도 한결 부드러워졌다.

"그는 다치지 않고 무사히 풀려날 테니 염려 마십시오. 그보다는 지금부터 제가 하는 말을 잘 기억하셔야 합니다."

해연이 고개를 끄덕이자 하랑은 목소리를 최대한 낮춰서 일이 돌아가는 상황을 알려주었다.

"주평이 풀려나는 대신 제가 감옥에서 이틀간 지내야 합니다. 하지만 내일 저녁까지 비가 오지 않는다면 제가 신궁으로 찾아가겠습니다. 침실에 계시면 됩니다. 또한 저와 한 약속은 무녀들은 물론이고 도평에게도 비밀로 하십시오. 이후에 그들이 공모자로 몰려 위험에 처할 수도 있으니 조심하셔야 합니다. 짐을 싸는 것도 이상하게 여길 수 있으니 아무것도 챙기지 마십시오. 제가 준비하겠습니다. 여기까지 전부 이해하셨습니까?"

줄줄이 늘어놓은 말을 다행히 알아들었는지 그녀는 연신 고개를 주억거렸다. 하랑은 그런 해연의 손을 잡곤 그 손목에 청옥팔찌를 채워주었다. 짙은 푸른빛이 줄무늬처럼 섞인 옥팔찌에 놀란 해연이 그를 올려다보았다. 하랑의 볼이 불그스름하게 변해 있었다.

"그때, 마을에서 있었던 일을 사과하지 못해 내내 마음에 걸렸었습니다. 그냥, 제가 했던 약조의 증표라 생각하고 받아주십시오."

평생 곁에서 지켜주겠다던 약조의 증표였다. 그런 팔찌를 만져보는 해연의 손이 살짝 떨렸다. 빈말은 아닐까 의심했던 것조차 미안해질 만큼 그는 그 약조를 계속 생각하고 있었던 모양이다.

해연은 처음으로 이 낯선 곳이 두렵지 않아졌다. 든든한 아군이 생긴 느낌에 그녀의 얼굴에도 슬며시 웃음꽃이 피어났다.

"고마워. 잘 간직할게."

값나가는 건 아니었지만 기뻐하는 해연을 보니 하랑도 뿌듯했다. 그동안 하도 정신이 없어서 미리 주지 못한 게 아쉬울 정도였다. 그러다 그는 문득 그녀에게 당부해야 할 게 하나 더 있다는 걸 떠올랐다.

"아, 하나 더 알아두셔야 할 게 있습니다. 도평을 제외하곤 그 누구에게라도 춥다거나 덥다는 말을 하셔서는 안 됩니다. 대소변도 무녀들의 눈에 안 띄게 처리하십시오. 아시겠습니까?"

"응? 갑자기 그게 무슨……."

별 희한한 소리를 다 한다는 생각에 되물으려 했으나, 문득 이상한 점이 떠올랐다. 그동안 대소변을 본 적이 없었다. 물론 밥을 먹지 않아서 그럴 수도 있겠지만, 물조차 마신 기억이 없었다. 물 한 방울 마시지 않고 며칠째 쌩쌩히 돌아다니고 있다는 점이 해연의 마음에 걸렸다.

"저기, 하랑."

해연은 그 부분을 말해주려 했다. 그러나 풍월대원들이 근처에 모습을 드러냈다. 더 지체할 수 없다는 뜻이었다. 결국, 해연은 자신의 증상을 말하지 못하고 도평과 함께 신궁으로 향해야만 했다.

초가는 벌게진 얼굴로 씩씩거리며 자신의 가옥 안으로 들어섰다. 심기가 매우 불편해 보이는 그의 모습에 마당을 쓸던 노비들이 얼른 비질을 멈추고 숨을 죽였다. 그들은 주인의 심기를 거스르지 않도록 애썼으나, 그런 노력이 무색하게 초가의 관심사는 다른 데 있었다.

'신녀를 죽이라 하였거늘! 내 이놈을 당장!'

튀어나오는 욕설을 간신히 삼킨 초가는 저택의 가장 끝에 있는 전각으로 향했다. 아무도 드나들지 말라고 했다지만, 그곳은 비정상적으로 싸한 기운을 풍겼다. 폐가에서도 느끼기 힘든 차가운 기운이 사람에게 두려움을 심어주기에 부족함이 없었다. 하지만 그걸 알면서도 초가는 가장 안쪽에 있는 방문을 쾅 열어젖혔다.

넓은 방을 둘러보는 초가의 날 선 눈빛이 창틀에 앉아 일몰을 구경 중인 한 사내에게 닿았다. 흰 비단옷을 화사하게 차려입은 그는 한가로운 오후를 만끽하는 듯 홀로 평화롭기 그지없었다. 그 모습에 심기가 더 뒤틀린 초가는 참아왔던 분통을 터뜨렸다.

"어째서 신녀가 멀쩡히 궁으로 돌아온 거요! 분명히 죽인다 하지 않았소!"

초가는 입에 거품을 물 듯이 길길이 날뛰었으나, 남자는 창밖에 시선을 고정한 채 부채를 살살 부치기만 했다. 하얀 부채가 일으키는 바람결에 그의 검은 머리카락이 살며시 허공으로 떠올랐다가 다시 내려앉았다. 그 수려한 자태는 눈이 부실 만큼 아름다웠으나, 초가는 열불이 나 속이 뒤집어졌다.

"이보시오, 유신!"

고막을 건드리는 외침에 유신의 고운 눈매가 살짝 찌푸려졌다. 그와 동시에 단검 하나가 초가의 얼굴 옆을 가로질렀다. 날이 바짝 선 단검의 주인은 방 안에 있는 기둥 뒤에서 나타났다.

"두령께 이 무슨 무례인가."

흑의를 입은 사내는 불쾌감을 감추지 않고 초가를 향해 낮게 읊조렸다. 그가 던진 단검의 살벌한 기세에 초가는 분한 감정을 삭이며 표정을 관리했다. 어찌 되었든 지금은 자신이 약자였다.

"내 좀 흥분했나 보오. 그보다, 유신 두령."

순식간에 돌변한 초가는 점잖게 유신을 불렀다. 하지만 유신은 여전히 창밖에 시선을 둔 채 부채만 살살 부쳤다. 그의 완벽한 무시에 초가는 이가 갈렸으나, 전처럼 감정을 쉽게 드러내는 실수를 하진 않았다. 물론 그렇다고 해서 이곳까지 쳐들어온 목적을 잊진 않았다.

"두령이 직접 신녀를 죽이러 가긴 한 것이오?"

"그랬지."

나지막이 답한 유신은 아침에 보았던 해연을 떠올리자 웃음이 일었다. 공력을 몰라서인지 큰 소리가 났다고 호들갑을 떨던 그 모습이 꽤 신선했다. 거기다 하랑에게 자신이 미친 건 아니냐고 물어볼 때의 그 넋 빠진 얼굴은 잊을 수가 없었다. 난생처음으로 크게 웃어봤던 유신은 여전히 그 여파에서 헤어나오지 못하고 있었다.

해연을 떠올리는 유신의 얼굴에 미미한 웃음이 서리자 초가의 얼굴이 굳었다. 그를 알게 된 뒤로 단 한 번도 웃는 걸 본 적이 없었다. 매일 냉랭한 기운만 풍기고 다니던 유신이 어떤 감정으로 웃는 것인지 짐작조차 어려웠다. 하나 지금은 그게 중요한 게 아니었다. 믿고 맡겼던 일이 제대로 처리되지 않았다는 게 문제였다.

"유신 두령이 갔다면 하랑과 그 계집은 이미 송장이 되었어야 하지 않소?"

"……"

일을 제대로 하지 않았다고 타박하는 말에 유신의 얼굴에서 웃음기가 싹 사라졌다. 냉기가 흐르는 그의 시선에 초가는 슬쩍 눈을 돌렸다. 더 마주하고 있다간 온몸이 덜덜 떨릴 것만 같았다.

살벌한 눈빛 하나만으로 초가를 압도한 유신은 더는 그가 기어오르지 못하도록 선을 그었다.

"언제 죽일지는 내가 결정한다. 오래 살고 싶으면 그 입단속 잘하는 게 좋아. 그대의 황제는 상황에 따라 나대는 걸 봐주지만 나는 아니니까."

황제는 명분에 묶여 있는 몸이라지만 살수인 유신은 아니었다. 하지만 초가도 나이를 헛먹은 건 아니었다. 그는 두려움이 몰려오는 와중에도 유신을 다룰 방법을 떠올렸다.

"친절히 경고해 주지 않아도 그쯤은 알고 있소. 하나 비가 오면 나보단 두령이 더 곤란……."

초가는 뒷말을 잇지 못했다. 차가운 바람이 온몸을 훑어 내린 탓이었다. 심장까지 억죄는 느낌에 초가는 입술을 깨물고 가까스로 신음을 삼켰다. 공력의 힘은 일반인이 견딜 만한 성질의 것이 아니었다. 그렇게 손 하나 까딱 않고 초가를 제압해 버린 유신은 다시 창밖으로 시선을 돌렸다.

"비가 내리기 전에는 죽일 생각이니 걱정 말고 가서 낮잠이나 청하시게."

확실한 축객령이었다. 결국, 초가는 본전도 못 찾고 그 방을 나서야 했다.

불만스러운 기색이 역력하던 그가 나가자, 호섭이 유신의 기분을 살피며 조심스레 말을 걸었다.

"두령, 저자가 너무 기어오르는 것 같습니다. 앞으로는 이리 무례하게 굴지 못하도록 미리 손을 좀 봐두겠습니다."

"되었다. 그리할 필요 없다."

유신은 호섭을 말리며 부채를 접고 자리에서 일어났다. 초가가 못마땅한 것은 마찬가지였으나, 어찌 되었든 황제의 명을 받고 그를 도우러 온 상황이었다. 그러니 이번 일이 끝나기 전까진 함부로 무력을 가할 수 없었다.

"그 대단하신 폐하께서 택한 자니 어찌하겠느냐."

청일국 황제를 향한, 빈정거림이 섞인 유신의 말투에 호섭이 고개를 숙여 예를 취했다.

살수로 키워진 유신이지만 물의 신녀를 살해하는 일만큼은 그도 원치 않아 했었다. 그러나 황제는 자유분방한 유신을 다룰 수 있는 패를 쥐고 있었다.

'하기 싫은 임무일수록 빨리 해버리는 게 낫겠지.'

"처리하고 오마."

지금 당장 가겠다는 말에 놀란 호섭이 고개를 들었다. 하지만 유신은 이미 사라지고 난 뒤였다.

※

해연은 이제 막 해가 지기 시작하는 사계리 해안가에 있었다. 저 멀리 형제섬이 보이고, 좌측에는 우뚝 선 산방산이 묵묵히 자리를 지켰으며, 앞에는 그토록 만나고 싶던 엄마가 바다를 하염없이 바라보고 서 있었다.

"해연아……."

기운이 없는 엄마의 입에서 딸의 이름이 작게 흘러나왔다. 해연은 곧 쓰러질 듯 위태로운 엄마를 안아주고 싶었다. 잘 지내고 있으니 걱정하지 말라고 말해주고 싶은데, 어찌 된 영문인지 발이 떨어지지 않았다.

"엄마, 나 여기 있어. 뒤 좀 돌아봐! 엄마!"

아무리 크게 외쳐도 닿지 않는 듯, 엄마는 딸이 사라진 형제섬 주변만 멍하니 바라볼 뿐이었다. 단 한 번만이라도 돌아봐 주면 좋으련만, 해연의 외침은 바닷바람에 실려 허무하게 사라졌다.

"해연아……."

엄마의 힘없는 목소리에 그리움이 실렸다. 결혼한 지 오 년 만에 겨우 얻은 외동딸은 눈에 넣어도 아프지 않을 아이였다. 그런 딸에게도 무뚝뚝하게 구는 남편 탓에 그녀는 더 많은 사랑을 쏟으며 키웠다. 애정만큼은 부족하게 느끼지 않도록 최선을 다했고, 해연도 속을 썩이지 않고 잘 자라주었다. 그런데 하루아침에 딸이 사라지자 세상을 잃은 듯했다.

"내 딸. 우리 해연이. 엄마가, 엄마가 갈게. 엄마랑 같이 살자."

엄마의 중얼거림을 들은 해연은 놀라 고개를 저었다. 불안한 감정이 심장을 조여왔다.

"안 돼, 엄마! 그러지 마. 제발, 제발 그러지 마!"

해연은 점점 더 바다로 깊이 들어가는 엄마를 보며 울부짖었다. 그러나 그녀의 목소리는 파도 소리에 묻혀 닿지 않았다.

"제발. 제발. 그러지 마……."

시신처럼 차갑고, 독약처럼 새까만 바닷물이 어느새 엄마의 어깨에 닿고 있었다. 자신 때문에 목숨을 끊으려 하는 엄마를 지켜보는 일만큼 괴로운 것이 또 있을까.

"제발, 돌아와. 제발!"

해연은 엄마에게 비는 것인지, 하늘에 비는 것인지 모를 만큼 빌고 또 빌었다. 그럼에도 그녀의 간절한 바람은 이루어지지 않았다.

※

늦은 저녁이 되자 신궁의 무녀들이 곳곳에 등불을 켜며 돌아다녔다. 어둠이 궁을 더 잡아먹기 전에 불을 붙이고 경계를 강화하는 데 집중해야만 했다. 일전과 같은 참사가 다시 일어나지 않도록, 대무녀 모라는 신궁을 돌아다니며 무녀들의 긴장을 고조시켰다.

"신녀님은 침소에 드셨으니 다들 조용히 경계를 서라. 이 시간부로 어느 누구도 신궁 출입을 불허한다."

신궁에서는 신녀와 관련된 모든 업무를 무녀들이 담당해 왔다. 그녀들이 맡아야 할 업무 중에는 신녀의 호위도 포함되어 있었다. 때문에 검을 찬 무녀들도 곳곳에 배치되었고, 신궁의 살림을 총괄하는 모라가 호위무녀들의 위치를 하나하나 신경 썼다.

"외부인은 달천대의 도평만 허가한다. 그 외에는 모두 내보내도록."

"예."

모라의 지시에 따라 외부인은 전부 신궁 밖으로 쫓겨났다. 하지만 무녀들은 신궁에 스며든 인물이 있다는 걸 파악하지 못했다.

5층에 있는 대들보 위에 올라선 그는 어둠 속에 몸을 숨기고 있었다. 발밑으로 도평을 비롯한 수십 명의 호위무녀들이 복도를 빈틈없이 지키고 있었지만 누구 하나 그의 존재를 알아차리는 이가 없었다.

'쓸 만한 것들은 5층으로 다 몰아넣었군. 부질없는 짓을.'

유신은 그들의 노력을 무의미하다고 치부했다. 아무리 실력이 좋은 무사가 여럿이라 해도 그와 같은 일류 공력자를 막아선다는 건 불가능했다. 그걸 알면서도 그들이 호위를 서는 이유는 시간을 벌기 위함이었다. 공력자가 오는 데까지 걸리는 시간을 목숨과 바꿔줄 자들인 것이다. 한 명당 길면 3~5초 정도. 유신의 실력이라면 4분 안에 몰살이 가능했다.

'한바탕 날뛰어보는 것도 나쁘지 않겠지만.'

그는 갈등했다. 오전에 해연을 만난 뒤부터 기분이 평소와 같지 않았다. 묘하게 들떠 있는 걸 스스로도 잘 알고 있었다. 그 감정은 즐거웠고, 또한 두려웠다. 수천 번 고통받으며 겨우 얼려둔 심장이 다시 녹는다는 건 좋게 생각할 일이 아니었다. 그래서 그는 피비린내를 맡으며 살수로서의 냉정을 되찾을 필요성을 느꼈다. 그런데 왜, 그걸 알면서도 망설임이 남아 있을까.

'그 여자가 문제야.'

정말 그녀가 문제였다. 이곳에서 소란이 벌어지면 그녀도 잠에서 깨어날 것이다. 그러면 그는 수십 명의 피를 묻힌 채 그녀의 얼굴을 마주해야만 했다. 저를 보고 공포에 질리는 그녀를 봐야 하는데, 그럴 자신이 없다는 게, 그게 문제였다.

오랫동안 고민하던 유신은 몸을 돌렸다. 어둠에 동화되어 사라진 그가 다시 나타난 곳은 신궁 밖, 인적이 드문 풀숲이었다. 그는 그곳에 몸을 숨기고 해연의 침소와 통하는 창문을 찾아다녔다.

신궁은 다른 건물들과 달리 탑처럼 생긴 6층짜리 건물이었기에, 따로 창문을 지키는 자가 없었다. 곧 그의 몸이 풀숲에서 사라졌다.

끼익— 기름칠을 하지 않은 창문 경첩이 귀에 거슬리는 소리를 내며 열렸다. 예상치 못한 복병을 맞이한 유신은 눈살을 찌푸렸다. 저번에는 문으로 들어갔던 탓에 창문 상태를 확인하지 못한 게 실수였다. 게다가 방 안에서 울음소리도 들리고 있었다.

'설마 깨어있나?'

유신은 4층 지붕 위에 서서 해연의 흐느낌에 집중했다. 그것이 잠꼬대에 가까운 소리인 걸 확신한 뒤에야 그는 조심스럽게 방 안으로 잠입했다.

그가 연 창문을 통해 들어온 달빛이 해연이 누워 있는 커다란 침상이 닿았다. 유난히 처연하게 빛나는 달빛을 밟아가며 그는 품 안에 넣어둔 단검을 꺼내 들었다. 검은 가죽에 하얀 문양이 무척이나 화려한 검집을 벗기자 붉은빛이 도는 검신이 드러났다.

조심스레 침상에 다가간 유신은 검을 든 채로 해연을 내려다보았다. 분명 잠이 든 모양인데 서럽게 울고 있었다. 종종 뜻을 알 수 없는 말을 중얼거리며 우는 그녀는 낮에 본 그 활기찬 모습과 괴리감을 느끼게 할 정도였다. 무엇이 그리 비통한지, 하도 운 탓에 호흡은 불안정했고, 목은 붉게 달아올라 있었다.

'열이 오르는 건가?'

유신은 직접 보고 돌연 떠오른 생각을 믿기 힘들었다. 신녀는 추위와 더위를 느끼지 못하는 건 물론이고 질병에도 걸리지 않았다. 그러니 해연에게 열감이 있어서는 안 될 일이었다.

'설마.'

눈이 의심스러워진 그는 해연의 이마에 손등을 가져다 대었다. 믿을 수 없게도 열이 펄펄 끓고 있었다. 게다가 피부에 닿는 온도가 일반적인 사람의 체온과도 차이가 컸다. 해연이 아프다는 게 확실해지자 유신의 얼굴에도 당혹스러움이 서렸다. 이건 전혀 예상치 못한 일이었다.

'갑자기 끌려온 이라 이러한 것일까.'

각 나라의 다섯 신녀들은 주어진 수명이 끝나면 전생의 기억을 잃은 채로 각 나라에서 다시 태어났다. 그럴 때 능력이 잠시 발현되지 않았던 이들은 있었지만, 이렇게 몸이 뜨거워졌다는 말은 들어본 적이 없었다.

'만약 이 여인이 신녀가 아니라면…….'

신녀가 아니라면 어찌해야 할까, 고민하는 유신의 얼굴에 그늘이 졌다. 죽일 마음을 품고 왔는데 살릴 수 있는 여지가 생겨 버렸다. 죽이지 않아도 된다면 그녀와 다시 만날 수 있을지도 모른다. 재회를 바라는 마음이 슬그머니 고개를 들었을 때, 그 순간적인 감정에 놀란 유신은 심장이 철렁했다.

'안 된다. 제거 대상을 살려둔다니.'

잠시나마 흔들렸던 유신은 빠르게 마음을 다잡았다. 그녀를 살려두었다가 혹여 비가 내리기라도 한다면 지금까지의 수고가 물거품이 될 수 있었다. 계집 하나 살려주고자 셋이나 되는 신녀를 죽인 일을 헛되이 만들 수는 없었다. 그는 손에 들린 붉은 단검을 해연의 심장에 겨눴다.

곧 닥칠 운명을 모르는 해연은 끊임없이 흐느끼며 웅얼거렸다.

"엄마, 죽지 마. 제발."

해연의 중얼거림이 유신의 귓가를 파고들었다. 왜 하필 그 순간에 들렸을까. 마치 자신이 의도적으로 그녀의 말을 듣기라도 한 것처럼. 그는 미칠 듯한 감정에 이를 악물었다. 살수에게 죄책감은 독이거늘, 그걸 알면서도 그녀에게 겨눈 단검끝이 떨리고 있었다.

호섭은 곧 돌아올 유신을 위해 술상을 차렸다. 신녀를 죽이고 온 날이면 그의 두령은 항상 술을 찾았다. 수우국과 가리국의 나이 든 신녀를 죽인 뒤에도, 동연국의 어린 신녀를 죽이고 온 후에도 그는 피 묻은 단검을 옆에 던져 놓고 취해 쓰러질 때까지 술을 마셔대곤 했다. 안타깝던 그 모습을 또렷이 기억하기에, 호섭은 유신이 돌아오기 전에 술을 가득 준비해 두었다.

마지막 안주를 탁자 위로 내려놓자마자, 주인 모를 손이 술병을 가로챘다. 호섭의 몸이 반사적으로 굳었다. 모든 감각을 다 깨우고 있었는데도 유신이 방으로 들어오는 것조차 느끼지 못했다. 홀로 감탄하던 호섭은 두령의 무거운 분위기를 눈치채고 방에서 조용히 물러 나왔다.

벌컥벌컥 들이켠 술이 목을 타고 흘러내려도 유신은 멈추지 않고 마셔댔다. 무겁던 병이 가벼워지고, 더는 술이 나오지 않자 비로소 술병이 입에서 떨어졌다.

"하아—"

미칠 것 같은 감정에 한숨이 터져 나왔다. 신녀인지 아닌지도 모를 여자 하나 때문에 머릿속이 다 헤집어져서 엉망이 되어버렸다. 그녀의 눈물 섞인 목소리가 끊임없이 따라다니며 그를 괴롭히고 있었다. 그 기억을 털어내고자 고개를 여러 번 저어봐도 소용이 없었다. 결국, 유신은 빈 술병을 던져 놓고 다른 술병을 집어 들었다.

묵직한 술병을 드는 그의 얼굴에 자조 섞인 웃음이 어렸다. 이깟 술에 의지해야 할 만큼 약해져 버린 자신이 한심한 탓이었다.

"그 못생긴 여자가 도대체 뭐라고, 내가 이렇게 휘둘리다니."

본인이 생각해도 어이가 없었다. 경국지색들도 눈에 안 들어오는데, 이게 도대체 무슨 일인지. 딱 한 번 만난 그녀가 이만큼 흔들어대니 두렵기까지 했다.

'더는 안 된다, 더는.'

유신의 눈빛에 다시 냉기가 어렸다. 살수에게 인간적인 감정은 위험한 것이었다. 그것이 죄책감이든, 이타심이든 단 하나도 용납할 수 없었다. 그렇게 마음을 정리하는 중에도 복잡한 생각이 머릿속을 비집고 들어오려 했다. 그는 그것들을 떨쳐 내기 위해 끊임없이 술병을 기울였다.

동연국 황궁의 지하 감옥은 음습했다. 빛이 들지 않아 군데군데 켜놓은 횃불은 새까만 연기를 내뿜으며 일렁였고, 정신 나간 이들의 중얼거림과 웃음소리, 흐느낌이 한꺼번에 뒤섞이면서 을씨년스러운 분위기를 풍겼다. 그런 지하 감옥의 제일 마지막 층으로 단숨에 내려온 도평은 하랑을 가두기 위해 만들어진, 그 층의 단 하나뿐인 감옥 앞에 섰다.

"대장!"

다급한 음성에 창살 안쪽, 맞은편 벽에 묶여 있던 하랑이 고개를 들었다. 그와 눈이 마주친 도평은 문 앞에 있는 옥지기에게 뒤로 떨어지라는 고갯짓을 했다. 두 옥지기가 한층 위로 올라간 뒤에야 도평은 소리가 울리지 않게, 목소리를 낮춰 해연의 소식을 알렸다. 최대한 간략하고 정확하게 상황을 전달한 도평은 하랑에게 답을 청했다.

"이제 어찌해야 합니까, 대장. 폐하의 귀에 이 사실이 들어갔다간……."

도평은 제 상상이 너무 끔찍한 탓에 말을 하다 말고 몸서리를 쳤다. 그런 도평의 마음을 하랑도 십분 이해하지만, 이미 벌어진 일을 되돌릴 수도 없었다.

"열어라. 나가야겠다."

대놓고 탈옥하겠다는 그의 명에 도평이 문지기들을 불렀다. 황제의 명이 있기 전에는 감옥 문을 열면 안 되지만, 오래전부터 하랑을 봐온 이들이기에 주저 없이 문을 열고 들어가 족쇄를 풀어주었다.

"날이 밝기 전에는 돌아오마."

텅 빈 감옥을 지키는 두 명의 문지기를 뒤로하고 하랑과 도평은 해연이 있는 신궁으로 향했다.

해연의 입에서 거친 숨소리가 흘러나왔다. 지독한 악몽에 오열하다 눈을 떴더니 열이 펄펄 끓어오르고 있었다. 축 늘어진 몸은 가누기도 힘에 부쳤고, 뇌에는 텁텁한 수증기가 가득 찬 듯이 혼미했다.

'엄마, 나 아파.'

몸이 좋지 않자 해연은 어린아이처럼 엄마의 손길을 그리워했다. 감기에 걸려 열이 나면 이마를 짚어주던 그 손이 오늘따라 더 간절했다. 그때, 거짓말처럼 누군가 이마를 짚어주었다. 엄마와는 손 크기가 조금 달랐지만, 조심스럽게 체온을 재는 손길이 좋아서 해연은 천천히 눈을 떴다. 흐릿한 시야로 인해 누구인지 구별하기가 어려웠지만, 그녀는 충분히 짐작할 수 있었다. 도움이 절실할 때마다 나타나 주던 사람. 마음 붙일 곳 없는 이곳에서 그나마 의지할 수 있는 그 사람일 것이다.

"하랑…… 나 너무 아파."

이대로 죽어버릴 것처럼 아팠다. 멈췄던 눈물이 다시 흘렀다. 외롭고, 그립고, 섭섭하고, 억울한 감정이 변해서 나오는 그녀의 눈물을 하랑은 다정하게 닦아주었다. 짓무른 눈가를 지나 볼을 감싼 손을 타고 해연의 열기가 하랑에게 고스란히 느껴졌다.

'열이 심해. 빨리 체온을 떨어뜨려야 할 터인데……'

고열로 인해 해연의 얼굴이 붉었다. 숨은 거칠었고 눈을 뜨는 것조차 힘들어 보였다. 그런데도 불구하고 땀이 나질 않으니 이대로 두면 몸이 상할 것이었다.

"잠시 실례하겠습니다."

하랑은 축 늘어진 해연을 번쩍 안아 들었다. 해연의 몸에서 피어 오르는 뜨뜻한 열기가 훅 밀려왔다. 욕실에 찬물을 가득 받아두고 들어가 있으면 좀 나아지련만, 해연은 체온의 변화를 들켜서는 안 되는 상황이었다.

'별수 없군. 이두폭포로 가는 수밖에.'

목적지를 정한 하랑은 해연을 안고 창문에서 뛰어내렸다.

어둠에 잠긴 산은 한 치 앞을 분간하기 어려웠으나, 그는 해연을 안고도 별 무리 없이 산을 올랐다. 짧은 시간에 정상 가까이 오른 하 랑은 거대한 흙구덩이 앞에서 걸음을 멈췄다. 본래 커다란 용소였지 만 지금은 물이 말라 폭포는 사라지고, 용소는 그 모습을 전부 드러 내고 있었다.

완전히 가물어 버린 용소의 모습에 하랑은 품에 안고 있는 해연 을 내려다보았다. 숨이 가쁜 해연은 신음을 흘리는 횟수도 점점 잦 아졌다. 그 신음이 극심한 고통에서 비롯된 것임을 알기에 그는 다 시 발을 옮겨 용소의 앞쪽, 한때는 폭포가 떨어졌던 절벽으로 다가 갔다. 그 절벽 가운데에 사람 두셋은 충분히 들어갈만한 크기의 구 멍이 보였다.

본래 폭포라는 건 위쪽에서 흐르던 물길이 절벽 아래로 떨어지면 서 생성되지만, 이두폭포는 절벽 가운데에 있는 동굴에서도 물이 흘렀다. 그래서 머리가 두 개라는 뜻으로 이두폭포라는 이름이 붙 여진 곳이었다.

'제발, 아직 물이 남아 있기를.'

와본 지 오래되어 물의 여부를 미처 확인하지 못한 상황이었다. 그나마 햇볕이 들지 않는 깊은 동굴이라 물이 남아 있을 가능성이 높지 않을까 생각할 뿐이었다.

그런 불안한 마음을 품고 하랑은 해연을 안은 채로 훌쩍 뛰어올랐다. 동굴 안으로 진입하자 습기를 머금은 서늘한 기온이 밀려들었다. 그리고 그 끝에, 뚫려 버린 천장으로 달빛이 쏟아지는 용소가 있었다. 꽤 많은 양의 물이 고여 있는 웅덩이의 자태에 하랑의 얼굴에도 안도감이 떠올랐다.

물을 확인한 하랑은 이미 반쯤 혼절한 해연을 조심스레 바닥에 눕혔다. 잠자리에서 입는 옷이라고 해도 치마가 여러 겹으로 이루어져 있다 보니 두어 장은 벗기고 들어가야 했다. 그래야 안고 있을 때 가볍기도 하거니와 차후에 나왔을 때도 젖은 몸을 덥힐 수 있었다. 다만, 다 자란 여인의 옷을 벗긴다는 게 매우 낯 뜨거웠다.

충과 효, 예를 기본 바탕으로 하는 동연국에서는 사내가 혼례를 올리기도 전에 여인을 품는 걸 달갑지 않게 여겼다. 동연국의 백성으로 살면서 그러한 풍습을 당연하게 받아들였던 하랑은 25세가 되도록 여인의 옷을 풀어본 적이 없었다.

해연을 눕혀놓고 잠시 주저하던 하랑은 미안하다고 입 밖으로 꺼낸 후에야 그녀의 옷고름을 풀었다. 문제는 그 직후부터였다. 짧은 속저고리의 앞섶을 젖히면 가슴 위가 보이는데, 그것부터가 난관이었다. 본인도 모르는 사이에 외간남자에게 함부로 속살을 보여주게 된 해연에게도 미안한 일이었다. 결국, 그는 눈을 질끈 감고 저고리를 벌렸다. 앞은 보이지 않았으나 머릿속으로는 기절한 사람의 저고리를 벗기는 순서가 끊임없이 되풀이되고 있었다. 이젠 저고리 안쪽으로 손을 넣어 소매에서 팔을 빼야 했다. 하랑은 손의 감각만을 이용해 해연의 팔을 빼려 했다. 문제는 보들보들하고 말랑거리는, 뜨끈한 피부가 손바닥을 통해 그대로 느껴진다는 것이었다. 사내의 근육과는 전혀 다른 느낌에 하랑은 결국 그녀의 저고리를 벗기는 걸 포기해 버렸다.

'저고리를 안 벗기고 치마만 벗길 수 있나?'

그럴 리가 없었다. 어깨끈이 있는데 팔을 빼지 않고 치마를 벗길 수 있을 리 만무했다. 엉뚱한 데서 막혀 버린 하랑은 깊은 한숨을 쉬었다. 그사이 해연의 몸을 집어삼킨 고열이 심해졌다. 그녀는 가쁜 숨을 내쉬며 고통에 몸을 비틀었다가 축 늘어졌다. 그 모습에 더 지체할 시간이 없음을 깨달은 하랑은 차라리 어깨끈을 잘라내기로 마음먹었다.

어깨에 손이 살짝 닿았지만 이번에는 포기하지 않았다. 끈을 쥔 채로 공력을 흘려보내자 타는 냄새가 나면서 툭 끊어지는 게 느껴졌다. 양쪽 다 끈을 잘라내자 두툼한 치마 하나가 벗겨졌다. 이제 해연의 몸에 걸쳐진 건 얇은 치마 두 장뿐이었다.

더는 치마에 기력을 소모하고 싶지 않았던 하랑은 그대로 해연을 안아 들었다. 그녀의 얼굴을 어깨 위에 비스듬히 놓고, 엉덩이를 팔뚝으로 받쳐 껴안은 자세로 성큼성큼 물속으로 걸어 들어갔다. 차가운 물이 심장까지 얼려 버릴 것 같았지만, 그는 해연을 위해 이를 악물고 참아냈다.

용주전의 내관 모백은 호롱을 든 시종을 앞세우고 지하 감옥으로 급히 걸음을 옮겼다. 하랑이 감옥을 빠져나갔다는 밀고에 그는 내심 쾌재를 불렀다. 그동안 맺힌 게 많은지라 바로 황제에게 고해서 엄단에 처하고 싶었다. 하지만 혹여 잘못된 밀고라면 큰일을 치르는 건 자신이기에, 그는 두 눈으로 직접 확인코자 감옥으로 향하는 중이었다.

끼이이익.

감옥의 입구인 육중한 쇠문이 거친 소리를 내며 열렸다. 훅 뿜어져 나오는 고약한 악취에 오만상을 쓴 모백은 소매로 코를 막았다. 그는 간신히 숨을 쉬며 긴 복도를 지나, 하랑이 있어야 할 맨 아래층 감옥으로 향했다.

"내, 내관 나으리?"

마지막 층을 지키던 옥지기 중 하나가 그를 보고 허둥댔다. 무언가 찔리는 게 있어 보이는 모습에 모백은 눈을 치뜨고 감옥 가까이로 다가가 안을 살폈다. 어둑어둑한 감옥에서 홀로 하얀 족쇄가 벽에 매달려 있었다. 그 족쇄에 잡혀 있어야 할 자는 밑고 대로 보이지 않았다.

"없구먼."

사막의 모래같이 건조한 중얼거림에 옥지기들이 마른침을 삼켰다. 황제의 직속 내관 중 하나인 모백에게 들켰으니 이제 자신들은 죽은 목숨이었다.

"사, 살려주십쇼, 나으리."

"놔라! 내 당장 폐하께 고할 것이다!"

모백은 옥지기들이 매달려 비는 것도 가차 없이 떼어내고 몸을 홱 돌려 감옥을 벗어났다. 하랑이 돌아오기 전에 빨리 황제에게 가서 이 일을 고할 생각이었다.

이젠 달빛마저 들어오지 않는 동굴 안은 모든 것이 새까맸다. 피부의 감각마저 사라진 지 오래였으나, 하랑은 물 밖으로 단 한 번도 나가지 않았다. 그저 목 주변에서 느껴지는 해연의 숨소리에만 모든 감각을 다 집중할 뿐이었다. 그런 그의 노력이 통한 건지, 해연의 호흡은 처음보다 많이 안정되어 있었다.

영원히 잠들 것만 같던 해연이 의식을 차린 건, 동굴에 들어온 지 딱 한 시간이 지나서였다. 긴 속눈썹이 파르르 떨리더니 살며시 떠진 눈에 가장 먼저 새까만 어둠이 들어왔다. 눈을 감았다 떠봐도 변하지 않는 어둠은 한 치 앞도 파악할 수 없게 만들었다. 이게 어떻게 된 일인지 아무것도 모르는 해연은 당황하며 몸을 일으키고자 버둥댔다. 그제야 그녀가 깨어난 걸 안 하랑이 팔에 힘을 주고 해연을 꽉 붙잡았다.

"접니다. 진정하십시오."

그의 중저음 목소리가 놀란 마음을 어루만져 주었다. 그제야 하랑이 곁에 있음을 안 해연은 버둥거림을 멈췄다.

"하, 하랑? 하랑이지?"

해연은 그의 이름을 불렀다. 몸부림을 멈추긴 했으나 본인의 손조차 보이지 않으니 불안함이 떠나질 않았다. 그런 해연을 위해 하랑은 공력을 돌렸다. 곧 어두운 동굴 안에 하얀 전기들이 둥실둥실 떠올랐다. 크기가 작은 전기들은 타닥타닥 소리를 내며 반딧불처럼 빛을 냈다.

해연의 입에서 자연스레 탄성이 흘러나왔다. 그녀의 눈동자에도 별가루가 내려앉은 듯 환하게 반짝였다. 어두운 동굴 안을 은은하게 밝히는 수많은 전기의 모습은 실로 장관이라 할 만했다. 완전히 넋이 나간 해연의 반응에 하랑은 뿌듯한 마음을 감추며 말을 걸었다.

"열은 좀 어떠……."

귓가에서 들리는 그의 음성에 해연의 고개가 획 돌아갔다. 그 바람에 두 사람의 얼굴이 닿을 듯이 가까워졌다. 피부로 느껴지는 그녀의 존재감에 하랑은 순간 숨 쉬는 것조차 잊어버렸다.

지척에서 보이는 그의 얼굴에 놀란 건 해연도 마찬가지였다. 그의 조각 같은 얼굴이 바로 옆에 있을 줄 누가 알았겠는가. 조금만 움직여도 그대로 입술이 닿게 생겼다. 난생처음 겪는 상황에 해연의 머릿속으로 하얀 물이 번져들었다. 그러나 그것도 잠시, 지근거리에 있는 그의 입술이 그녀의 시선을 빼앗았다. 둥실둥실 떠다니는 수백 개의 번개와 은은한 조명, 단둘뿐인 공간, 이 상황을 피하지 않는 그의 모습. 그 모든 것이 묘한 분위기를 자아냈다.

하랑의 입술에 머물던 해연의 시선이 그의 얼굴을 천천히 타고 올라갔다. 이윽고 눈이 마주쳤을 때, 그는 그녀의 검은 눈동자 속으로 빨려들어 갈 것만 같았다. 맑고 순수하면서도 아픔을 간직한 눈동자는 신비롭기 그지없었다. 두근대는 심장마저 정신을 차리지 못할 때 그녀의 입술이 다가오고, 해연의 눈이 살며시 감겼다. 그 순간, 해연은 하랑의 팔에 힘이 쭉 빠지는 걸 느꼈다.

"꺄악!"

풍덩!

몸을 지탱하던 팔이 제 구실을 못 하자 해연은 그대로 물속에 빠져 버렸다. 부지불식간에 사고를 당한 그녀가 바동거렸으나, 혼이 나간 하랑은 건져 줄 생각조차 하지 못했다. 결국, 해연은 살기 위해 스스로 바닥을 딛고 일어났다.

"콜록. 콜록."

코로 먹어버린 찬 물 탓에 비강이 따끔거리고 뇌는 띵했다. 한 바가지는 먹었는지 속이 울렁거렸고 기침은 끊이지 않았다. 그런 해연을 보면서도 하랑은 좀처럼 정신을 차리지 못했다.

"콜록콜록. 하랑! 당신 일부러 그랬지!"

극심한 사레로 인해 이마에 핏대까지 선 해연은 민망한 마음에 그에게 화를 퍼부었다. 어떻게 이럴 수가 있단 말인가! 억울해도 너무 억울했다. 분위기를 그렇게 이끌었던 건 하랑이었다. 낮엔 얼굴까지 붉히며 선물을 주었고, 좀 전에도 눈빛으로 물었을 때 시선을 피하지 않았다. 분명 자신에게 마음이 있는 것 같았다. 그런데 그 중요한 순간에 물에 빠뜨려 버리니 울화가 치밀었다. 이건 싫다고 고개를 돌리는 것도 아니고, 저리 꺼지라고 밀쳐진 느낌이었다.

"지금 날 갖고 노는 거야?"

완전히 우롱당한 느낌에 해연은 더 씩씩거리며 이를 갈았다. 이렇게라도 하지 않으면 앞으로 하랑을 보기 힘들 것만 같았다.

"두고 봐. 복수할 거야!"

동굴 안에 그녀의 경고가 울려 퍼졌다. 굳게 다짐한 해연은 물 밖으로 나갔고, 그 모습을 멍하니 보던 하랑은 작은 한숨을 내쉬었다. 일부러 빠뜨린 건 아니었다. 너무 놀라서 근육이 풀렸을 뿐이다.

"돌겠군."

그는 피로해진 얼굴을 쓸어내렸다. 더는 상처 주고 싶지 않았는데, 일이 이상하게 꼬여 버렸다. 어떻게 풀어줘야 하나 근심하던 하랑은 해연의 입술이 다시 생각나자 고개를 휙휙 저었다. 화끈한 느낌이 가슴부터 머리까지 밀려들고 있었다. 그는 뜨끈한 얼굴에 찬물을 끼얹어 붉어진 얼굴을 식히려고 해봤지만, 해연이 주고 간 열기는 좀처럼 가라앉질 않았다.

모백은 등롱을 든 시종을 재촉하며 황제가 있을 용주전으로 향했다. 조금이라도 빨리 하랑의 탈옥 사실을 알리고 싶어서 입이 근질근질했다.

그때, 저 멀리 황제의 행렬이 눈에 들어왔다. 등롱을 든 내관들이 길을 밝히고, 검을 찬 풍월대원들이 금빛 가마를 둘러싼 채 걷고 있었다. 그 뒤로 수십 명의 궁녀까지 따르는 걸로 보아 황후전으로 향하는 황제의 행차가 틀림없었다.

'하늘이 날 돕는구나!'

모백은 기뻐하며 황제의 가마로 다가갔다. 가후의 곁에서 호위 중이던 소렵이 그를 발견하고 용건이 뭐냐고 묻는 눈빛을 보냈다. 아무리 직속 내관이라고 하더라도 황제의 행차를 함부로 멈추는 건 있을 수 없는 일이었다. 그러나 믿는 구석이 있는 모백은 조금 떨어진 곳에서 무릎을 꿇고 엎드렸다.

"폐하! 달천의 하랑이 탈옥하였사옵니다."

그의 말에 가후의 손이 살짝 들렸고, 가마가 움직임을 멈췄다. 일이 뜻대로 풀려간다 생각한 모백은 남몰래 웃었다. 곧 황제가 분노를 터뜨리며 하랑을 잡아오라고 소리를 지를 것이었다. 다들 그렇게 생각하며 눈치만 보고 있을 때, 가마 안에서 낮은 웃음소리가 흘러나왔다.

"탈옥이라, 그래. 그 말도 안 되는 이야기를 너는 어디서 들었느냐."

당장 날뛸 줄 알았던 가후가 오히려 되묻자 모백은 등줄기로 식은땀이 흘렀다. 그동안 황제를 곁에서 지켜봐 왔던 그의 본능이 강하게 경고음을 울려대고 있었다. 지금 그는 자신을 시험하는 것이다. 여기서 말 한마디 잘못했다가는 목이 날아가는 건 하랑이 아니라 자신이 될 터였다. 모백은 바짝 타들어가는 입술에 침을 묻히고 거짓을 조금 보태가며 고했다.

"좀 전에, 궐에서 하랑 대장을 본 내관이 있었사옵니다. 그가 용주전으로 보고를 해왔사온데, 혹시나 싶어 소인이 직접 확인하고 오는 길이옵니다."

모백의 잔머리는 매우 훌륭했다. 그는 황제의 함정을 교묘하게 피해갔다. 궐 곳곳에 심어둔 심복의 존재는 숨기고, 우연히 들어온 보고 때문에 자신이 직접 확인까지 했음을 강조했다.

그의 능숙한 대답에 가후는 아무 말도 하지 않았다. 그저 서늘한 시선만 줄 뿐이었다. 온몸을 찔러대는 눈빛이 모백의 등을 식은땀으로 축축하게 만들 즈음, 가후의 입이 다시 열렸다.

"지하 감옥으로 간다. 내 직접 확인할 것이다."

황후전으로 향하던 가마가 지하 감옥으로 돌려졌다.

해연은 동굴 입구에 서서 멍하니 앞을 바라보았다. 이게 어찌 된 영문인지 나무들이 눈높이보다 아래에 있었다. 한 발짝만 앞으로 내디디면 낭떠러지가 펼쳐지는데, 그렇다고 내려갈 길이 따로 있는 것도 아니었다. 그냥 뛰어내린다면 최소한 사망하거나 못 해도 전치 6개월은 나올 만한 높이였다.

이곳에 온 뒤로 빠져나갈 방법이 없다고 생각하는 게 벌써 몇 번째인지. 막막함에 우두커니 서 있던 해연의 앞으로 부피가 큰 치마가 내밀어졌다.

"이거라도 두르십시오. 마른 옷이라 좀 나을 겁니다."

감기라도 걸릴까 우려하는 하랑의 말을 듣고 나서야 해연은 자신이 물에 젖은 채로 밤공기를 맞고 있다는 사실을 깨달았다. 거기다 얇은 저고리는 물에 젖어 팔이 다 비쳤고, 몇 겹 남지 않은 치마는 몸에 착 달라붙어 있었다.

잠옷 바람인 걸 확인한 해연은 좀 전까지만 해도 침대에 누워서 끙끙 앓던 일을 떠올렸다. 죽을 만큼 아픈 상태로 하랑을 만난 것까진 알겠는데, 그 뒤로는 기억이 뚝 잘려 있었다. 무슨 일이 벌어진 건지 전혀 감을 잡지 못하는 그녀의 눈빛에 하랑이 친절히 설명을 해주었다.

"열을 떨어뜨리기 위해 찬물이 있는 이곳으로 모셔온 겁니다. 몸에 물을 적셔야 해서 의복에 손을 댔습니다. 송구합니다."

치마 한 겹이었지만, 제가 벗겼다고 이실직고하는 하랑의 볼이 옅은 홍조를 띠었다. 좀 전의 일도 함께 떠올라서 민망함이 몰려든 탓이었다. 부끄러워하며 애써 시선을 피하는 그의 모습에 뭉쳐 있던 해연의 마음도 사르르 풀어졌다.

"아니야. 오히려 내가 고맙다고 해야지. 물 먹였다고 화낸 것도 미안해."

자신을 살리기 위해 이곳까지 데려와 준 사람인데, 그것도 모르고 섣불리 구박할 뻔했다. 물론 물을 먹인 건 하랑의 실수였지만, 지금 이 순간만큼은 그에게 모든 것이 다 미안했다.

살짝 풀죽은 해연은 귀가 처진 토끼 같았다. 얼굴 상태가 정상적이진 않았음에도 그의 눈에는 그렇게 보였다. 저도 모르게 미소를 지은 하랑은 다시 한 번 치마를 내밀었다.

"신녀님도 잘못은 없으니, 우선 이것부터 걸치십시오. 열은 떨어졌다지만 감기라도 걸리면 몸이 상합니다."

해연은 춥지 않았으나 고분고분 그의 말을 따랐다. 어째서인지 어깨에 고정하는 치마끈이 끊어져 있었지만, 그래도 무난하게 입을 수는 있었다.

황제의 가마를 따르던 모백은 답답하고 초조한 마음에 입술만 잘근잘근 씹어댔다. 오늘따라 가마의 속도가 너무 느리게 느껴졌다. 혹여 그사이에 하랑이 돌아왔다면 황제의 눈 밖에 나는 건 본인일 수도 있었다. 그러나 그런 모백의 마음 따위에 신경 쓰지 않는 가후는 길을 재촉하지 않았고, 꽤 오랜 시간이 흘러서야 감옥에 당도할 수 있었다.

지하 감옥을 지키는 이들이 황급히 무기를 내려놓으며 땅에 넙죽 엎드렸다. 두려워서 숨소리도 내지 못하는 그들에게 소렵의 명이 떨어졌다.

"하랑을 대령하라."

"잠깐."

일을 중단시키는 황제의 나긋한 음성에 문지기들이 다시 몸을 낮췄다.

"내 직접 내려갈 것이다. 가마를 내려라."

"폐하!"

창황한 소렵이 그를 말렸다. 지하 감옥은 황제가 들어가기에 적당한 장소가 아니었다. 하지만 가후는 뜻을 굽히지 않았다. 그는 결국 소렵과 모백만 대동한 채 지하 감옥으로 내려갔다.

하랑을 감시할 의무가 있던 두 옥지기는 눈앞에 나타난 붉은 용포에 정신이 혼미해짐을 느꼈다. 그들은 급히 바닥에 엎드리며 머리를 조아렸다. 서늘한 황제의 시선이 부복한 두 옥지기를 지나 쇠창살 안으로 향했다. 그 안에 하랑이 묶여 있었다.

"이 누추한 곳까진 어인 걸음이십니까."

"……."

반듯한 말투로 속을 긁는 건 분명 하랑이었다. 졸지에 비웃음을 산 가후의 시선이 모백에게로 돌아갔다. 말 그대로 대역 죄인이 된 모백은 얼굴이 새하얗게 질려서 털썩 무릎을 꿇었다.

"폐하, 좀 전까지만 해도 없었사옵니다. 믿어주시옵소서! 소인이 직접 확인을 하였사옵니다."

목이 떨어질 위기에 처한 모백은 처절했다. 사실 가후도 그가 억울하다는 것쯤은 알고 있었다. 다만 하늘 높은 줄 모르는 그의 자만심을 눌러놓고자 적당히 겁을 줄 뿐이었다. 그렇게 모백을 제압한 가후는 다시 한 번 하랑을 보았다. 증거는 손쉽게 눈에 들어왔다. 남색 무복에서 물이 뚝뚝 떨어지고 있었다.

"내 명도 없이 밖에 나갔었나."

"그럴 리가 있겠습니까."

그가 딱 잡아떼자 가후의 눈이 웃었다. 그 기분 나쁜 표정에 하랑의 눈살도 찌푸려졌다. 알겠다는 듯 고개를 끄덕인 가후는 소렵의 허리춤에 있는 검을 뽑아 들었다.

"그렇단 말이지."

날카로운 검날을 쓱 훑는 그의 광기 어린 눈이 하랑의 경직된 눈과 마주쳤다. 그리고 그 순간, 한쪽에 서 있던 옥지기들의 목을 베어버렸다. 분리된 목이 툭 떨어져선 데굴데굴 굴러 모백의 발에 닿았다.

"으아악!"

잘린 목을 본 모백이 소스라치며 비명을 질렀다. 절단된 목에서 뿜어져 나온 붉은 피가 돌바닥을 흥건히 적셨고, 하랑의 기운도 덩달아 날카로워졌다.

"이게 무슨 짓입니까."

악다문 이 사이로 분노를 억누른 소리가 흘러나왔다. 억울한 옥지기들의 죽음에 하랑의 눈빛이 사나워졌지만, 가후는 미련 없이 몸을 돌렸다.

"시신은 치우지 말도록. 계속 보다 보면 나갔다 온 기억이 날 테지."

그는 발아래에 굴러다니는 머리 하나를 툭 차서 하랑이 얼굴을 볼 수 있도록 해두었다. 탈옥을 도운 대가로 둘이나 죽였으니 그들에 대한 죄책감이 한동안 그를 감옥 안에 묶어놓을 것이었다.

처음부터 그것이 가후의 목적이었다. 하랑이 가끔 밖으로 나가는 건 그도 알고 있었다. 그럼에도 묵인해 온 이유는 그것이 나라에 도움이 되기 때문이었다. 그러나 내일은 중요한 일이 있을 예정이니 잠시나마 하랑을 감옥에 묶어둘 필요가 있었다.

잔인하게 일을 처리하고 계단을 오르는 황제의 뒤로 하랑의 짙은 살기가 따라붙었다.

감옥 밖으로 나오자 상쾌한 밤공기가 마비되었던 후각을 되살려 주었다. 간신히 살아서 나온 모백은 기진맥진한 상태로 가슴을 쓸어내렸고, 소렵은 충충한 얼굴로 황제의 안색을 살폈다.

"폐하, 이렇게까지 그를 자극할 필요는 없지 않사옵니까?"

소렵은 몇 년째 하랑을 괴롭히고 있는 이 상황이 매우 찜찜하기 그지없었다. 차분하고 점잖은 하랑이지만, 그도 인간인지라 언제 어떻게 돌변할지 모를 일이었다. 그러나 가후는 비소만 지을 뿐 걱정 따윈 하지 않았다.

"그보다 소렵."

"예."

"해가 뜨면 신녀를 데려와라. 더는 못 기다리겠다."

그의 인내심이 바닥난 걸 짐작한 소렵은 고개를 숙여 명을 받았다. 하랑과 약조했던 날까지는 아직 이틀이나 남아 있었지만, 가후는 내일 아침 일찍 해연이 신녀임을 확인할 요량이었다. 과정은 잔인해도 결과는 확실한 마지막 방법을 이용해서.

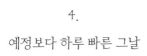

4.

예정보다 하루 빠른 그날

살짝 열린 창문으로 작은 새가 날아들었다. 주먹만 한 새는 으레 그래 왔듯이 유신이 누워 있는 침상 바로 옆에 내려앉았다. 푸득거리는 날갯짓 소리에 유신은 취기가 가득한 몸을 일으켰다. 새의 발목에 돌돌 감긴 작은 종이가 매달려 있었다. 그 종이에 적힌 내용을 확인한 유신은 자리에서 벌떡 일어났다.

─황제가 날이 밝으면 신녀를 부르라 명했다.

신녀를 부른다. 그것이 뜻하는 바를 짐작한 유신은 급히 창가로 가 창문을 열었다. 저 멀리 어둠이 걷히며 동이 트고 있었다.

갓 떠오른 해가 빛을 퍼뜨리기 위해 몸을 달구고 있을 때, 무녀 단야는 해연이 잠든 방으로 들어갔다.

"신녀님, 기침하셔야 하옵니다."

단야의 목소리에도 해연은 침상에 널브러진 채 꿈쩍도 하지 않았다. 깊이 잠들었는지 일어날 기미가 보이지 않자, 단야는 침상으로 다가가 해연을 흔들어 깨웠다. 그런데 이상하게도 손에 닿은 옷이 축축했다.

"신녀님? 신녀님."

무언가 일이 심상치 않게 돌아가고 있었다. 또 악몽을 꾸는지 낯빛이 좋지 않은 해연의 모습도 그렇고, 문밖에서 대기하고 있는 소렵의 분위기도 그러했다. 무언가 일이 터질 것만 같은 느낌에 단야는 마음이 조마조마했다. 해연이 신녀라는 확증만 있다면 걱정할 필요 없겠지만, 비를 내리지 못하는 한 해연의 운명은 바람 앞의 등불 같은 것이었다.

"신녀님, 일어나 보셔요. 예?"

단야가 다시 재촉했으나 해연은 잠에서 헤어 나오질 못했다. 깨우려는 단야와 대꾸조차 못하는 해연의 소모전이 점점 길어졌다.

그 상황을 문밖에서 듣던 소렵은 눈살을 찌푸렸다. 황제가 기다리고 있는데 이대로라면 한도 끝도 없을 듯했다. 당장 끌고 오라던, 추상같던 명을 떠올린 그는 굳게 마음먹고 해연의 방문을 거칠게 열어젖혔다.

쾅!

큰 소리에 놀란 단야의 눈에 소렵과 풍월대원들이 안으로 들어오는 모습이 보였다. 감히 허락도 없이 신녀의 침소에 발을 들이는 그들의 무례는 경악할 만한 것이었다.

"이게 무슨 짓입니까! 신녀님이 계시는데 예를 지키세요!"

흥분한 단야가 날카롭게 따지며 앞을 막았지만 소렵은 되레 그녀

를 밀쳐 버렸다. 그의 힘을 이기지 못한 단야가 비명을 지르며 넘어
지고, 그 소란에 눈을 뜬 해연은 아침부터 들이닥친 불청객에 미간
을 확 찌푸렸다. 그러나 그녀가 기분 나빠하든 말든, 소렵의 행동에
는 거침이 없었다. 신녀인지 아닌지 구분도 안 되는 계집보다야 그
가 충심을 내어준 황제의 명이 먼저였다.

"폐하께옵서 기다리고 계십니다. 저희가 모시겠습니다. 가시지
요."

강압적인 말투에 해연의 눈초리가 더 매서워졌다. 가뜩이나 보기
싫은 황제에게 가라고 강요하는 소렵이 곱게 보일 리가 없었다.

"싫어요."

"지금 신녀님의 의견을 물은 것이 아닙니다."

순순히 따라오라는 뜻이었다. 기분 나쁜 그의 대꾸에 해연의 미
간에 주름이 가득 찼다. 한 대 확 패주고 싶지만 그녀에게는 그럴
만한 힘이 없었다. 약해빠진 스스로가 참 불쌍하단 생각을 하며 해
연은 이번 일을 잘 마무리 지으려 했다. 하랑과 저녁에 도망치기로
했는데 지금 일이 터지면 곤란했다.

"비는 약속대로 내일까지 내려줄 테니까 더는 자극하지 말고 돌
아가 주세요."

비를 내려 주겠다는 해연의 호언장담에 소렵의 눈동자가 살짝 흔
들렸다. 비만 내릴 수 있다면 굳이 마지막 방법까지 쓰면서 신녀인
지 확인할 필요는 없었다. 또한 이번 일로 반감을 사게 된다면 비를
얻는 시간이 더 늦어질 수도 있었다. 그러나 그는 제 머릿속을 떠돌
아다니는 생각들을 접었다. 모든 일의 결정은 황제가 한다. 자신은
그의 명을 따를 뿐이었다.

"지금 당장 비를 내리지 않으신다면 저와 함께 가셔야 합니다. 아

니면 들쳐 메고 가겠습니다."

해연으로서는 비를 내릴 방도가 없으니 소렵을 더 설득할 수도 없었다. 그러나 따라간다 하여도 저녁이 되기 전에는 신궁으로 돌아와 있어야만 했다. 그래야 하랑의 계획에 차질이 없었다.

"오래 걸리나요?"

"그건…… 신녀님이 하시기 나름 아니겠습니까."

소렵의 말에 입술을 깨문 해연은 자리에서 일어났다. 잠옷 차림에 머리는 산발이었지만 단장할 시간조차 허락되지 않았다.

그렇게 초라한 차림으로 소렵을 따라나서는 해연의 모습에 도평은 억장이 무너졌다. 그녀가 신녀였다면, 물의 힘을 조금이라도 가지고 있었다면, 소렵에게 저리 힘없이 끌려가지는 않을 것이었다.

그렇게 해연은 무녀도 대동하지 못하고 초라한 모습으로 소렵을 따라갔다. 그나마 소렵이 풍월대원들에게 주위를 물리라 해서 잠옷 차림을 한 해연이 남들의 눈에 띄는 불상사는 없었다.

소렵을 따라 도착한 근정전은 텅 비어 있었다. 그 흔한 궁녀와 내관, 심지어 호위도 없는 근정전은 매우 위험한 분위기를 풍기는 빈 집같이 느껴졌다. 평소 황제가 신료들과 조회를 하는 방을 지나서 안쪽에 자리한, 구불구불한 복도들을 따라 들어가는 동안에도 그 느낌은 사라지지 않았다. 흡사 폐가에 들어선 기분에 해연이 몸을 움츠릴 때, 소렵이 닫힌 문 앞에서 걸음을 멈췄다.

"폐하, 모셔왔습니다."

"들라."

황제의 목소리는 무척 담담했으나 도리어 해연은 뭔가 일이 이상하게 돌아가고 있음을 느꼈다. 역시나, 안쪽에도 사람이 없는지 함께 온 풍월대원들이 문을 열었고, 소렵이 옆으로 비켜서자 붉은 용포를 입은 황제의 뒷모습이 보였다.

"들어가시지요."

소렵은 부하들을 물리고 안으로 들어가길 권했다. 하지만 해연은 차마 발길이 떨어지지 않았다. 아침부터 일진이 사나운 것이 황제와 대면하기가 껄끄러웠다. 마음 한구석이 불편해진 해연이 움직이지 않자, 보다 못한 소렵이 그녀의 팔을 잡고서 안으로 끌고 들어갔다.

"모셔왔습니다."

소렵은 황제의 등에 대고 고개를 숙였다. 깍듯한 그의 태도에 해연의 입술이 뒤틀렸다. 말이 모셔왔다지 강제로 끌고 온 거나 다름없었다.

그렇게 해연이 속으로 비아냥거리고 있을 때, 가후가 몸을 돌렸다. 비로소 해연의 상태를 확인한 그는 눈매를 찡그렸다. 겉옷도 걸치지 못한 몰골을 보아하니 자고 있던 걸 억지로 깨워서 끌고 온 게 눈에 훤했다. 조금은 너무했다는 생각도 잠시, 그는 천천히 입을 열었다.

"내가 오늘 왜 불렀는지 아나?"

'내가 니 시커먼 속을 어떻게 알아.'

해연은 그렇게 속 시원히 대꾸해 주고 싶었지만, 굳이 입 밖으로 꺼내진 않았다. 신궁으로 무사히 돌아가려면 그의 속을 긁지 말아야 한다는 것쯤은 잘 알고 있었다.

분란을 만들고 싶지 않은 해연이 대꾸를 않자 소렵의 눈빛이 사나워졌다. 사사건건 황제를 거스르는 그녀가 못마땅했다. 도대체 무얼 믿고 이리 당당하게 구는지 의구심이 들 정도였다. 그러나 가후는 입꼬리를 올리며 만족스러워했다. 본래 단단한 가지일수록 부러뜨리는 맛이 있는 법이다.

"나는 오늘 네가 신녀임을 확인할 생각이다. 가장 확실한 방법으로 말이지."

"내가 신녀인 걸 확인할 방법이 있다고?"

"그래."

'그럼 진즉에 그걸로 확인하지 왜 사람을 생고생하게 만들어?'

해연의 일그러진 얼굴에서 생각을 읽었는지 가후가 히죽 웃었다. 그는 뒷짐을 진 채 상체를 앞으로 기울이며 해연의 귓가에 대고 작게 속삭였다.

"신녀란, 신의 힘을 지닌 계집이다. 그것들은 이 세상이 소멸할 때까지, 한 나라에서 태어나고 죽기를 반복하지. 그렇게 영생을 사는 신녀를 잠시나마 죽여서 잠들게 할 방법은 딱 하나, 물의 힘이 닿지 않는 불의 검으로 심장을 찔렀을 때뿐이다. 그래서 난…… 널 죽여볼 생각이다."

그가 들려주는 말에 해연의 몸이 경직됐다. 그제야 무슨 일이 벌어지려는지 깨달은 것이다. 잔혹한 자신의 운명을 알게 된 해연은 낯빛이 하얗게 변해서 슬금슬금 뒷걸음질 쳤다.

잘게 떨리는 그녀의 검은 눈동자에 즐겁게 웃는 가후의 모습이 담겼다. 이건 인간도 아니었다. 살인 예고를 하고 즐기듯 웃는 황제의 낯짝에 해연은 하랑을 떠올렸다. 이곳에서 자신을 지켜주는 건 그 사람뿐이었다. 하랑을 찾아야 한다는 생각이 들자마자 해연은 그대로 밖을 향해 뛰었다.

그녀가 뛰쳐나가자 소렵이 반사적으로 몸을 움직였다. 다시 잡아오기 위함이었다. 그러나 그는 두어 발짝을 떼기도 전에 가후에게 가로막혔다.

"내가 한다."

그의 음성에는 사냥감을 쫓는 희열이 담겨 있었다. 소렵은 가후의 유희를 망치지 않기 위해 한 발 물러나 고개를 숙였다.

지하 감옥의 가장 아래층에 도착한 도평은 눈앞에 펼쳐진 광경에 입을 다물지 못했다. 검붉은 웅덩이에서 뿜어져 나오는 지독한 피비린내가 코를 괴롭혔고, 얼굴과 몸이 분리된 시신들이 차가운 바닥에 나뒹굴고 있었다. 그 시신이 옥지기임을 확인한 도평은 급히 하랑을 보았다. 우려한 것과 달리 그는 평소와 크게 다르지 않았다.

"무슨 일이냐."

"저, 대장……."

도리어 당황한 도평이 우물쭈물 망설였다. 심각한 일이 벌어져도 하랑은 언제나 침착하게 행동했다. 지시를 내리는 위치에 있는 그가 흥분하지 않아야 더 큰 희생을 줄일 수 있기 때문이었다. 하지만 겉으로는 아무렇지 않게 굴어도 속까지 멀쩡한 건 아니었다. 이번 일로 인해 그 속이 또 얼마나 문드러졌을지는 짐작조차 되지 않았다.

도평이 아무 말도 못 하자 하랑은 옅은 한숨을 내쉬었다. 마음 약한 도평이 자신을 걱정하는 것이리라.

"나는 괜찮으니 염려치 말거라. 그보다 또 무슨 일이 있는 것이냐?"

하랑의 물음에 도평은 퍼뜩 상념에서 깨어났다. 지금은 감상에 빠질 때가 아니었다. 그는 급히 해연의 이야기를 꺼냈다.

"소렵 대장이 신녀님을 끌고 갔습니다. 황명이라며 아침 일찍 들이닥쳐서는."

"뭐?"

하랑의 미간이 찌푸려졌다. 무언가 불쾌하고 찝찝한 감정이 그를 집어삼켰다. 단순히 비를 독촉하기 위해서라면 큰 문제가 없었다. 그러나 소렵이 직접 움직였다는 부분과 어젯밤에 가후가 보인 이상 행동이 껄끄러움을 남겼다.

'그동안 탈옥을 묵인해 오더니 갑작스레 옥지기를 죽이고 신녀님을 불렀다? 약속된 날짜까지는 아직 하루가 더 남았는데. 설마……'

황제의 의중을 파악하려던 하랑의 머릿속에 나흘 전 가후가 한 말이 스쳐 지나갔다. 최후의 방법으로 확인하겠다던 그 엄포를 떠올린 하랑은 앞으로 벌어질 일을 충분히 짐작할 수 있었다. 밖에서 일이 어찌 돌아가는지 전부 알게 된 그는 심장이 두방망이질 쳤다.

"도평! 옥지기가 열쇠를 가지고 있다. 풀어라, 어서!"

"예!"

다급한 하랑의 말투에 도평은 머리가 잘린 시신들의 품을 뒤적였다. 허리춤에서 열쇠 꾸러미를 찾은 그는 감옥 문을 열고 들어가 족쇄까지 풀어주었다.

자유를 되찾은 하랑은 도평이 들고 있던 검을 낚아채 급히 달려 나갔다.

순식간에 사라져 버린 그의 모습에 도평은 넋을 놓고 계단을 바라보았다. 저리 조급해하는 대장의 모습은 실로 오랜만이었다.

해연은 황제로부터 벗어나기 위해 필사적으로 뛰었다. 여러 갈래의 통로 중에 밖으로 나가는 길이 무엇인지는 몰랐지만 살기 위해 무조건 달렸다. 잡히면 그 순간 살해당할 것 같은 느낌에 앞만 보고 도망가는 해연의 뒤로 황제의 웃음소리가 뒤따랐다.

"그 앞에서 우측이다, 우측."

그는 길까지 친히 알려주면서 잡을 듯 말 듯 일정한 거리를 두었다. 장난치는 듯한 태도에 욕설이 나왔지만, 해연은 이를 악물고 좌측으로 꺾었다. 그러나 그 앞에 황제가 서 있었다.

"꺄악!"

귀신처럼 등장한 그의 모습에 해연이 소리를 지르며 주저앉았다. 다리에 힘이 풀려 도저히 일어날 수가 없었다. 공포에 질려 덜덜 떠는 그녀를 보며 가후는 혀를 찼다.

"우측이라니까. 좌, 우측 구분이 안 가나? 이쪽이 좌측이고 저쪽이 우측이야."

그는 지금껏 당한 걸 보복이라도 하듯이 한껏 비아냥거렸다. 난생처음 뺨도 맞았고 면상에 대고 욕도 얻어먹은 만큼 실컷 괴롭힐 생각이었다. 그러다 질리게 되면 그때 그녀의 심장에 검을 박아 넣을 것이었다.

"그만 쉬고 일어나서 달리지그래? 이렇게 퍼져 있으면 토끼몰이가 시시해지잖아."

그는 다시 도망가라고 재촉했다. 가지고 놀고 있음을 스스로도 인정하는 태도였다. 한순간에 사냥개에게 쫓기는 토끼가 된 해연은 이를 악물었다. 살면서 무슨 잘못을 그리 많이 지었기에 이런 취급을 받아야 하는지 속상하고 화가 났다. 하지만 무엇보다도 지금 그를 때려눕힐 힘이 없는 것이 가장 서러웠다.

해연이 좀처럼 일어나지 못하자 가후는 피식 웃으며 손에 들린 장검을 빼 들었다. 날카롭게 벼린 차가운 검날이 해연의 목에 닿았다.

"죽기 싫으면 일어나서 달려라. 그래야 잡을 맛이 나지. 잘 도망가면 그 정성이 갸륵해서 살려줄 마음이 들지도 모르잖나."

헛된 희망이나 심어주는 그의 말에 해연은 턱이 아릴 만큼 이를 사리물었다. 분하고 수치스러웠으나 또다시 토끼가 되어야만 했다. 덜덜 떨리는 다리에 힘을 주고 억지로 일어나 다시 달렸다. 비참해서 눈물이 왈칵 치솟았으나 하소연할 곳도, 위로해 줄 사람도 없었다. 참담한 순간을 홀로 감내하며, 황제의 지시대로 움직였다.

그러자 곧 밖으로 통하는 길이 보였다. 밖에는 숨을 곳이 많으니 잘만 하면 황제의 마수에서 벗어날 수 있을지도 몰랐다. 그런 작은 희망이 생기자 풀렸던 다리에 힘이 돌기 시작했다. 지금은 잘 걷지도 못해서 황제도 방심하고 있으니 도망치기에는 딱 좋은 타이밍이었다.

제대로 도망갈 결심을 한 해연은 가후가 눈치채기 전에 치마를 움켜쥐고 근정전 밖으로 내달렸다. 후들거리는 다리가 조금만 더 버텨주길 바라며 모든 힘을 짜내서 달렸다. 뒤도 돌아보지 못하고 열심히 내달린 보람이 있는지, 근정전 마당을 가로지르는 중에도 황제가 쫓아오는 소리는 들리지 않았다.

"신녀님!"

익숙한 음성과 함께 저 멀리, 앞쪽에서 나타난 하랑이 해연의 눈에 들어왔다. 그를 보자 공포에 질렸던 마음에 안도감이 어렸다. 그가 와주었으니 이제 되었다. 이젠 살 수 있었다.

"하랑!"

해연은 그를 향해 손을 뻗었다. 어느새 다가온 그가 해연의 손을 낚아채려는 그 순간에 살을 찢는 소리가 잔인하게 귓전을 때렸다. 길고 날카로운 것이 해연의 가슴 사이로 불쑥 튀어나왔다.

"허억!"

해연은 몸에서 느껴지는 극심한 통증에 목이 턱 막혀서 비명조차 지르지 못했다. 하랑과 맞잡은 손이 부들부들 떨려왔다.

"신녀님!"

그토록 듣고 싶었던 목소리가 다시 들렸다. 그러나 그마저도 끊어지는 의식 속에서 점점 흐릿해져 갔다. 더 이상의 고통이 없다면 이대로 끝나는 것도 나쁘지 않을 듯했다. 더는 이 세상에 있고 싶지 않았다. 무거워진 눈꺼풀이 슬며시 닫히며, 그 사이로 눈물이 새어 나갔다. 그 찰나의 순간에 충격받은 하랑의 얼굴이 보였다. 그 얼굴을 보자 작은 미련이 남았다.

'그래도 덕분에…… 살아볼 희망을 찾았었는데…….'

간신히 찾은 희망을 아쉽게 접게 된 해연의 몸이 늘어졌다.

입가에 피를 흘리며 눈을 감는 해연의 모습에 하랑은 움직일 수가 없었다. 마치 자신의 심장이 뚫린 듯 숨을 쉬기가 힘들어졌다. 상상 이상의 타격에 좀처럼 정신을 차리지 못하고 있을 때, 해연의 심장을 찢어버린 검이 쑥 빠져나갔다. 지지대를 잃은 몸이 천천히 허물어졌다. 쓰러지는 해연을 반사적으로 받아낸 하랑은 피가 뿜어져 나오는 심장 부근을 급히 지혈했다. 숨이 끊어진 게 느껴졌지만, 도저히 포기할 수가 없었다. 손에 피를 흠뻑 적셔가며 지혈에 열심인 그의 머리 위로 무심한 목소리가 다가왔다.

"감옥 밖으로 나와도 좋다고 명한 적이 있던가?"

가후의 음성에는 일말의 흔들림도 없었다. 죽은 해연을 보고 있으면서도 마치 아무 일도 없었다는 듯, 무감각하고 무표정했다. 그런 가후의 물음에 하랑은 대답하지 않았다. 그저 해연의 몸에서 더 피가 새어 나오지 않도록 애쓸 뿐이었다. 기어코 살려보겠다는 듯 매달리는 그의 모습이 가후의 심기를 상당히 불편하게 했다.

"이미 죽었다. 그 계집은 신녀도 뭣도 아니란 뜻이지. 그런 쓸모 없는 년을 데려왔으면 허튼짓하지 말고 네 잘못이 무엇인지 반성이나 해."

기가 질릴 만큼 냉혹한 말이었다. 무고한 사람을 죽였다는 죄책감 따위는 눈 씻고 찾아봐도 찾을 수가 없었다. 심장마저 얼어붙게 하는 말에 해연의 상처를 지혈하던 하랑의 손이 피에 젖은 그녀의 치맛자락을 꽉 움켜쥐었다. 그것이 마치 정신줄이라도 되는 양 붙잡은 채 억누르고, 억누르고, 또 억누르고. 그렇게 참으려 애쓰는 걸 보면서도 가후는 가볍게 콧방귀를 뀌었다. 아무리 그래 봤자 하랑은 우리에 갇힌 맹수일 뿐이었다.

"돌아가서 명을 기다려라."

그는 말 한마디 툭 내뱉고 몸을 돌렸다. 냉담한 황제의 등을 하랑의 눈이 좇았다. 자신 때문에 그의 손에 허무하게 사라진 목숨이 벌써 몇 번째인지 셀 수조차 없었다. 그럴 때마다 살심이 일지 않았다면 거짓이었다. 부하와 동료들은 물론이고 연정을 주었던 여인까지. 그 모든 걸 앗아간 그가 원망스럽지 않았을 리가 없었다. 그러나 그렇게 날뛰던 감정도 가후가 걸치고 있는 붉은 용포를 보면 차갑게 식어버렸다.

하랑은 용포에서 시선을 억지로 떼어냈다. 고개를 숙이자 숨이 끊어진 해연이 보였다. 겉옷조차 걸치지 못하고, 여전히 축축한 옷을 입은 그녀가 이곳까지 끌려와서 겪었을 수모들이 눈에 선했다. 제대로 된 대우도 받지 못하고 맞이해야 했던 그녀의 비참한 죽음이 하랑의 마음을 어지럽혔다.

통제되지 않는 이성처럼 흔들리던 그의 눈동자가 해연의 손목에 걸려 있는 옥팔찌에서 멈췄다. 그녀에게 했던, 지켜주겠다던 약조가 떠올랐다. 그와 함께, 같은 약속을 했었던 옛 기억도 끄집어졌다. 그때도 지금처럼 검에 찔려 죽어가던 이를 눈앞에 뒀었다. 그를 안고 있던 건 자신이 아니라 가후였지만, 지금처럼 참담한 마음이었던 건 동일했다. 그리고 그도 숨이 끊어지기 직전에 자신을 향해 손을 뻗었었다.

"랑아, 약조 하나 해다오."

죽어가면서도 다정하고 부드럽던 그의 음성을 하랑은 선명히 기억했다. 선황은 존경하는 주군이었고 다정한 아버지였다. 사고로 부모를 잃고 고아가 된 그를 손수 키워주었고 각별히 아꼈다. 그만큼 그는 하랑에게 절대적인 존재였다. 그래서 그런 약조를 해버렸던 건지도 모른다.

"내가 죽거든 네가 가후를 지켜다오."

그때 하랑은 차마 고개를 저을 수가 없었다. 그렇게 맺었던 약조를 그는 지난 이 년간 묵묵히 수행해 왔다. 그런데 지금, 선황과의 약조를 지키려던 그의 의지가 산산이 부서지고 있었다. 해연의 볼에 길게 남은 눈물자국이, 자신을 보자마자 안도하며 손을 뻗던 그녀의 모습이, 굳건하던 그의 결심을 흔들리게 했다.

'폐하, 그 약조…… 이제 더는 못 지킬 것 같습니다.'

하랑은 죽은 해연을 안아 올려서 근처에 있는 신수상 옆에 눕혀 놓았다. 해연의 눈가에 맺힌 눈물을 닦아준 그는 자리에서 일어나

검을 뽑았다. 더는 참지 않을 생각이었다. 아끼던 부하들은 가슴에 묻었고, 함께하던 전우들은 기억에 묻었다. 그리고 연정을 준 여인 은⋯⋯.

"가후!"

근정전 마당에 하랑의 분노가 울렸다. 근정전 계단을 오르던 가 후의 걸음이 멈춰지고, 천천히 서로 마주 보는 두 사람의 눈빛에 노 기와 살심이 뒤섞였다.

"하랑, 네가 감히."

예기치 못한 하극상에 분노한 가후의 붉은 눈동자가 번들거렸다. 짙은 살기가 그의 주변을 감쌌으나 하랑은 아랑곳 않고 검을 들었 다.

"그 못된 손버릇부터 고쳐 주마."

"네놈이 미쳤구나."

서로를 향한 분노가 정점을 찍은 그 순간, 검을 든 두 사람의 몸 이 땅을 박찼다.

유신은 전각 뒤에 숨어서 모든 걸 다 지켜보고 있었다. 그는 하랑 이 가후와 싸우는 동안 해연을 유심히 관찰했다. 심장을 정확히 관 통당했고 이미 많은 피를 흘렸으니 평범한 사람이라면 소생할 가능 성이 없었다. 거리가 멀어서 잘은 보이지 않았지만, 숨도 쉬지 않는 듯 보였다.

'확실히 신녀는 아닌 모양이군.'

혹시나 싶어 붉은 단검을 꺼내 들고 있었는데 그럴 필요가 없어 졌다. 유신은 해연의 시신을 다시 한 번 본 후 미련 없이 몸을 돌렸 다. 신녀로 추정되던 해연이 죽었으니 동연국에서의 그의 임무는 끝이 났다. 이제 청일국으로 복귀하기만 하면 되는데 기분이 썩 좋진 않았다. 참혹한 그녀의 죽음을 보니 없애 버렸던 감정이 조금씩 자라났다.

'나도 다됐군, 사람의 죽음에 연민을 품다니.'

자조한 그의 얼굴에 씁쓸한 빛이 스쳤다. 고개를 두어 번 내저은 그는 해연에 대한 생각을 털어낸 뒤 다시 걸음을 옮겼다. 이제 동연국을 떠날 일만 남았다.

◈

해연은 병실에 누워 있는 엄마와 그 곁에 앉아 있는 아빠를 보았다. 그녀는 이것이 자신의 마지막 꿈이라는 걸 알고 있었다. 죽기 직전에 꾸는 꿈인데도 두려움은 그리 크지 않았다. 그보다는 바다에 뛰어들었던 엄마를 향한 걱정이 더 앞섰다.

그런 해연의 마음을 알았는지, 굳게 닫혀 있던 엄마의 눈꺼풀이 움찔했다. 그 미세한 떨림마저 감지한 아빠가 자리에서 벌떡 일어났다.

"여보, 정신이 좀 들어? 당신 눈 뜬 거 맞지?"

아빠의 조급한 음성에 엄마가 슬며시 눈을 떴다. 드디어 의식을 차린 걸 본 해연과 아빠는 동시에 안도의 한숨을 내쉬었다. 물에 빠진 지 얼마 되지 않아 바로 구조된 것이 천만다행이었다. 근처 바닷가에서 마무리 작업을 하던 해녀분이 바로 구해주지 않았더라면 이렇게 보지도 못할 뻔했다. 해연과 같은 생각을 하며 놀란 마음을 쓸어내린 아빠가 재차 아내의 상태를 물었다.

"나 알아보겠어?"

"당신."

간신히 내뱉는 말에 힘은 없었으나 의식은 확실히 돌아온 듯했다. 이제야 살았구나 싶어서 안심한 아빠가 의자에 털썩 앉았다.

일이 터진 날에 병원에서 걸려온 전화를 받고 얼마나 놀랐는지 모른다. 딸을 잃은 뒤로 아내에게 우울증 증세가 나타나는 것은 알았지만, 이리 쉽게 목숨을 끊어내려 할 줄은 짐작도 못 했다. 아니, 짐작 못 했다는 말도 핑계일 것이다. 실은 그도 아내의 아픔을 돌봐줄 심적 여유가 없었다. 자신의 상처를 보듬기에도 힘에 부친 탓이었다.

"내가 아무리 신경 못 썼어도 그렇지. 너무한 거 아니야?"

그는 눈을 뜨고 있는 것조차 힘들어하는 아내에게 괜히 타박을 던졌다. 마음속에 담긴, 미안하다는 말 한마디를 내뱉기가 쉽지 않다. 그런 남편에게 아내가 먼저 손을 내밀었다.

"미안해요."

"……."

괜스레 눈시울이 뜨거워져서 고개를 숙인 그는 울컥하는 감정을 심호흡으로 억눌렀다. 잉꼬부부는 아니었으나 그래도 평생을 함께할 생각으로 부부의 연을 맺었다. 허망하게 딸을 잃고 이제 남은 가족이라고는 아내뿐인데, 일이 이렇게 되고 나니 그는 괜히 속상한 마음에 더 잔소리를 늘어놓았다.

"나 혼자 어떡하라고 그런 무모한 짓을 한 거야."

눈에 보이진 않아도 느낄 수 있는 남편의 눈물에 그녀는 멋쩍어했다. 하도 무뚝뚝해서 남편감으로 꽝이라며 그리도 원망했었는데, 막상 이런 모습을 보니 적응이 쉽지 않았다.

"잘 모르겠어요. 잠시 바람 쐬러 나간 건데……. 그리고 당신이 왜 혼자예요, 우리 해연이가 있는데."

"……."

병실에 침묵이 흘렀다. 아빠도 해연도 자신의 귀를 의심했다.

"그게…… 무슨 말이야?"

"당신이랑 우리 해연이 두고 나 안 죽는다고요."

엄마는 매우 당연하게 말했다. 마치 집에 가면 딸이 기다리고 있다고 믿는 사람처럼. 그런 엄마의 태도에 아빠의 얼굴이 굳었다.

"당신 혹시……. 아니, 아냐. 잠시 기다려 봐. 선생님 불러올게. 깨어났으니 진찰을 받아야지."

당황한 아빠는 황망히 병실을 나서고, 해연은 놀란 얼굴로 엄마를 바라보았다. 그녀가 듣기에도 엄마의 말은 어딘가 이상했다. 이미 딸이 죽었음을, 이곳에서는 시신조차 찾을 수 없음을 인식하지 못하는 듯했다.

창황해진 해연이 가만히 엄마 곁을 지키고 서 있는 사이, 아빠가 의사선생님을 모시고 왔다. 중년의 의사는 이것저것 체크하고 몇 가지 더 묻더니 아빠만 대동한 채 병실을 나갔다.

문이 닫히는 소리에 문득 정신이 든 해연은 의사의 진단을 듣고자 따라나서려 했다. 문을 열기 위해 문고리에 올린 손이 눈에 보이기만 했어도 그리했을 것이었다. 처음에는 불투명하게나마 보이던 오른쪽 손이 어느새 사라지고 없었다. 경악한 해연은 다급히 몸을 살폈으나, 이미 신체 곳곳이 사라져 가는 중이었다.

그녀는 점점 일소되어, 열 수 없는 문 앞에 무기력하게 서 있어야만 했다. 문에 뚫린 유리창 너머로, 아빠와 의사선생님이 대화하는 모습을 바라보는 것이 그녀가 할 수 있는 유일한 일이었다.

그런 딸의 상황을 알 리 없는 아빠는 의사의 입에만 온 신경을 집중하고 있었다.

"어떻습니까?"

"몸은 걱정 안 하셔도 됩니다. 다만, 기억에 문제가 생긴 건 확실합니다."

"도대체 왜 저러는 겁니까? 괜찮긴 한 겁니까?"

안절부절못하는 그의 등을 의사가 천천히 다독였다. 그러나 의사의 얼굴도 썩 좋지만은 않았다.

"우선은 정신과 진료를 받아보셔야 확실해지겠지만, 제가 보기에는 따님의 일을 스스로 기억에서 지운 것처럼 보입니다. 그 일 때문에 목숨까지 끊으려 하셨으니 쇼크가 만만치 않았을 겁니다. 이런 극심한 타격을 받았을 때, 우리의 몸은 스스로를 보호하기 위해 기억을 조작하는 방법을 선택하는데, 스트레스에 대한 방어기제라고 보시면 됩니다. 우선 일시적인지 두고 보셔야 하고, 정신과 치료도 병행해야 합니다. 기억이 돌아왔을 때 일상생활이 가능하도록 조치를 하는 게 좋겠습니다."

"그럼…… 지금은 딸애 일을 말하지 않는 게 좋단 말씀이십니까?"

"예. 성급하게 충격을 주는 건 좋지 않습니다. 우선 건강이 회복되면 정신과 치료를 통해 조금씩 받아들일 수 있도록 돕는 게 최선입니다."

의사는 앞으로 어찌해야 할지 대처법을 제시해 주곤 멀어져 갔다. 혼자 복도에 남은 그는 병실 앞에서 심호흡을 몇 번 한 후 문을 열고 안으로 들어갔다.

"여보, 당신 건강하대. 곧 퇴원해도 될 것 같아."

"다행이네요. 우리 해연이한테도 전화해서 알려줘요. 걱정하고 있을 텐데."

"……."

오랜만에 듣는 딸의 이름에 다시금 말문이 막혔다. 그러나 그는 억지로 웃어 보였다. 최대한 능청스럽게 연기를 해야 했다.

"당신 기억 안 나? 우리 딸 지금 미국에 공부하러 갔잖아. 이번 일도 연락 안 해서 아직 몰라. 괜히 전화해서 걱정하게 만들 필요는 없잖아."

"아……. 그건 그런데, 해연이가 유학을 갔어요? 왜 난 몰랐죠?"

그녀가 기억하는 딸은 사고가 일어나기 몇 달 전의 상태에 머물러 있었다. 그 때문에 기억과 현실이 어긋나서 어리둥절해하는 아내에게 그는 적당히 둘러댈 말을 찾아야만 했다.

"그게, 주치의 선생님이 그러시는데 당신이 이번 일로 충격을 받아서 기억이 안 나는 부분이 있대. 자꾸 기억하려 들면 힘드니까 그냥 두라고 하시더라고. 치료를 좀 받으면 차차 좋아진다고."

"그래요?"

곧이곧대로 믿어주는 아내의 천진한 눈빛에 그의 가슴이 얼얼했다. 얼마나 아팠으면 그 기억을 지워 버렸을까. 그 생각에 또다시 가슴속에서 무언가가 울컥 치밀어 올랐으나, 그는 입안을 깨물어 감정을 억눌렀다. 이 기분을 그냥 내버려 두면 아내를 붙잡고 하염없이 울 것만 같았다.

"그럼. 당신이 건강해야지. 그래야……."

그의 목소리가 떨렸다. 그는 그 떨림을 감추기 위해 소리를 줄였다.

"그래야…… 우리 딸 돌아올 때, 그때 반갑게 맞아주지."

입은 웃지만, 눈은 운다. 혼자 모든 걸 떠안고 속앓이를 하게 된 아빠의 모습에 해연은 괴로웠다. 이렇게 딸을 잊지 못하는 부모님과 두 번 다신 살아서 만날 수 없다는 걸 그 누구보다 해연이 잘 알고 있었다. 죽지 않고 살아 있었다면, 그랬더라면 다시 되돌아가는 방법을 찾아 부모님 품에 안길 수 있었을지도 모른다. 그러나 그녀는 이미 죽었고, 구천을 떠돌아다니는 귀신이 되어서야 그걸 깨달았다.

'누가, 누가 나 좀 살려줘. 나 살고 싶어. 살아서 만나고 싶어.'

해연은 간절히 빌었으나 그 소원을 들어주는 이는 없었다. 절망에 빠진 해연은 엄마의 품에 안겨 울었다. 무언가 이상한 느낌이 들었는지, 엄마가 해연이 있는 곳으로 고개를 숙였지만 딸이 보일 리 만무했다. 그렇게 흐느껴 우는 사이, 남아 있던 해연의 상체마저 서서히 지워져 갔다.

'엄마!'

아무도 들을 수 없는 해연의 간절한 외침만이 홀로 병실에 남겨진 채, 그녀는 그렇게 사라졌다.

⊗

뜨겁게 내리쬐는 햇볕을 간신히 가려주는 처마 밑에서 열두세 살쯤 된 아이 셋이 옹기종기 모여앉아 말씨름을 하고 있었다. 뛰어놀 때마다 불필요하게 땀을 낸다는 어른들의 꾸중이 계속되자 이제는 얌전히 앉아 있는 게 편해질 정도였다. 그렇게 본의 아니게 몸을 움직이지 못하게 되니 느는 건 말다툼뿐이었다.

"우리 아부지가 그랬어."

"아니야!"

제법 덩치가 되는 사내아이의 주장에 조막만 한 여자아이가 바락 대들었다. 그 사이에 낀 바짝 마른 남자아이는 점점 격해지는 양쪽의 주장에 슬슬 눈치만 보았다. 두 아이가 싸우는 이유는 여자아이의 아버지가 며칠 전에 물을 구하겠다며 떠난 뒤로 아직 돌아오지 않고 있기 때문이었다. 그 이유를 두고 두 아이는 극렬하게 대립하는 중이었다.

"우리 아버지가 딴 나라로 도망간 거랬어!"

"도망 안 갔어!"

여자아이는 이번에도 숨 돌릴 틈도 없이 부정했다. 아무런 근거도 없이 아니라고만 하는 말에 기분이 나빠진 남자아이는 눈썹을 찡그렸다. 어른들이 하는 이야기를 듣고 기껏 전해주었더니 귓등으로도 들질 않았다. 그 이야기가 친구의 마음에 상처를 남기고 있다는 걸 잘 모르는 남자아이는 어른들이 쉬쉬하던 말까지 버럭 내뱉었다.

"도망갔다 잡히면 죽는댔다니까? 아재가 잡히면 너도 같이 죽는댔어!"

"안 죽어!"

"죽어!"

"안 죽어!"

두 아이는 볼이 벌개져서 동시에 벌떡 일어났다. 씨근덕대는 둘 사이에서 마른 남자아이만 쪼그리고 앉아 눈만 데굴데굴 굴렸다. 바로 며칠 전에도 두 아이는 비슷한 일로 다툰 적이 있었다. 그때도 주제만 달랐을 뿐 내용은 비슷했다. 그 일도 마음에 담아두었던 남자아이가 씩씩대며 목소리를 높였다.

"너 자꾸 대들래? 저번에도 신녀님이 죽었다니까 안 죽었다 그러고!"

"안 죽었어!"

이번에도 똑같은 반응에 남자아이는 엄마와 아빠가 한숨까지 섞어가며 주고받던 말을 떠올렸다. 분명히 신녀님이 죽어서 비가 내리지 않고 사람들도 하나둘씩 떠나는 것이라고, 나라가 망하려니 이런 일이 벌어진다며 한탄하던 말을 몇 번이나 들었었다. 그 내용을 선명하게 기억하는 아이는 이번엔 지지 않겠다는 생각으로 따져 물었다.

"그럼 왜 비가 안 오는데? 신녀님이 죽어서 비가 안 오는 거야, 이 바보야!"

간단하지만 논리 정연한 말에 이번엔 여자아이의 대꾸가 돌아오지 않았다. 그래도 반박하고 싶긴 한지 입을 몇 번 달싹이다가 다물길 여러 번이었다. 하지만 끝내 따지지 못했다. 그저 분한 마음에 주먹을 꽉 쥐고 눈물을 삼킬 뿐이었다.

승리를 쟁취한 사내아이는 의기양양해져선 친구를 끌고 다른 곳으로 놀러 가버렸다.

홀로 남겨진 여자아이는 울음을 터뜨리고 싶은 걸 참느라 입술이 꿈질꿈질 움직였다. 참고 또 참아도 솟아나는 눈물을 여린 눈가에 그렁그렁 매달고, 아이는 비구름 한 점 없는 하늘을 올려다보았다.

아무리 어려도 어른들이 수군대는 소리를 몇 번 듣다 보면 친구의 말이 옳다는 것 정도는 알 수 있었다. 그래도 억지를 부리는 건, 비가 오면 물을 찾아 떠난 아버지가 돌아오지 않을까 하는 헛된 기대 때문이었다.

'아니지요, 신녀님. 신녀님 죽은 거 아니라고 해주세요.'

간절히 빌고 또 빌면서 하늘을 올려다봐도 원망스럽게도 맑은 날

씨는 변함이 없었다. 실망감에 고개를 푹 숙인 아이의 눈에서 눈물이 방울방울 떨어져 마른 바닥을 적셨다.

맑은 하늘 아래 벼락이 치고, 불덩이는 중력을 무시한 채 날아다녔다. 공력들이 부딪치는 소리에 하늘이 진동했고, 폭발에 뒤집어진 땅들은 거친 모래를 내뿜었다. 뿌연 모래바람 속에서 맞부딪친 두 사람은 조금도 물러서지 않았다.

그들의 치열한 싸움에, 지켜보고 있던 소렵의 인내심이 타들어갔다. 이번 싸움에는 좀처럼 끼어들 수가 없었다. 사생결단을 낼 것처럼 검을 휘두르는 가후가 그를 물린 탓이었다. 하랑이 전력을 다하면 패할 가능성이 농후한데도 그는 굳이 혼자 상대하려 했다.

그 의중을 알 길 없는 소렵은 답답하고 초조한 마음으로 전투를 지켜보았다. 패자가 어느 쪽이든 이번 대결로 동연국은 막심한 피해를 볼 것이 자명했다. 황제가 후사도 없이 다치면 나라는 흔들릴 것이고, 공력자인 하랑이 죽으면 신녀를 새로 데려오는 일도 요원해질 수밖에 없었다. 하지만 그렇게 애태우는 소렵의 마음도 무시한 채, 두 사람은 검을 휘두르는 일에만 집중했다.

쿠르릉! 콰가강!

가후의 머리 위로 하얀 번개가 쏟아져 내렸다. 급히 검을 올려 번개들을 막아냈으나, 정면이 비어버렸다. 그때를 노린 하랑의 검이 허리를 찔러 들어왔다. 피할 수 없다는 걸 직감한 가후는 이를 악물고 몸을 비틀었다. 날카로운 검이 용포를 찢고 살갗을 훑었다.

"크윽."

오랜만에 겪는 통증에 신음이 절로 새어 나왔다. 간신히 배가 뚫리는 건 면했지만, 옆구리는 너덜너덜해졌다. 부상당한 가후는 두어 발짝 뒤로 물러난 뒤에 본능적으로 잘린 부위를 움켜쥐었다. 그의 긴 손가락 사이로 뜨뜻한 피가 줄줄 흘러나왔다.

"폐하!"

피를 보고 놀란 소렵이 검을 빼어 들고 하랑의 앞을 막아섰다. 싸워야 할 적이 하나 더 늘었음에도 하랑은 무표정한 얼굴로 다시 검을 곧추세웠다. 그는 이 싸움에서 지는 한이 있더라도 멈추고 싶지 않았다. 자신의 뒤에서 깊이 잠든 한 여인을 위해서라도.

하랑이 계속할 태도를 취하자 가후의 얼굴이 일그러졌다. 불쾌한 감정이 걷잡을 수 없을 만큼 불어나고 있었다. 베인 허리보다 멀쩡한 심장이 더 아파왔다.

'그래, 하랑. 네놈과 나의 우애는 처음부터 이리도 얇았던 거겠지.'

참을 수 없는 배신감이 그의 머리를 꽉 채웠다. 과거, 선황이 나라를 다스리던 시절에 그는 하랑과 형제처럼 지냈다. 어디를 가든 두 사람은 꼭 붙어 다녔다. 그들은 서로에게 좋은 친구이자 라이벌이었으며, 마음을 털어놓을 수 있는 단 하나뿐인 형제였다. 그래서 가후도 진심으로 하랑을 아꼈고, 그를 위해서라면 목숨도 기꺼이 내어줄 수 있었다. 그는 그 마음이 영원하리라 확신했고, 하랑도 본인과 같은 마음일 것이라고 확신했다. 적어도 하랑의 여인을 억지로 취하게 되기 전까지는 그리 믿었었다. 그러나 이 년 전, 그 참혹하던 날에 가후의 믿음은 산산이 부서져 버렸다.

'나와 아바마마는 네게 그깟 계집보다 못한 존재였던 것이다.'

가후의 이가 아득아득 갈렸다.

만난 지 일 년도 채 되지 않은 여인이었다. 그런 여자 하나 때문에 형제 같던 친우는 철천지원수가 되었다. 전후 사정을 따지기도 전에 충동적으로 내지른 하랑의 검을 선황이 대신 맞은 게 문제였다. 그렇게 가후는 허망하게 부친을 잃어야만 했다. 그리고 그때도 오늘처럼 여자가 발단이었다. 가후는 그것이 역겨울 만큼 기분 나빴다.

"소렵, 물러서라. 저놈은 내 손으로 죽일 것이다."

그동안 억눌러 두었던 분노가 터졌다. 그러나 그를 지키고자 하는 소렵의 결심도 만만찮았다.

"안 됩니다, 폐하. 소신은 이 말도 안 되는 전투를 더는 두고 볼 수가 없습니다. 군주를 지키는 것이 신하 된 도리임을 상기하여 주십시오."

소렵의 말속에는 가시가 숨겨져 있었다. 그는 옥체를 다치게 한 하랑을 에둘러 질책하는 중이었다. 하지만 그것만으론 답답한 마음을 풀지 못하겠는지, 직접 말을 꺼냈다.

"하랑, 난 자넬 이해하지 못하겠네. 비는 오지 않고 나라는 위태로운 상황에서 폐하는 당연한 선택을 하셨네. 나랏일은 이성적으로 판단해야 할 일이야. 그걸 자네도 잘 알면서 어찌 이러는가. 자네답지 않네."

확실히 하랑답지 않았다. 나라를 위해서라면 아무리 부당한 일이어도 묵묵히 받아들이던 그였다. 그런데 이번에는 신녀도 아닌 평범한 계집을 죽였다고 반기를 들어 황제의 몸에 흠집을 냈다. 평소의 그라면 상상하기도 어려운 선택이었다. 그러나 하랑은 쓰디쓴 얼굴로 고개를 저었다. 그동안 대의를 위해 참고 참았을 뿐, 분노하지 않았던 건 아니었다. 그리고 오늘, 그의 참을성에도 한계가 왔다.

"그거 아는가? 내 뒤에 있는 저 여인은 매일 밤마다 부모가 그리워서 눈물짓는 안쓰러운 사람일세. 내가 이 지옥으로 끌고 왔어도 의지할 곳은 나밖에 없던, 그런 가여운 여인이네. 나라를 위해, 대의라는 명목으로 죄 없는 여인을 죽이는 것은 옳은가? 이번에도 내가 참아야 한다고 생각하나? 도대체 언제까지!"

버럭 소리를 높인 하랑은 대의라는 명목으로, 뜻하는 바를 이루기 위한 목적으로, 그렇게 하나둘 죽어간 사람들을 떠올렸다. 해연부터 시작해서 두 옥지기와 자신의 부하들까지. 열 손가락으로는 꼽기 힘들 만큼 많았다. 그리고 이제는 그 수를 더 늘리고 싶지 않았다.

"더는 의미 없는 희생을 두고 볼 수가 없네."

분노한 하랑의 서늘한 눈빛이 가후에게 닿았다. 가후도 그 시선을 피하지 않았다. 하나는 차갑고 하나는 뜨거웠으나, 상처받은 건 같았다. 날 때부터 황제의 무게를 감당해야 하는 가후도, 한 사람 한 사람에게 뜨거운 연민을 품은 하랑도, 이제 서로를 이해하려 하기엔 받은 상처가 너무 컸다.

결심을 한 하랑의 몸에서 푸른 공력이 빛을 발했다. 가후의 몸에서도 아지랑이가 피어올랐다. 황제를 지켜야 하는 소렵도 검을 들어 올렸다. 그래도 예전에는 함께 술잔을 기울이던 세 사람이 이제는 서로의 목숨을 앗기 위해 검을 겨누고 있었다. 이 잔혹한 인연을 그만 끝내려는 듯, 그들은 서로를 향해 거칠게 검을 휘둘렀다.

까강! 콰가가강!

검을 주고받는 횟수가 늘어날수록 공력의 소모도 극심해졌다. 특히 두 명을 상대해야 하는 하랑은 점차 뒤로 밀려났다. 오랫동안 함께 훈련해 왔던 소렵과 가후는 서로의 단점을 보완하고 장점은 극대화하는 방법을 잘 알고 있었다. 그들은 하랑의 힘을 소모하면서 빈틈을 놓치지 않고 파고들었다. 하랑에게 이번 결투는 이길 마음을 품기엔 어려운 싸움이었다. 그래도 그는 끝까지 뜻을 굽히지 않았다. 가후를 향해 검을 겨눌 때부터 이미 죽음을 자신의 몫으로 받아들이고 있었다. 다만, 한때는 형제 같았던 이에게 들려주고 싶은 말이었었다. 대의를 위한 희생이 모두 옳지만은 않다는 걸, 이런 극단적인 방법을 통해서라도 알려주고 싶었다.

하랑은 횡으로 검을 휘둘렀다. 그 검을 소렵이 막자마자 불덩이세 개가 뒤를 공격해 들어왔다. 급히 번개를 내리꽂아 불덩이들을 막아냈으나, 어깨를 노리고 찔러오는 황제의 검까지 제대로 막아내기에는 무리였다.

까강! 깡!

연달아 때리는 두 개의 강한 힘에 하랑은 손에서 검이 미끄러지는 걸 느꼈다. 더 버티다간 팔이 잘려 나갈 상황이라 황급히 검을 버리고 뒤로 몸을 뺐다. 황제의 검이 아슬아슬하게 팔을 베고 지나갔다. 그의 방어가 무너지자 소렵은 검을 거두었지만, 가후는 끝을 보고자 했다. 그는 하랑의 목에 피 묻은 검을 겨눴다.

"너는 예전에도, 그리고 지금도 한낱 계집 때문에 나를 실망시키는구나. 아바마마와 했던 약조가 이리도 가벼웠더냐. 만난 지 엿새도 안 된 계집 때문에 흔들릴 만큼?"

배반감을 꾹꾹 눌러 담은 그의 질문에 하랑은 답하지 않았다. 입밖으로 꺼내 말하지 않아도 선황과의 약조를 가볍게 여긴 적은 단한 순간도 없었다. 그래서 지난 이 년간 참고 참아왔던 것이다. 그것이 쌓이고 쌓이다가 폭발했을 뿐이지만, 하랑은 자신의 마음을 굳이 내보이지 않았다. 죽음을 앞에 두고 변명하고 싶지 않았기 때문이다. 더불어 직접 처단하겠다는 가후의 뜻을 비틀고 싶지도 않았다. 그가 얼마나 자신을 원망해 왔는지 잘 알기에, 부친의 복수를 할 수 있는 이 기회를 날리게 하고 싶지 않았다. 그런 하랑의 침묵을 가후는 제 질문을 인정하는 것으로 곡해해 버렸다.

"랑이는 나와의 약조를 지킬 것이다. 그러니 내 죽음에 대한 책임을 묻지 말거라. 모든 건 다 이 아비의 잘못이니라."

'보십시오, 아바마마. 아바마마께서 그토록 믿었던 녀석이 먼저 약조를 어겼습니다. 계집 때문에 자꾸 틀어지는 우리 사이를 저도 더는 용납하기가 힘듭니다. 이제 그만, 그만 끝내고 싶습니다.'

망탄한 인연의 끝을 알고 나니 통분과 회한이 질척대며 밀려들었다. 이렇게 끝낼 줄 알았다면 이 년 전에 욕심을 부리지 말 것을. 그의 눈에는 분노와 슬픔, 괴로움이 복잡하게 스며들어 있었다.

그 눈빛을 읽은 하랑은 눈을 감았다. 보고 싶지 않았다. 그가 자신을 죽이려는 순간에 흔들리는 모습 따윈.

겸허히 죽음을 받아들이는 하랑을 보면서 가후는 입술을 지그시 감쳐물었다. 이렇게까지 틀어질 인연이라고 생각하지 않았었는데, 결말을 보고 나니 허무하면서도 화가 났다. 계집 때문에 형제였던 자신에게 검을 겨눴고, 계집 때문에 키워준 아버지를 죽였다. 계집 때문에, 별것도 아닌 계집 하나 때문에, 권력의 달콤함에 빠져 연인까지 버리고 몸을 던진.

"그깟 계집 때문에!"

가후의 노호가 하랑의 가슴을 두드렸다. 온몸을 잠식하는 슬픔을 참기 위해 하랑은 주먹을 꽉 움켜쥐었다. 모든 것이 잘못 맞물리기 시작한 건 아마도 그날이었을 것이다. 어쩌면 가후의 말처럼 그깟 계집 때문에 검을 들었던 젊은 날의 설익은 연정이, 이 상황까지 오게 만들었을지도 모른다. 그로 인해 믿었던 형제를 잃었고, 자상하던 아버지를 잃고, 충심을 다한 주군을 잃었다. 그리고 자신도 잃어버렸다.

가후의 검이 하늘을 향해 들어 올려졌다. 이제 이 지긋지긋한 애증도 끝장내 버릴 것이다. 뜨거운 태양빛에 검날은 잔혹하리만치 아름답게 반짝였고, 가후는 검을 쥔 손에 힘을 주었다. 그가 검을 내려치려는 그때, 작지만 차가운 것이 그의 손 위로 떨어졌다.

"......!"

한 방울, 한 방울. 하늘에서 눈물이 후드득 떨어지기 시작했다. 하랑의 슬픔을 달래주듯이, 가후의 분노를 어루만져 주듯이. 조용히 떨어지기 시작한 빗방울이 메말랐던 대지를 적셨다. 뜨겁게 타오르던 원망을 식혀주면서, 상처받은 마음을 위로하면서, 어긋나 버린 형제의 남모를 눈물을 조심스레 가려주었다.

맑은 하늘 아래 추적추적 내리는 비에 세 사람 모두 당혹스러운 얼굴로 떨어지는 빗방울을 바라보았다. 전혀 예상하지 못했던 비의 등장이었다. 그 덕에 잠시나마 삶을 연장한 하랑은 급히 고개를 돌려 해연을 바라보았다. 그녀뿐이었다. 이 동연국에서 비를 내릴만한 존재는 오로지 그녀뿐이었다.

물을 찾아 떠난 아버지를 그리워하는 아이는 쉬이 눈물을 멈추지 못했다. 친구와 싸우고서 홀로 처마 밑에 남은 아이의 눈물이 마른 바닥에 점점이 자국을 늘려갔다. 그걸 지켜보느라 속상했던 하늘도 결국 아이와 함께 울었다. 처음엔 마당 한복판에 떨어지던 물방울이 조금씩 다가가 아이의 작은 발에 닿았다. 누구의 눈물인가 싶어 고개를 들었을 때, 비가 내리는 하늘이 눈에 들어왔다. 그 모습을 멍하니 바라보는 아이의 얼굴에 살며시 미소를 피어올랐다. 한 번 흘리기 시작한 눈물은 좀처럼 멈추지 않았지만, 아무래도 좋았다.

'감사합니다, 신녀님. 감사합니다.'

소원을 들어준 신녀님께 감사 인사를 전하고 아이는 곧바로 처마 아래를 벗어났다. 오늘은 힘껏 뛰어도 혼나지 않을 터였다. 비가 내리고 있으니.

"엄마! 비 와!"

웅성거리며 들려오는 사람들의 소란에 호섭은 창문을 열었다. 그리고 그 순간, 그는 얼어붙었다. 비가 내리고 있었다. 내려서는 안 될 비가 줄기차게 쏟아지고 있었다.

"이게, 이게 어찌 된……."

분명 자신의 두령이 간밤에 신녀를 죽이고 왔다. 그런 두령을 위해 술상까지 봐둔 그였다.

'두령이 실패하셨을 리가…….'

유신이 해연을 살려둔 건 짐작조차 못 할 일이기에 호섭은 당혹스러운 감정을 감출 수가 없었다.

비를 보며 혼란스러워하는 그와 마찬가지로 궁을 나서려던 유신도 쏟아지는 비를 맞으며 어지러운 마음을 진정시킬 수가 없었다.

"그럴 리가."

낮게 울리는 그의 목소리가 떨렸다. 황제의 검에 숨이 끊어지는 걸 직접 보았다. 게다가 소생하지 못하는 것도 확인했었다. 그런데 지금 비가 내리고 있으니 머릿속이 혼란스러웠다.

'죽여야 한다. 지금 죽인다면 되돌릴 수 있다.'

유신은 품에서 단검을 꺼냈다. 그 검으로 신녀의 심장을 찔러야만 모든 일을 제자리로 돌려놓을 수 있었다. 간밤에는 연민이 생겨 살려주었으나, 그건 신녀가 아니라는 나름의 확신 때문이었다. 그런데 그 잘못된 판단으로 인해 계획이 전부 틀어져 버렸다.

유신은 제 눈을 흐리게 하는 감정을 마음속 깊은 곳에 묻어버렸다. 이 땅에 다시 물이 흐르기 전에, 그전에 신녀의 심장에 불의 검을 박아 넣어야만 했다. 감정을 정리한 그는 해연이 있던 신수상으로 달려갔다.

하랑은 떨리는 손으로 해연의 귓불 뒤쪽을 짚었다. 끊어졌던 맥이 다시 힘차게 뛰고 있었다. 의식은 없지만 혈색은 분명 돌아오는 중이었다.

그 모습을 옆에서 지켜보던 가후도 해연의 상태를 확인했다. 살아 있음을 확인한 그는 거칠게 해연의 저고리를 벌렸다. 놀란 하랑이 급히 막았으나 가후는 이미 보았다. 갈라졌던 가슴이 깨끗이 붙어 있었다.

"하…… 하하……."

좋아서 웃는 건지, 어이가 없어서 웃는 건지, 좀처럼 이유를 알 수 없는 웃음이 빠져나왔다. 그는 고개를 들고 쏟아지는 비를 맞았다.

신녀다. 이 여자가 신녀였다. 그토록 원했던 신녀인데, 막상 확인하고 나니 짜증이 났다. 왜 하필 이 여자란 말인가. 점점 더 나빠지는 기분에 입술을 깨무는 그를 비웃듯이 비는 더 대차게 쏟아졌다.

나라 곳곳에서 백성들의 환호성이 터져 나왔다. 사람들은 거리로 뛰쳐나와 쏟아지는 비를 온몸으로 만끽했다. 어떤 이는 눈물을 흘리며 감사의 기도를 올렸고, 어떤 이는 손을 모아 빗물을 받아 마셨다. 메말랐던 땅은 촉촉이 젖었고, 갈라지던 사람들의 마음에도 새싹이 돋아났다. 그들은 그 어느 때보다 환하게 웃으며 기뻐했다. 이제 물을 찾아 떠났던 사람들은 돌아올 것이고, 남았던 사람들은 목숨을 구하게 되었다.

되찾은 희망에 생기가 도는 백성들 사이에서 우현 초가는 들끓는 마음을 밖으로 표출하지도 못하고 방문을 걸어 잠근 채 악을 썼다.

"유신! 유시인!"

죽인다고 하였었다. 비가 내리기 전에는 죽여줄 것이라고. 그리 말하며 더는 재촉하지 말라 압박하기에 입을 다물고 기다렸다. 그런데 이게 도대체 무엇이란 말인가. 어처구니없게도 하늘에서 비가 내려 버렸다. 조금씩 조각나던 백성들의 마음을 빗물이 다시 이어 붙여주었다.

으드득!

마음껏 화를 낼 수도 없는 초가는 이만 바득바득 갈았다. 그가 신녀를 죽이려는 건 황위에 대한 욕심 때문이었다. 가뭄을 유발해 황제를 몰아세우고 청일국에 나라를 바치면 황위는 자신의 것이나 마찬가지였다. 청일국의 황제와 그렇게 하기로 약조도 받아두었다. 적어도 비가 내리기 전까지는 그랬었다. 점점 거세지는 빗줄기에 초가의 운명도 한 치 앞이 보이지 않게 되었다.

근정전 마당에 있는 신수상 앞에서 유신은 피와 빗물이 섞인 붉은 웅덩이를 내려다보고 있었다. 뒤늦게 일을 수습하고자 돌아왔으나 남아 있는 이는 아무도 없었다. 이로써 그녀가 신녀인 게 확실해졌다. 비가 내리고 숨이 끊어진 줄 알았던 여인이 되살아났으니, 하랑을 죽이려던 황제가 싸움까지 멈추고 직접 데려간 것이다. 그런 상황을 모두 짐작하면서도 유신은 좀처럼 믿기가 어려웠다.

'분명 죽은 것 같았는데, 이게 어찌 가능하단 말인가.'

현장의 흔적만 보아도 피를 얼마나 많이 흘렸는지 알 수 있었다. 물론 진짜 신녀는 피를 전부 쏟아도 죽지 않지만, 일반 검에 찔렸다면 그 즉시 살이 붙어야만 했다. 그런데 해연은 피가 다 빠져나올 때까지 좀처럼 회복되지 않았었다. 그 모습을 다시 떠올린 유신은 작은 한숨을 내쉬며 빗물에 흘러내리는 머리를 쓸어 올렸다.

'이곳에 온 방법부터 기존의 신녀들과는 달랐는데, 내가 너무 안일했구나. 이게 무슨 꼴이란 말이냐, 유신. 이제 너도 다되었다.'

같잖은 연민 때문에 일을 크게 망쳐 버렸다. 동연국을 집어삼키려는 황제의 야망도 무너뜨려 버렸고 수하들의 믿음도 배반했다. 그러나 무엇보다 그를 괴롭힌 건, 연민을 품었던 자신에 대한 분노였다. 별것도 아닌 것에 흔들려서 유일한 목표마저 망쳐 버린 자신에게 울화가 치밀어 올랐다. 그는 그 뜨거운 감정이 차갑게 식을 때까지 그 자리에 서서 비를 맞았다.

비가 오지 않길 바랐던 유신과 달리 비 소식에 누구보다 기뻐한 이들은 신궁 사람들이었다. 비가 왔으니 황제의 등쌀에 힘겨워할 필요가 없었고, 전대 신녀와 함께 순장하겠다던 협박을 더는 당하지 않아도 되었다. 게다가 신궁의 주인이 새롭게 탄생했으니 끈 떨어진 뒤웅박처럼 살 필요도 없어졌다. 새로운 희망에 부푼 무녀들은 해연이 다시 의식을 차리길 간절히 바랐다.

모든 이들의 관심이 집중된 해연의 침소 앞에는 풍월대원들이 살벌하게 서 있었다.

그들과 함께 문을 지키고 선 소렵은 방 안의 기척을 살폈다. 여차하면 안으로 뛰어들어서 황제를 지켜야 했기에 그의 신경은 바짝 날이 서 있었다. 그러면서도 한편으로는 신녀에게 함부로 대했던 지난 일들이 껄끄럽게 머릿속을 부유했다.

'정말 신녀님일 줄이야. 차라리 그때 말을 들을 걸 그랬군.'

소렵은 오전에 해연을 방에서 끌어낸 일을 후회했다. 비는 하루 더 빨리 내렸을지 모르지만, 그에 대한 대가로 황제는 더 많은 걸 내놔야 할지도 몰랐다.

'그래서 내가 하겠다고 말씀드렸던 것인데.'

직접 죽어서 확인하는 방법은 신녀에게 적으로 인식될 가능성이 높았다. 그만큼 위험부담이 커서 될 수 있으면 사용하지 않는 게 좋았다. 자신을 괴롭히던 사람과 살해했던 사람의 차이는 큰 법이었다. 그래서 마지막 방법을 쓰기 전에 닷새의 유예기간을 주었건만, 일이 이상하게 꼬여 버렸다.

'성격도 만만찮던데. 이를 어찌한단 말인가.'

황제의 뺨을 때리고 뙤약볕에서 이틀을 버티던 해연을 떠올린 소렵은 저도 모르게 한숨을 뿜어냈다. 물의 힘은 매우 강력해서 본래 신녀는 그 힘을 남용하지 못하도록 자애로운 성품을 타고난다. 하지만 안타깝게도 이번 신녀는 자애로움과는 거리가 멀었다. 이곳으로 끌려온 충격 때문인지 모든 분노를 황제에게 반항하는 행동으로 나타냈고, 결국 두 사람은 물과 불처럼 서로 용납할 수 없는 사이가 되어버렸다. 죽어가는 백성과 흔들리는 나라를 더 지켜보지 못한 황제가 성급히 손을 쓴 대가는 그만큼 컸다.

'폐하…….'

황제의 안위를 걱정하는 소렵의 마음이 돌덩이를 달아놓은 듯 무겁게 내려앉았다.

밖에서 쏟아지는 빗소리가 무거운 방 안의 눈치를 보며 조심스레 새어 들어왔다. 해연이 잠든 방 안은 폭풍 전야처럼 고요하면서도 불안한 기운이 감돌고 있었다.

하랑은 의식이 없는 해연을 살폈고, 가후는 의자에 앉아 눈을 감고 있었다. 허리에 난 상처도 돌보지 않고 앉아 있는 품새가 꽤 진지해 보였다. 그를 힐끗 본 하랑은 어렵게 입을 열었다.

"어찌할 생각이십니까."

그의 물음에 감겨 있던 가후의 눈이 슬며시 떠졌다. 차분한 듯 보이지만 속은 그렇지 않다는 걸 그의 붉은 눈동자만 보아도 알 수 있었다. 괜한 걱정이 슬그머니 머리를 들자 하랑은 속으로 혀를 찼다. 지난 이 년간 그렇게 당하고도 그를 걱정하는 자신이 바보 같았다. 그럼에도 입은 제멋대로 대처법을 알려주고 있었다.

"물러나십시오."

"……싫다면?"

오기로 똘똘 뭉친 나지막한 대답에 하랑은 그를 빤히 바라보았다. 어찌 행동해야 하는지 알면서도 괜한 고집을 부리는 건 예나 지금이나 같았다.

"폐하는 황제가 아닙니까. 물러서시리라 믿습니다."

하랑의 말 한마디에 가후의 입이 꾹 다물어졌다. 패악한 짓을 일삼는 그였지만, 나라를 제대로 다스리려는 욕심은 강했다. 그 덕에 국정 운영은 탁월했고, 그를 직접 만나보지 못한 백성들은 성군이라며 찬양했다. 그래서 더욱 신녀의 마음을 얻어야만 했다. 동연국을 위해서, 자신의 나라를 위해서.

그 사실을 누구보다 잘 아는 가후의 얼굴이 점점 더 구겨졌다. 혹시나 했는데 진짜로 신녀라는 게 밝혀졌으니, 아무리 미워도 이번 일은 사과해야만 했다. 성격대로라면 확 감옥에 가둬두고 비만 내리라 했을 테지만, 각성한 신녀에게는 그마저도 불가능했다. 난감한 상황이었으나 뚫고 지나갈 방법이 좀처럼 보이지 않았다. 평생 겪어보지 못한, 이 모욕적인 상황에 그의 입에서 욕지거리가 튀어나왔다.

"이런 젠장! 그러게 처음부터 제대로 비를 내렸으면 이런 일도 없었잖아!"

불쑥 치미는 짜증에 가후는 울화통을 터뜨렸다. 열이 머리끝까지 뻗친 그는 혼자 방 안을 왔다 갔다 하며 한참을 서성댔다. 그러다 결국 결심을 내렸는지 눈을 감고 심호흡을 했다. 단 한 번, 단 한 번만 이 모욕을 견뎌내면 된다. 그렇게만 한다면 선조들이 일궈온 이 나라는 큰 고비 하나를 넘길 수 있었다. 날뛰는 마음을 억지로 가라앉힌 그가 스르르 눈을 떴을 때, 다혈질의 가후는 사라지고 동연국의 황제만이 남았다.

※

파란색만 존재하는 알 수 없는 공간에서 해연은 주변을 두리번거렸다. 분명 부모님과 함께 병원에 있었는데 어느 순간부터 이곳이었다. 오로지 파란색만 있는 공간에 혼란스러워하고 있는데, 멀리서 물방울이 떨어지는 소리가 들려왔다.

토옥, 토옥.

작고 규칙적인 소리가 불안정하던 마음을 편안하게 만들어주었다. 가만히 서서 귀를 기울이니 물방울 소리는 점점 더 가까워졌고, 그 소리와 함께 물빛 털을 가진 커다란 호랑이 한 마리가 다가왔다. 이마에 파란색으로 빛이 나는, 크고 기품 있는 사슴뿔을 가지고 있는 호랑이는 해연도 본 적 있는 모습이었다. 지독한 일은 다 당했던 근정전 앞마당에서 본, 그 커다란 호랑이 동상과 닮아 있었다. 다른 것이 있다면 눈앞에 있는 건 진짜 살아 움직인다는 점이었다.

가까이 다가온 호랑이와 눈을 마주하자, 그가 자신을 만난 걸 매우 반가워하고 있다는 느낌이 들었다.

「태초에 정해진 계약에 따라, 이계의 여인에게 물의 힘을 내립니다.」

엄숙하지만 부드러운 음성에 해연은 자신도 모르게 무릎을 꿇고 고개를 숙였다. 호랑이의 뿔에서 생성된 푸른 물방울이 방울져 떠올랐다. 몽글몽글한 물방울은 해연의 검은 머리카락을 타고 흘러내려서 등에 닿을 정도로 길고 탐스러운 뿔을 만들어냈다. 사슴의 뿔처럼 여러 갈래로 갈라진 물방울은 푸른빛을 띤 고체가 되었고, 이 땅의 그 무엇보다 순수하면서도 찬란한 빛을 냈다. 그 빛을 본 호랑이는 한발 물러나며 해연의 앞에 깊이 몸을 숙였다.

「물의 신녀, 해연을 뵈오.」

대랑의 정중함에 해연의 입가에 잔잔한 미소가 떠올랐다. 차분하고 부드러운 신녀의 기운이 자연스럽게 그녀의 몸에서 뿜어져 나왔다.

「신녀 해연이 대랑을 뵙습니다.」

부드러움 속에 발랄함까지 갖춘 목소리에 대랑의 푸른 눈이 곱게 휘었다. 그 다정한 눈을 보면서 해연도 은은한 미소를 지었다.

그러자 파란 공간은 서서히 희미해지고, 대랑의 모습도 물방울이 되어 사라졌다. 해연은 손을 뻗어 대랑을 잡으려 했으나, 다른 목소리가 그녀를 현실로 끌어 올렸다.
"신녀님."

⊠

익숙한 음성에 해연은 살며시 눈을 떴다. 가장 먼저 보인 건 걱정으로 점철된 하랑의 얼굴이었다. 그를 보자마자 해연은 좀 전에 자신이 꿈을 꾼 것인지, 환각을 본 것인지 헷갈렸다. 분명 큰 뿔을 가진 호랑이를 만난 듯한데 기억이 흐릿했다. 정돈되지 않은 기억에 눈만 깜빡이자 하랑이 그녀의 이마를 짚었다.

그의 커다란 손에 눈까지 파묻힌 채로 해연은 잠자코 그 손길을 받아들였다. 이마에 손을 올려 몸 상태를 확인하는 그의 행동은 외롭거나 쓸쓸하던 감정도 다독여 주곤 했다. 이 지랄 맞은 세상에서도 자신을 걱정해 주는 사람이 하나쯤은 있다는 생각에 기분이 좋아졌다. 그런 해연의 마음을 모르는 하랑은 금방 손을 떼었다.

"열도 없고 맥도 정상이신데, 어디 안 좋은 곳이라도 있으십니까?"

"아니, 괜찮아."

해연은 고개를 저으며 상체를 일으켰다. 그러다 붉은 옷자락이 시야 안에 들어오자 움직임을 멈췄다.

멍하던 머리에 기억이 몰려들면서 아침에 있었던 자신의 죽음이 떠올랐다. 어찌 되살아났는지는 잘 모르겠지만, 장난치면서 죽음으로 몰고 가던 남자가 바로 앞에 있었다. 그 사실을 깨닫자마자 숨이 턱 막히면서 공포라는 감정이 온몸을 휘감았다. 검에 뚫렸던 심장이 터질듯이 뛰고 등골은 오싹해졌다. 살고 싶었다. 또다시 죽는 고통을 느끼고 싶지 않았다. 그런 생각이 들자 황제의 존재는 공포로 다가왔다. 그는 언제든지 자신을 죽일 수 있는 사람이었고, 그랬던 전적도 있었다.

새하얗게 질린 해연이 바르르 떨자 가후의 얼굴에 조소가 떠올랐다. 그녀의 모습이 사자의 발치에 놓인 먹잇감과 크게 다르지 않았다. 그의 비웃음을 본 해연은 더 세게 입술을 물었다. 겁에 질린 모습 따위 보여주고 싶지 않았지만, 몸이 기억하는 공포는 정신력으로 이겨낼 만한 수준이 아니었다. 자신을 죽였던 살인자를 눈앞에 두고 의식을 잃지 않는 것만으로도 용했다.

죽여볼 생각이라던 잔인한 속삭임이 여전히 귓가에 머물렀고, 살갗이 찢기는 소리와 검이 심장을 뚫고 나오던 감각도 기억났다. 다시금 느끼는 생생한 고통에 해연은 가슴을 짚고 상체를 숙였다. 숨을 쉬기조차 버거웠다.

"흐윽!"

해연은 터지려는 비명을 이를 악물고 참아냈다. 하지만 부들부들 떠는 것까진 숨기지 못했다.

갑작스러운 그녀의 반응에 하랑의 얼굴이 굳어졌다. 신녀로 각성한 만큼 외상은 완벽하게 나았을 것이고, 맥에도 분명 문제가 없었다. 그럼에도 저리 가슴을 부여잡고 고통스러워한다는 것은 환상지통과 비슷한 증상일 가능성이 높았다.

팔과 다리가 절단된 이들이 자주 환상지통을 호소하곤 하는데, 절단되어 없어진 부위를 뇌가 인지하지 못해서 그 부분에 통증을 느끼는 증상이었다. 해연의 경우는 뇌가 멀쩡해진 몸을 인식하지 못해 통증을 만드는 것일 수도 있었다. 그렇다면 몸이 정상임을 스스로 인지하는 것이 가장 좋은 방법이었다.

"신녀님, 이젠 괜찮습니다. 상처도 나았으니 안심하셔도 됩니다."

하랑은 최대한 그녀를 다독이려 했다. 하지만 고통에 잠식당한 해연에게 그런 말은 통하지 않았다. 숨조차 제대로 쉬지 못해서 얼굴이 붉어졌고 목에는 핏줄이 올랐다. 이대로 두었다가는 쇼크로 까무러칠 수도 있었다. 난감한 상황에 주변을 두리번거리던 하랑은 차나 홀짝이며 구경 중인 가후를 발견했다. 그의 태평한 태도에 화가 나기도 전에 손에 들린 잔이 시선을 끌어당겼다. 그걸 보자마자 좋은 방법이 떠오른 하랑은 급히 가후에게 다가가 잔을 뺏었다. 그 불경스러움에 가후의 미간이 확 접히는 것도 무시하고 하랑은 잔에 담긴 물을 해연의 손에 뿌려주었다. 따뜻한 물이 닿자 극심하던 떨림이 점차 사그라졌고, 해연은 숨이 트이면서 통증이 가라앉는 것을 느꼈다.

"괜찮으십니까?"

하랑의 물음에 해연은 심호흡을 하며 고개를 살짝 끄덕였다. 너무 아파서 그대로 다시 죽는 줄 알았다.

증세가 호전된 해연을 보며 가후는 쓴 입맛을 다셨다. 신녀들에게 물은 진정제 역할을 했다. 감정이 함부로 격해지는 일이 없어야 하기에 그녀들은 항상 물을 가까이하려 하고, 물과 함께 있으면 편안해했다. 그리고 그 점은 신녀의 힘을 각성한 해연도 마찬가지였다. 인정하고 싶진 않아도 분명 신녀의 능력이었다.

'젠장. 좋아할 수도 없고 싫어할 수도 없고.'

가후의 표정이 딱딱하게 굳어버렸다. 비가 내린 건 좋은데 신녀의 비위를 맞춰줘야 하는 이 상황이 마음에 안 들었다. 그것이 불만스러워서 날카로워지는 시선에 해연의 마음에도 불안함이 깃들었다. 손에 뿌려졌던 찻물은 효력을 잃었고, 황제에 대한 두려움이 다시 엄습해 왔다. 불안한 감정을 들키지 않기 위해서 해연은 눈에 힘을 주고 이불을 꽉 움켜쥐었다. 그 모습을 유심히 관찰하던 하랑은 말없이 찻주전자를 가져다가 그녀의 손에 쥐어주었다.

해연은 자신의 손에 쥐어진 주전자를 내려다보았다. 녹색의 주전자는 따뜻한 물의 느낌을 품고 있었다. 손을 타고 전해지는 온기에 두렵던 마음은 푸근해지고, 하랑의 배려 덕에 그녀의 얼굴에도 작은 미소가 피었다. 많이 안정된 해연의 반응에 하랑은 안도했고, 가후는 착잡해졌다.

'눈 딱 감고, 한 번만.'

그는 힘겹게 세뇌하며 해연이 있는 침대 곁으로 다가갔다. 그가 가까이 다가가도 해연은 두려워하는 기색을 보이지 않았다. 공포가 사라지니 밖에서 대차게 쏟아지는 빗소리도 들렸고, 유일한 안식처인 하랑도 곁에 있었다. 이 모든 상황이 자신에게 유리하게 돌아가고 있음을 그녀는 빠르게 자각했다.

해연이 여유를 부리는 만큼 가후는 이가 갈렸다. 하지만 지금은 나라의 평안을 위해 굽혀야 할 때였다. 그는 난생처음으로 사과라는 걸 했다.

"오전의 일은 미안하게 되었다. 앞으로는 신녀로 대해주마."

짧고 간략한 두 마디의 말, 그걸로 끝이었다. 그 뒤로 그의 입은 조가비처럼 딱 다물어져서 열릴 기미를 보이지 않았다.

그런 가후를 빤히 바라보던 해연은 눈살을 찌푸렸다. 사람을 죽여놓고 이런 식의 사과를 할 줄은 꿈에도 몰랐다. 기분이 나빠진 해연이 싸늘히 굳은 얼굴로 냉정하게 말을 꺼냈다.

"지금 뭐 하자는 거야? 꿇어. 꿇고 말해."

당돌하면서도 사람 속 뒤집는 덴 최고인 그녀의 명령에 하랑은 할 말을 잃었고, 가후는 눈가 근육이 바들바들 떨렸다. 어느 누가 감히 황제에게 무릎을 꿇으라 한단 말인가. 난생처음 들은 치욕스러운 명령에 그의 입에서 이가 갈리는 소리마저 새어 나왔다. 자신의 일생에 무릎을 꿇고 사과하는 일은 있었던 적도 없었고 있을 수도 없는 일이었다. 황제라는 위치는 죽는 한이 있어도 무릎을 꿇는 일이 없어야만 했다.

　"이년이 미쳤나."

　속에서 끓어오르는 분노를 참지 못한 그의 입에서 욕이 튀어나왔다. 사과를 들어도 부족한 마당에 욕을 먹은 해연의 눈꼬리가 치켜올라갔다. 이건 완전히 적반하장이었다. 한 번 살해당한 것도 억울하건만, 이해할 수 없는 그의 처신에 해연도 눈에 뵈는 게 없어졌다.

　"내가 미쳤으면 넌 또라이지! 사람 죽여놓고 한다는 말이 뭐? 미아―안? 진짜 누군 욕 못 해서 안 하는 줄 아나! 야, 이 자식아! 니가 인간새끼면 그런 식으로 사람 죽여놓고 뻔뻔하게 면상 들고 다니는 거 아니야!"

　눈이 휙 뒤집어진 해연은 입에 거품까지 물고 흥분해 소리쳤다. 몸만 좀 더 괜찮았다면 당장 침대 밖으로 나가서 주먹다짐이라도 할 기세였다.

　지금까지 당했던 모든 고통과 서러움을 한꺼번에 토해내던 해연은 두 남자가 넋이 나갈 때까지 혼자 열을 냈다.

　귓전이 따가울 정도로 노발대발하는 소리에 문밖에서 경계를 서던 소렵과 풍월대원들까지 얼빠진 얼굴로 닫힌 문을 바라보았다. 귀에 들리는 말들이 정녕 신녀의 입을 통해 황제에게 쏟아지는 것인지, 직접 들으면서도 믿기 어려울 정도였다.

그렇게 주위에 있는 모든 사람의 혼을 쏙 빼놓은 해연은 하도 말을 많이 해서 코맹맹이가 된 뒤에야 씩씩거리며 혼자 분노를 삭였다. 방 안에는 그녀의 거친 호흡만 남았다. 거대한 태풍에 휩쓸린 듯, 다들 하나같이 정신을 차리지 못했다.

하랑은 여성의 목소리가 이처럼 클 수 있다는 사실도 처음 알았고, 무궁무진한 비속어의 세계도 놀라웠다. 한편으론 속이 후련하기도 했다. 어느 누가 황제의 면전에다 대고 따박따박 잘못을 지적하며 혼을 낼 수 있겠는가. 자신조차 그렇게는 해본 적이 없었다. 물론 새파랗게 어린 여자에게 잔소리를 들은 가후의 표정은 썩 좋아 보이지 않았지만, 화를 내지도 못했다. 어쨌든 지금은 그가 져주어야 하는 입장이고, 적당한 타협을 원했기 때문이다.

썩은 표정으로 간신히 이성을 붙잡은 가후는 돋아나는 이마 혈관을 누르며 거래를 제안했다.

"네 말도 일리가 있지만, 어쨌든 나는 일국의 황제다. 고개를 숙이는 것도 가벼이 여길 일이 아니야. 하물며 무릎을 꿇는다는 건 절대 불가능하다. 그러니 차라리 나와 거래를 하자."

원하는 걸 들어주겠다는 말이었지만, 해연은 받아들일 생각이 없었다. 무언가 타협을 보기 전에 마음속에 남은 앙금부터 확실히 정리하고 싶었다.

"지금까지 뭘 들은 거야? 싫어. 제대로 된 사과가 먼저야."

해연은 한 번 더 사과할 것을 요구했다. 하지만 가후도 물러서지 않았다. 그에겐 미안하다는 말 한마디조차 많은 용기가 필요했던 일이었다. 결국 그는 협박성 말을 내뱉었다.

"그 이상은 못 한다고 했다. 이 정도면 나도 많이 참아주는 것이니 이성적으로 판단하는 게 좋을 거야."

그는 제 말만 해버리고 몸을 휙 돌렸다.

방을 나서는 그의 등을 보며 해연은 혈압이 올라 얼굴이 벌게졌다. 너는 인간도 아니라고 소리쳐 주고 싶었지만, 기가 차서 말도 나오지 않았다.

그런 해연을 다독인 건 하랑이었다. 신녀의 직위를 얻었어도 자존심 강한 황제를 누른다는 게 애초부터 쉬운 일이 아니었다. 그러나 이런 식의 결말을 인정할 수 없었던 해연은 오늘의 수모를 기필코 갚아주겠다며 단단히 별렀다.

거울 앞에 앉은 해연은 본인의 얼굴을 요리조리 살펴보았다. 가무잡잡하게 탔던 피부가 힘을 각성하면서 뽀얗게 변했고, 고생하면서 살이 빠지자 턱 선과 콧날도 드러났다. 이목구비가 반듯하고 시원시원한 편이라 잘만 가꿔놓으면 미인이라는 소리를 들을 만했다.

사실 해연은 열여섯 살 때까지만 해도 예쁘장하단 소리를 자주 들어봤었다. 하지만 고등학교에 진학한 뒤로 극심해진 학업 스트레스가 얼굴과 몸을 망가뜨려 버렸다. 그때는 공부라는 게 왜 그리 힘들었는지, 이곳에 와서 온갖 일을 다 당하고 나니 차라리 학교에서 공부할 때가 좋았다.

그렇게 해연이 회한에 잠겨 있을 때, 머리단장을 돕던 단야가 호들갑을 떨어댔다.

"신녀님, 정말 예쁘세요."

단야는 거울에 비친 해연을 보며 생글생글 웃었다. 붉은 발진이 일어났을 때는 차마 눈 뜨고 보기 힘들었던 얼굴이 하루 만에 변모하니 기쁘지 않을 수가 없었다. 전에 뫼시던 어린 신녀님만큼은 아니지만 어디 가서 빠질 외모도 아니었다. 해연의 숨겨진 외모에 만족한 단야의 입이 헤벌쭉 찢어졌다.

얼굴로만 보면 스무 살 초중반쯤 되었을까, 어린아이처럼 순수하게 웃는 단야의 모습에 해연은 그녀의 이름을 기억해 냈다.

"단야라고 했었죠?"

"네, 신녀님. 단야라고 불러주세요."

자신의 이름을 기억해 준 것에 감동한 단야는 즉각 답을 올렸다. 강아지처럼 초롱초롱한 눈빛이 매우 귀여운 여동생 같아서 해연의 얼굴에도 미소가 번졌다.

"어째 저보다 더 좋아하는 것 같네요."

눈에 띄게 예뻐진 얼굴에 본인이 더 기뻐하면 기뻐했지, 단야가 더 좋아할 이유가 없었다. 그 의문을 이해한 단야는 해연의 머리를 빗질하며 재잘재잘 말을 풀어놓았다.

"이젠 보덕이 콧대를 눌러줄 수 있으니까요."

"보덕이?"

"네. 저와 동갑인 황후전 처소의 궁녀인데, 황후마마 자랑을 어찌나 늘어놓는지. 머릿결이 어떠네, 피부가 어떠네 하면서 자꾸 절 괴롭혀요."

궁녀들은 모시는 이가 누구냐에 따라서 받는 대우가 달랐다. 그러다 보니 상전의 신분과 장점은 그들의 자부심과 직결되었다. 이는 무녀들도 마찬가지여서 단야도 틈만 나면 전대 신녀의 인격 등을 늘어놓으며 보덕을 괴롭히곤 했다. 지금 보덕이 해연의 생김새를 은근슬쩍 들먹이며 성질을 긁어대는 것도 다 과거에 본인이 한 행동에서 비롯된 것임을 단야는 인지하지 못하고 있었다.

"제가 보기에도 황후마마는 아름다우시고, 황제 폐하의 총애도 받고 계시지만요. 다 아는 걸 굳이 두 번 세 번 얘기하는 건 아니지 않나요? 뭐, 이제는 신녀님이 계시니까 그런 얘기 더는 안 들어도 돼요. 비도 왔고, 신녀님도 아름다우시고. 그리고 무엇보다……."

단야는 미소를 베어 물며 뒷말을 흐렸다. 입 밖으로 꺼내진 못했지만, 가장 마음에 드는 건 해연의 그 당돌한 성격이었다. 전대 신녀는 온화하고 자애로운 탓에 손해를 많이 보았었다. 특히 동연국은 황제의 성격이 멍멍이에 가깝다 보니 신녀를 본인보다 아래로 보는 편이었다. 그 영향 때문인지 신녀는 백성들에게 신처럼 추앙받았지만, 궐에서는 황후보다 밑으로 여겨지기도 했다.

그걸 직접 보고 겪을 때마다 단야는 속이 문드러졌었다. 무녀가 무시당하는 것도 싫었지만, 존경하는 신녀님이 황후에게 고개를 숙인다는 게 더 속상했다. 물론, 이젠 그런 일로 가슴앓이할 필요는 없을 듯했다. 구세주를 얻은 듯, 해연을 보는 단야의 눈이 반짝반짝 빛났다.

"다 되었습니다, 신녀님. 이제 화장하고 의복만 갈아입으시면 돼요."

궐에 대한 이런저런 이야기를 하는 사이 해연의 머리 손질이 끝났다. 곱게 빗은 머리를 반만 틀어 올린 뒤에, 희고 큰 꽃이 활짝 피어 있는 비녀를 꽂자 청순한 여인이 탄생했다. 이어서 화장도 얇게 해준 단야는 밖에서 대기하고 있던 무녀 둘을 불러 해연의 옷 시중을 들게 했다.

속옷 위에 빳빳한 치마를 껴입어 풍성하게 만들고, 짧은 저고리 위에 무릎까지 내려오는 긴 저고리를 덧입었다. 넓은 끈으로 허리를 동여맨 뒤에 바닥에 끌리는 겉옷을 걸치면, 지체 높은 신녀의 복장이 완성되었다.

그렇게 복잡하게 겹쳐 입은 뒤에야 해연은 전신거울 앞에 설 수 있었다. 구름무늬가 들어간 하얀 저고리 아래로 은실로 수를 놓은 푸른 치마가 보였고, 치마와 같은 색의 허리띠로 가슴 아래를 꽉 조여 매었다. 마지막으로 하늘빛의 긴 겉옷을 걸치자, 시원시원하면서도 청순한 분위기를 자아내는 여인이 거울 속에 있었다.

"피부가 고와서 흰 저고리가 무척 잘 어울리시네요."

"정말 최고예요. 신녀님은 어떠세요? 마음에 드세요?"

해연의 변화를 보고 들뜬 무녀들이 옆에서 재잘댔다. 하지만 해연은 마냥 기뻐할 수만은 없었다. 자신이 아닌 다른 사람이 서 있는 것 같다는 이질감이 느껴졌다. 하루아침에 다른 세상으로 끌려왔으니 한복을 입은 모습에 적응할 때까지는 시간이 조금 더 걸릴 듯했다.

"신녀님?"

해연의 반응이 없자 단야가 눈치를 보며 그녀를 불렀다. 그 부름에 어렵사리 생각을 잘라낸 해연은 단야를 보며 곱게 웃었다.

"가고 싶은 곳이 있어요. 길을 좀 알려줄래요?"

"어디로 가시려고요?"

단야의 목소리를 귓가에 담으면서 해연은 다시 한 번 거울을 바라보았다. 신녀가 된 자신의 모습은 여전히 낯설었지만, 검은 눈에 담긴 의지만큼은 틀림없이 본인의 것이었다.

"근정전. 황제가 있는 곳이요."

황궁의 전각들을 이어주는 회랑에 해연이 모습을 드러냈다. 그녀를 발견한 병사들과 궁녀들이 황급히 허리를 숙이고 예를 갖췄다. 그들은 앞을 지나가는 해연의 존재감에 속으로 감탄을 터뜨렸다. 어제까지만 하더라도 정말 신녀인지 반신반의할 만큼 엉망이던 여인이 하루아침에 확 달라져 있었다.

여성의 권위를 나타내는 크고 풍성한 치마에는 신녀를 뜻하는 은실의 자수가 고급스럽게 놓여 있었고, 그를 따르는 수십 명의 무녀들이 엄숙한 분위기를 자아냈다. 비바람마저도 그녀의 곁에서는 잠잠해지는 게 보일 만큼, 완벽한 신녀의 자태였다. 몸으로 직접 느끼는 위엄에 고개를 숙이지 않는 이가 없었다.

열과 성을 다해 예를 갖추는 사람들을 보며 해연은 씁쓸하게 웃었다. 비가 오지 않았던 어제 아침과 비가 내리고 있는 오늘 아침의 인사는 극과 극이었다. 물론 대부분의 동연국 사람들은 비가 내리지 않았어도 최대한 정중한 태도를 취하곤 했다. 다만 이전에는 그들의 눈빛에 원망과 간절함이 담겨 있었다면, 오늘은 경건함으로 바뀌었다는 차이가 있을 뿐이었다.

갑작스러운 변화에 불편해진 마음을 숨기며, 해연은 앞으로 벌어질 일에만 집중하기로 했다. 그렇게 마음을 다잡으면서 걷자 어느덧 근정전이 가까워졌다.

'내가 이곳에 또 오다니. 그 망할 놈의 자식 때문에.'

해연은 어제 아침에 겪었던 사건을 최대한 떠올리지 않으려고 애썼다. 긴장을 조금만 놓아도 악몽 같던 그 일이 정신을 잠식할 것만 같았다.

'그래도 비가 와서 다행이야.'

한 번 살해당했던 장소에 다시 올 수 있었던 건, 쏟아지는 비가 용기를 주었기 때문이다. 눈에 보이진 않지만 느낄 수는 있었다. 그 덕에 해연은 자신이 물의 신녀가 되었다는 사실과 이곳 사람들이 왜 신녀에게 비를 내려달라고 하는지도 받아들일 수 있었다. 물은 끊임없이 그녀와 교감하려 했고, 사랑을 주기도 했으며, 힘들 땐 응원도 마다치 않았다. 곁을 맴돌며 힘을 북돋아주는 물 덕에 해연은 큰 문제 없이 근정전에 당도할 수 있었다.

그녀의 행차를 전해 들은 근정전의 내관들이 밖으로 우르르 쏟아져 나왔다. 그들은 해연을 보고 놀란 감정을 능숙하게 삼키고, 종종걸음으로 다가가 고개를 숙였다.

"신녀님, 예까진 어인 행차시옵니까."

근정전의 내관 달봉은 최대한 침착함을 유지했다. 하지만 그마저도 오래가지 못했다.

"황제를 만나러 왔습니다."

옆집 누렁이 부르듯이 손쉽게 튀어나오는 황제라는 단어에 달봉은 안절부절못하며 눈치를 살폈다. 지금은 황제를 청대하기가 어려운 상황이었다.

"송, 송구하오나 신녀님, 폐하께옵서 조회를 보고 계시옵니다. 시간이 좀 걸릴 터이니 잠시 다른 곳으로 모셔도 되겠사옵니까?"

조금 기다려야 한다며 양해를 구하는 달봉의 태도는 극도로 조심스러웠다. 그러나 해연은 그의 의견에 동조해 줄 생각이 없었다. 조회 중인 건 진작에 알고 있었고, 그럼에도 이 시간을 택한 건 다른 노림수가 있어서였다.

"지금 바로 황제에게 안내해 주세요."

다른 방법 같은 건 용납할 수 없다는 듯, 여지를 주지 않는 말에 달봉은 식은땀이 맺히는 두 손을 꼭 마주 잡았다. 정말 전대 신녀와는 분위기에서부터 천지 차이였다. 자칫 잘못하여 심기를 거스르면 이 자리에서 사망신고서를 작성해야 할지도 몰랐다. 일생 최대의 난관에 부딪친 달봉은 마른침을 삼켰다.

"하오면 안에 전하겠사옵니다. 잠시만 기다려 주시옵소서."

"아니요. 그냥 들어가겠어요."

달봉을 저지한 해연은 근정전 안으로 걸음을 옮겼다. 황제에게 물어보나마나 기다리란 말만 돌아올 게 분명했다. 그럴 바엔 차라리 쳐들어가는 게 나았다.

해연이 걸음을 옮기자 달봉은 울상을 지으면서도 그녀를 근정전 안으로 안내해야만 했다.

무녀들은 다 떼어놓고 혼자 근정전 안으로 들어간 해연은 토끼몰이를 당하던 기억이 떠올라 치맛자락을 세게 움켜쥐었다.

'이제는 그렇게 처참하게 당하지 않을 거야.'

이런저런 말소리들이 새어 나오는 문 앞에 서서 해연은 심호흡을 하며 표정을 관리했다. 어제와 오늘, 서 있는 장소는 같았으나 문이 열리길 기다리는 그녀는 많이 달라져 있었다. 몸속에서 끓어오르는 힘을 느끼며 해연은 부드럽게 웃었다. 고개는 살짝 높이 들고, 어깨는 당당하게 폈다. 들어갈 준비를 마치고 문 옆에 서 있는 내관에게 눈길을 주자 그가 움찔하는 게 느껴졌다. 갑작스레 문을 여는 행동은 황제에 대한 극심한 불경이기에, 차마 입을 떼지 못하고 우물쭈물하는 걸 모르지 않았다. 하지만 해연은 봐주지 않았고, 그 시선을 더 견디지 못한 내관이 눈을 질끈 감은 채 큰 소리로 외쳤다.

"신녀님 듭시옵니다!"

내부에서 활발하게 들려오던 소리들이 뚝 끊겼다. 그와 동시에 닫혀 있던 문이 열렸다. 문 안에는 당황한 신료들과 높은 단상 위, 옥좌에 앉아 말없이 눈썹을 찌푸리는 황제가 있었다. 무례하고 어이없는 상황에 가후가 미간을 좁힐수록 해연은 더 활짝 웃어주었다.

이리도 달콤하고, 이리도 기분 좋을 수가 있을까. 억만금을 주어도 바꿀 수 없는 순간이었다. 지금까지 그녀를 괴롭히던 불안과 체중이 싹 사라졌다. 해연은 세상을 다 얻은 듯 기쁘게 웃었다.

'자, 이제 네가 당할 차례야. 이 많은 신료들 앞에서.'

망신을 주겠다고 작정한 해연은 정전 안으로 발을 디뎠다. 쭉 뻗은 길을 따라 나아갈수록 좌우로 늘어서 있는 신료들의 얼굴에는 당혹감이 서리고, 가후의 심기는 더 뒤틀렸다. 그리고 그만큼 해연의 얼굴은 활짝 피었다.

두 사람의 엇갈린 감정에 신료들은 당황한 상태로 신녀와 황제를 번갈아 보았다. 묘한 긴장감이 정전 안에 가득했다. 빳빳하게 풀을 먹인 치마가 사각— 사각— 소리를 내는 것조차 들릴 만큼 모두 숨을 죽였다.

황제가 집무를 보는 근정전에서, 그것도 정사를 논하는 아침 조회 시간에 신녀가 허락도 없이 들이닥쳤다. 그 행동이 뜻하는 바가 황제에 대한 신녀의 도전임을, 황권과 신권의 충돌임을 모르는 이는 그 자리에 단 한 명도 없었다.

역사적으로도 일어난 적이 없던 대박 사건에 너나 할 것 없이 숨을 죽이고 사태의 추이를 지켜보았다.

그런 신료들 사이를 지나친 해연은 옥좌로 이어지는 계단 아래에 멈춰 섰다. 그녀가 움직임을 멈추자 신료들의 입에서 옅은 안도의 한숨이 흘러나왔다. 그 계단 위로 올라설 수 있는 사람은 이 나라에 단 한 명, 황제뿐이었다. 옥좌가 있는 단상 위로 올라가는 것은 역모였으며, 황제의 권위에 대한 선전포고와도 같았다.

그런 최악의 상황은 면했다고 여긴 신료들이 졸아붙었던 가슴을 쓸어내렸다. 그러나 그들의 안도를 비웃기라도 하듯 해연은 치맛자락을 살포시 붙잡고 계단 위에 발을 올렸다.

"허억!"

누군가가 기겁하며 크게 숨을 들이쉬는 소리가 들렸다. 그와 함께 조용하던 신료들 사이에서 웅성거림이 일기 시작했다. 그런 소란에도 해연은 아랑곳 않고 가후의 붉은 눈만 마주하며 계단을 올랐다. 혼란스러운 감정을 애써 숨기려 하지만 적잖이 당황한 듯, 굳어 있는 그의 얼굴을 즐겁게 감상하면서 그 앞에 꼿꼿이 섰다.

"그쪽은 내가 반갑지 않은가 봐. 난 다시 봐서 정말 기쁜데."

심각하게 발랄한 해연의 말투에 신료들이 헉 소리를 내며 숨을 들이켰다. 어느 누가 감히 그에게 말을 낮춘단 말인가. 선황이 승하하신 이후로 단 한 번도 본 적 없는 광경이었다. 그런데 직접 눈으로 보고 귀로 들었으니 믿지 않을 수도 없었다.

놀라움에 말문이 막힌 신료들은 최근에 들었던 한 소문을 떠올렸다. 하늘에 살던 신녀가 땅으로 끌려 내려온 뒤에 극심한 충격을 받아서 황제의 뺨을 때리고 욕설도 퍼부었다던 풍문. 그 항설을 믿게 된 신료들 사이에서 술렁거림이 커졌다.

동요하는 모습이 확연히 눈에 띄자 그때까지만 해도 가만히 있던 가후가 자리에서 일어났다. 그 순간 말소리가 뚝 끊기며 정전 가득 침묵이 내려앉았다. 몸짓 하나로 신료들을 휘어잡은 품새가 그의 힘을 다시금 느끼게 했다.

"이게 무슨 짓이지?"

광분해서 날뛸 거라는 예상과는 달리 그는 차분했다. 그와 상이하게 해연의 얼굴에서는 미소가 사라졌다. 담담한 반응이 마음에 들지 않았다. 눈살을 찌푸린 해연은 팔짱을 끼고 키가 큰 그를 삐딱하게 올려다보았다.

"뭐야, 불청객 대하는 그 말은? 거래하자며, 답변 듣기 싫어?"

해연은 전날 가후가 내뱉고 사라진 말을 꺼내며 찾아온 이유를 밝혔다. 거래에 응할 생각으로 왔다지만 굳이 아침 조회 중에 나타나서 답변하겠다는 건 신료들 앞에서 망신을 주겠다는 뜻이었다. 그런 해연의 속내를 짐작한 가후는 한껏 얼어 있는 내관, 달봉을 불렀다.

"모두 물러라."

그의 명은 살얼음판 같은 자리를 벗어날 수 있는 천금 같은 기회였다. 신료들은 반색하며 허리를 숙여 인사하고 뒷걸음질로 물러나려 했다. 하지만 그들은 세 발짝도 채 가지 못한 채 멈춰 서야만 했다. 정색한 신녀의 목소리가 들린 탓이었다.

"누구 마음대로 나가라는 거야? 기껏 여기까지 왔는데. 단 한 명이라도 나갔다간 거래는 없었던 걸로 할 거야."

해연의 으름장에 가후의 얼굴이 구겨졌다. 그에 만족한 해연은 방실방실 웃었다. 그가 짜증 나 할수록 기분이 좋아졌다. 신료들이 오도 가도 못 하는 걸 확인한 해연은 손가락 세 개를 쫙 폈다.

"조건은 총 세 가지야. 첫째, 네가 죽이고 싶어도 내가 살리라고 하면 살릴 것."

달천대 대원인 주평의 일을 겪으면서 해연은 이곳의 법에 신물을 느꼈다. 별것도 아닌 이유로 황제가 제멋대로 사람을 죽이지 못하게 만들 생각이었다.

"둘째, 나는 이곳의 어떠한 법에도 구속받지 않을 것. 나는 내가 하고 싶은 대로 자유롭게 살고 너는 나를 못 막는다는 거지."

계속해 보라는 듯 그는 아무 말 없이 해연의 조건을 들었다. 물론 눈빛은 점점 살벌해졌지만, 해연은 개의치 않았다. 어제만 해도 그 눈빛에 주눅이 들었을 테지만, 온 나라에 비가 내리면서 습기가 풍부한 지금은 그녀의 담력이 범인의 수준을 뛰어넘은 상태였다.

"셋째, 여기 있는 사람들에게 다 들리도록."

해연은 잠시 말을 끊고 사람들을 쓱 훑어보았다. 놀란 얼굴로 다음 말을 기다리는 신료들과 내관, 풍월대원들이 보였다.

사실 해연은 그에게 제대로 된 사과를 받고자 했다. 협박하고 매달고 죽이려 하고, 실제로 죽이기도 했던 일 등. 그러나 그녀는 곧 생각을 바꿨다. 사과를 받으면 미워할 수가 없었다. 그러니 그건 좀 나중으로 미뤄두고 우선은 골려주고 싶었다. 좋은 생각이 떠오른 해연은 피식 웃으며 가후를 바라보았다. 화사하게 웃는 얼굴이 그 어느 때보다 아름다웠고, 그 어느 때보다 잔인했다.

"내가 너보다 윗사람인 걸 인정해."

해연은 황제의 권위를 처참하게 짓밟았다. 이곳은 지독하리만치 철저한 신분제 사회였고, 그 정점에 있는 황제를 제대로 밟으려면 그보다 신분이 높아야 했다. 배경부터 만들어두고 완벽하게 유린하겠다는 소리나 마찬가지인 해연의 말에 몇몇 대신은 다리에 힘이 쭉 빠지는 느낌이 들었다. 노련한 이들은 이 사태가 불러일으킬 풍파를 잘 알고 있었다.

그들이 아득해지는 정신을 차리기 위해서 버둥대는 동안, 가후는 성질을 억누르려 애쓰고 있었다. 하도 이를 악무는 바람에 턱 근육이 뻐근했고, 이마에는 핏대가 섰다. 설상가상으로 공력까지 날뛰려는 것을 평생 묻어두었던 인내심을 끌어모아 간신히 참아내는 중이었다. 살면서 이런 모욕은 또 처음이었다. 눈앞의 계집에게 뺨을 맞더니 반말에 욕설을 듣고, 이제는 신하들이 보는 앞에서 자존심까지 짓이겨지고 있었다.

뭐라 형언할 수 없는 살벌함이 그의 주위를 감돌았지만 해연은 웃었다. 그녀는 황제의 격분을 느긋이 감상했다. 죽음을 앞에 두고 가능성도 보이지 않는 삶을 위해 얼마나 달려야 했던가. 귓가에다 속삭이던, 한 번 죽여보겠다는 말에 정신마저 혼미해졌었다. 기억마저 지워 버린 엄마는 얼마나 버텨줄 수 있는지 감조차 오지 않았다. 그러니 해연은 지금 이 순간을 마음껏 즐길 권리가 있었다. 하지만 정신을 차린 몇몇 황권파 신료가 그녀의 감상을 방해했다.

"폐하! 아니 되옵니다! 결단코 아니 되옵니다!"

나이 든 신료 셋이 앞으로 나서서 황제를 말렸다. 그들은 신녀인 해연은 안중에도 없는지, 오로지 가후만 보며 빌고 또 빌었다. 처절한 그들의 만류에 해연은 못마땅한 표정을 지었다. 이것도 많이 양보한 건데 안 된다고 하니 기분이 좋을 리 없었다.

"어쩔 거야? 할 거면 빨리해."

퉁명스러운 그녀의 재촉에 가후는 눈을 감고 심호흡을 했다. 차라리 어제였다면, 그 밀폐된 공간에서였다면 원하는 조건들을 들어주었을지도 모른다. 어차피 안 된다고 해봤자 그녀의 성격으로 봐서 공손해질 것 같지도 않았다. 그러니 무슨 난리를 치던 대충 눈감아주었을 텐데, 지금은 그럴 수가 없었다. 이곳에서 그녀가 자신보다 높다고 인정한다면 너무 많은 피를 손에 묻혀야만 했다. 그건 꽤나 귀찮고 짜증 나는 일일 것이다. 이 나라의 신료를 전부 죽여야만 하는 일이니.

"풍월대는 들으라."

짧은 고뇌 끝에 그의 입에서 나오는 말은 해연이 원하던 대답이 아니었다.

"짐이 신녀의 말에 동의하는 순간, 이 자리에 있는 모든 이를 죽여라."

황제를 말리던 신료들이 고개를 떨어뜨렸다. 이 사태를 전혀 예상하지 못했던 이들은 소스라치게 놀랐다. 물론, 그건 해연도 마찬가지였다.

"이게 무슨 짓이야? 네가 내 말에 동의한다면 이들을 죽이진 못해. 첫 번째 조건 잊었어?"

본인이 살려주라 하면 살려야 한다는 조건이 첫 번째였다. 해연은 그 면죄부를 이용해 가후의 명령을 막을 생각이었다. 그러나 그는 말을 배울 때부터 정치도 익힌 몸이었다.

"하면 묻지. 과인이 신녀의 말에 동의하는 순간 자결하지 않을 자가 있나?"

신녀와의 조건대로 죽이지 않을 테니 스스로 죽으라고 강요하고 있었다. 좌중이 찬물을 끼얹은 듯 조용했다. 누구도 살려달라 빌지 못했다. 죽지 못하겠다고 손을 드는 이도 없었다. 그저 고개를 숙이고 입을 꾹 다문 채 두 권력자의 싸움에서 벗어나길 빌고 또 빌 뿐이었다.

상황이 예상치 못한 방식으로 흘러가자 해연은 입술을 꽉 깨물었다. 이 거지 같은 상황을 타개할 방법을 찾아내야만 했다. 그러나 아무리 머리를 굴려도 이렇다 할 만한 방법이 떠오르지 않았다. 결국, 그녀는 마지막 방법을 꺼내 들었다.

"나는 사람이 죽는 꼴은 못 봐. 이곳에 있는 사람들 중에 단 한 명이라도 죽는다면, 차라리 다른 나라로 가겠어."

그건 비를 내리지 않겠다는 협박이었다. 해연이 이 나라에 머무는 한 비는 자연직으로 내리고 그쳤다. 그러니 가뭄을 일으키려면 다른 나라로 가야만 했다.

신료들의 목숨으로 해연을 억누르려던 가후는 가장 마음에 들지 않는 방법이 거론되자 혀를 찼다. 신녀의 망명은 쉬운 일이 아니지만, 아예 불가능한 것도 아니었다. 동연국 주변에는 신녀를 잃은 나라가 둘이나 있었다. 만약 해연이 망명 의사를 비치고 두 나라 중 한 곳으로 가버리면 동연국은 막을 수가 없었다. 그걸 잘 알면서도 가후는 태연한 척 가장하며 되레 그녀를 아무것도 모르는 사람처럼 몰았다.

"일국에 필요한 신녀의 수는 단 하나다. 동연국 외에 널 필요로 할 나라가 있다고 생각하나?"

그는 해연이 국제적인 정세는 모를 것이라고 짐작했다. 하지만 그의 예상은 보기 좋게 빗나갔다.

"이거 왜 이래? 가리국도 신녀가 없는 거 알아. 수우국은 물 때문에 나라까지 넘겼잖아. 내가 가면 수우국 황제가 맨발로 국경까지 뛰어나올걸? 너나 이렇게 뻗대지. 자존심 세우면서 사과도 제대로 안 하고 말이야."

해연이 보란 듯이 읊자, 가후는 모래를 잔뜩 씹은 얼굴이 되었다. 어느 놈이 저딴 정보를 신녀에게 건넸는지 안 봐도 뻔했다. 일그러지는 그의 표정을 즐기면서 해연은 승리에 쐐기를 박았다.

"아니면 저번처럼 날 동상에 매달아두던가. 물론, 네가 그렇게 할 수 있다면 말이야."

그는 절대 그럴 수 없었다. 능력을 각성한 신녀의 힘은 황제가 어찌할 수 있는 수준이 아니었다. 마음 같아서는 이미 오래전에 지하 감옥에 가둬 버렸겠지만, 그러지 못하고 이리 날뛰는 것을 내버려 두는 이유도 그녀의 힘을 억제할 방법이 없기 때문이었다. 결국, 그는 해연과 타협을 시도했다. 좋든 싫든 물의 힘이 아쉬운 쪽은 그였다.

"이렇게 하자. 첫 번째 조건과 두 번째 조건은 인정하겠다. 하나 세 번째 조건은 들어줄 수 없으니 다른 걸 제시해라."

"다른 것? 그럼 어제 안 하고 도망간 거 지금 해. 무릎부터 꿇고, 진심으로 미안하다고 사과해."

해연은 사과라도 받아낼 생각으로 무릎을 꿇으란 소리를 꺼냈다. 하지만 가후는 여전히 다리에 부목을 덧댄 듯 뻣뻣했고, 신료들은 기함했다. 그들은 황제에 대한 예의는 눈곱만큼도 찾아볼 수 없는 해연의 태도에 경악을 넘어서 두려움을 느꼈고, 또 한편으로는 우러러 존경하는 마음까지 들었다.

그런 신료들의 마음을 잘 알기에 가후는 더욱 굽힐 수가 없었다. 한 번 물러나 주면 황권이 흔들리고 황가가 지닌 권력도 위태로워질 것이었다. 그런 일만큼은 절대 일어나선 안 된다.

역시나 못 하겠다는 그의 분위기에 해연은 눈꼬리를 치켜세웠다. 선심 쓰듯 조건을 제시하지만, 정작 원하는 것은 들어주지 않고 있었다. 이래서 안 되고, 저래서 안 된다는 반응뿐이었다. 물론 그에게도 연유는 있겠지만, 그동안 겪은 고통에 대해서만큼은 제대로 된 사과를 받고 싶었다. 그래서 더욱 여러 번 기회를 준 것인데, 그에겐 잘못을 빌 마음조차 없다는 점에 화가 치밀어 올랐다.

"너 진짜 재수 없다. 사람을 그렇게 짐승처럼 몰아서 잔인하게 죽였으면, 적어도 미안한 마음은 가져야 하는 거야! 이 거지 같은 자식아!"

버럭 화를 낸 해연은 울컥한 감정이 좀체 다스려지지 않자 분풀이로 그의 정강이를 차려 했다. 그러나 그는 다리를 살짝 움직여 보란 듯이 피해 버렸다. 때리려고 해도 마음대로 되지 않으니 열이 더 뻗쳐서 눈물이 핑 돌았다.

"이 벼락 맞을 놈! 내가 가리국으로 가면 그게 다 너 때문이야."

해연은 가후에게 삿대질을 하며 화를 낸 후 씩씩거리며 계단을 내려갔다. 인격 자체가 글러먹은 놈에게 더 요구해 봤자 제대로 된 사과는 못 받을 성싶었다.

그렇게 화도 풀지 못하고 신궁으로 돌아가게 된 해연은 속이 터져서 죽을 지경이었다. 답답한 가슴을 치며, 고개 숙인 신료들 사이를 지나가던 그녀는 성질을 이기지 못하고 몸을 휙 돌려 황제의 오

만한 얼굴을 쏘아보았다.

"너, 밤길 조심하는 게 좋을 거야."

"하—"

김빠진 그의 웃음 속엔 명백한 비웃음이 담겨 있었다. 그 작은 소리가 선명하게 고막을 헤집어서 눈이 뒤집힌 해연은 그를 향해 저주를 퍼부었다.

"저, 저 망할 놈의 인간. 콱 물벼락이나 맞아라!"

빽 소리를 친 해연은 혈압이 올라서 두통이 오던 머리가 갑작스레 상쾌해짐을 느꼈다. 그 느낌을 받자마자 가후의 머리 위로 물이 대차게 쏟아졌다.

쏴아아아악—

폭포수마냥 시원한 물줄기가 멈추자 드러난 그의 모습은 가관이었다. 금으로 된 상투관이 물의 힘을 이기지 못하고 머리카락을 조금 게워냈고, 근엄하던 붉은 용포를 타고 물방울이 뚝뚝 떨어졌다.

실내에서, 그것도 황제의 머리 위로만 들이부어진 물의 완벽한 보복에 모든 이들이 입을 다물지 못했다. 신료들은 토끼 눈을 뜨고 황제가 물벼락을 맞는 모습을 보았고, 해연도 입을 벌린 채 서 있었다. 그냥 내뱉은 말이었는데 정말 이루어질 줄은 몰랐다.

동상처럼 굳어 있던 가후가 반응을 보인 건 조금 더 시간이 지난 뒤였다.

"너."

그의 차분한 음성이 도리어 소름 끼치도록 차가웠다. 가후는 얼굴에 남은 물기를 쓸어내리면서 살기에 젖은 붉은 눈을 해연에게 겨눴다. 진짜 미친것 같은 눈빛에 해연은 슬금슬금 뒷걸음질을 쳤다. 더 있다가는 분명 무슨 사달이 날 기세였다.

"아, 미안. 지붕이 멀쩡한데 물이 내릴 줄은 몰랐지."

해연은 영혼 빠진 사과를 내뱉었다. 그러나 입가 근육이 씰룩이는 것까진 막지 못했다. 난데없는 물벼락에 이어 해연의 조롱 섞인 미소까지 본 그는 자제력을 잃었다. 가후의 몸에서 옅은 아지랑이가 피어올랐다.

한판 엎을 분위기에 위험을 직감한 해연은 급히 문밖으로 대피했다. 그러나 복수는 확실히 해야 할 터. 그녀는 문 뒤에 숨어서 그를 향해 혀를 빼꼼 내밀어주었다.

"또 맞아라, 물벼락. 계속 맞아라!"

촤악! 촤아아악!

황제의 머리 위로 물이 끊임없이 퍼부어졌다. 피할 겨를도 없이 발생한 물벼락이었다. 또다시 축축하게 젖어버린 그는 결국 폭발해 버렸다.

"저년이 진짜 돌았나!"

발악하는 그의 목소리가 근정전 밖까지 퍼졌다. 미친 듯이 날뛰는 황제를 피해 밖으로 달아나는 해연의 얼굴에는 웃음꽃이 활짝 피었다. 속수무책으로 물을 뒤집어쓴 그의 꼬락서니를 보니 마음이 한결 개운해져서 기분이 매우 좋았다.

"아하하하하!"

해연은 근정전 안까지 울리도록 배를 잡고 큰 소리로 웃어댔다. 웃음을 주체할 수가 없었다. 그동안 얼마나 많이 당했던가. 그로 인해 쌓여 있던 체증이 한꺼번에 싹 씻겨 내려가는 듯 상쾌하기 그지없었다. 근정전 안쪽에서 터져 나오는 황제의 욕설이 귓가를 간질였지만, 그 정도는 가볍게 무시해 줄 수 있었다.

해연은 가벼운 발걸음으로 근정전을 나왔다. 그러다 낯익은 얼굴을 보고 더 환하게 웃었다.

"하랑!"

근정전 밖의 회랑에 그가 서 있었다. 하랑은 해연의 얼굴이 활짝 핀 것을 보고 부드러운 미소를 지어주었다. 성질 부리는 가후의 음성이 밖까지 들리는 것을 보니, 해연이 나름대로 속 시원하게 복수를 한 모양이었다.

"잘 해결된 모양입니다."

"응. 그 꼴을 하랑도 봤어야 했는데. 진짜 최고였어."

해연은 실실 빠져나오는 웃음을 주체하지 못했다. 물을 연거푸 세 번이나 맞고 난 황제의 그 썩은 표정은 사진으로 간직하고 싶을 만큼 통쾌했다. 그런 해연의 생각을 모르는 하랑은 그녀가 황제에게 물벼락을 선사한 일은 짐작조차 못 한 채, 복수를 축하해 주었다.

그렇게 두 사람의 다정한 분위기와는 달리, 근정전에는 터지기 일보 직전의 시한폭탄이 신료들 앞에 뚝 떨어진 상황이었다. 황제가 분통을 터뜨릴 때마다 신료들은 살얼음판 위를 걷듯 호흡조차 조심스러워했다. 그는 거친 심호흡으로 겨우 이성을 수습하고는 있었지만, 언제 폭주할지는 아무도 몰랐다.

"능지처참할 년 같으니. 아침부터 술을 처먹었나. 어디서 굴러들어 온 미친년 하나 때문에, 진짜 돌아버리겠네."

여전히 화가 풀리지 않은 가후는 이를 갈며 해연을 향해 욕설을 내뱉었다. 그 화풀이를 고스란히 듣고 있던 신료들은 자기네들끼리 서로 눈치를 주며 이 사태를 끝내라 종용하고 있었다. 초가는 몸이 좋지 않다며 불참한 터라 결국 국상, 김학이 한 발 앞으로 나와 허리를 숙였다.

"폐하, 조회는 이만 마치시고 옥체를 보존하심이 어떠하시옵니까?"

공력자인 그의 몸이 물에 젖었다고 상할 리는 없으나, 김학은 일을 수습하기 위해 최선을 다했다. 그러나 가후는 졸아붙은 신료들의 마음은 신경조차 쓰지 않고 김학의 제안을 단칼에 물렸다.

"필요 없으니 하던 것 마저 하시오."

기어코 끝까지 조회를 하겠다는 그의 뜻에도 불구하고 누구 하나 나서질 못했다. 여전히 거친 그의 호흡이 공포 분위기를 조성하는 것도 그렇지만, 아침 댓바람부터 연달아 큰일을 겪는 바람에 다들 혼이 반쯤 빠져나가 있는 상태였다. 그들의 상태를 눈치챈 가후가 혀를 쯧쯧— 찼다.

"그러고도 한 나라의 백관들이라니. 오늘 조회는 이만 폐할 터이니 전염병에 대한 대비책이나 세워두시오."

간단히 명을 하달한 그는 푹 젖은 왕좌에서 일어나서 눈만 데굴데굴 굴리고 있는 신료들을 쭉 훑어보았다. 좀 전의 장면을 저장해 뒀을 머리들이 최소 백 개는 되었다. 마음 같아서는 싹 다 잘라내고 싶었지만, 그리되면 새로운 인재를 찾는 것부터가 일이 될 게 뻔했다.

"이번에는 그냥 넘어가지만, 입을 함부로 놀렸다가는 귀찮아도 물갈이를 할 것이니 단속들 잘하는 게 좋을 거야."

가후는 싸한 말투로 신료들의 등골을 오싹하게 만들었다. 그러고도 화가 풀리지 않는지 성질은 있는 대로 내며 근정전을 나섰다. 용주전으로 돌아가는 내내 그의 머릿속에서는 해연을 향한 욕이 떨어지질 않았다.

5.

사건이 태동하기 시작하다

    크고 검은 새 한 마리가 힘찬 날갯짓을 하며 동이 트는 하늘을 가로질렀다. 몸길이가 1m에 달하는 새는 다리에 서신을 매달고 청일국의 수도, 쥬델을 향해 비행했다. 매우 빠른 속도로 몇 개의 도시 위를 지나자, 수도 한가운데에 놓인 성이 나타났다.

    하얀 벽돌을 높이 올리고 청회색의 뾰족한 지붕을 얹은 황제의 성은 국력을 과시하듯 찬란하게 빛을 발했다. 깊은 해자가 겉을 둘러싸고 안쪽으론 넓은 정원이 펼쳐진 이 성에 새가 만나야 할 존재가 살고 있었다.

    목적지에 도달한 새는 속도를 줄이기 위해 성 위를 한 번 선회했다. 그러면서도 눈은 붉은 표식을 찾는 데 여념이 없었다. 이윽고 테라스에 달린 빨간 주머니가 눈에 들어오자 커다란 날개를 푸드덕거리며 쇠로 된 난간 위에 내려앉았다.

    끼익. 끼이익.

새는 자신의 도착을 알리기 위해 목청 높여 울어댔다. 그 소리가 안까지 들렸는지, 발코니로 통하는 유리문이 열리면서 금발의 미남자가 나타났다. 이십대 중후반쯤 된 그는 하얀 셔츠와 흰 바지를 입고, 금실로 화려하게 수를 놓은 검은 겉옷을 어깨에 걸치고 있었다. 겉옷과 닮은 신발은 무릎까지 올라오는 부츠 형식이었는데, 입고 있는 옷의 전체적인 느낌이 군인의 제복과도 같았다.

"드디어 왔군."

동화 속 왕자님을 똑 닮은 외모와 달리 그의 목소리는 소름 끼치도록 차가웠다. 그가 바로 15세에 황위를 계승하고 청일국의 황제가 된 알렉사르였다. 또한 유신을 보내 신녀들을 살해하도록 지시한 인물이기도 했다.

오대국을 통일하려는 야욕을 지닌 그는 새의 발목에 묶여 있는 끈을 풀고 서신을 읽어 내려갔다. 그리 길지 않은 분량이었으나 그의 고운 얼굴을 일그러뜨리기엔 부족함이 없었다. 서찰을 쥔 그의 손이 부들거렸고, 이내 이마에 힘줄이 불뚝 솟았다.

"유신, 유시인!"

그의 고함에 깜짝 놀란 새가 급히 하늘로 날아올랐다. 기껏 국경까지 넘어가며 날아왔는데 먹이조차 받지 못한 새는 성 위를 빙빙 돌면서 구슬프게 울어댔다.

알렉사르 황제가 사는 클리블렌 성 안에는 잘 가꾸어진 숲이 존재했다. 그 숲에는 작은 옹달샘이 있었는데, 오늘도 어김없이 아리따운 여인이 그 옆에 앉아 있었다.

어깨를 드러낸 보라색 드레스가 무척 잘 어울리는 그녀는 하늘빛 긴 머리카락을 늘어뜨린 채 샘에 손을 담그며 시간을 보내는 중이었다. 그녀의 손짓에 따라 샘물이 이리저리 이끌려 다녔고, 신수 대랑과 가장 흡사한 뿔을 가진 포사슴들도 애교를 부리며 머리를 쓰다듬어 주길 원했다.

작은 옹달샘 옆의 아리따운 여인과 귀여운 사슴의 조화는 신화에서나 나올 법한 신비로운 분위기를 풍겼다. 그러나 그 평화는 오래지 않아 깨졌다. 여인의 손길을 즐기며 곁을 맴돌던 포사슴들이 무언가를 느낀 듯, 갑자기 고개를 빳빳이 들더니 옆을 응시하기 시작한 것이다.

"누군가 왔군요."

짐승들의 감각은 예민하고 정확했다. 포사슴들이 옆을 주시한 지 얼마 지나지 않아 불청객이 모습을 드러냈다. 귓가에서 찰랑이는 탐스러운 금발에 금안을 가진 미남자였다. 그를 본 여인의 얼굴에 불쾌한 감정이 떠올랐다.

"이런, 폐하께오서 제 경고를 잊으신 모양입니다."

알렉사르 황제를 향한 여인의 고운 목소리에는 가시가 따갑게 박혀 있었다. 잔잔하던 샘물도 그녀의 감정에 따라 일렁이기 시작했고, 놀란 포사슴들이 재빨리 수풀 사이로 몸을 숨겼다.

"두 번 다시 제 앞에 나타나지 말라고 경고하지 않았나요?"

"알지만 궁금한 게 생겨서 말이야."

"그런 건 혼자 해결하세요. 더는 말 섞고 싶지 않습니다. 제가 이 나라에 남아 있길 원하신다면 당장 사라져 주시는 게 좋을 거예요."

신녀, 유란의 협박에 황제는 냉소를 지었다. 그녀가 그리하지 못하리라는 것은 그 누구보다 자신이 잘 알고 있었다. 몇 달 전, 그는 신녀들을 죽이고자 유신과 모종의 약조를 하고 그에게 임무를 맡겼다. 그 사실을 우연히 알게 된 유란은 극구 반대했었다. 동생인 유신이 신녀를 죽이는 것도 싫었지만, 그 나라의 백성들이 고통받는 건 더 견딜 수 없었다. 그때부터 그녀는 협박도 하고 어르기도 하면서 마음을 돌리려 했으나 황제는 결코 뜻을 굽히지 않았다. 그녀가 자신에게 해를 가할 수 없다는 걸 알고 있었기 때문이다.

"신녀가 거짓말을 잘도 하는군. 그대가 떠나면 당장 죽어 나가는 건 백성들일 텐데, 자애로운 신녀가 도망을 가겠다고? 차라리 짐을 죽이겠다던 그 허무맹랑한 말을 믿으라고 해."

그의 빈정거림에도 유란은 아무 말도 하지 못했다. 황제의 말이 맞았다. 그녀는 이 나라의 백성들을 위해서 떠날 수가 없었다. 만약 자신이 떠나서 나라에 가뭄이 든다 해도, 청일국의 황제는 나라를 넘기지 않을 것이 자명했다. 하나 남은 백성의 피를 받아 마시는 한이 있어도 그는 그럴 남자였다. 협박조차 통하지 않는 황제는 자신의 궁금증부터 해소하고자 했다.

"유신이 동연국의 신녀를 죽였다는 건 그대도 알 테지."

동생의 이름과 함께 거론되는 참혹한 이야기에 유란은 눈을 질끈 감았다. 떠나지 말라고 그토록 말렸으나 소용이 없었다. 신녀들을 죽여준다면 소원 하나를 들어주겠다던 황제의 제안이 너무나 달콤한 탓이었다. 평생 마음에 품고 살던 소원을 들어준다는 말에 유신은 흔들렸고, 유란은 가슴이 아팠으나 더 말리지 못했다. 그런 동생의 선택을 이해하기 때문이었다. 그러면서도 한편으론 죄책감에 사로잡힌 그녀를 두고 황제는 계속 말을 이어갔다.

"신녀가 죽자 가후가 천관녀를 이용해 제를 지냈다. 믿기 힘든 일이지만, 하늘의 문이 열렸고 새 신녀가 이레 만에 비를 내렸다 하더군."

"……."

"유신은 그 여인의 몸에서 열이 나기에 신녀가 아닐 것이라 짐작했는데, 바로 다음 날 비를 내렸지. 이것이 가능한 일인가?"

그의 질문에 유란은 말하지 않으려 했으나, 그가 숫자를 세자 입을 열 수밖에 없었다. 숫자가 늘어날수록 매질을 당할 무녀의 수도 늘어난다. 차라리 궁금해하는 걸 전부 알려주고 돌려보내는 게 나았다. 그녀는 깊은 한숨과 함께 이야기를 시작했다.

"태초에 물의 신과 원기의 신, 균형의 신이 지상에 내려오셔서 인간들을 돌보셨다는 이야기는 알고 계실 겁니다. 신녀의 역사는 여기에서 시작됩니다."

태초에 세 명의 신이 하늘에서 내려와 인간을 다스렸다. 세 신 중에서 가장 일이 없어 무료한 시간을 보내던 물의 신은 다른 세상에 대해서도 호기심을 품었다. 그는 어느 날 하늘의 문을 열고 다른 세상의 여인 다섯을 데려왔다. 물의 신은 그들을 어여삐 여겼으나, 갑작스럽게 다른 세상으로 끌려온 여인들은 쉽사리 적응하지 못하고 시름시름 앓더니 죽고 말았다.

"다섯 여인이 모두 죽고 나자 자책한 물의 신께서는 하늘로 돌아가고자 하셨습니다. 하여 자신을 대신해 이 세상에 물을 내릴 자를 정하셔야 했지요. 그렇게 선택된 이가 죽은 다섯 여인입니다. 저를 비롯한 네 명의 여인은 평생 윤회를 하며 각 나라에서 신녀의 삶을 살게 된 겁니다."

"그럼 신녀들은 원래 다른 세상의 인간들이었군."

오랜 시간 구전되어 내려오던 이야기는 신녀를 더욱 신격화하기 위해 여러 번 수정된 편이었다. 하지만 물의 신이 남긴 신녀의 서 중에서 역사서를 가지고 있는 세 명의 신녀는 정확한 내막을 알고 있었다. 다시 태어날 때마다 전생의 기억은 지워지지만, 책을 통해 역사를 기억하는 것이다.

"문제는 그 이후의 일입니다. 물의 신이 하늘로 돌아가려 하자 균형의 신께서는 세상의 균형을 깨는 일이라며 반대하셨습니다. 균형을 이루기 위해서는 세 분의 신이 함께 땅에 남거나 하늘로 돌아가야만 했지요. 고민 끝에 원기의 신께서도 인간들에게 자신의 힘을 배분하셨습니다."

원기의 신은 자신이 가지고 있는 만물의 힘을 몇 명의 인간에게 배분하였다. 그렇게 탄생한 이가 공력자였다. 그 후 신녀가 함부로 힘을 남용하지 못하도록 신녀를 죽일 수 있는 불의 검 다섯 자루를 각 나라에 주었다. 이 특수한 검은, 물이 가지고 있는 치료 능력을 무효화시켜서 신녀가 상처를 재생하지 못하도록 만들었다.

"이 불의 검 다섯 자루가 물의 신의 반발을 샀습니다. 신녀의 윤회를 끊어낼 수는 없으나 잠시 동안 죽여 잠재우는 힘을 지녔기에, 혹여 누군가가 나쁜 의도로 검을 사용하고자 할 때 세상이 위험에 처하리라 생각하신 게지요. 폐하의 어리석은 행동을 미리 짐작하셨다는 말입니다."

유란의 비아냥거림에 황제는 눈살을 찌푸렸다. 물의 신이 자신의 계획을 미리 짐작하고 대비책을 세워두었다는 것 자체가 마음에 들지 않았다. 황제의 기분이 씩 좋지 않음을 느낀 유란은 웃으며 말을 이었다.

"물의 신께서는 혹시 모를 사태에 대비해 이계의 여인을 데려올 방법을 마련해 두셨습니다. 두 명의 신녀에게 남긴, 이계의 문을 열 수 있는 주문과 신수 대랑을 이용한 물의 신과의 계약이 그것이지요. 그렇게 이 세상에 떨어진 여인은 몇 가지 각성 절차를 거치고 신녀의 힘을 얻게 됩니다. 몸이 뜨거웠던 것도 각성을 위한 절차였을 겁니다. 저희처럼 윤회를 하진 않지만, 다섯 명의 신녀가 모두 태어나 제 역할을 하기 전까지는 그녀가 신녀의 힘을 유지하게 됩니다."

설명을 모두 들은 황제는 말없이 깊은 생각에 잠겼다. 그것이 매우 위험하다고 느낀 유란은 황제의 호기심을 붙잡았다.

"혹여 주문을 이용해 새 신녀를 불러들일 요량이시라면 폐하의 수명만 단축할 수 있음을 알려 드리고 싶군요."

정곡을 찌르는 말에 그는 생각을 접고 그녀를 보았다. 유란의 짐작대로 그는 이 땅의 모든 신녀를 죽여 없애고 말을 잘 듣는 다른 신녀를 데려올까 싶었다. 하지만 그것이야말로 계산 착오였다.

"이계에서 새로 온 신녀는 태초부터 힘을 얻은 저희와는 좀 다릅니다. 힘도 저주도 모두 불완전하지요. 그 말은, 잘못 건드리면 폭주할 수도 있다는 말입니다."

"폭주?"

예상치 못한 단어에 황제의 얼굴이 살짝 일그러지자 유란은 빙긋 웃었다. 균형의 신은 모든 신녀에게 자비로움의 저주를 걸어두었다. 화가 나도 생명체를 죽이지 못했고, 백성들의 슬픔에 공감하며 살아야 할 운명이었다. 그 저주 때문에 그녀는 언제나 황제에게 당해야만 했다. 그가 다른 이들을 괴롭혀도 함부로 벌하지 못했다. 힘이 있어도 지키지 못하고 싸우지 못하니 그저 백성들이 먹을 물만 만들어내는 신적인 존재에 불과했다. 하지만 이계에서 온 신녀는 달랐다. 자애로워야 하는 저주에서 일반 신녀보다는 조금 더 자유로웠다.

"힘만큼 감정도 불안정할 겁니다. 그녀는 자애롭지 않을 수도 있고, 사람을 죽일 수 있을지도 모릅니다. 저희처럼 성안에 묶여 백성들의 찬양만 받는 꼭두각시 신녀가 아닐 수도 있다는 말입니다."

황제의 기분이 슬슬 나빠지자 유란은 입술 끝을 끌어 올렸다. 참으로 다행이었다. 균형의 신이 황제를 비웃는 것은 허락해서, 그래서 참으로 기쁘게 웃어줄 수 있었다.

"그녀는 저처럼 호락호락 당하지는 않을 겁니다, 폐하."

조소와 함께 파고드는 유란의 말에 결국 알렉사르 황제의 고운 얼굴이 아그작 구겨져 버렸다. 그는 언젠가 유란마저 죽여 없애고 후로국의 신녀를 잡아다가 비를 내리게 할 생각마저 품었다. 하지만 우선은 동연국의 신녀부터 제거해야 했다. 그가 생각하느라 잠시 멈춰 있는 틈을 타 유란은 그곳을 벗어났다. 숲 안쪽으로 들어가니 숨통이 좀 트이는 듯했다.

'걱정이네.'

새로 나타났다는 동연국의 신녀를 생각하며 유란은 작은 한숨을 내쉬었다. 동연국에 물이 내린 것은 다행이지만, 감정이 불완전한 신녀는 상당히 위험한 존재였다. 그런 여인을 죽이려 들 동생도 걱정이었고, 적응하기 힘들어할 새 신녀의 행보도 우려되었다.

'곧 기억도 지워질 터인데. 그건 또 어찌 이겨낼지.'

유란을 포함한 다섯 신녀가 새로운 세계에 적응하지 못하고 앓다 죽은 일은 물의 신에게도 큰 충격이었다. 그런 일이 다시 벌어지길 원치 않았던 그는 이계에서 신녀가 오면 과거의 기억이 조금씩 지워지도록 안배해 두었다. 이 땅에 적응시키기 위한 방법이었지만, 그 사실을 감내해야 하는 신녀는 힘겨워할 게 뻔했다.

"부디, 잘 이겨내길 바랍니다. 동연국의 신녀여."

유란은 이름도 모르는 신녀를 축복해 주었다. 험난한 인생의 여로가 그녀에게 닥치더라도 잘 버텨내길 바라면서.

출처 모를 바람결에 황금빛 고운 모래가 언덕을 빚어내는 곳, 사막. 그 척박한 땅에도 뿌리를 내리고 살아가는 이들이 있었다. 모래에 물을 섞어 거대한 도시를 만들고, 화려한 천을 이용해 뜨거운 태양 아래서도 버티는 사람들. 그들은 거친 사막에 적응하면서 삶을 영위하는 가리국의 백성들이었다.

둥, 둥, 둥, 둥—

도시 한쪽 귀퉁이에서부터 시작된 격한 북소리가 거리에 가득 울리기 시작하자 돌아다니던 사람들의 발길이 다급해졌다. 최근 들어 부쩍 늘어버린 북소리에 한탄할 여념도 없었다.

"모래폭풍이다!"

누군가 크게 외치자 사람들은 북소리가 처음 들렸던 곳으로 고개를 돌렸다. 수도를 감싸고 있는 갈색 성곽 밖으로, 거대한 모래바람이 휘몰아치며 도시를 향해 달려들고 있었다. 점점 몸집을 불려 나가는 뿌연 모래바람은 흡사 도시를 다 날려 버릴 듯이 거셌다.

"창문을 닫아! 빨리빨리 움직여!"

어른, 아이 할 것 없이 급히 집으로 들어가 문을 닫아걸고 창문을 잠갔다. 집에서 멀리 떨어져 있던 이들은 급히 주변에 있는 가게로 들어가 몸을 피했고, 도로는 순식간에 텅텅 비어버렸다.

휘이이잉~

모래바람이 위협적인 소리를 내며 도시를 덮치자 나무로 만든 창문들이 덜컹거리며 부서질 듯 격하게 비명을 질러댔다. 몇몇 집에서는 겁에 질린 아이들의 울음소리가 새어 나왔고, 어른들은 저마다 깊은 한숨을 내쉬었다.

"이보게, 주인장. 술이 있다면 한 잔 내어주게."

얼떨결에 주점으로 몸을 피한 사내가 카운터로 다가가 한숨을 내쉬며 돈을 꺼냈다. 사내의 거친 손만큼이나 구릿빛으로 잘 익은 동전이 반짝이며 빛을 발했다.

"물이 귀해 금주령이 내려진 것을 모르시오? 이젠 술은 안 파오."

잔을 닦던 주인이 고개를 저으며 사내의 청을 거절했다. 워낙 물이 귀한 나라라 예부터 수로가 잘 정비되어 있어 지금까지는 어찌어찌 버텨낼 수 있었으나, 현재는 금주령뿐만 아니라 물과 관련된 제약이 기하급수적으로 늘어났다. 그러나 그렇게 물을 아껴도 얼마나 갈지 한 치 앞을 내다볼 수 없는 상황이었다. 물론 사내도 그 사실을 모르지 않았다.

"내 속이 타서 그러네. 청일국 놈들은 물을 팔지 않고, 우기는 다 가오는데……. 하아."

사내는 커다란 주먹으로 가슴을 치며 한숨을 내뱉었다. 가게의 분위기가 또 한 번 착 가라앉아 버렸다. 그렇게 무거운 돌을 가슴에 얹으며 사람들은 모래폭풍이 잠잠해지길 기다렸다. 시간이 조금 지나자 창문의 덜컹거림도 줄어들었고, 도시를 훑어대던 바람 소리도 사그라졌다.

끼익.

사람들이 하나둘, 조심스레 문을 열고 밖을 살폈다. 바람이 지나갔는지 확인하기 위해 고개를 내민 사람들은 모래에 파묻힌 도시의 광경에 다시 한 번 고개를 숙일 수밖에 없었다.

반듯하게 깔아두었던 대로에는 모래가 수북이 쌓였고, 바람의 영향을 최소화하기 위하여 돔 형식으로 지어두었던 그들의 아름다운 지붕은 처참하게 망가진 곳이 많았다. 물만 넉넉히 있었더라면 지붕도 틈틈이 보수해서 피해를 줄일 수 있었을 것이다. 그러나 사람이 마실 물조차 부족한 마당에 집 보수는 꿈도 꿀 수 없는 실정이었다.

술을 포기하고 밖으로 나온 사내는 입을 가리고 있던 얇은 천을 내리고 땅에 침을 뱉었다. 입안에 모래가 들어간 듯 기분 나쁜 껄끄러움이 진하게 남아있었다.

"갈수록 태산이구만. 도대체 나랏님은 뭘 하시는지. 에휴."

그는 수천 번도 더 반복한 한숨을 쉬며 도시에서 가장 화려하고 높은 황제의 궁전을 보았다. 거대한 벽 전체를 값비싼 상아 가루로 칠해서 하얗게 장식하고, 꼭대기가 뾰족한 둥근 지붕은 번쩍이는 금과 보석으로 치장해 놓았다. 모래를 뭉쳐 만든 백성들의 집과는 비교할 수 없을 만큼 궁전은 모든 게 다 사치스러웠다. 그리고 그곳에 궁전만큼 아름답고 화려한 황제가 살고 있었다.

높은 지붕에 달린, 알록달록한 유리창을 통해 쏟아진 햇빛이 큰 로비 안에 다채로운 빛무리를 만들어냈다. 마치 보석 속에 들어온 듯, 영롱하게 빛나는 그 공간에 금빛 옷을 입은 한 사내가 고개를 조아리고 서 있었다. 그의 머리가 향한 곳은 은과 사파이어로 만든 황제의 옥좌였다. 그 눈부신 옥좌에 보석으로 치장한 이십대 초반의 젊은 미남자가 앉아 있었다.

그는 선이 얇은 몸에 하얗고 고운 피부를 지녔고, 그 못지않게 하얀 제복을 입고 있었다. 뜨거운 햇빛 아래서도 타지 않는 창백한 피부 탓에 얼핏 보면 병약해 보이기도 했으나, 머리카락과 같은 녹빛 눈동자는 사막에서 피어난 그 어떤 식물보다 더 싱그럽고 푸르렀다. 보고만 있어도 숨통이 트이는 아름다운 황제는 제 앞에 있는 사내의 말에 귀를 기울이다가 눈을 반짝였다.

"그 여자가 정말 신녀란 말이군."

동연국의 새로운 신녀가 비를 내렸다는 이야기는 그의 관심을 끌기에 충분했다. 가리국도 동연국과 비슷한 시기에 신녀를 잃었기 때문이다. 세계 제패의 야욕을 품은 청일국의 소행이 분명하지만, 전쟁을 선포하기에는 가리국의 환경적 여건이 좋지 않았다. 국경을 넘으려면 사막을 가로질러야 했고, 전쟁에 참여할 수 있는 장정의 수도 매우 적었다. 사막에서 나는 보석의 양은 엄청났지만, 그마저도 생필품을 수입하는 데 써먹느라 국력을 키우기가 버거웠다. 그러던 와중에 생명줄이나 마찬가지인 신녀마저 잃었으니, 이보다 더 암담한 상황은 없을 것이었다. 하지만 이젠 희망이 생겼다. 황제는 작은 손짓으로 사내를 물리고 혼자 생각에 잠겼다. 최근에 신전의 비밀 방에서 찾아낸 책이 그의 머릿속을 부유했다.

'신녀의 서……. 그걸 어떻게 이용해 먹으면 될 것도 같은데.'

신녀가 갑자기 죽었을 때 막막해진 그는 가뭄을 타개할 방법을 찾기 위해 신전에 있는, 신녀와 관련된 모든 정보를 뒤지도록 명령을 내렸다. 그때부터 책과 서류를 다 읽었으나 별 소득이 없던 차에, 책장 뒤에 숨겨져 있던 비밀 방을 발견했다. 간신히 연 석벽 안에는 '신녀의 서'라는 책이 고이 모셔져 있었다. 그 책에는 신녀에 대한 모든 내용이 적혀 있었다.

'신녀를 데려올 수 있는 천관녀는 후로국에 하나뿐이고, 그 늙은 이는 절대 가리국을 위해 희생하지 않을 성격인데. 차라리…….'

앞으로의 방향을 정리한 그는 탁자 위에 있는 작은 종을 살짝 건드렸다. 가냘픈 종소리가 여운을 남기기도 전에 한 사내가 안으로 걸어 들어왔다. 적당히 남성다운 체구에 물빛 긴 머리카락을 질끈 동여맨 그는 황제의 앞에 서서 고개를 숙였다.

"부르셨습니까."

그의 인사에 황제는 대답 대신 옥좌 손잡이에 걸쳐 두었던 손을 내밀었다. 그 손짓에 사내는 주군에게 다가가 손등에 살며시 입을 맞췄다. 손등에 닿는 입술의 감촉이 만족스러웠는지 황제의 눈이 살짝 휘었다.

"너를 잠시 멀리 보내야겠다."

떠나보낸다는 소리에 사내가 입술을 떼고 군주의 녹안을 바라보았다. 언제나 그렇듯 황제의 짙푸른 눈동자는 탁한 사막 안에서도 밤이슬처럼 상쾌한 느낌을 주었다.

"얼마 전에 본 그 책의 내용이 전부 사실이었다. 동연국에 비가 내렸다더군."

비라는 말에 사내의 눈빛이 더 진중해졌다. 현재 가리국은 망조의 위기에 놓였고, 동연국은 신녀를 데려와 비를 얻었다. 동연국은 가리국의 우방이니 잘만 하면 물을 얻을 수 있을지도 몰랐다. 하지만 그는 황제의 눈동자에서 그 이상의 꿈을 보았다. 조금은 짐작 가는 바가 있던 그는 혹시나 싶은 마음에 황제를 떠보았다.

"하면 소신이 후로국으로 가서 천관녀를 데려오면 되는 것입니까?"

굳이 후로국을 거론하자 황제는 입술 끝을 슬쩍 올렸다.

가리국과 동연국은 이웃 나라로서 오랫동안 동맹관계를 맺고 있었다. 가리국은 사막에서 나는 보석의 일부를 해마다 보내주었고, 동연국은 청일국으로부터 보호해 주기로 약조했다. 이 동맹은 꽤 굳건했기에, 가리국도 청일국의 눈치를 보지 않고 정사를 이어 나갈 수 있었다. 그러나 지금은 상황이 달랐다.

"베론."

"예, 주군."

"내가 원하는 것은 천관녀가 아니다."

베론의 하늘색 눈동자에 당혹스러움이 차올랐다. 설마 했는데 역시나, 그의 주군이 원하는 것은 단 하나였다.

"신녀님을 모셔오너라. 납치해서라도 내 앞으로 끌고 와."

부드럽지만 거부할 수 없는 목소리가 베론의 귓가에 닿았다. 황제가 원하는 것은 동연국의 신녀, 그로 인해 동연국과 척을 지게 되더라도 그는 신녀를 원했다. 하지만 그건 좋은 방법이 아니었다. 신녀를 납치하면 동연국 황제의 불같은 성질로 보아 가리국을 짓밟아 놓으려 할 것이 분명했다. 차라리 동맹국인 걸 이용해 손을 잡는 게 더 안전할지도 몰랐다.

"동연국에 사절을 보내 물을 얻는 건 어떠십니까. 신녀님이 환생하기까지 이 년 정도만 더 버티면 됩니다. 전쟁보다는 그것이 낫지 않겠습니까?"

베론의 목소리에는 우려와 안타까움이 섞여 있었다. 사막 덕에 방어에는 용이한 편이지만, 그럼에도 전쟁은 부담이 될 수밖에 없었다. 그러나 황제는 고개를 저었다.

"동연국이 물을 주는 대가로 얼마를 요구할 성싶으냐?"

"그건……."

베론은 말끝을 흐렸다. 청일국만큼은 아니지만 동연국도 야욕이 없는 나라가 아니었다. 동연국의 황제, 가후는 이득을 최대한 취하는 데 탁월한 인물이었고, 물이 필요한 가리국의 사정을 잔혹하리만치 철저하게 이용해 먹을 것이었다. 그런 인물에게서 물을 얻으려면 가리국은 그 이상의 것을 내주어야 할지도 몰랐다.

"베론, 네 말대로 전쟁은 일어날 것이다. 하지만 동연국도 가뭄으로 인해 많이 흔들렸으니 쉽사리 달려들진 못할 거야. 게다가 청일국이 앞에서 으르렁대고 있지 않느냐. 함부로 군사를 움직일 수는 없겠지. 다만, 한 가지 아쉬운 것은……."

황제는 베론의 머리카락을 만지작거리며 눈을 마주했다. 그의 녹안이 진득한 아쉬움을 품었다.

"잠시나마 너를 보지 못한다는 것이구나."

사랑을 갈구하는 아련한 음성에 베론의 눈동자가 흔들렸다. 그는 황제를 향해 상체를 숙이고 그의 붉은 입술을 살며시 물었다. 슬프지만 행복한 저주에 걸린 그의 주군이 조금이나마 아쉬움을 달랠 수 있도록 두 사람의 입술은 쉽사리 떨어지지 않았다.

'금방 다녀오겠습니다. 동연국의 신녀를 잡아다 당신께 바칠 것입니다, 가르.'

베론은 황제의 입술을 음미하며 굳게 다짐했다. 해연이 모르는 사이에, 그렇게 새로운 운명이 태동하고 있었다.

6.
너와 나의 다름을 깨닫다

　사흘째 줄기차게 쏟아지던 비가 그치자 동연국은 더 바빠졌다. 황제의 명에 따라 가뭄으로 희생된 사람들의 장례가 치러졌고, 전염병 예방을 위해 빈 마을은 불살랐다. 탈영했던 군인들은 족족 잡혀왔으며, 백성들의 민심은 빠르게 수습되었다. 나라 곳곳에 퍼지는, 이러한 생명과 희망의 불씨는 한 여인으로 인해 비롯되고 있었다.

　"신녀님, 무녀 단야입니다."

　생기가 가득한 음성이 귓가에 머물자 굳게 닫혀 있던 해연의 눈꺼풀이 살짝 벌어졌다. 그대로 눈동자만 굴려보니 고급스러운 장식품이 곳곳에 놓여 있는 신궁의 처소가 보였다. 어느 순간부터 눈을 뜨고 나면 집인지 신궁인지 확인하는 습관이 생겨 버렸다. 그리고 그 결과는 언제나 변함없었다.

　"신녀님～ 기침하셨사옵니까?"

문밖에서부터 시작되는 재촉에 해연이 힘겹게 자리에서 일어났다. 몸을 덮고 있던 두툼한 이불이 스르륵 떨어지자, 새하얀 속치마와 저고리가 드러났다.

"일어났어요."

해연의 입에서 말이 떨어지기가 무섭게 문이 열렸고, 단야가 짐을 한가득 들고 안으로 들어왔다. 평소대로라면 십여 명의 무녀가 줄줄이 들어와서 장신구와 옷을 늘어놓았을 테지만, 오늘은 어찌된 일인지 단야 혼자였다.

탁자 위에 짐을 푼 단야는 은으로 만든 세숫대야에 뜨끈한 찻물을 부어 해연에게 가져다주었다.

"다들 곧 올 것입니다. 소세부터 도와드릴게요."

단야의 말에 해연은 군말 없이 찻물에 손을 담갔다. 은은한 차향이 슬며시 퍼지며 코끝을 간질였다.

"어린 민들레로 만든 세숫물입니다. 괜찮으신지요."

아침이면 항상 기분이 가라앉아 있는 해연을 위해 단야가 특별히 준비한 것이었다.

"네, 향이 좋네요."

입으로는 좋다고 하나 눈은 웃지 않았다. 오후가 되면 좀 나아지는 편이었지만, 대체로 오전에는 축 가라앉아 있곤 했다. 단야도 그 이유를 모르지 않았다. 모르려야 모를 수가 없었다. 그래서 조용히 시중을 드는데, 해연이 먼저 말을 걸어왔다.

"제가 이곳으로 오게 된 방법, 다시 한 번 자세히 들려줄래요?"

처음 동연국에 왔던 날, 목욕탕에서 무녀들과 대화를 하다가 기절한 적이 있었다. 두통이 오면서 의식이 흐릿해졌었는데, 그때 듣다 만 이야기를 마저 듣고 싶었다. 집으로 돌아갈 단서가 그 안에 있다고 확신하기 때문이었다. 단야도 그런 해연의 의도를 짐작했지만, 순순히 답해주었다.

"그날, 검은 제단에 물을 받아두고 하늘에 제를 지냈었습니다. 천관녀님이 제문을 읽으셨죠. 그 제문을 읽을수록 천관녀님의 생명이 소진되었고, 하늘에 검은 구멍이 생겼습니다. 하랑 대장님이 그곳으로 들어가서 신녀님을 모셔왔지요."

"그럼, 그 제문을 읽었을 뿐인데 하늘에 구멍이 생기고 천관녀님의 생명도 소진되었다고요?"

해연이 되물을 만큼, 믿기 힘든 이야기였다. 하지만 단야의 표정에 거짓은 없었다. 그녀는 제문에 대한 설명을 덧붙여 주었다.

"제가 두 눈으로 직접 보았습니다. 그 제문도 황실에서 비밀리에 보관하던 서적 중 하나라고 하니, 신비한 힘이 있었을 것입니다."

단야는 황실의 비밀 서적인 걸 강조하며 손에 넣을 가능성을 원천 차단해 버렸다. 그런 단야의 말에 해연의 눈썹 사이가 살짝 찌푸려졌다. 제문이 중요한 역할을 하는 건 분명한 것 같은데, 쉽게 얻긴 힘들 듯했다.

해연이 제문을 얻을 방법을 궁리하자, 단야는 그녀의 관심사를 돌리기 위해서 급히 다른 화제를 꺼냈다.

"그보다 신녀님, 하랑 대장님이 요즘 무얼 하시는지 아시나요?"

황제에게 복수를 한 날, 해연을 신궁까지 바래다준 그는 그 길로 자취를 감췄다. 달천대원 두 명을 보내긴 하였으나, 그마저도 무녀들의 호위가 강화된 어제 이후로는 뚝 끊겨 버렸다. 아마도 일이 바빠서일 것이라 짐작은 하지만, 무심하다 느끼게 되는 건 어쩔 수 없었다.

"글쎄요."

해연은 관심이 가는 마음을 끊으려 했다. 지금은 하랑의 행방보다 꿈속에서 본 자신의 집을 좀 더 머릿속에 담아두고 싶었다. 요즘 따라 한국과 동연국에서의 괴리감 때문에 꿈에서 깨고 나면 기분이 이상해지곤 했다. 하지만 단야가 얼른 말을 덧붙여 해연이 생각 속으로 가라앉을 틈을 주지 않았다.

"달천대의 훈련 상황을 보고받는 중이라 하십니다. 지금 그것 때문에 궁 전체가 소란스럽답니다."

동연국의 수도를 지키는 병사들이 모두 달천대에 속하는 만큼, 달천대의 훈련 상황 보고는 규모도 엄청났고 종류도 다양했다. 그중에서도 특히 유명한 것이 달천대 서열 3위부터 100위까지가 참석해 무위를 겨루는 비무대회였다. 실력자들만 모여서 치열한 싸움을 벌이기에 볼거리도 많았고, 그 파급력도 대단했다.

"오늘이 바로 그 비무대회 날이랍니다. 예전에는 삼 년에 한 번씩 축제처럼 크게 진행했다는데, 지금은 많이 간소화되었지요."

단야는 달천대에 대해 이것저것 설명하면서 해연을 화장대로 이끌었다. 피부가 고와져서 분을 칠할 필요가 없어졌지만, 그녀의 신분에 적당한 치장은 필수였다. 화장대 위에 놓인 빗을 집어 든 단야는 담갈색이 조금 섞인 해연의 검은 머리를 빗겨주었다. 두어 번 빗질을 했을 때쯤, 침소 밖에서 차분한 여성의 목소리가 들려왔다.

"신녀님, 무녀 소여입니다."

"네. 아니, 응."

해연은 소여라는 이름을 다시 인식하고는 급히 말을 낮췄다. 다른 무녀들은 해연이 존댓말을 사용해도 별다른 말을 하지 않으나 소여만은 달랐다. 그녀는 자유분방한 단야와는 달리 원칙주의자였고, 해연의 행동 하나하나에도 민감하게 반응했다. 그래서 그녀와 있을 때는 꼭 신녀처럼 행동해야만 했다.

조금은 깐깐하면서도 도도하게 생긴 소여가 문을 열고 들어오자, 그녀의 뒤로 열댓 명의 무녀가 줄줄이 따라 들어왔다. 마치 선생님의 뒤를 따르는 학생들처럼 침소로 들어온 무녀들은 고개를 푹 숙인 채 해연을 향해 무릎을 살짝 굽혔다.

"신녀님을 뵙습니다."

무녀들의 인사를 받은 해연은 그들을 향해 고개를 돌렸다. 그 탓에 단야가 빗질을 멈췄지만, 해연은 자신과 또래인 무녀들의 시무룩한 음성이 더 마음에 걸렸다.

"소여, 무슨 일 있어?"

해연은 무녀들에게 매서운 눈초리를 날리고 있는 소여를 불러 사정을 물었다. 소여는 티를 내지 말라는 무언의 압박을 무녀들에게 주었으나 이미 늦은 상태였다. 입이 더 삐죽 튀어나오는 무녀들을 흘겨본 소여는 마지못해 상황을 설명했다.

"무녀로서의 신분을 망각하고 행실을 바르게 하지 않기에 혼을 좀 내었더니 이러합니다. 신녀님 앞에서 이토록 못난 모습을 보였으니, 모두 소인이 부족한 탓입니다. 벌을 내려주신다면 달게 받겠사옵니다."

마치 무슨 죽을죄라도 지은 것 같은 대사였다. 확실히 그 방법은 효과가 있었는지 무녀들은 고개를 더 숙였고, 해연은 고개를 갸웃했다. 도대체 무얼 그리 잘못했는지 소여의 말만 가지고는 좀처럼 이해하기가 어려웠다. 그런 해연의 의문을 속 시원히 풀어준 건 단야였다.

"오늘 달천대 연무장에 가려고 치장을 과하게 하였다가 소여에게 혼이 났답니다."

어쩐지, 그녀들의 얼굴이 평소보다 더 화사한 것이 공들여 치장한 티가 났다.

'하긴, 예뻐 보이고 싶은 건 무녀라고 다르지 않겠지.'

해연은 그녀들의 마음을 이해하면서 동시에 안쓰러운 마음을 품었다. 본디 무녀들은 열 살이 되면 몇 가지 자격심사를 받은 뒤에 입궁하여 서른 살이 될 때까지 무녀로 살게 된다. 서른 살이 넘으면 일반 무녀는 혼례를 하든 안 하든 궁에서 나가기 때문에 대체로 십, 이십대로 꾸려져 있었다.

소여와 단야는 스물일곱 살의 상급 무녀였고, 소여를 따라온 무녀들은 중급 무녀로 이십대 초반이었다. 한창 외모를 가꾸고 싶어 할 나이였고 화장에 재주까지 있으니, 그걸 본인들에게 쓰고 싶은 마음이야 오죽할까.

엄숙한 호위무녀들과는 전혀 다른 분위기에 해연의 얼굴에도 작은 웃음이 떠올랐다. 비슷한 나이인데도 호위무녀들은 언니 같았고, 이들은 귀여운 동생 같았다.

중급 무녀들이 단체로 상심하는 모양새가 꽤 측은해 보인 해연은 그들을 위해 한 가지 꾀를 내기로 했다. 하지만 그런 마음과 달리 소여가 원하는 근엄한 신녀의 모습을 먼저 보여주었다.

"소여의 말이 맞아. 직분도 잊고 원칙에 어긋나는 행동을 해서야 되겠어? 모두 소여를 본받도록 해."

해연의 타박에 무녀들이 고개를 푹 숙였다. 소여와 단야를 제외한 모두가 시무룩해졌다. 삶은 시금치들같이 어깨에 힘이 쭉 빠지자 해연은 장난기 가득한 얼굴로 웃으며 본론을 꺼냈다.

"지금부터 내 단장을 빠르게 하도록. 달천대 연무장에 갈 거야."

해연의 말에 신녀들이 모두 놀라 불경스러움도 잊고 눈을 마주쳤다. 신녀가 가는 곳은 어디든 무녀가 따라야 한다. 그 말은 소여의 방해를 받지 않고 연무장에 발을 들일 수 있다는 말이었다.

"신녀님!"

무녀들의 목소리가 각자 다른 의미를 품고 터져 나왔다. 입이 찢어지는 중급 무녀들 사이에서 소여만이 경악하고 있었다. 그녀는 급히 해연을 말렸다.

"신녀님, 명을 거두어주십시오. 예전에야 구경이 허용되었다지만, 지금은 아닙니다. 선황 폐하의 명으로 훈련 상황 보고 기간엔 달천대원 외의 인물은 들이지 않고 있습니다. 그곳은 아니 되십니다."

"그게 무슨 소리야? 이들도 구경 가려 했던 거 아니었어?"

"그거야 담벼락에 붙어 훔쳐보는 것이옵니다."

"그러니까 보는 것 정도는 허용한다는 거잖아. 극비도 아닌데 방해하지 않고 조용히 보면 되겠지. 나도 달천대원들 실력이 궁금해서 그래. 하랑한테 가서 허락받고 보면 크게 문제 없을 거야."

궁금하다는 건 정말이었다. 이곳에 온 지 얼마 되지 않아 정보가 없어도 너무 없었다. 하랑과 황제가 이상한 힘을 쓰는 것이 신기하기도 했다. 그래서 이번 기회에 이곳 사람들의 무술 실력에 대해서도 대충 파악하고 싶었다. 무인들이 얼마나 비정상적인 힘을 가지고 있는지 알아야 혹시 모를 상황이 닥쳐도 대응을 하지 않겠는가.

'전대 신녀도 살해당했는데 나라고 그러지 말란 법도 없고. 내 몸은 내가 지켜야지.'

지피지기면 백전백승이란 말이 괜히 나온 건 아닐 것이다. 정보를 얻어야만 하는 해연이 물러서지 않자 소여도 결국 입을 다물었다. 신녀인 해연에게 못 할 일은 없었다. 도리어 그녀가 전대 신녀처럼 너무 고분고분해도 신궁에 좋지 않았다. 신녀의 신분이 낮춰지면 신궁의 세력도 자동으로 하락하기 때문이었다.

소여가 잠잠해지자 단야가 나서서 해연의 단장을 빠르게 진행하기 시작했다. 단야도 기쁜 기색을 감추지 않았다. 신궁을 나가기 전에 약혼자를 만들지 못하면 대부분 혼자 늙어갈 가능성이 높았다. 그래서 그들은 더욱 악착같이 배필을 찾아두어야만 했다. 그리고 달천대는 나름 괜찮은 신랑감들이 우글거리는 곳이었다. 희망에 찬 무녀들은 분주하게 해연의 치장을 도왔고, 얼마 지나지 않아 그리도 원하던 달천대 연무장으로 향할 수 있었다.

황후전의 궁녀 소고는 담벼락 앞에 서서 까치발을 들고 안을 보기 위해 기웃거렸다. 그녀의 주변에는 비슷한 처지에 있는 궁녀들이 몰려 있었는데, 그래서 그런지 담벼락 앞의 자리 경쟁도 치열했다.

"아. 저리 좀 가!"

주변에서 신경질적인 목소리들이 여럿 튀어나왔다. 다들 어제보다 더 민감해져 있었다. 어제는 좀 어리거나 직급이 낮은 달천대원들의 훈련이 대부분이었다면, 오늘은 직급도 높고 혼기가 된 대원들의 훈련이라고 볼 수 있었다. 게다가 자세히만 살펴보면 대원들의 서열도 확인할 수 있는 좋은 기회이니, 궁녀들 사이에서 경쟁이 점점 더 치열해질 수밖에 없었다.

하늘로 쭉 뻗은 연무전의 처마 끝에 햇살이 대롱대롱 매달렸다. 처마에 붙잡힌 햇살은 하랑이 있는 대청마루에 닿지 못하자 연무장에서 단체 군무를 선보이고 있는 달천대원들만 괴롭혔다.

따가운 햇볕 아래에서도 대원들은 한 치의 실수도 드러내지 않았다. 그들은 몸의 감각을 깨우며 그동안 익힌 단체 군무와 진법을 소화해 냈다. 날카로운 검들이 휘둘러질 때마다 햇살이 깨어져 나갔고 그와 동시에 궁녀들의 목소리도 담을 타고 넘어왔다.

멋진 군무에 궁녀들 사이에서 환호성이 일자 몇몇 달천대원의 입가에 슬며시 미소가 피었다. 여인을 무척 의식하는 몇 명에게는 오늘이야말로 강한 희열을 얻는 날이었다. 서열이 높을수록 외부에서 임무를 수행하는 편이기 때문에 궁녀들 앞에서 무위를 뽐낼 날이 많지 않았다. 하지만 그들은 자신들의 얼굴에 핀 미소가 대장의 심기를 자꾸 건드리고 있다는 걸 잠시 잊고 있었다.

"힘."

의자에 앉아 턱을 괴고 살펴보던 하랑의 나지막한 말에 옆에 시립해 있던 역운이 연무장의 대원들을 노려보았다. 하랑이 없는 사이 대원들이 어찌 훈련했는지, 부대장으로서 자신의 능력을 보여주는 날이었다. 한 치의 실수도 용납할 수 없었다. 역운의 살벌한 눈빛에 대원들은 영문도 모르고 긴장하며 끊임없이 검을 휘둘렀다.

"힘 들어갔다. 힘 빼!"

연무장을 휘어 감는 역운의 윽박에 대원들은 이를 악물고 자세를 고쳐 잡았다. 궁녀들의 시선은 대원들을 고취시키는 역할도 하지만 자칫하면 대원들의 몸에 힘이 들어가게 만들 수도 있었다.

"우측."

하랑이 다시 한 번 입을 열자 역운의 이마에 핏대가 솟았다. 하랑의 말이라면 물불 가리지 않는 역운은 이런 날이면 극도로 민감했다. 틀린 놈이 어떤 놈인지, 보고가 끝나면 얼차려를 심하게 받을 각오를 해야 할 터였다.

"우측! 전방 내지르는 힘을 더 강하게! 사륜! 애들 제대로 못 시켜!"

사륜은 역운의 고함에 미간을 팍 찌푸리곤 대원들에게 눈을 부라렸다. 그가 궁녀들에게 시선을 빼앗긴 틈에 담당하던 대원들의 자세가 흐트러진 것이다. 궁녀들이 보고 있는 앞에서 망신을 당한 사륜은 두 번 다시 이름이 호명되지 않도록 최선을 다했다. 그 덕에 단체 검술 보고는 무사히 끝낼 수 있었다.

"검술 보고 끝입니다. 다음은 개인 무투입니다."

앞쪽에서 부하들을 통솔하던 동비의 말이 끝나자마자 대원들이 일사불란하게 뒤로 물러났다. 백여 명이 한꺼번에 움직이니 넓은 공터가 만들어졌다. 하랑은 순식간에 준비를 끝낸 부하들에게 바로 명령을 내렸다.

"검무를 했던 대원들은 쉬고 도평과 사륜이 개인 무투를 시작한다."

"와아아아—"

하랑의 말에 달천대원들 사이에서 큰 환호성이 일었다. 실력자 스무 명은 훈련 상황 보고에서 제외되는 편이었다. 이들은 대체로 다른 대원들의 훈련을 돕거나 개인 수련을 해서 좀처럼 실력을 구경할 기회가 없었다. 그러니 오늘처럼 하랑의 지시가 있는 날은 그들의 실력을 구경할 수 있는 절호의 기회였다.

몸짓 하나에도 잔뜩 멋이 박힌 사륜이 앞으로 나서자 궁녀들 사이에서 다시 한 번 큰 소란이 일었다. 여성들에게 인기가 많은 사륜은 그 분위기를 한껏 즐겼다. 그와 달리 도평은 동료들 사이에서 인기가 좋은 편이었다. 그래서인지 응원하는 목소리도 극과 극을 달리고 있었다.

준비를 끝낸 도평은 곰처럼 큼지막한 두 주먹을 가볍게 말아 쥐고 자세를 잡았다. 당장 달려들 그의 기세에 사륜은 손사래를 치며 뜸을 들였다.

"아아. 잠깐, 잠깐. 어찌 그리 성미가 급하십니까. 이런 대결에 상을 걸면 더 좋지 않겠습니까. 대장! 이긴 사람에게는 이틀간 휴가 어떻습니까?"

씨익 웃으며 눈을 빛내는 사륜의 모습에 하랑의 입꼬리도 삐뚜름하게 올라갔다. 필시 궁녀들과 밤을 지내려고 휴가를 요청한 것이다. 사륜의 엉큼한 속내를 간파한 하랑은 흔쾌히 그 제안을 수락했다.

"좋다. 승자는 이틀간의 휴식을, 패자는 지옥훈련을 수행하는 것으로 하겠다."

"와아아아!"

하랑의 제안에 연무장이 후끈 달아올랐다. 패자가 받아야 할 수련의 강도를 아는 대원들은 더 감정을 이입했다. 그들의 함성이 수그러들길 기다리던 하랑은 장내가 안정되자 못다 한 말을 이었다.

"도평."

"예, 대장."

"꼭 이기도록."

"옙!"

하랑의 나지막한 응원에 도평의 얼굴에는 화색이 돌았고, 사륜은 벌레 씹은 표정을 지었다.

"대장, 너무하십니다. 같은 대원인데 왜 편애하십니까!"

당연히 휴가를 엉뚱한 데 쓰는 게 보기 싫어서였지만, 하랑은 대꾸해 주지 않았다. 남자들에게 응원을 얻지 못한 사륜은 투덜거리며 하랑에게 불평불만을 쏟아냈다.

그 모습이 꼴 보기 싫었던 역운은 속히 경기 시작을 알렸다. 불만

으로 가득 찬 사륜과 하랑의 응원으로 힘을 얻은 도평의 무투 대결
은 뜨겁던 연무장을 한껏 고조시켰다.

"하랑님이 좀 전에 살짝 웃으시는 거 봤니?"

담벼락에 붙어서 안을 기웃거리던 궁녀들은 하랑과 대원들을 훔
쳐보며 감상평을 늘어놓았다. 어떤 이는 사륜을, 어떤 이는 도평과
다른 대원들을, 그리고 대다수의 궁녀들이 하랑의 외모를 두고 입
방아를 찧었다. 그리고 그중에서도 하랑에 대한 이야기가 자꾸 소
고의 심기를 건드렸다.

"어쩜, 어쩜. 앉아 계시는 자태도 저리 훌륭하시다니."

"나 오늘 처음으로 웃는 거 봤어. 오늘 밤에 떨려서 어찌 잔대."

"누구랑 혼인하시려나~ 나였으면 좋겠다."

궁녀 셋은 까르르 웃으며 하랑의 내자가 될 복 많은 여인에 대한
이야기를 풀었다. 그들의 대화를 듣다 못한 소고의 미간이 일그러
졌다.

"꿈 깨지 그래?"

찬물을 확 끼얹는 날 선 음성에 세 궁녀의 고개가 소고를 향해 돌
아갔다. 그들은 한소리 해주려다 소고의 허리춤에 걸려 있는 줄을
확인하곤 입을 다물었다. 금색 실로 꼬아 만든 줄이 그녀의 허리에
장식처럼 달려 있었다. 황후전의 궁녀를 상징하는 것으로, 같은 궁
녀여도 황후전의 궁녀가 관례상 한 단계 더 높다고 볼 수 있었다.

"하랑 대장님의 마음속에 어느 분이 계신지 모르지 않을 텐데, 어
디서 그런 망발을 입에 올려?"

소고의 질책에 궁녀들은 잘못 걸렸다는 듯 남몰래 눈살을 찌푸렸
다. 처신에 엄격한 황후전 궁녀가 이곳에 있을 줄은 몰랐다. 하지만

큰 소리를 내는 소고의 행동은 다른 궁녀들의 시선을 끌었고, 그중에는 소고의 행동에 불만을 품는 이도 있는 법이었다.

"그러는 너야말로 어디서 그런 망발을 입에 올리는 거지?"

소고에게 혼나던, 세 궁녀 곁으로 다가온 이는 용주전의 궁녀였다. 붉은 줄을 허리부터 길게 늘어뜨린 모습에 이번엔 소고의 말문이 턱 막혔다. 황궁 안에서 가장 권력이 높은 이는 황제였고, 내관과 궁녀도 황제를 모시는 이가 가장 높았다.

"폐하께 네가 뱉은 말을 전해 올리면 그 세 치 혓바닥 잘리는 건 금방일 게다."

목소리가 크지 않았지만 말속에 뼈가 있었다. 게다가 황제를 모시는 궁녀답게 성격도 강했다. 만만찮은 상대가 나타나자 소고는 찍소리도 못 하고 자리를 피할 수밖에 없었다. 어찌 되었든 지금은 그녀가 패한 것이다.

소고가 자리를 뜨자 몇몇 궁녀가 용주전의 궁녀 주변에 몰려들어 그녀를 치켜세워 주었다. 그러나 그것도 잠시, 무투 대결을 보던 다른 궁녀들의 비명에 그녀들은 엿가락처럼 담벼락에 눌어붙었다.

"꺄악. 벗겨졌어! 벗겨졌다고!"

도평의 힘에 의해 사륜의 앞섶이 뜯겨 나가자 그를 마음에 담고 있던 궁녀들 사이에서 일대 소란이 일어났다.

"잘 안 보여."

거리감도 꽤 멀고 응원에 빠진 달천대원들이 시야를 가려서 궁녀들은 애태우며 발만 동동거렸다.

"안에 들어가고 싶어. 누가 이기는지 보이지도 않잖아."

궁녀들은 연무장 문 앞을 가로막고 있는 병사들을 보며 한숨만 푹푹 쉬어댔다. 저 안에 들어갈 수만 있다면 더 바랄 것도 없겠건만,

실상은 상궁들의 눈을 피해 이틀 내내 이렇게 지켜보는 것뿐이었다.

그때, 궁녀들의 눈에 곱게 단장한 한 무리의 여인들이 들어왔다. 그중에서도 가장 눈에 띄는 이는 맨 앞에 있는 여인이었다. 화사하고 풍성한 은색 신녀복에 녹색 실로 대나무를 수놓은 겉옷이 밀리서부터 반짝였다. 시원하게 틀어 올린 검은 머리를 붉은 보석 줄로 장식해 한층 더 아름다워진 여인은 물의 신녀, 해연이었다.

씩씩거리며 황후전으로 향하던 소고는 연무장 쪽으로 다가오는 해연의 예상치 못한 등장에 잠시 멍한 표정을 지었다. 신녀가 발걸음을 할 필요도 이유도 없는 장소였다. 그러나 그 의도를 파악하기도 전에 소고는 얼른 무릎을 굽히고 예를 갖추었다. 뒤쪽에 있는 다른 궁녀들도 황급히 예를 갖췄다.

"신녀님을 뵙습니다."

궁녀들의 인사에 해연은 사람 좋은 미소를 지어주며 고개를 살짝 숙여 답례를 해주었다.

그동안 황궁을 돌아다니면서 궁궐의 소식통은 궁녀들과 내관들이며, 이들을 잘만 이용하면 황제의 개인적인 장소도 마음껏 들락거릴 수 있다는 걸 깨달았다. 그래서 해연은 남몰래 세우고 있는 한국으로의 귀환 계획을 위해 자신의 이미지를 개선하기로 마음먹었다. 현재로선 황제의 뺨을 때리고, 욕설을 퍼붓거나 바락바락 악을 써댄 전적이 있는 신녀였다. 그러니 이제부터라도 인사도 잘 받아주고 항상 웃어주는 신녀로 각인시킬 필요가 있었다.

집으로 돌아갈 꿍꿍이를 숨기고 방실방실 웃어가며 궁녀들의 인사를 받아준 해연은 연무장으로 통하는 문으로 다가갔다. 두 명의 문지기가 눈을 동그랗게 뜬 채 바라보다가 눈이 마주치자 흠칫 놀라며 고개를 숙였다.

"신녀님을 뵙습니다."

문지기들의 인사까지 받은 해연은 문을 열어달라는 무언의 눈빛을 주었다. 그 눈빛에 문지기들이 곤란한 얼굴로 망설이다가 나무문을 젖혀주었다. 이래도 되는지 의문이 남았으나, 최근에는 황제도 막지 못할 권세를 가진 게 그녀였기에 열지 않을 수도 없었다.

해연이 연무장 안으로 발을 들이자 무녀들도 뒤를 따랐다. 그녀들은 해연을 보필하면서도 자신들을 부러운 눈으로 바라보는 궁녀들을 향해 살짝 웃어주는 센스도 잊지 않았다.

그 모습에 궁녀들은 이가 갈렸지만, 문은 야속하게도 굳게 닫혀서 궁녀들에게는 안을 허락하지 않았다.

사륜과 도평의 한판 승부를 지켜보던 하랑은 연무장의 문이 열리는 소리에 무심코 고개를 들었다가 해연이 들어오는 걸 발견했다. 그녀의 등장에 내심 놀란 그는 손을 들어 대결을 중지시켰다.

놀란 이는 하랑만이 아니었다. 연무장 내에 있던 모든 달천대원들이 갑작스러운 신녀의 방문에 토끼 눈을 뜨고 해연과 무녀들을 바라보았다.

"신녀님 아냐?"

달천대원들의 웅성거림이 잠깐 동안 이어지다가, 하랑이 일어나자 금세 조용해졌다. 훈련이 진행되는 동안 단 한 번도 의자에서 벗어난 적 없던 그는 직접 계단을 내려가 해연을 맞이했다.

"이곳엔 어인 일이십니까? 무슨 일 있으십니까?"

하랑은 얼굴을 붉히는 무녀들을 쓱 훑어보고 딱딱하게 굳은 어투로 물었다. 흔히 물을 수 있는 말이었지만, 해연은 그 한마디에서 평소와는 달리 그가 자신을 꺼린다는 느낌을 강하게 받았다. 그동안 하랑의 자상하던 태도만 기억하던 해연은 이런 반응을 전혀 예상하지 못했기에 더 당황할 수밖에 없었다.

"아니, 꼭 무슨 일이 있어서는 아니고. 요즘 하랑이 통 안 보이기에 찾아와 봤어. 궁금한 것도 있고."

못 올 곳을 온 기분에 조금 빈정 상한 해연의 목소리가 점점 줄어들었다. 왜 이렇게 까칠한 태도를 보이는지 이해가 되지 않았다. 잘못 느꼈다고 생각하기에는 그의 얼굴에 반가움이란 감정이 단 한 올도 보이지 않았다. 화장실 들어갈 때와 나올 때는 다르다고, 비가 오고 나니 자신을 멀리하는 건가 싶을 정도였다. 하지만 그런 해연의 감정을 하랑은 좀처럼 살피지 못했다.

"다음부터는 사람을 시켜 부르십시오. 신궁으로 가겠습니다."

"하랑은 바쁘니까 안 바쁜 내가 찾아왔을 뿐인데, 무슨 문제가 있는 거야? 그리고 하랑에게만 목적이 있는 게 아니라 여기 사람들이 훈련하는 게 궁금해서 와봤어."

숨기려고 했지만 참지 못한 날카로움이 해연의 음성에 배어 있었다. 순식간에 분위기가 살얼음판 같아졌다. 무녀들은 두 사람이 싸우는 줄 알고 움찔했고, 달천대원들은 가만히 눈치를 살폈으며, 하랑은 자신이 말실수를 했나 싶어 고민에 휩싸였다. 그러나 그가 답을 찾기도 전에 해연이 먼저 돌아갈 의사를 비쳤다.

"내가 방해했나 보네. 다음부터는 직접 안 올게."

해연은 그 말을 끝으로 몸을 휙 돌렸다. 무녀들에겐 미안하지만 이곳에서 유일하게 믿었던 사람이 이런 식으로 냉담하게 구니 더 버티고 있기 싫어졌다. 싫은 티를 팍팍 내는 그를 더 보고 싶지도 않았다. 오랜만에 만난다고 머리 장식도 고심하던 자신이 한심할 따름이었다. 기껏 만나러 왔는데 불청객으로만 여기는 남자를 왜 신경 쓰고 있었을까.

갑자기 벌어진 사태에 다들 멍하니 해연의 뒷모습만 바라보았다. 그 와중에도 가장 먼저 자신의 본분을 자각한 건 소여였다.

"뭣들 하느냐. 빨리 신녀님을 뫼시지 않고."

소여의 재촉에 무녀들이 퍼득 정신을 차렸다. 하지만 해연은 '따라오지 말라'는 말 한마디를 남겨두고 연무장 밖으로 나가 버렸다. 해연이 완전히 사라져 버리자 명령대로 따라가지 못한 무녀들은 원망이 가득 담긴 눈빛으로 하랑을 보았다. 평소라면 하지 못할 행동이었으나 해연 때문에 눈이 뒤집혀서 예의에 어긋남도 잠시 망각해 버렸다. 어떻게 신녀님께 그럴 수가 있느냐는 눈초리에도 그는 자신이 무얼 그리 잘못했는지 알지 못했다.

"사륜과 도평은 다시 시작해라."

피곤한 듯 고개를 살짝 저으며 명령을 내린 하랑은 두 사람이 자신만 보고 있자 못마땅한 표정을 지었다. 부하들의 얼굴도 무녀들과 별반 다를 바가 없었다. 다들 자신을 질책하고 있었다.

"대장, 따라가 보셔야 하는 것 아닙니까?"

도평의 진지한 물음에 하랑의 미간이 한일자로 접혀 버렸다. 그에 아랑곳하지 않고 사륜도 나서서 도평을 거들었다.

"다른 사람도 아니고 신녀님께 그리 냉담하게 구시다니요. 저희야 대장의 그런 표정이 익숙하다지만 신녀님께는 저승사자 같았을 겁니다."

오래전부터 무표정한 얼굴에 싸늘한 비웃음 정도만 내비치던 하랑이었다. 웃는 일도 극히 적어서 해연과 함께 있을 때 웃는 걸 보고 달천대원들이 놀랄 정도였다. 그런 와중에 해연은 그의 냉랭함을 처음 겪어보았으니 충격이 더 클 수밖에 없었다.

"정말 너무하십니다."

또인가 싶어 무녀들 쪽으로 고개를 돌리니 단야가 나오지도 않는 눈물을 소매로 훔치고 있었다. 연기하고 있다는 게 빤히 보였지만 그녀는 멈추지 않았다.

"하랑님 만난다고 신녀님이 얼마나 기뻐하셨는데, 이리 문전박대하시다니요. 요즘 통 웃지도 않으시다가 그나마 좀 풀리셨는데, 신녀님이 의지 많이 하시는 거 아시면서 이러실 수는 없습니다."

폭포수같이 쏟아지는 단야의 질책에 그는 왜 해연이 상처를 받았는지 알 것 같았다. 무녀들을 대거 연무장으로 끌어들인 게 기분 나빠서 표정이나 말투가 딱딱하게 변한 것이다. 그러나 그런 불만도 그녀가 자신을 만나고 싶어 했다는 말 한마디에 눈 녹듯 사라졌다. 오히려 미안해진 하랑은 역운에게 알아서 처리하라는 눈짓을 주었다. 그 뜻을 알아들었는지 역운이 고개를 끄덕이자 그는 해연이 뛰쳐나간 문으로 움직였다.

하랑이 나가자 소여는 사륜을 슬쩍 보았다. 기생오라비처럼 생긴 외모는 영 마음에 들지 않았지만, 언짢아하는 하랑에게 소신 있게 말하는 모습이 나름 배짱 있어 보였다. 그 눈빛을 느꼈는지 사륜도 소여를 보았다.

예쁘장하게 생긴 소여와 눈이 마주치자 사륜은 멋진 얼굴로 윙크를 날려주었다. 마음에 드는 여성에게 보이는 습관 같은 것이었으나, 그 추파에 식겁한 소여는 고개를 팩 돌려 버렸다. 그건 사륜이 한 번도 겪어보지 못한 반응이었다. 거부당한 사륜이 충격에서 헤어 나오기도 전에, 소여는 무녀들을 이끌고 연무장을 빠져나갔다.

커다란 인공 연못 위에는 멋들어진 팔각정이 있었다. 그 정자를 중심으로 사방에 다리를 놓은 화원은 선대 황제가 가장 좋아했던 장소 중 하나였다. 연못 주위로 자라난 소나무가 고즈넉한 운치를 더하고, 맑고 투명하게 유지되는 물은 청량감을 선사했다. 그 팔각 정에 테이블을 하나 가져다 두고 가후와 국상 김학이 함께 다과를 들고 있었다.

"나라가 안정되어 가니 그나마 다행이오."

"모든 것이 폐하의 은덕이옵니다."

국상은 비위를 맞춰주며 조심히 대꾸했다. 며칠 전에 있었던 신녀의 물벼락 사건 이후 많은 이들이 그를 진정시키기 위해 진땀을 빼야 했다. 다행히 민심이 빠르게 수습되고 전염병도 미연에 수습한 덕에 황제의 기분이 조금씩 풀리고 있었다. 그렇게 한참 동안 국내 정세에 대해 이야기를 나누던 가후는 곁을 호위하던 풍월대마저 멀리 떼어놓고 다른 내용을 꺼냈다.

"범인의 움직임이 포착되었다고?"

그가 은밀히 꺼낸 주제는 동연국의 신녀를 죽인 범인에 대한 것이었다. 그날, 현장에서는 작은 흔적조차 발견할 수 없었으나, 어느 나라의 소행인지는 충분히 짐작하고도 남았다. 그렇게 청일국의 공력자들을 대상으로 용의자를 추려가던 김학은 한 인물을 찾아냈다.

"이름은 알 수 없으나 젊은 사내라 합니다. 무슨 공력을 사용하는지는 아직 알아내지 못했습니다. 청일국이 극비리에 키운 살수입니다."

"실력 있는 첩자들만 선별해서 좀 더 깊이 침투시키시오. 이번에 잡으면 공개처형을……. 그런데 저년은 왜 또 여기로 오는 거야?"

난데없는 가후의 짜증에 김학의 고개가 황제의 시선을 따라갔다. 다리 위로 들어선 신녀가 보였다. 수행하는 무녀도 없이 화원까지 흘러들어 온 이유는 알 수 없으나, 연못의 모든 다리는 팔각정으로 통하기에 김학은 작은 목소리로 황제를 타일렀다. 점점 거리가 가까워지는데 이대로 두면 또 저번과 같은 일이 반복될까 저어한 것이다.

"폐하, 들리겠사옵니다. 옥음을 낮추심이……."

"들으라지!"

언짢은 티를 팍팍 내는 황제를 보면서 김학의 시름만 깊어졌다. 가후의 마음에 들던 아니던 간에 그녀는 동연국의 은인이자 신녀였다. 그에 걸맞은 대우를 하는 것이 옳았다. 하지만 자존심이 강한 가후는 좀처럼 굽힐 줄을 몰랐다.

그런 팔각정의 상황을 모르는 해연은 정처없이 걸으며 깊은 상념에 잠겨 있었다.

'내가 좀 예민하게 받아들인 건가?'

그가 틀린 말을 한 것도 아니고, 일을 방해한 건 사실이니 기분이 나빴을지도 모른다. 그런 생각이 들자 마음 한구석이 불편해졌다. 마치 목구멍에 생선 가시가 걸린 것처럼 껄끄러운 느낌이었다. 그때, 그녀를 상념에서 깨우는 목소리가 들렸다.

"신녀님, 이곳엔 어인 일이시옵니까."

고개를 드니 녹색의 관복을 입은 할아버지와 붉은 용포를 걸친 원수가 그곳에 있었다. 서로 눈이 마주친 해연과 가후의 얼굴이 동시에 구겨졌다. 해연은 그를 만나고 싶지 않았고, 가후는 못 볼 걸 봤기 때문이었다.

"뭐냐, 너. 질질 짜고 다녔냐?"

"무슨 말도 안 되는 소리야. 울긴 누가 울었다고 그래?"

해연은 발끈했다. 요즘 따라 새벽에 우는 일이 많아지면서 눈이 부었을 뿐, 지금은 울지 않았다. 그러나 약점을 잡았다고 생각한 가후는 시비 거는 걸 멈추지 않았다.

"울 거면 방에 틀어박혀서 혼자 울어라. 그 얼굴에 짜고 다니면 보는 사람 역겨워서 눈이나 뜨고 다니겠냐."

"……."

"폐, 폐하."

황제라는 인물이 사용하는 어휘의 저급함에 해연은 할 말을 잃었고, 김학은 당황하며 말리려 했다. 하지만 저번 일로 복수의 기회를 노리던 가후는 계속 해연의 속을 긁어댔다.

"네년이 우는 이유야 뻔하지. 부모와 헤어졌다고 어리광부리는 중이거나, 하랑의 일로 짜는 것 외에 다른 것이 더 있나?"

말 한마디 한마디가 참으로 재수가 없었으나 반박할 건덕지도 없었다. 정곡을 찔린 해연이 조용히 그를 노려보았다. 듣기 싫으니 입을 다물라는 뜻이었으나 그는 헛웃음을 지었다. 자신의 추측 중에 정답이 있었고, 그중 하나만 걸러내면 답이 나왔다.

"설마, 무녀들을 매달고 달천대 연무장에 간 건 아니겠지?"

정답이었다. 회피하는 시선만 봐도 알 수 있었다. 마치 질책받는 기분에 속이 답답해진 해연은 황제의 앞에 놓인 찻주전자를 눈에 담았다. 아까부터 막혀 있던 목구멍이 이제 그만 뚫어달라고 아우성치고 있었다. 해연은 아무 말 없이 팔각정 안으로 들어가 주전자째로 들고 그 속에 든 찻물을 벌컥벌컥 마셔댔다. 찻잎이 섞여있어 속이 좀 울렁거렸지만 없는 것보다는 나았다.

그런 해연을 보면서 가후는 기가 막힌 표정을 지었다.

"너 도대체 하랑에 대해서 아는 게 뭐냐?"

갑자기 웬 헛소린가 싶어 주전자를 내려놓으니 어이없어하는 붉은 눈이 보였다. 그 눈과 함께 해연은 머릿속에 의문이 들었다. 확실히 하랑에 대해 아는 것이 거의 없었다. 여자들에게 인기가 좋고,

달천대의 수장을 맡을 만큼 검술 실력이 뛰어나다는 것 정도였다. 그 생각을 짐작한 가후는 비웃음을 지으며 고개를 저었다.

"그 자식이 고아라는 것도 모를 테고, 길러준 아버지를 제 손으로 찔러 죽였다는 것도 모를 테지."

"뭐?"

그의 입에서 나온 하랑에 대한 이야기에 해연은 혼란스러움을 느꼈다. 고아인 건 그렇다 칠 수 있지만 길러준 아버지를 자신의 손으로 죽였다니. 그에게 무슨 일이 있었던 건지 감이 잡히지 않았다.

"연모했던 여자에게는 배신당하고."

해연의 얼굴이 일그러지는 것을 감상하면서 가후는 천천히 말을 이어갔다.

"남은 건 달천대 하나뿐인데, 위험한 임무는 달천대가 도맡아 하니 죽는 부하들의 수도 만만찮지. 그래서 그 녀석, 달천대 훈련에 유독 집착하는 편이거든."

그는 자리에서 일어나 해연에게 다가갔다. 뒷짐을 진 채로 내려다보는 붉은 눈에는 잔혹한 웃음이 가득 담겨 있었다.

"훈련에만 매진해도 부하들을 전부 지킬 수가 없는데, 계집이라면 사족을 못 쓰는 혈기왕성한 녀석들 앞에 무녀들을 바리바리 싸들고 갔다고?"

해연은 입술을 깨물었다. 달천대가 하랑에게 그런 의미인 줄 처음 알았다. 달천대원들이 나이가 찼는데도 혼사를 치를 여인이 없다고 칭얼거린 적도 있었고, 무녀들도 달천대원들을 만나고 싶어 하기에 그저 순수한 의도로 연결해 줄 생각이었다. 더불어 하랑도 만나고 싶어서 아침부터 곱게 꾸미고 찾아갔던 건데. 자신은 가볍게 생각했던 것이 그에게는 아니었던 모양이다. 그런 해연의 속을 가후는 실컷 뒤집었다.

"처음으로 칭찬해 주고 싶은걸. 안 그래도 이번에 위험한 임무를 맡길 생각이거든. 하랑의 부하들을 좀 죽여놓고 싶었는데, 네가 훈련을 방해해 준다면 나야 좋지."

일국의 황제라는 인간이 하기엔 적당한 말이 아니었다. 어찌 그리 쉽게 사람을 죽인다고 할 수 있는지, 해연은 그의 머릿속에 든 뇌를 한번 꺼내서 연못물에 씻고 싶었다.

"니가 인간이야? 왜 그렇게 하랑을 못 잡아먹어서 안달인데? 네가 황제라면 달천대도 지켜줘야 하는 거 아냐?"

해연의 말에도 가후는 피식 웃었다. 겪어보지 않은 자는 결코 그 감정을 이해할 수 없다.

"내 모든 걸 잃게 만들었으니까 나도 다 빼앗을 뿐이다. 그놈의 연인도 내가 빼앗았거든. 달천대만 남았으니 하나씩 죽이면서 나락에 빠지게 만들어줘야지."

해연은 가후의 말을 좀처럼 이해하지 못했다. 그는 비정상적으로 집착하듯이 하랑을 괴롭혔고, 하랑은 그걸 순순히 받아들이고 있었다. 도대체 이들 사이에 무슨 일이 있었는지 알 수 없었으나 한 가지만은 알 것 같았다. 이 세상에서 불행을 겪고 있는 사람은 자신만이 아니라는 것.

하루아침에 이곳에 끌려왔고 차가운 바닷속으로 걸어 들어가던 엄마의 모습에 무던히도 가슴이 찢어졌다. 그래서 원망할 사람이 필요했고 의지할 사람이 필요했다. 황제에게 막 대하고 화를 냈던 건, 누군가를 원망하지 않으면 견딜 수 없을 것만 같았기 때문이다. 하랑에게 의지했던 일도 상식이 통하지 않는 이 세상이 너무 무서워서, 단 하나 남은 목숨줄마냥 그에게만 의지했다. 그리고 그 모든 것이 다른 이들에게는 별것 아닌 어리광으로만 보일 수 있음을, 어쩌면 자신보다 더 큰 고통을 겪은 사람이 주위에 있을 수도 있음을 오늘에서야 깨달았다.

'나 진짜…… 진짜 바보구나.'

하랑이 끌고 왔다고는 해도 물에 빠진 하랑에게 다가간 건 자신의 선택이었다. 그런데도 그에게 책임지게 했다. 바보같이 자신의 잘못을 이제야 똑바로 볼 수 있게 되었다. 그동안 너무 힘들어서 다른 사람의 사정 같은 건 봐줄 여유가 없었다. 너희가 필요로 해서 내 인생을 망쳐 놨으니 내가 어떻게 굴든 다 이해하라는 식으로 행동했던 것도 없잖아 있었다. 내가 아픈 만큼 너희도 좀 당해보라는 심술도 깔려 있었다. 그런데 이제 해연은 홀로 서야 함을 깨달았다. 다들 각자 자신만의 사연을 품고 살아가는데 언제까지 어리광만 부릴 수는 없는 노릇이었다. 자신의 어리석음에 대한 회한에 해연의 눈에 눈물이 옅게 차올랐다.

"너 또 우냐?"

갑작스러운 그녀의 눈물에 황제는 웃음기를 싹 지워 버렸다. 울릴 생각은 아니었는데 무슨 심경의 변화로 저러는지 짐작하기 어려웠다.

국상 김학도 해연의 눈물에 당황하며 어쩔 줄 모르는 그때, 강한 힘이 그녀를 돌려세웠다.

해연의 검은 눈에 담긴 건, 화가 단단히 난 하랑이었다. 그는 그녀의 눈가에 살짝 맺힌 물기를 보곤 가후를 노려보았다. 그 불타는 눈길을 받은 가후는 이마에 힘줄이 솟았다. 필시 신녀를 울렸다고 저리 눈에 힘을 팍 주고 있는 것이리라.

"내가 뭘 어쨌다고."

"신녀님, 폐하가 또 괴롭히신 겁니까?"

하랑은 가후의 말을 싹둑 잘라먹고 해연을 걱정했다. 그 모습에 가후의 눈썹이 더 치솟았지만, 하랑은 전혀 개의치 않아 했다. 비가 오기 직전에 있었던 사생결단 이후로 두 남자 사이를 차단하고 있던 막 하나가 살짝 벗겨졌다. 그때부터 하랑은 황제 앞에서도 조금이나마 감정을 보이기 시작했고, 가후도 그런 하랑의 행동을 알게 모르게 눈감아주고 있었다. 하지만 그건 그거고, 이건 억울했다.

"저게 지 스스로⋯⋯."

"폐하가 뭐라 하던 마음에 담아두지 마십시오."

하랑이 자꾸 말을 자르자 가후의 눈에 힘이 들어갔다. 참다못해 폭발할 지경인 그를 국상 김학이 겨우겨우 말렸다.

해연은 자신을 찾아와 준 하랑을 보고 더 감정이 폭발했다. 이렇게 달려와 주고 걱정해 주는 사람에게 왜 그리 까칠하게 굴었을까.

"미안해, 하랑. 그동안 내가 너무 내 생각만 했나 봐. 미안해."

해연에게 처음으로 듣는 미안하다는 말이었다. 도대체 무엇 때문에 이토록 갑작스럽게 심경의 변화가 생겼는지, 그 이유를 알지 못하는 하랑은 날뛰려는 가후에게 설명하라는 시선을 보냈다. 드디어 누명을 벗을 기회를 얻은 가후는 심호흡하며 마지막 인내심을 짜내었다.

"난 그냥 저 계집에게 네놈의 과⋯⋯."

촤아아악!

난데없는 물벼락이 가후의 머리 위로 쏟아졌다. 쫄딱 젖어버린 그는 주먹 쥔 손을 바들바들 떨었고, 김학은 며칠 전 악몽을 떠올리며 새하얗게 질렸다. 하랑도 처음 보는 광경에 입을 다물지 못했다. 눈앞에서 무슨 일이 벌어진 건지 쉽사리 자각하지 못할 지경이었다. 하지만 이미 한 번 겪어보았던 당사자는 빠르게 상황을 이해했다.

"너, 이 망아지년."

악물린 이 사이로 새어 나오는 황제의 스산한 목소리가 심상치 않았다. 아니나 다를까 그는 상투를 고정했던, 금으로 만든 긴 동곳을 빼 들었다. 그의 눈은 살기로 가득 차 있었다.

"죽지도 않을 테니 몇 대만 맞자."

정말 때릴 기세였다. 난생처음 동곳으로 맞게 생긴 해연은 움찔했으나 물러서진 않았다. 힘을 다루는 방법을 완전히 터득한 게 아니라서 무섭긴 하지만 그래도 꼬리를 말긴 싫었다.

그렇게 버티는 그녀의 손을 하랑이 꽉 잡았다. 듬직하게 잡아주는 손길에 해연은 그를 올려다보았다. 의문만 가득한 그녀의 순진한 눈빛에 그는 피식 웃음이 터졌다. 황제에게 물을 퍼부어놓고도 눈 하나 깜짝 안 하는 모습이 이상하게 자연스러워 보였다. 동연국의 그 어느 누구도 할 수 없는 행동을 아무렇지 않게 하는 이것이, 그녀의 본모습일지도 모른다.

"도망가야 할 것 같습니다."

하랑은 그렇게 말하고 해연의 손을 잡고 뛰었다. 도망가는 두 사람을 쫓아가려던 가후는 온몸을 내던진 김학 탓에 뜻을 이루지 못했다. 분노가 머리 꼭대기까지 차올랐어도 그는 눈앞의 노신이 쓸모 있는 존재인 걸 자각하고 있었다. 황제로서의 완벽함이 하필 이럴 때 발휘되는 바람에 가후는 바락바락 악만 쓸 뿐, 나이 든 노신에게 주먹을 휘두르지 못했다. 그렇게 해연과 하랑은 눈이 뒤집힌 가후에게서 무사히 탈출했다.

⊠

비가 내린 뒤의 이두폭포는 다시 힘차게 물을 뿜어냈다. 높은 절벽에서 시원하게 쏟아지는 두 개의 물줄기 덕에 용소에는 맑은 물이 넘실거렸고, 작은 민물고기들도 조약돌 사이를 헤집으며 자유롭게 돌아다녔다.

"우와~ 진짜 예쁘다!"

하랑과 함께 이두폭포로 온 해연은 커다란 용소를 보며 환하게 웃었다. 빗물 덕에 살아난 나무들과 웅장한 폭포는 서로 어우러지며 상쾌한 기분을 가득 실어다 주었다.

"그리 좋으십니까?"

입이 찢어지려는 해연을 보면서 하랑은 못 말린다는 듯 웃었다. 황궁과 신궁에도 물을 가둬 만든 큰 연못이 있지만, 자연적으로 흐르는 물만큼 해연의 기분을 좋게 만들 수는 없었다. 바다만큼은 아니지만 넓은 수영장 크기는 되는 용소에 해연은 몸이 근질근질한 걸 느꼈다. 물속에 들어가고 싶어서 애가 탔다.

"안 되겠다. 나 수영할래."

더는 참지 못하겠는지 해연은 허리띠를 풀어헤쳤다. 그 모습에 하랑이 식겁하며 뒤로 돌았다. 발갛게 달아오르는 그의 얼굴은 보지도 못하고 해연은 겉옷을 벗는 데 열심이었다. 새하얀 속치마와 저고리만 갖춰 입고 용소에 발을 들이자 시원하면서도 부드러운 물의 감촉이 온몸을 휘어 감았다. 기분 좋은 웃음이 얼굴 가득 피어났다.

"좋다."

해연의 목소리에는 진한 그리움도 함께 묻어났다. 딛고 있는 땅이 제주는 아니지만, 물의 감촉은 별반 다르지 않았다. 바닷속으로 뛰어들 때 몸을 감아내던 부드러운 기분과 눈앞에 펼쳐진 신비로운 세상을 다시 한 번 느끼고 싶었다. 제주 앞바다를 상상하며 해연은 망설임 없이 물속으로 몸을 던졌다.

그 소리에 몸을 돌린 하랑은 헤엄치는 그녀를 지켜보며 물가 주변에 자리를 잡고 앉았다.

한참 용소 안을 헤집고 다니던 해연의 새하얀 속치마가 하랑을 향해 슬금슬금 다가왔다. 수면을 따라 부유한 검은 머리카락과 새하얀 속치마의 조합은 밝은 대낮에도 서늘한 기분을 느끼게 했다. 그 모습을 빤히 보던 하랑은 익사한 사람의 혼백이 물 밖으로 기어 나오는 것과 비슷하다고 생각했다.

용소 가장자리로 갈수록, 돌이 얼굴에 닿을 듯 가까워지자 잠영하던 해연은 고개를 내밀고 숨을 크게 들이마셨다. 눈앞에서 하랑이 자신을 빤히 바라보고 있었다. 신기한 괴생물체를 보는 듯한 그 눈빛에 해연은 마냥 웃었다.

물에 폭 젖은 채 실없이 히죽이는 그녀의 모습에 하랑도 피식 웃으며 고개를 저었다. 익사체를 생각했다는 것 자체가 무색할 만큼, 그의 눈에 비치는 해연은 활발한 생명력으로 가득한 사람이었다. 그녀에게 시선이 묶인 하랑은 저번부터 궁금했던 질문을 꺼냈다.

"실례가 되지 않는다면, 신녀님의 성함을 여쭤도 괜찮겠습니까?"

하랑의 말에 해연이 눈을 동그랗게 떴다. 그러고 보니 그에게 자신의 이름을 알려준 적이 없었다. 며칠이나 얼굴을 보고 지냈으면서도 이름을 알려주지 않았다니. 뭔가 묘하게 민망한 느낌에 해연은 어색하게 웃으며 볼을 살짝 긁적였다.

"윤해연, 바다 해에 인연 연 자를 써. 바다에서 만난 인연이란 뜻이래."

바다에서 만난 인연. 부모님이 바닷가에서 만나 연애를 시작했고, 딸을 낳으면 꼭 해연이라고 짓고 싶었다고 들은 적이 있었다. 그게 그대로 자신의 이름이 되었고, 정말 이름처럼 바다와 뗄 수 없는 삶을 살게 되었다.

'그러고 보니 하랑도 바다에서 만났지.'

해연은 하랑과 처음 만났던 순간을 회상하며 실실 웃었다. 그 미소에 하랑의 표정도 한결 더 부드러워졌다.

"이리 잘 웃으시는 분이 아깐 어찌 눈물을 보이신 겁니까?"

"응? 아, 그건."

황제와 하랑 앞에서 조금이나마 눈물을 보였던 일이 떠오르자 머쓱해진 해연이 자리에서 벌떡 일어났다. 물에 젖은 옷이 꽤 묵직하게 느껴졌다.

"으음. 독립해야겠다 싶어서."

이해하지 못한 그의 시선을 피하며 해연은 용소의 중앙으로 다시 걸어 들어갔다. 속에 담은 이야기를 당사자에게 들려주는 건 조금 민망하고도 부끄러운 일이었다. 그래서 더욱 망설이던 해연에게 용기를 불어넣어 준 건, 허리 언저리에서 찰랑거리는 물결이었다. 결심을 굳힌 해연은 하랑을 똑바로 직시하며 진지하게 말을 꺼냈다.

"그동안 하랑에게 욕도 하고 떼도 쓰고, 못 할 짓을 많이 했던 거 알아. 처음에는 이 모든 일이 다 다른 사람 탓이라고 여겼는데, 이젠 생각이 바뀌었어. 내가 이곳으로 오게 된 건 하랑 탓만은 아니잖아. 내 책임도 있는 거고. 그러니까 더는 미안해하지 마. 하랑이 나 때문에 죄책감 갖는 거 싫어."

마지막 말을 얼버무린 해연은 그의 시선을 피하며 물속으로 깊이 잠수했다. 차가운 물이 뜨거워진 얼굴에 닿아 열기를 식혀주었다.

부끄러움을 감추기 위해 아무렇지 않은 척하며 수영에만 열중하는 해연의 모습에 하랑의 눈이 곱게 휘었다. 차마 크게 얘기하지 못한 해연의 마지막 말을 그는 똑똑히 들었다. '그래도 곁에 있어줘서 고마워'라고.

피이이익—

해연이 물 위로 떠오르면서 내뱉은 청아한 숨비소리가 이두폭포에 살며시 스며들었다. 그 소리에 하랑은 상념에서 깨어나 해연을 바라보았다.

"그것은 어찌 내는 소리입니까?"

맑은 음색에 문득 호기심이 든 그가 숨비소리에 대해 묻자 해연의 눈이 반짝였다. 이런 질문을 해준 사람이 지금껏 한 명도 없었다. 심지어 자신이 살던 세상이 어떤 곳인지 묻지도 않았고, 그저 하늘 세상이라고만 생각하며 추상적으로 떠받들 뿐이었다. 그것이 못내 아쉬웠던 해연은 하랑이 숨비소리에 대해 관심을 가지자 그렇게 반가울 수가 없었다.

"이건 숨비소리라고 하는데, 해녀들이 오래 숨을 참다가 물 밖으로 나와서 숨을 쉬면 나는 소리야."

"해녀?"

"응. 제주도에 사는 해녀. 제주도도 궁금하지?"

제발 질문해 달라는 듯 초롱초롱한 눈빛에 하랑이 옅은 미소를 지으며 고개를 끄덕였다. 다른 곳에서 온 해연에게 이 땅은 낯선 곳이었고, 이곳에서는 고향을 추억할 만한 물건이 그다지 없었다. 그렇다고 고향에 대해 알고 있는 이도 없으니 이야기를 나누지도 못했을 것이다.

'그리우니 고향에 대한 질문이 저리도 반가운 것일 테지.'

해연의 마음을 짐작한 하랑은 제주도의 문화와 해녀의 고단한 삶에 대해 설명하는 해연의 목소리에 귀를 기울였다. 그녀가 고향을 그리워할 때면 적어도 자신만큼은 말벗이 되어주고 싶다는, 작은 소망이 생겼기 때문이다.

쉬지 않고 말을 해서 코맹맹이 소리가 날 만큼 해연의 설명은 끝이 없었다. 그 긴 설명에 지루해질 법도 하건만, 하랑은 지친 기색도 내비치지 않고 열심히 해연의 이야기를 경청했다. 적절한 타이밍에 터지는 감탄사에 해연이 기뻐하며 더 열을 올릴 때, 숨 가쁜 음성 하나가 하랑을 불렀다.

"대장!"

작열하는 태양 아래서 몇 시간째 하랑을 찾아다닌 사륜은 거칠어진 숨을 돌리며 그의 곁으로 다가갔다.

"대장, 여기 계셨습니까?"

찾느라 애먹었다는 표정에는 약간의 원망도 서려 있었다. 저희는 훈련시켜 놓고 대장 혼자 물놀이를 했다고 원망하는 것이다. 사륜의 설익은 치기에 하랑은 고개를 저었다. 사륜은 실력도 괜찮고 임무수행도 정확한 편이지만, 평소에는 철없는 행동도 마다치 않아서 골치를 썩이는 대원 중 하나였다.

"무슨 일이냐."

"폐하께서 찾으십니다. 연무장까지 납시더니 대장을 내놓으라고 악을 쓰고 계신단 말입니다."

애먼 데 화풀이 중인 황제의 괴롭힘에 몇몇 달천대원이 하랑을 찾아 나섰다. 황제에게 시달리고 있을 부하들 생각에 하랑은 자리를 털고 일어났다. 더 기다리게 했다간 눈이 뒤집힌 가후가 달천대원들의 몸에 손을 댈지도 몰랐다. 그렇게 되면 일이 걷잡을 수 없을 만큼 악화할 수도 있었다.

"신녀님, 이제 그만 일어나셔야 할 것 같습니다. 사륜이 신궁까지 모셔다 드릴 겁니다."

해연은 헤어짐이 아쉬웠지만 다음을 기약하며 자리에서 일어났다. 그제야 사륜은 해연을 존재를 알아차렸다. 동시에 물에 젖은 그녀의 속저고리도 눈에 들어왔다. 어깨에 들러붙은 저고리 너머로 살짝 비치는 살빛에 사륜은 좀처럼 눈을 떼지 못했다. 그런 그의 뒤통수로 매서운 목소리가 날아들었다.

"륜."

하랑의 음성에 흠칫한 사륜은 급히 정신을 차리고 몸을 돌렸다. 두 남자가 뒤돌아 있는 동안 해연은 벗어두었던 겉옷을 주섬주섬 걸쳤다. 대충 걸친 옷의 매무새를 다듬던 해연은 몽돌 사이로 핀 작은 잡초를 발견했다. 양쪽으로 잎을 틔운 새싹을 보는 해연의 머릿속으로 좋은 생각이 떠올랐다. 황제의 콧대를 확 눌러줄 비책이 뇌리를 스친 것이다.

"나도 연무장으로 갈래."

해연은 자진해서 황제를 보겠다고 말했다. 쓸데없이 달천대를 괴롭히는 게 영 못마땅한 탓이었다. 이참에 달천대를 자꾸 괴롭히면 어떤 꼴을 당하게 되는지 똑똑히 보여줄 요량이었다. 하지만 잡초 하나를 뽑아 들고 씨익 웃는 해연의 모습에서 사륜은 물론이고 하랑마저 불안함을 느꼈다.

"그냥 신궁으로 가심이······."

"에헤이."

하랑이 만류에 해연은 고개를 저으며 그의 등을 떠밀었다.

"걱정 마, 그냥 기만 콱 죽여놓을 테니까."

그녀의 호언장담이 두 사람은 더 불안했다. 하지만 황제에 대한 해연의 감정을 아는 하랑은 더는 그녀를 말리지 못했다.

그렇게 당당히 비밀 계획을 세운 해연은 한 손으로 치렁치렁한 치마를 부여잡고, 잡초를 쥔 다른 손은 하랑에게 맡겼다. 산행하기에 적당하지 않은, 굽이 있는 신발을 신은 데다가 비도 많이 온 뒤라 더 조심스러웠다. 하랑도 해연이 넘어지지 않도록 팔에 힘을 주어 그녀를 지탱해 주었다. 그렇게 다정한 두 사람의 뒷모습을 한참 동안 지켜보던 사륜은 무슨 생각이 떠올랐는지 갑자기 하랑을 불렀다.

"대장, 저 오늘부터 휴가 써도 됩니까?"

뜬금없는 그의 말에 하랑의 미간이 살짝 찌푸려졌다. 애초에 사륜에게는 휴가를 줄 마음이 없었고 거절할 방법도 생각해 두었으나 훈련이 끝나지도 않은 시점에서 휴가를 쓰겠다고 나설 줄은 몰랐다. 괘씸한 마음이 든 하랑은 더 냉랭하게 대꾸했다.

"그게 무슨 말이냐. 휴가는 도평이 가야지."

"예에?"

하랑의 말에 사륜의 눈이 동그랗게 변했다. 그는 현실을 부정하듯 고개를 저으며 자신의 의견을 피력하기 위해 애썼다.

"말도 안 됩니다, 대장. 제가 지진 않았잖습니까!"

승부를 내기 전에 해연이 연무장에 왔기 때문에 정확한 승자를 가리지 못했다. 사륜은 그걸 이용해 얼렁뚱땅 휴가를 받을 생각이었으나 하랑도 쉽게 물러서지 않았다. 처음부터 하랑은 도평을 승자로 만들 생각이었다. 점잖은 도평이야 휴가를 보내도 딴짓을 하지 않으니 상관없지만, 사륜은 다른 동기생들에게 헛바람을 넣을 가능성이 높았다.

"승부가 나지 않았으니 내가 판정을 내릴 수밖에 없지 않느냐."

"말도 안 됩니다. 그 상황에서 제가 도평 형님께 한 번만 더 먹였으면 승리였단 말입니다. 신녀님, 뭐라고 말 좀 해주십쇼!"

억울해서 펄떡펄떡 뛰던 사륜은 상황을 관망 중인 해연에게 도움을 요청했다. 하랑의 말대로 결론이 나버리면 패배한 대가로 훈련까지 받아야 할지도 모른다.

간절한 사륜의 얼굴과 담담한 하랑을 번갈아 보던 해연은 화사하게 웃었다.

"사륜, 인정할 건 인정해야죠. 하랑의 말이 맞아요."

해연이 하랑을 편들자 사륜은 차마 입을 다물지 못했다. 며칠 전까지만 해도 달천대원들의 고충을 이해해 주던 그녀였다. 그런데 이제는 하랑의 말에만 힘을 실어주고 있었다.

"두 분 다 너무하십니다."

배신감에 치를 떠는 사륜의 애처로운 호소를 한 귀로 흘리면서, 해연과 하랑은 사이좋게 산을 내려왔다.

연무장으로 들어선 하랑은 눈앞에 펼쳐진 광경에 눈살을 찌푸렸다. 가후는 턱을 괴고 의자에 앉아 있었고, 그 아래 연무장엔 백여 명에 달하는 대원들이 오리걸음으로 돌아다니는 중이었다. 힘들던 힘들지 않던 간에 다들 표정이 썩어 있었다. 육체적인 피로보다 정신적인 피곤함이 극에 달하는 와중에 하랑을 발견한 대원들의 얼굴에 화색이 돌았다. 개미들처럼 열을 맞춰 연무장을 돌던 달천대원들이 구해달라는 간절한 눈빛을 보냈다. 그들의 모습에 해연이 탄식을 터뜨렸다.

"나 참, 왜 애먼 데 화풀이래? 쟤는 진짜 속도 좁다."

해연은 의자에 앉아 있는 황제를 보며 혀를 찼다. 그 말에 동감한다는 표시로 하랑은 깊은 한숨을 내쉬곤 가후에게 다가갔다.

"찾으셨습니까."

"찾았지. 못생긴 계집이랑 시시덕거리다가 이제야 기어들어 오는 신하 덕분에 한참을 지루하게 버텼다."

그의 말투에는 아니꼬운 감정이 그득했다. 하랑은 고개를 젓고 싶은 걸 간신히 참으면서 최대한 좋게 말을 꺼냈다.

"폐하, 신녀님께 그런 말씀은 옳지 않습니다."

"뭐라?"

가후의 눈썹이 꿈틀거렸다. 신하가 말조심하라고 지적하는 게 듣기 좋을 리 없었다. 그것도 눈엣가시 같은 하랑이 고개를 빳빳하게 쳐들고 편드는 것이 그의 심기를 건드렸다. 오전에도 국상이 비슷한 말을 했지만, 받아들이는 기분은 판이하게 달랐다.

"언제부터 저 계집의 충견이 된 거냐? 네 주인이 누군지도 잊고 덤비는 모양새가, 저 계집이 짖으라면 짖기까지 하겠군. 천하의 하랑이 말이야."

가후는 실컷 비아냥거렸다. 아까보다 기분이 더 더러워지고 있었다. 슬슬 살벌해지는 가후의 분위기에 하랑은 아무런 대답도 하지 않았다. 상대하지 않는 게 속 편하기 때문이었다. 하지만 해연은 아니었다. 하랑이 이런 대우를 받는 것이 싫었다. 이 나라에 대해 아무것도 모르는 자신이 봐도 그는 능력이 있는 사람이었고, 황제라는 자에게 이런 대우를 받는 건 부당한 일이었다.

해연은 계단을 올라 가후의 앞에 서서 떡하니 팔짱을 끼고 짝다리를 짚었다. 왜인지 이런 자세를 해야만 할 것 같았다. 조금은 불량스러운 태도를 취하고 그녀는 한마디 톡 쏘아주었다.

"넌 진짜 내가 만난 사람들 중에 가장 속이 좁아. 네 머릿속에 사는 이도 너보다는 속이 넓을걸?"

똑같이 응수하는 해연의 말에 좌중이 조용해졌다. 무슨 말을 하나 집중하고 있던 달천대원들의 경악한 얼굴도 볼만했지만, 멍하니 해연을 쳐다보는 하랑과 표정 관리가 안 되는 가후의 얼굴은 정말 가관이었다.

"신녀님······."

하랑은 차마 말을 잇지 못했다. 하지만 해연은 틀린 말도 아니잖냐는 듯 어깨를 으쓱할 뿐이었다. 당한 만큼 똑같이 갚아주고 싶었다. 충신을 개에 비유하는 황제는 머릿속에 사는 이보다 못하다는 게 그녀의 진심이었다. 그러나 이런 식의 치욕은 머리털 나고 처음 겪은 가후는 헛소리에 기가 막혔다.

"뭐 이런 얼빠진 년이 다 있어!"

"뭐? 얼이 빠져?"

황제의 욕설에 욱한 해연이 눈을 치켜떴다. 하랑과 달천대원들에게 하는 짓이 하도 고약해서 성질 좀 긁었기로서니 얼빠진 년이라니. 그나마 묻어둔 성질머리와 함께 열이 훅 올라왔다.

"그래! 나 얼빠졌다. 그런 넌 정신 상태가 메롱하잖아! 이런 식으로 부하를 괴롭히는 게 황제냐? 금관 쓴 게 부끄럽지도 않아? 금 숟가락 물고 태어나면 뭐 해. 인간이 안 됐는데."

해연은 두 손을 허리에 얹고 화를 냈다. 황제의 자격도 없다는 그녀의 질책에 가후도 더는 못 참고 자리에서 벌떡 일어났다. 개인적인 감정 때문에 사람을 쉽게 죽일 때도 있지만, 나라만큼은 어느 누구보다 소중히 대해온 그였다. 그렇기에 더욱 황제의 자질을 탓하는 말이 모욕적으로 다가왔다.

이마에 핏줄이 솟은 가후와 물러서지 않는 해연 사이에 심상찮은 기류가 흘렀다. 일촉즉발의 상황이었다. 그 사이에 끼어볼 힘조차 없는 달천대원들은 철없는 권력자들의 싸움을 넋 놓고 지켜보았고, 하랑은 이마를 짚으며 이 사태를 어찌 수습해야 하나 골머리를 썩였다. 쉽게 욱하는 성질머리들에 체념한 하랑은 한숨과 함께 힘없이 입을 뗐다. 두 분 다 그만하라는 말이 나오기도 전에, 힘을 통제하지 못하는 해연의 기운이 먼저 요동쳤다. 감정이 격해지면서 물의 힘이 같이 움직이는 것이다. 그 느낌을 아직 파악하지 못한 해연은 불쾌한 기분을 떨쳐 내고자 큰 소리를 냈다.

"니가 그렇게 노려보면 내가 무서워할 줄 알아? 사내놈이 쪼잔하게!"

"뭐야!"

결국 화가 폭발한 가후의 몸에서 하얀 연기가 화악 올라왔다. 하랑이 끼어들어 막지 않았더라면, 신녀에게 주먹질을 한 최초의 황제로 역사에 길이길이 남을 뻔했다. 하랑은 내질러지려던 가후의 두 주먹을 간신히 막고 그를 달래려 애썼다. 어느 한쪽도 다치게 둘 수 없었다.

"참으십시오. 보는 눈이 많잖습니까."

"저리 꺼져! 저 빌어먹을 년, 목구멍을 막아버리던가 해야지!"

이성을 잃은 가후를 막기 위해 하랑도 이를 악물고 버텼다. 그에게서 벗어나려고 기를 쓰는 가후의 주변은 공기마저 달라졌다. 훅 밀려오는 열기에 온 힘을 다해 버티고 있던 하랑의 이마에도 핏대가 섰다. 이렇게 체통도 버리고 아이처럼 싸우는 건 하랑도 처음 보았다. 아무리 저급한 욕을 써도 타고난 위엄은 잃지 않던 그였다. 하지만 지금은 홍등가의 시정잡배보다 걸걸한 욕을 입 밖으로 사정없이 내뱉고 있었다. 그만큼 해연은 가후의 감춰진 모습을 끄집어내는 존재였다. 한 번도 겪어본 적 없는 방식으로.

하랑에게 붙잡힌 채로 발악하는 황제를 해연은 실컷 비웃어주었다. 손가락을 이용해 욕도 하고 하랑에게 들키지 않도록 그의 뒤에서 입모양만으로 깐죽거리기도 했다. 그 모습을 차마 눈 뜨고 볼 수 없어서 눈을 감는 달천대원들도 있었고, 대리만족으로 흐뭇해하며 속으로 박수까지 치는 이들도 여럿이었다. 문제는 그런 모습들이 가후의 이성을 더 잃게 한다는 점이었다.

"저년 망할 년! 손부터 분질러 버리겠어!"

눈에 핏발까지 세워가며 악을 쓰는 가후 때문에, 그를 막아야 하는 하랑은 신음까지 흘렸다. 어디서 이런 힘이 나오는 건지, 막느라 악다문 턱이 얼얼할 지경이었다.

'별수 없나?'

아무래도 흥분한 그를 설득하여 진정시키는 건 가망이 없어 보였다. 가장 큰 원인이 그의 뒤에서 황제의 면상에다 대고 욕을 하며 줄기차게 자극하는 해연이었지만, 그걸 보지 못한 하랑은 최후의 방법을 생각했다. 생각이 결심으로 연결되자 그는 바로 행동으로 옮겼다. 오른손을 놓는 동시에 몸을 돌리며 황제의 목을 가격한 것이다.

퍽!

눈 깜짝할 새에 일어난 일에 가후의 눈이 뒤집히면서 스르륵 감겼다. 황제가 힘없이 쓰러지는 걸 본 해연과 달천대원들은 놀란 토끼 눈이 되어 모두 움직임을 멈췄다. 전혀 생각지도 못했던 결말에 다들 당황한 상태였다.

"하, 하랑?"

그를 부르는 해연의 목소리가 미약하게나마 떨리고 있었다. 생기가 가득하던 낯빛도 살짝 질린 듯 보였다.

"설마, 죽인 거 아니지?"

사람이 기절하는 걸 처음 본 해연은 가후의 목에서 들리던 소리가 워낙 커서, 목뼈가 부러져 죽은 건 아닌가 싶었다. 그 엉뚱한 상상에 하랑은 피식 웃으며 고개를 저었다. 죽지 않았다는 의미로 받아들인 해연은 조금 안도했으나, 다른 의미로 기가 질린 역운은 쓰러진 황제를 보면서 말을 더듬었다.

"대, 대장, 이건…… 진짜 사형감입니다."

역운의 말대로 그가 깨어나면 그냥 내버려 두진 않을 터였다. 하지만 이 방법 말고는 진정시킬 묘수가 떠오르지 않았다.

"별수 없다. 입단속들이나 해라."

오늘 본 내용에 대해 단단히 주의를 준 하랑은 가후를 어깨에 들쳐 멨다. 큰 덩치가 축 늘어지니 꽤 묵직했지만, 하랑은 건물 안쪽에 있는 임시 거처로 그를 옮겼다.

홀로 남겨진 해연은 하랑의 어깨에 걸쳐져서 안으로 들어가는 황제와 손에 들린 새싹을 번갈아 보다가 싹을 바닥으로 패대기쳤다.

'에잇. 기껏 가져왔는데.'

골려줄 수 있는 좋은 생각이 떠올랐었는데 그가 제멋대로 흥분해서 기절해 버리는 바람에 써먹을 곳이 없어졌다. 물론 자신이 자극한 것은 잊은 지 오래였다. 원래는 그가 나쁜 짓을 할 때 물벼락을 내린 뒤에 머리에 잡초를 꽂아주고 싹이 돋았다고 실컷 웃어줄 요량이었다. 망신도 그런 망신이 없을 만큼 줄 생각이었는데, 좋은 계획이 실패로 돌아갔다. 원통한 마음이 든 해연은 애꿎은 치맛자락만 풀럭이며 열을 가라앉혔다.

그런 해연을 향해 달천대원들의 시선이 쏟아졌다. 묘하게 뜨거운 눈빛들을 뒤늦게 눈치챈 해연은 슬금슬금 뒷걸음질을 쳤다. 이제부터 고상하고 기품 있는 신녀가 되려고 했는데, 어쩌다 보니 욕을 퍼붓는 걸 보여줘 버렸다. 그동안 쌓인 게 많아서인지 황제만 보면 자신도 모르게 유치해지는 게 문제였다.

'아, 난 진짜 입이 문제야.'

매번 사고만 치는 입이 원망스러웠으나, 지금이라도 기품 있게 행동할 필요가 있었다. 해연은 그저 살며시 웃으며 하랑이 있는 곳으로 피신하려 했다. 그녀가 신궁으로 가지 않고 방으로 향하자, 몇몇 달천대원이 서로 눈치를 보더니 자리에서 벌떡 일어났다.

"신녀님! 저희 대장 좀 지켜주십쇼!"

귀청이 떨어질 만큼 커다란 외침에 해연은 깜짝 놀랐다. 움찔한 그녀가 자리에 멈추자 달천대원들이 모두 일어났다. 그들의 얼굴에는 간절함과 함께 묘한 기대감이 감돌고 있었다. 지붕이 무너질 때 하늘에서 튼실한 금동앗줄이 내려오는 걸 발견한 것과 비슷한 눈빛들이었다.

"폐하가 자꾸 괴롭혀서 못 살겠습니다!"

"신녀님이 최곱니다!"

"속이 다 후련합니다!"

여기저기서 속에 담아두었던 목소리들이 터져 나왔다. 해연은 어안이 벙벙한 채로 그들의 성토를 들어주었다. 대체로 하랑에 대한 걱정과 황제에 대한 불만들이었다. 지난 이 년간 부당하게 억압받아 왔던 그들의 마음이 고스란히 해연에게 전해졌다. 조금은 귀엽기도 한 그들의 불만에 해연은 빙긋 웃었다. 어쩐지 마음을 나눈 느낌이었다.

"앞으로 황제가 못되게 굴면 제가 혼내줄게요."

"와아아아아!"

마치 구세주라도 내려온 것마냥 달천대원들은 크게 기뻐하며 함성을 질러 해연의 답례에 보답했다. 아무리 억울한 일이 있어도 대들지 못하고 속만 썩었었다. 하지만 이제 자신들에게도 하늘에서 온 구세주가 있었다. 두 눈으로 똑똑히 보지 않았던가. 황제의 면상에다 대고 시원하게 욕을 퍼부어주던 그 모습을. 그 자태는 하늘에서 내려온 선녀였고, 더운 여름의 열기를 시원하게 날려주는 청명한 가을바람과 같은 것이었다.

"신녀님 만세! 만세! 만세!"

해연을 연호하는 커다란 함성이 궁궐 한쪽에서부터 시작되고 있었다.

황제를 침상에 눕히고 이불을 덮어주는 하랑의 모습은 꽤나 자상했다. 어느새 방으로 들어온 해연은 그런 하랑을 보며 고개를 갸웃거렸다. 두 사람의 분위기가 평소와는 달라서 그런 건지, 알 수 없는 이질감이 섞여 있었다.

"하랑?"

"예."

하랑은 즉각 대답했지만, 눈길은 여전히 황제에게 머물러 있었다. 평소보다 좀 더 다정하고 부드러운 시선이었다. 자신에게는 자주 보여주었지만, 황제에게는 준 적 없던 눈빛에 해연은 의구심이 들었다.

"그가 밉지 않아?"

그 질문이 의외였던 것일까, 하랑은 해연을 돌아보았다. 질문의 요지를 물어보는 그의 눈빛에 해연은 좀 더 구체적으로 말했다.

"항상 하랑을 괴롭히기만 하잖아. 그런데도 그냥 받아들여 주고. 아무리 황제라고 해도 이유도 없이 괴롭히면 화가 나야 하는 거 아니야?"

"글쎄요."

애매한 대답을 한 하랑은 벽 너머로 전해지는 달천대원들의 환호성에 고개를 저었다.

"저 녀석들 왜 저러는 겁니까?"

은근슬쩍 화제를 돌리던 하랑은 여전히 대답을 갈구하는 해연의 눈빛을 못 본 척했다. 그러나 그녀는 끈질겼고, 두 사람이 서로 고집을 부리는 동안 가후의 손가락이 살짝 움직였다. 그가 의식이 돌아오는 것을 눈치채지 못한 하랑은 조심스럽게 운을 뗐다.

"괴롭히는 것에도 이유가 있으니 이해할 수밖에 없지 않겠습니까."

그의 말을 이해하지 못한 해연은 다시 묻고 싶었으나 꾹 참았다. 아무리 눈치가 없어도 무거운 하랑의 말투에서 그가 지금 많이 위태롭다는 것을 충분히 짐작할 수 있었다. 그러나 한 번 꺼낸 속내를 다시 감추기가 쉽지 않은지, 묻지 않아도 그가 먼저 말을 이었다.

"저도 스스로를 용서하지 못하는데, 폐하는 오죽하겠습니까. 한 번도 원망해 본 적 없다면 거짓이겠지만, 이제는……."

"대장, 무녀 소여를 데려왔습니다."

문밖에서 들려오는 사륜의 목소리에 하랑은 뒷말을 삼켰다. 그는 소여를 불러들여 해연을 데려가도록 했다. 해연이 황제와 만나기 전에 돌려보낼 생각으로 산에서 내려오자마자 사륜을 신궁으로 보냈었다. 조금 늦은 감이 없잖아 있었으나 지금이라도 왔으니 그나마 다행이었다.

해연이 소여와 함께 나가자 가후는 더 이상 기절한 척 누워 있지 않았다. 그가 몸을 일으키자 하랑의 표정이 굳었다. 좀 전의 이야기를 들었는지 불안해진 탓이었다. 하지만 그런 마음을 숨기고 최대한 덤덤하게 괜찮은지 물었다. 그런 하랑의 태도에 가후는 입술을 뒤틀었다. 괴롭혀도 이해하고, 스스로를 용서하지 못한단 말들이 전부 속을 메스껍게 만들었다.

"가증스럽군."

뻐근한 목을 돌리며 하랑을 노려본 그는 덮고 있던 이불을 거칠게 치웠다. 그 순간, 묘하게 기분 나쁜 느낌이 심장 언저리에 머무는 것이 느껴졌다. 그 익숙한 감각에 가후의 낯빛이 새하얗게 질렸다. 지금은 안 되는데, 간절한 그의 바람과는 달리 갑작스런 통증이 심장을 후려쳤다.

"크윽!"

가후는 가슴을 부여잡고 고꾸라졌다.

"폐하?"

예기치 못했던 상황에 하랑은 갑자기 이게 뭔가 싶었다. 평소에는 잘만 돌아가던 머리가 정지하는 기분이었다. 멍해진 눈에 들어오는 가후의 상태는 심각했다. 목에 핏대까지 설 만큼 그는 극한의 고통을 겪고 있었다. 그건 정말 이해할 수 없는 일이었다.

"뭐야. 왜 이러는 거야?"

당황한 하랑이 손을 뻗어 그의 팔을 잡았다. 그러나 그 손길을 참을 수 없었던 가후는 그 고통 속에서도 거칠게 뿌리쳤다. 거부당한 하랑이 손을 쓰지 못하는 동안 가후는 심호흡을 하며 통증을 최대한 가라앉혔다.

'일시적인 것이다. 침착하자. 침착해.'

날뛰는 감정을 다독일수록 통증도 사그라졌다. 한숨 돌릴 수 있게 된 가후는 움켜쥐고 있던 용포를 놓았다. 어찌나 힘을 줬는지 가슴 언저리의 옷깃이 한껏 구겨져 있었다. 구김살이 심해진 건 하랑의 얼굴도 마찬가지였다.

"어찌 된 겁니까."

가후의 이런 모습을 처음 본 하랑은 매서운 눈초리로 그를 추궁했다. 공력자가 몸에 통증을 느낀다는 건 보통 일이 아니었다. 하지만 대답할 생각이 없는 가후는 자리에서 일어나 문으로 향했다. 완전히 무시당한 하랑은 입안을 깨물었다.

그도 신경 쓰고 싶지 않았다. 십만 명이나 되는 부하들도 관리해야 하고, 황궁을 지키는 것만으로도 하루가 부족할 정도로 바빴다. 그래서 더욱 애먼 데 소모할 정신 따위는 없었다. 그러나 껄끄럽게 뇌리를 울리는 경종 소리에 결국 하랑은 노호를 터뜨렸다.

"말해!"

오랜만에 튀어나온 그의 반말에 가후가 걸음을 멈췄다. 비록 멈추긴 했으나, 그는 제 심장에 생긴 문제에 대해서 말해줄 의향이 없었다. 고개조차 돌리지 않고 무심히 흘려보낸 대답은 하랑이 원했던 내용이 아니었다.

"청일국에 심어놨던 첩자가 연통을 보내왔다. 내 땅에서 접선한다더군. 잡아와. 머리만 가져와도 좋다. 이번 일을 잘 처리하면 오늘 있었던 일은 채찍질 몇 대로 용서해 주지."

그는 끝까지 원하는 대답을 내놓지 않았다. 차가운 그의 태도에 하랑도 흥분했던 눈빛을 가라앉혔다. 주군과 신하의 관계만 원한다면 장단을 맞춰줄 의향이 있었다. 적어도 가후가 먼저 손을 내밀기 전까진 더 가까이 다가갈 수 없는 게 본인의 처지였다.

"신녀님을 그리 한 자입니까."

격하던 감정이 순식간에 사라진 듯, 하랑의 목소리는 차분했다. 그에 가후는 조소를 머금었다.

'역시, 이런 게 어울리지. 너와 나는.'

좀 전처럼 벽을 허물고 이 년 전으로 돌아가려던 감정은 자신들에겐 어울리지 않았다. 필요에 의해 서로를 살려두고 있는 군주와 신하, 그 정도가 적당했다. 넘나들려는 감정에 선을 그은 가후는 할 말만 내뱉었다.

"그래. 그러니 죽여서라도 끌고 와. 열흘 뒤 자정에 주사청루의 초호루에서다."

말을 마친 그는 미련 없이 방을 나갔다. 남겨진 하랑은 가후의 통증에 대한 꺼림칙한 느낌을 마음속 깊이 묻어버렸다. 예상치 못한 일이었지만, 신경 쓸 자격조차 주지 않으니 뜻대로 해줄 생각이었다. 다행히 열흘 뒤에 벌어질 일이 그의 관심을 충분히 끌었다. 신녀를 죽인 살해범을 찾아 응징하는 일. 해연의 인생을 꼬이게 하고, 수천의 백성들을 죽음으로 몰아 넣은 작자인 만큼 기필코 잡아 벌을 내리고 싶었다.

다음 날, 해연은 황제가 하랑에게 해코지를 하지 않았다는 믿기 힘든 이야기를 접했다. 혹시라도 해코지를 하면 기를 좀 더 죽여놓을 요량이었는데 그럴 필요가 없어졌다. 더는 할 일이 없자 해연은 궁궐 시찰에 나섰다. 넓디넓은 궐의 지리를 익혀두어야 가후가 숨겨둔 제문을 찾을 때도 고생하지 않을 것이었다. 집으로 돌아가려면 천관녀의 목숨도 필요하다지만, 그건 복잡하니 나중에 생각하기로 하고, 우선은 제문 찾기에 열중할 계획이었다.

해연은 3일간 궐 안을 돌아다니면서 궁녀들의 인사도 받아주고 어려워하는 그들에게 많이 웃어주려 노력했다. 가뭄을 끝내줘서 감사하다는 진심 어린 고마움과 경의에도 조금씩 익숙해져 갈 무렵, 해연의 앞으로 서신 한 장이 날아들었다.

단야에게 넘겨받은 두루마리는 황제가 보낸 서찰이었다. 붉은 바탕에 황룡이 수놓아진 두루마리의 외형을 잠시 구경하던 해연은 마른침을 삼켰다. 이 서찰을 개봉하면 이곳의 글을 읽을 수 있는지 없는지 판단할 수 있었다. 그건 제문을 찾는 데 무척 중요한 부분이기도 했다. 떨리는 손으로 금줄을 풀자, 그다지 길지 않은 서찰에는 알아볼 수 없는 글자들이 수두룩했다.

'역시나.'

설마 했지만, 피할 수 없는 절망감에 해연의 어깨가 축 처졌다. 이곳 글자가 한글이라면 참 좋으련만, 그런 기적은 일어나지 않았다.

해연은 애써 괜찮은 척하며 황제가 적어놓은 유려한 필체를 뚫어지게 바라보았다. 무슨 내용인지는 전혀 알아볼 수 없었다. 그저 글자의 생김새만 구경하는데, 조금 이상한 현상이 일어났다.

"어?"

작은 탄사와 함께 해연의 눈이 커졌다. 뚫어지게 보던 단어 하나가 뜻이 풀이되었다. 한글로 보이는 건 아니었지만, 머릿속에 단어의 뜻이 자연스럽게 새겨지니 희한한 일이었다. 놀란 해연은 곁에 있는 단야를 불러 문제의 단어를 가리켰다.

"단야. 이거, 이거 무슨 뜻이야?"

해연의 손가락이 가리킨 곳을 본 단야는 차마 말을 꺼내지 못하고 입만 달싹이다 다물었다. 황제가 신녀에게 억하심정이 많은 건 알고 있었지만, 굳이 이런 내용을 편지로 써서 보낼 필요는 없지 않았나 싶었다.

단야가 말도 못 하고 우물거리자 해연은 본인이 생각한 그 뜻이 맞는지 다시 물었다.

"이거 죽여 버린다는 거지?"

화들짝 놀라는 단야의 태도만 봐도 정답이란 걸 알 수 있었다. 그에 해연의 입술이 살짝 호선을 그렸다. 겨우 글자 하나지만 뜻이 머릿속에 들어온다. 그것만으로도 제문을 찾는 일이 그다지 비관적이지 않음을 알 수 있었다.

갖은 욕과 협박으로 점철된 황제의 서신에도 싱글싱글 웃는 해연의 모습은 단야에게 의문을 남기기에 충분했다. 죽여 버린다는 게 기분 좋은 뜻도 아니고 웃을 일은 더더욱 아니었다. 그럼에도 생글거리던 해연이 단야에게 서신을 내밀었다.

"이거 읽어줘."

"예? 아, 네."

단야는 얼떨떨한 얼굴로 그 문제의 협박성 서신을 받아 들었다. 처음부터 쭉 읽어 내려가는 단야의 눈빛이 흔들리다가 해연의 얼굴빛을 살피더니 다시 서신을 읽어갔다. 뭔가에 울컥했는지 두루마리의 양쪽에 넣어둔 나무 조각이 부서질 듯 꽉 움켜쥐기도 했다. 그 모습을 의아하게 바라보던 해연이 다시 한 번 재촉하고 나서야 단야는 서신의 내용을 알려주었다.

"처음은 '신녀에게 전한다'. 이렇게 시작돼요."

"응. 그다음은?"

기대하는 해연의 얼굴을 잠시 보던 단야는 황제를 향해 속으로 욕설을 퍼부었다. 뜬금없이 황제가 서신을 보낸 건, 내관을 시켜서 말로 전달하려다가 포기했기 때문일 터였다. 죽어도 못 하겠다고 매달리는 내관을 내치고 황제가 직접 서신을 적었을 게 눈에 훤했다. 그도 그럴 것이 서신의 내용이 거의 다 욕설들이었으니, 아무리 간이 부은 내관이라 할지라도 신녀의 천진난만한 면상에다 대고 황제가 한 욕을 고대로 읊기는 무리였으리라. 그 덕에 자신이 서신에 적힌 욕을 읊게 생겼다.

"단야?"

해연은 잠시 딴생각에 빠진 단야를 불렀다. 얼른 다음을 읽어달라는 시선에 단야는 황제의 서신으로 다시 눈을 돌렸다. 그러나 아무리 봐도 마땅히 읽을 만한 내용이 없다. 결국, 단야는 맨 끝에 짧게 적힌 추신 글을 읽어주었다.

"마땅히 신녀의 대관식을 진행하여야 하나, 네, 아니⋯⋯. 음. 그러니까, 나라의 분위기가 뒤숭숭하므로 조금 미뤄야 할 것 같소. 신녀께서 너그러운 마음으로 양해해 주길 바라오."

단야는 '네가 하는 짓이 하도 괴상하여'라고 시작되는 문장을 읽지 못하고 제멋대로 황제의 뜻을 바꿔 전달했다. 그에 해연이 고개를 갸웃거렸지만, 아무리 그래도 황제의 욕들을 그대로 전달할 수는 없었다. 짧게 헛기침을 한 단야는 어렵사리 말을 이었다.

"대관식 일정은 하는 짓⋯⋯. 아니, 다시 읽겠습니다. 글자가 헷갈리네요. 대관식 일정은 내년 봄에, 따뜻할 때를 기해 잡도록 하겠다고 적혀 있습니다."

해연이 하는 짓을 보고 내년 봄쯤 대관식을 결정하겠다는 협박성 편지였지만, 단야는 껄끄러운 부분은 전부 바꿔 말하고 입을 닫았다. 더는 읽어줄 내용이 없다는 단호함에 해연은 두 눈을 깜박였다. 분명 죽여 버리겠다는 단어가 있었는데 단야가 한 말에서는 그 내용이 쏙 빠져 있다.

"그게 끝이야?"

"그 외에는 저언부! 쓸데없는 내용입니다. 그보다 신녀님, 조금 늦는 감이 없잖아 있지만, 그래도 내년 봄쯤으로 대관식 날짜가 잡혔으니 다행입니다. 준비는 미리 해두어야겠네요. 이 기쁜 소식을 대무녀님께 전하고 와도 될까요?"

그녀는 해연이 질문할 시간을 주지 않고 나가봐도 될지 물었다. 해연은 아쉬웠지만, 욕설을 읽어야 하는 고충을 충분히 헤아리기에 고개를 끄덕여 주었다. 단야는 서신을 다시 읽어달라고 할까 봐 두려웠는지, 치마가 펄럭거릴 만큼 빠르게 물러났다.

혼자 남은 해연은 가후가 보낸 서신을 다시 잡았다. 분명히 죽여 버린다는 단어는 뜻이 확실하게 느껴졌다. 왜 그 글자만 그런지는 알 수 없지만, 해연은 다른 글자도 느껴보려고 애썼다. 글자를 모두 읽을 수 있어야만 제문이 무엇인지도 알 게 아닌가. 하지만 아무리 읽어보려 해도 그 외의 단어는 뜻풀이가 되지 않았다.

'저 단어를 쓸 때 엄청 심혈을 기울였나?'

엉뚱하지만 왠지 설득력 있는 결론을 내리며 해연은 서신을 돌돌 말았다. 단야의 반응을 보면 당장에라도 태워 버리고 싶지만, 욕이 반인 걸 알면서도 읽지 못하니 내용이 더 궁금해졌다. 해독 못 한 고문서를 만난 기분으로 해연은 침실 구석에 있는, 잠수복을 보관하는 커다란 상자 안에 서신을 넣고 얌전히 방 안에서 뒹굴었다.

궐의 지리도 익힐 만큼 익혀서 더는 할 일이 없었다. 간간이 단야를 불러다가 글자 공부를 하는 게 일과의 전부였다. 하랑의 소식도 무녀들을 통해 전해 들었다. 그를 보러 가고 싶었지만, 워낙 바쁜 남자라 궐 안에 잘 붙어 있지도 않는 듯했다.

그렇게 시간을 때운 지 정확히 이틀 후, 미쳐 가기 일보 직전인 그녀에게도 드디어 손님이 찾아왔다.

"신녀님, 모라입니다."

난데없는 대무녀의 방문에 해연은 침대에서 벌떡 일어났다. 얼마나 뒹굴어댔는지 심하게 구겨진 치마를 재빨리 가다듬고 모라를 맞이할 준비를 했다. 대무녀 모라는 한없이 너그러운 편이었지만, 옷차림이 흐트러져 있으면 무녀들에게 눈치를 주는 타입이었다. 그럴 때마다 목에 가시가 걸린 것처럼 껄끄러웠기에, 해연은 재빨리 단정하게 정리하고 대무녀의 방문을 허락했다.

"들어오세요."

해연의 허락이 떨어지자 열린 문 사이로 대무녀가 들어왔다. 얼굴에 주름 한 줄 찾아보기 힘든 그녀는 나이가 오십 줄에 들어섰다는 게 믿기지 않을 만큼 동안이었다. 그녀는 단정하면서도 기품 있게 인사를 했고, 두 사람은 처음으로 테이블을 사이에 두고 마주 앉았다.

"대관식은 내년 봄으로 정해졌으나, 이제 이 궁의 주인은 신녀님이십니다. 그러니 신궁에 대해서 몇 가지 알려 드리고자 합니다."

그것이 모라가 해연을 찾은 이유였다. 그동안은 신궁을 재정비하는 데 급급해 미뤄두었으나, 이제는 해연도 어엿한 신녀의 자세를 갖출 필요가 있었다. 그 첫걸음이 신궁에 대한 기본적인 정보였다. 다행히 해연은 눈을 반짝이며 관심을 보였다. 이 땅에 대한 정보에 목말라 있던 탓이었다. 말썽꾸러기 신녀의 색다른 모습에 모라는 옅은 웃음을 지으며 신궁에 대해 설명해 주었다.

"우선, 신궁은 지하 2층과 지상 6층으로 이루어져 있음을 아실 겁니다."

해연은 얌전히 고개를 끄덕였다. 며칠 전, 황궁 나들이를 하던 날에 신궁도 둘러봐서 그 부분은 알고 있었다. 마치 탑처럼 천장이 높은 건물이 바로 신궁이었다. 모라는 최하층인 지하 2층부터 차근차근 알려주었다.

"지하 2층에는 무기고와 창고, 반성의 방이 있고 지하 1층에는 제단이 있습니다."

무녀들이 가장 꺼리는 곳이 반성의 방이 있는 지하 2층이었고, 빛이 들지 않는 지하 1층에는 나라에 큰 우환이 있을 때 계시를 받거나 제를 올리는 제단이 있었다. 지상 1층은 커다란 홀뿐이어서 그 구조가 무척 단순했고, 그 위로는 다 무녀들의 생활 공간이었다. 어린 하급 무녀는 2층, 중급 무녀는 3층에서 생활했고, 4층은 상급 무녀와 대무녀 모라가 지냈다. 5층은 온전히 해연의 공간이었는데, 침실이 여러 개라서 마음 내키는 대로 돌아가면서 머물렀다. 해연의 옷가지와 장신구도 모두 5층에서 보관했는데, 그에 비해 6층은 사용하는 이가 없었다.

"6층에는 선대 황실의 위패를 모셔둔 방이 있습니다. 들어가 보신 적 있으십니까?"

"아니요."

위패를 여러 개 모아두고 향을 피운 방이란 소리에 괜히 꺼려져서 발길을 돌린 곳이 6층이었다. 껄끄러워하는 해연의 표정에 모라는 내심 안심했다. 6층에는 신녀에게도 비밀로 하는 장소가 숨겨져 있었다. 무녀들도 6층의 방은 꺼리는 터라 청소할 때만 잘 감시하면 들키지 않을 비밀 공간이었다. 그리고 그곳은 앞으로도 들킬 일이 없어야만 했다.

"음기가 강한 곳이니 신녀님께선 되도록 가까이하지 마십시오. 신녀님의 옥체에 좋지 못하옵니다."

등 떠밀어도 절대 올라가지 않겠다는 해연의 표정에 모라는 곱게 웃었다. 이 정도 해두었으면 6층에 호기심을 품지 않을 것이다. 첫 번째 목적을 달성한 모라는 신궁의 재산에 대해서도 들려주었다.

"신궁의 모든 물건은 신녀님의 소유입니다. 하다못해 무녀들의 옷가지도 모두 신녀님의 재산에 포함됩니다."

"그래요?"

모름지기 돈 이야기는 눈을 빛나게 하게 마련이었다. 해연도 자신에게 속하게 된 재산에 대해 관심을 보였다. 그런 해연의 호기심을 모라는 적절하게 채워주었다.

"매해 걷는 국세의 일부가 신궁 소유로 정해집니다. 그 돈으로 제를 지내기도 하고 나라에 큰일이 생겼을 때는 고단한 백성을 위해 풀기도 합니다. 사용처는 상급 무녀들과의 합의하에 진행되며, 일부는 나이가 차 신궁을 나가게 된 무녀들에게 지급됩니다."

일종의 퇴직금과도 같았다. 월급을 쥐꼬리만큼 주는 대신에 퇴직금을 넉넉하게 줘서 혼자 살더라도 굶지는 않게 해준다. 그리고 신녀인 해연에게도 용돈처럼 조금씩 들어오는 돈이 있었다. 모라는 품에 넣고 온 흰 비단 주머니를 해연에게 내밀었다.

"이건 신녀님께서 자유로이 쓰셔도 될 돈입니다. 그리 큰 금액은 아니지만, 백성들의 따뜻한 마음이라고 여기고 받아주십시오."

생각지도 못한 돈주머니에 해연의 입술 끝이 움직거리며 위로 올라갔다. 내색하지 않으려 해도 기뻐하는 티가 났다. 신궁의 모든 재산이 신녀의 것이라 해도 마음대로 쓸 수 있는 건 아니었다. 물론 신녀는 음식을 먹는 일이 없고 옷과 장신구도 궁에서 지급되니 개인적으로 돈 쓸 일이 없다지만, 해연은 아니었다. 나중에 집으로 돌아가려면 길고 긴 여행을 해야 할지도 몰랐다. 그때는 입고 자는 부분에서도 돈이 필요할 터였다.

사양치 않고 두 손으로 주머니를 꼭 쥐자 묵직하고 단단한 느낌이 전해졌다. 그리 많은 양이 아니라고 해도 기분은 무척 좋았다.

이후에 진행된 모라의 수업은 돈을 받고 기분이 좋아진 해연 덕에 술술 진행되더니 금세 마무리되었다.

7.

궐 밖, 엇갈리는 사람들

모라에게 수업을 받은 지 3일이 지났을 무렵, 해연은 남몰래 한 가지 계획을 추진했다. 첫 월급(?)을 받은 기념으로 하랑에게 줄 작은 선물을 준비해야겠다는 생각이 든 것이다. 왼쪽 손목에 차고 다니는 푸른 줄무늬의 옥팔찌에 대한 보답이기도 했다.

그런 결심을 했을 때부터 해연은 하랑의 선물을 사기 위해 은밀히 궁 밖으로 나갈 계획을 세웠다. 나간 김에 집으로 돌아갈 때 필요한 정보도 수집할 생각이었다. 그리고 이틀 후, 그 준비를 완벽하게 끝냈다. 테이블 위에 올려놓은, 하얀 옷과 나뭇조각이 달린 노리개가 바로 그 준비의 결과물이었다.

"이것만 있으면 안 걸리고 나갈 수 있다, 이 말이지."

해연은 승리의 미소를 지으며 분주히 옷을 갈아입었다. 이 옷과 노리개를 가져오기 위해 신궁의 비품실을 도둑괭이마냥 들락거리길 여러 번이었다. 다 자신의 재산이라고 들었지만 그럼에도 눈치가 보여서 조심하고 또 조심했다. 무녀들의 경계심을 풀기 위해 답답해도 황궁 출입을 대폭 줄였고, 어제부터는 심기가 불편하다며 5층에 출입하지 못하도록 엄포를 두기도 했다.

'선물 사면 이곳 물가도 알아볼 수 있고 딱이지.'

해연은 자신의 계획에 매우 만족스러워했다. 그러는 사이 그녀의 몸에는 구름 문양이 들어간 새하얀 외출복이 걸쳐졌다. 소매는 적당히 나풀거렸고, 옷고름은 얇고 짧았다. 엉덩이에 닿는 길이의 저고리에는 넓적한 파란 천을 둘러 허리를 꽉 졸라매니, 나름의 멋을 낸 무녀들의 외출복이 완성되었다.

'이제 머리만 하면 돼.'

일반적으로 무녀들은 얇게 땋은 머리를 우측에 납작하고 동그랗게 붙인 뒤, 계급에 따라 은이나 보석으로 된 여러 겹의 줄을 귓불까지 늘어뜨려 장식하곤 했다. 그런 무녀들의 머리 모양은 한 번도 해본 적이 없는 해연이지만, 주워듣고 어깨너머로 본 적도 있어서 여러 번의 실패 끝에 대충 비슷하게는 붙일 수 있었다. 최대한 흐트러지지 않게 해서 은으로 된 다섯 줄짜리 장신구를 꽂자, 제법 그럴싸한 중급 무녀가 탄생했다.

"끝!"

꾸미는데 너무 오랜 시간을 투자한 해연은 출발 준비를 서둘렀다. 출입증이 달린 노리개를 허리에 차고, 대무녀에게 받은 흰 주머니는 저고리 안주머니에 잘 챙겨 넣었다. 하랑에게 어울릴 만한 옥가락지가 얼마나 할지 알 수 없어서 대무녀에게 받은 금액 대부분이 그 주머니에 들어 있었다.

"완벽해!"

자신의 준비에 만족한 해연은 혼자 파이팅을 외친 후 조심스럽게 방 밖으로 나갔다. 엄포를 둔 덕분인지 5층에는 무녀들의 치맛자락 하나 보이지 않았다. 해연은 고개를 한껏 숙이고 4층으로 내려가는 계단에 진입했다. 한 발짝씩 내려갈수록 분주히 움직이는 무녀들과 무기를 착용한 채 경계를 서는 호위무녀들이 시야에 들어왔다. 그들을 보고 있자니 긴장감에 목이 오그라드는 듯했다.

'괜찮아. 들키지 않을 거야. 나도 무녀복을 입고 있잖아.'

비록 외출복이지만 무녀들에겐 낯선 옷이 아니었다. 또한 외출복을 입고 돌아다니는 무녀들도 종종 있었으니 그리 눈에 띄지도 않을 터였다.

그렇게 흰옷 하나 굳게 믿고 계단을 내려가던 해연은 아래층에서 올라오는 세 명의 무녀를 발견했다. 상급 무녀 보리의 뒤를 두 명의 중급 무녀가 따르고 있었다. 고급 다기를 올린 소반을 들고 올라오는 폼이 필시 자신의 방으로 향하려는 게 분명했다.

'오, 이런.'

4층 바닥을 밟기도 전에 해연은 선택의 갈림길에 섰다. 몸을 돌려 5층으로 돌아갈지, 아니면 이대로 정면 돌파를 할지. 고민할 시간은 그리 많지 않았고, 해연은 한 가지 방법을 택해야만 했다.

결론은 생각보다 빨리 났다. 괜히 방으로 돌아가려다가 더 눈에 띌 수도 있었다. 차라리 이 역경을 뚫고 지나가는 것이 성공할 확률을 높이는 방법이었다.

결정을 내린 해연은 고개를 푹 숙이고 계단을 내려가는 속도를 높였다. 그녀가 4층에 도달하자마자 보리도 4층으로 올라섰다. 멈추지 않고 걷던 두 사람이 서로 엇갈릴 때, 보리의 눈길이 곁을 지나치는 해연을 따라 움직였다. 그 찰나의 순간에 보리의 눈동자가 언짢은 기색을 품었다.

"멈춰라."

엄히 불러 세우는 음성에 해연은 저도 모르게 움찔하며 우뚝 서 버렸다. 지금이라도 못 들은 척하고 내려갈까 싶었으나, 그랬다가는 오히려 의심을 키울 수도 있었다. 결국, 해연은 얼굴이 보이지 않도록 최대한 조심하면서 몸을 돌렸다.

중급 무녀를 불러 세운 보리는 어찌하여 5층에서 내려오는지를 물었다.

"신녀님께서 사사로이 드나드는 걸 금지하셨음을 모르느냐."

"아, 압니다. 그게…… 신녀님께옵서 부르셔서……."

해연은 목소리까지 변조하면서 허리를 더 깊이 숙였다. 알아보지 못하도록 조심하려는 그 모습을 보리는 자신을 두려워하는 걸로 인식하곤 굳었던 표정을 풀었다. 보리는 상급무녀였지만 그렇다고 해서 중급 무녀를 함부로 대하는 편은 아니었다. 그런 보리의 성정 덕에 다음번 질문은 한결 더 부드러워졌다.

"신녀님께서 어인 일로 널 부르시더냐."

두 번째 질문에 해연은 입술을 질끈 깨물었다. 어쩐지 쉽사리 보내줄 분위기가 아니었다. 차라리 빨리 대답하고 자리를 피하는 게 상책이건만, 아무리 머리를 굴려도 달천대와 하랑밖에 생각나는 것이 없었다.

"신녀님이 달천대에 서찰을 보내고 오라 하셨습니다."

자신이 글을 읽고 쓸 줄 모르는 건 단야만 알았다. 그래서 보리는 서찰에 대해 의심하지 않았다. 도리어 달천대란 단어가 그녀에게 신빙성을 심어주고 있었다.

"달천대라면, 하랑님께 말이냐."

"예."

해연은 자신의 잔머리를 속으로 칭찬하면서 급히 대답했다. 그럼에도 보리는 좀처럼 보내주지 않았다. 갑작스러운 접근금지로 인해 이틀이 넘도록 신녀를 보필하지 못했다. 그만큼 궁금증이 많이 쌓여 있는 상태였다.

"그럼 너는 신녀님을 뵈었겠구나. 혹여 신녀님의 안색이 좋지 않거나 불편해하시는 건 없더냐."

"그게……."

해연은 어떤 대답을 해야 도망가는 데 도움이 될지 확신하기가 어려웠다. 잠시 머뭇거리는 사이, 보리는 고개 숙인 해연을 찬찬히 살폈다. 서툴게 붙인 머리와 제멋대로 묶인 옷고름만 보아도 무언가 잘못되었음을 깨닫는 건 오래 걸리지 않았다.

"고개를 들어보아라."

보리의 명령에 해연의 몸이 뻣뻣하게 굳었다. 들키기 일보 직전이 된 해연은 차마 얼굴을 보여주지 못했다. 명령에 불복종하자 더 의심스러워진 보리는 아래층에서 상황을 지켜보고 있던 호위무녀에게 눈짓을 주었다. 보리의 은밀한 눈짓에 호위무녀는 허리춤에 찬 검을 단단히 잡고 해연에게 슬며시 접근했다. 뒤에서 무녀 하나가 여차하면 베어버릴 기세로 다가오는 것도 모르고, 해연은 이 상황을 어떻게 벗어나야 하는지에만 집중하고 있었다.

스르릉—

서늘한 소리에 놀란 해연이 뒤를 돌아보자마자 차가운 금속이 목에 와 닿았다. 침 한 번 삼키면 베어질 듯 가까운 검날에, 해연의 얼굴이 사색이 되었다. 그와 동시에 검을 겨눈 무녀도 토끼 눈을 떴다. 해연의 얼굴을 확인한 보리 역시 덜덜 떨리는 손으로 벌어지는 입을 가렸다.

"신녀님!"

경악한 그녀의 목소리가 온 신궁에 울려 퍼졌다.

처소에 갇혀 버린 해연은 문지방 앞에 털썩 주저앉았다. 가는 날이 장날이라고 나가자마자 딱 걸려 버렸다. 이틀이나 준비했는데한 층 내려가서 걸릴 줄은 상상도 못 했다.

"난 이제 망했어."

해연은 풍성한 치마 밖으로 보이는 자신의 발끝을 보면서 신세를한탄했다. 발은 자유로운데 어째서인지 족쇄가 채워진 기분이었다. 돈만 있으면 어디든 갈 수 있던 한국과는 달리, 이곳은 제약이 너무많았다. 궐 안에서만 움직일 수 있었고, 무녀도 줄줄이 달고 다녀야했다. 신녀로 떠받들어지는 것도 하루 이틀이지, 요즘은 갑갑함 그자체였다.

"내가 금붕어도 아니고. 이 안에서만 살라고 하는 건 너무하잖아. 하랑 선물도 사야 하는데."

끝도 없이 구시렁대던 해연은 주먹을 불끈 쥐고 자리에서 일어났다. 죽을 때까지 이렇게 살 수는 없었다.

"가둬두는 것도 정도껏이지. 난 자유민주주의 사람이라고!"

괜히 발끈한 해연의 눈에 굳은 결심이 서렸다. 무녀들은 암살범을 이유로 들어 가둬두고 있지만, 신궁이라고 해서 안전한 건 아니었다. 막말로 전대 신녀가 살해당한 곳도 신궁에 있는 처소가 아니었던가. 게다가 이마에 신녀라고 쓰여 있는 것도 아니고, 무녀로 변장해서 돌아다닌다면 들키지 않을 자신도 있었다. 하다못해 암살범들은 신궁만 노릴 테니 밖에서 만나더라도 닮은 사람 정도로만 여길 게 분명했다.

'나가자!'

방 밖에 무녀들이 빼곡히 들어차 있었지만, 탈주 방법이 아예 없진 않았다. 하기가 싫어서 그럴 뿐이지. 최악이지만 최선인 방법은 있었다.

해연은 탁자에 있는 물주전자를 들고 침대 옆쪽 벽으로 다가갔다. 벽에 박힌 기둥에는 초를 올려둔 작은 접시가 붙어 있었다. 아직 다 타지 않은 노란 초를 빼버리자 접시 안쪽에 숨겨진 작은 구멍이 보였다. 해연은 그 접시에 물을 가득 부었다. 식은 촛농 위를 넘실거리던 물이 그릇에 뚫린 구멍으로 흘러들어 갔다.

'다시는 열기 싫었는데. 결국, 저질러 버리고 말았어.'

그곳은 이틀 전, 대무녀 모라가 알려준 비밀 통로였다. 신궁에는 위급 상황에서 밖으로 도망칠 수 있는 열다섯 개의 비밀 통로가 있는데, 해연이 연 것도 그중 하나였다. 그 통로를 통해 밖으로 나갈 방법도 다 알고 있었으나, 문제는 그 안이 무척 끔찍하다는 것이었다. 발을 들이미는 것 자체가 고역이었다. 하지만 지금으로선 이보다 더 나은 방법이 없었다.

해연은 크게 심호흡을 하고 벽을 밀었다. 접시가 살짝 내려가면서 벽이 부드럽게 돌아갔고, 이내 어두운 뒷공간이 드러났다. 끝이 보이지 않는 새까만 비밀 통로는 손끝이 떨릴 만큼 낙담하게 만들었다.

'이제 벌레들이 기어 나오겠지.'

각종 벌레가 몸을 기어 다닐 걸 생각하자 소름이 돋았다.

수년 동안 사용하지 않았던 비밀 통로는 거미와 벌레들의 소굴이었다. 신녀와 대무녀만 아는 곳이라 따로 관리하는 사람이 있는 것도 아니어서, 발을 딛기조차 끔찍한 곳이 되어버린 지 오래였다. 정말 목숨을 위협당하지 않는 한 들어가기 싫은 곳이었지만, 해연은 죽을상을 하고 발을 넣었다. 다시 한 걸음 재차 내디디려던 해연의 머릿속에 좋은 생각이 떠올랐다.

'내가 왜 그 생각을 못 했지?'

번뜩이는 아이디어에 얼굴이 환해진 해연은 두 손을 모으고 생각을 집중했다. 손에 물이 모여서 비밀 통로를 깨끗하게 닦아내 버리는 생각을 하자 몸 주변으로 축축한 느낌이 감돌기 시작했다.

'깨끗해져라. 깨끗해져. 싹 다 씻어줘.'

해연은 용을 썼지만, 거센 물줄기는커녕 물방울 몇 개만 손에 맺히다 말았다. 갑작스레 힘이 사용되지 않자 당황한 해연은 정신을 좀 더 집중했다. 하지만 황제의 머리 위로 쏟아지던 거센 물줄기는 끝내 나타나지 않았다.

"뭐야, 이거. 힘만 들잖아."

극한 정신력 소모에 지친 해연은 힘을 쓰는 건 단념했다.

'어쩌지? 그냥 들어가면 거미가 입으로 들어올 수도 있는데.'

통통한 거미의 꽁지를 입에 무는 상상을 하자 혀에 그 털의 감촉까지 느껴졌다. 순간 목덜미에 소름이 쫙 돋아난 해연은 선물이니 뭐니 다 때려치우고 싶어졌다. 그러나 이내 마음을 고쳐먹었다. 이번에 나가지 못하면 앞으로는 계속 갇혀 살아야 할 터였다.

해연은 이 난관을 헤쳐 나가기 위해 주변을 살펴보다가 침상 위에 잘 정리된 이불을 발견했다. 그 이불이라도 뒤집어쓰면 얼굴로 거미줄을 받아내는 불상사는 막을 수 있었다. 그런 생각이 들자마자 해연은 급히 이불을 뒤집어썼다.

침상의 크기만큼 커다란 이불은 해연의 발끝까지 가려주었다. 더불어 눈도 가려져서 장님마냥 앞이 보이지 않았다. 그래도 벌레가 몸에 달라붙는 것보다는 낫다는 생각에 발의 감각에만 의지하며 더듬더듬 통로 안쪽으로 들어섰다.

'사십, 사십 일.'

해연은 머릿속으로 수를 세어가면서 조심히 계단을 내려갔다. 직선으로 내려가는 계단은 총 70개로 이루어져 있고, 그 후에 천 보 전진하다가 우측으로 꺾어야 한다고 들었다. 이 통로는 신궁 뒷산에 있는 바위틈으로 빠져나간다고 했는데, 아무리 걸어도 끝이 보이지 않는 통로에 해연은 본인이 맞게 가고 있는지조차 헷갈렸다.

'여기 되게 답답하네. 공기가 너무 탁해.'

코를 찌르는 악취에 머리가 띵했다. 그럼에도 하랑의 선물과 본인의 자유, 그리고 정보 수집만을 위해 해연은 끝까지 걸음을 옮겼다. 하랑에게서 독립해 혼자 서보겠다고 그렇게 당당히 외쳤는데 언제까지 신궁에 숨어 있을 수만은 없었다. 홀로서기 위해서는 이 땅에 대해 배워야 했고, 집으로 돌아갈 길을 찾는 데도 도움이 될 것이었다. 해연은 입술을 꼭 깨물고 힘겹게 걸음을 옮겼다.

그렇게 해연이 비밀 통로에서 극한의 체험을 하는 동안, 유신은 창틀 위에 가만히 앉아있었다.

"두령, 오늘 밤 자정에 주사청루의 초호루에서 만나자는 전갈입니다."

흑의를 입은 호섭이 옆으로 다가오며 말을 전했으나 유신은 별다른 반응이 없었다. 며칠 전부터 나타난 의욕 없는 증상이 쉽사리 사그라지지 않고 있었다. 더위 먹은 사람처럼 넋을 놓고 있는 그는 얼마 전 자신에게 온 서찰을 생각했다. 청일국의 황제가 보낸 서찰에는 해연에 대한 의문을 풀어주는 내용이 적혀 있었다. 문제는 그 내용보다 그 정보를 빼내기 위해서 황제가 취했을 방법이었다.

'또 억압한 거겠지.'

상처 입었을 누이의 얼굴이 떠오르자 유신은 천천히 눈을 감았다. 강한 힘을 가진 그가 청일국 황제에게 구속되어 이용당하는 이유는 바로 그의 하나뿐인 혈육이자, 자애로운 누님인 유란 때문이었다. 신녀의 동생인 그가 다른 신녀들을 살해하고 다니는 이유도 유란, 그의 손위 누이의 자유를 위해서였다.

안쓰러운 누이를 생각하던 유신은 품속에 넣어두었던 단검을 꺼내 들었다. 새까만 가죽에 하얀 무늬가 박힌 청일국의 불의 검이었다. 그 검에 모두의 운명이 달려 있었다.

'한 명만 더, 이번 신녀만 죽인다면……'

해연을 떠올린 유신의 검은 눈동자가 흔들렸다. 신녀들을 죽이라는 명을 받던 날, 황제는 청일국이란 이름으로 오대국을 통일하면 자유를 주겠다고 약조했었다. 뿐만 아니라 다섯 자루의 불의 검도 모두 자신의 손에 쥐여주겠다고 말했었다. 이 세상에 있는 불의 검을 전부 가진다면, 유란을 죽일 존재도 없어지니 두 사람은 멀리 떠나 걱정 없이 살 수 있었다. 그것이 평생 꿈꿔온 그의 소원이었다.

"호섭."

"예."

호섭은 조용히 다음 명을 기다렸다. 잠시 생각을 정리하던 유신은 불의 검을 품에 넣고 자리에서 일어났다.

"초호루에는 네가 가거라. 내 인장을 가져가면 큰 문제 없을 게다."

"그럼 이곳은 토우에게 지키라 하겠습니다."

호섭은 토우를 남겨서 유신의 신변을 지키게 할 요량이었다. 그러나 다른 계획을 세운 유신은 부채를 접으며 호위를 거부했다.

"되었다. 오늘은 동연국의 신녀를 죽이러 갈 것이니."

오랜 고민 끝에 내린 유신의 결단에 호섭은 말없이 고개를 숙였다. 그동안 그가 수도 없이 고민하고 망설였음을 호섭도 잘 알고 있었다. 목숨처럼 여기는 유란과 같은 힘을 가진 신녀를 살해한다는 건 무척 괴로운 일일 것이다. 또한 그로 인해 수만에 달할 백성이 죽어 나간다는 점도 감안해야 했다.

그럼에도 호섭은 유신의 결심을 말리지 않았다. 황제의 명은 아직도 이해할 수 없지만, 자신의 두령이 하는 일은 그것이 설령 신녀를 죽이는 일이라 하더라도 옳다고 믿었다. 그 잘못된 믿음이 낳을 결과는 매우 참담할 것임을 호섭은 인정하지 않았다.

새까만 어둠 속에서 해연이 내지른 괴성이 울려 퍼졌다. 이불 때문에 앞이 보이지 않는 상태에서 해연은 하얗게 질린 얼굴로 비밀 통로를 내달렸다.

"꺄아악! 싫어! 싫다고오! 떨어져. 떨어져어!"

아무리 비명을 질러도 다리를 기어오르는 벌레의 느낌은 사라지지 않았다. 소름 돋는 그 감촉에 해연은 이불 속에서 악을 써대며 달렸다. 그렇게 한참을 달음질치다가 무언가 물컹한 걸 밟았을 때는 찌찍거리는 쥐의 비명이 들렸다.

"아악! 아아아아아아악!"

해연은 영혼이 승천하는 기분이었다. 격한 놀이기구를 타도 이토록 비명을 지르진 않았었다. 이대로 가다간 득음할 경지에 올랐을 때, 이불 밑으로 밝은 빛이 들어왔다.

비명을 지르느라 숨이 거칠어진 해연은 뻣뻣하게 굳은 목을 억지로 내렸다. 먼지로 뒤범벅된 신발에 빛이 닿아 있었다. 드디어 밖으로 빠져나온 것이다.

"엄마."

해연은 진이 빠져서 저도 모르게 엄마를 불렀다. 당장에라도 쓰러질 것 같았지만 이불에 붙어 있을 벌레들이 떠오르자 초인적인 힘이 솟아났다. 찝찝한 이불부터 벗어 던지고, 해연은 뒤도 안 돌아보고 도망쳤다. 달리는 중에도 치마를 탈탈 터는 걸 잊지 않았다. 지금은 느낌이 나지 않지만, 혹여 치마 속으로 들어온 벌레가 있으면 다 털어버려야만 했다.

'내가 두 번 다시 저 길로 가나 봐라.'

비밀 통로에 몸을 내맡긴 지 얼마 안 돼서 해연은 그곳에 몸을 들이민 자신이 가장 원망스러웠다. 출구를 찾지 못한 채 그곳에 갇히면 어쩌나 싶었던 순간엔 다리 힘이 쫙 빠지는 바람에 그 자리에서 사망신고서를 쓸 뻔했다. 다행히 살아서 나왔고, 해연은 그 점에 감사했다.

'저 통로를 또 쓸 바에는 차라리 황제랑 오빠 동생하고 지내겠어.'

원수마저 사랑할 수 있게 만든 비밀 통로의 힘은 위대했다. 그래도 하나를 잃으면 하나를 얻는다고, 끔찍했던 길을 내달린 덕에 해연은 달콤한 자유를 얻었다.

사방으로 쭉쭉 뻗은 대로를 따라 늘어선 기와집은 고풍스러웠고, 단아한 한복을 잘 차려입은 사람들은 멋스러웠다. 가뭄을 벗어난 시장은 생기로 가득했는데, 이전보다 훨씬 활기차진 번화가에 해연은 무척 묘한 기분을 느끼고 있었다.

'확실히 문 닫은 상점도 없고.'

해연은 동아시아의 문화가 적절히 섞인 시장의 분위기에 흠뻑 취하며 비밀 통로의 악몽을 빠르게 잊었다. 호기심이 가득한 눈으로 상점들을 둘러보면서 구경하던 해연은 가락지를 늘어놓은 가판대 앞에서 걸음을 멈췄다. 가지런히 놓인 가락지들을 쭉 훑어보았으나, 하랑이 준 청옥팔찌와 비슷한 디자인은 없었다.

"저기, 사장님?"

해연은 이곳에 맞는지 모를 호칭으로 주인을 불렀다. 그는 자신을 부른 걸 알면서도 의아한 얼굴로 해연을 훑어보았다. 입고 있는 옷은 분명 고급스러운 무녀복인데 가닥가닥 빠져나온 머리카락은 말 그대로 산발이었다. 뒤집어썼던 이불로 인해 머리 상태가 썩 좋지 못했으나 해연은 모른 체하며 왼쪽 손목에 찬 팔찌를 보여주었다.

"이거랑 비슷한 가락지 있어요?"

해연이 내민 손목에 걸린 팔찌를 유심히 들여다보던 주인이 고개를 저었다.

"이런 고급스러운 옥팔찌는 저희 같은 작은 상점에서는 잘 안 팝니다."

"그럼 어디서 파는지 아세요?"

해연의 질문에 아저씨는 우측 길을 가리켰다.

"이 길로 좀 걷다 보면 3층짜리 큰 상점이 나오는데, 도성에서 최고로 치는 장신구 상점입니다. 그곳으로 한번 가보세요."

"감사합니다."

해연은 예의 바르게 인사하고 주인이 일러준 방향으로 들어섰다. 그 길에는 각종 장신구 상점들이 줄줄이 늘어서 있었다. 장신구의 특성상 여성 손님이 대부분이었는데, 상인들은 호객 행위에 열을 올렸다. 단 한 명의 손님이라도 더 데려가기 위해 아등바등했지만, 그들 중 누구도 해연에게는 장신구를 권하지 않았다. 질문에는 착실히 대답해 주면서도 구매를 종용하는 일이 없었다.

'뭐지? 여기 왜 이래?'

관심에서 밀려나는 것도 한두 번이지, 조금 기분이 나빠진 해연은 미간을 찡그렸다. 그녀는 모르고 있었지만, 사실 입고 있는 옷이 무녀복인 게 문제였다. 물욕을 엄격히 금하는 무녀들은 개인적으로 가질 수 있는 물건이 딱 세 종류뿐이었다. 부모의 유품이나 약혼을 증명하는 예물 한 가지와 신녀의 하사품이 전부였다. 그래서 상인들은 물건을 사지 못하는 해연에게 큰 관심을 가지지 않았던 것이다. 그러나 그 사실을 전혀 알지 못하는 해연은 산발인 자신의 머리를 탓했다.

"머리 때문에 그런가?"

해연은 엉망이 된 머리를 다시 매만지며 아저씨가 알려줬던 가게를 찾아보았다. 동연국 도성에서 가장 알아준다는 장신구 가게는 생각보다 찾기 쉬웠다. 가게 앞에 화려한 가마들이 한가득 늘어서 있었고, 가마꾼들도 바글바글했기 때문이다. 좌판을 깔아둔 다른 가게와는 달리 건물 안에 매장이 있었는데, 해연은 늘어선 가마들을 요리조리 피해가며 가게 안으로 들어섰다.

"인기 있는 이유를 알겠네."

확실히 도성에서 본 그 어떤 상점보다 내부가 크고 화려했다. 곳곳을 금으로 장식했고, 동연국에서 비싸게 거래되는 거울도 실내 장식 소재로 사용하고 있었다. 그러나 무엇보다 해연의 눈길을 끈건 젊고 잘생긴 남정네들이었다. 곤색의 비단옷을 단체로 빼입은 그들은 손님들에게 화사한 웃음을 날리며 여심을 녹이고 있었다.

그 모습을 구경하는 해연에게도 누군가 처음으로 말을 걸어주었다.

"무녀님, 무슨 일로 오셨습니까?"

소리가 난 곳으로 고개를 돌린 해연의 얼굴이 미미하게 굳었다. 자신에게 다가온 남자는 표정부터가 매우 험상궂었다. 꽃 같은 남정네는 고사하고 싹이 틀지도 의심스러운 인상이었다. 그래도 황제를 보면서 외모로 사람을 판단하지 말자고 굳게 결심했던 해연은 실망했던 마음을 순식간에 지우고 가게에 온 이유를 밝혔다.

"옥가락지를 좀 보고 싶은데요."

"옥가락지요?"

예상치 못한 해연의 대답에 문덕은 살짝 당황했다. 그는 본래 물건을 구매할 의사가 없거나, 남종업원이 목적인 손님을 돌려보내는 역할을 담당하고 있었다. 해연도 필시 그런 손님 중 하나라고 생각했는데, 예상과는 전혀 다른 답변에 그는 해연을 다시 살폈다.

검은 눈동자는 확고했으나 머리는 미친 여자처럼 헝클어져 있었고, 옷은 무녀복이 틀림없었지만 치마 밑단은 오래도록 빨지 않은 듯 더럽기 짝이 없었다. 이토록 판단하기가 어려운 손님은 처음이었다. 그는 눈앞의 무녀에게 판매원을 붙여줘야 할지 고민했다. 그때, 언짢음으로 가득한 어느 여성의 따가운 목소리가 해연의 등 뒤에서 들려왔다.

"도대체 가게 관리를 어떻게 하는 거야? 거지 따위가 들락거려서야 장사가 되겠어?"

무슨 일인가 싶어 고개를 돌린 해연은 도끼눈을 뜨고 쳐다보고 있는 한 여인과 눈이 마주쳤다. 화려하게 치장한 젊은 여자는 매우 못마땅한 얼굴로 기분 나쁘게 그녀의 몸을 위아래로 훑어보았다. 그 태도만 보아도 좀 전에 그녀가 말한 거지가 자신을 지목한 것임을 모르려야 모를 수가 없었다.

"지금 나한테 한 소리예요?"

"그럼 이곳에 거지가 너 말고 또 있니? 아아, 차림새를 보아하니 신궁에서 쫓겨난 뒤에 미친 무녀 같기도 하네."

여인은 비소를 지으며 신랄하게 비아냥거렸다. 30세가 되어 신궁을 나온 뒤에도 과거의 영광을 잊지 못하고 무녀복을 지어입고 다니는 이들이 종종 있었다. 해연의 얼굴은 30대로 보이지 않았지만, 여인에게 그런 점은 중요치 않았다. 중요한 건 자신의 가게에 인정할 수 없는 손님이 들어와 있다는 점이었다.

"뭐 해? 어서 끌어내지 않고? 앞으로 무녀는 들이지도 마. 돈도 없는 것들이 짜증 나게."

뒷말은 혼잣말같이 중얼거리긴 했지만, 듣지 못할 정도로 작은 소리는 아니었다. 생각지도 못하게 당한 무례에 해연의 입에서 헛웃음이 흘러나왔다.

무녀는 신녀를 보필하는 자들인 만큼 엄격한 선별을 통해 뽑고 있었다. 그렇게 뽑힌 무녀들은 젊은 시절의 대부분을 나라와 신녀를 위해 바친다고 해도 과언이 아니었다. 짧은 시간이지만 해연이 본 무녀들은 본인들의 일에 대단한 자부심을 지니고 있었다. 신녀를 잘 모실수록 백성은 비를 원활히 얻을 수 있고, 그 덕에 농사가 성하면 나라가 안정된다. 그렇게 생각하면서 오늘도 땀을 흘리는 무녀들에게 돈이라는 잣대로 천하다 욕하는 건 옳지 못한 언사였다. 그 누구보다 가까운 곳에서 그녀들을 지켜봐 왔던 해연은 그 말에 더욱 빈정이 상했다.

"당신이 뭔데 그딴 식으로 얘길 해?"

얼음장같이 서늘한 해연의 목소리에 주변의 웅성임마저 순식간에 얼어붙었다. 가게에 있는 모든 이들이 당혹스러움을 감추지 못했다. 그들은 당연히 무녀가 시비를 피하리라 생각했다. 그 예상은 보기 좋게 빗나갔지만, 문제는 지금부터였다.

초선의 신분을 모르는 이는 이 가게 안에 해연뿐이었고, 다들 초선의 발밑을 기게 될 무녀를 안타까워했다. 하지만 그들은 몰랐다. 눈앞에 있는 초라하고 볼품없는 여인이 누구인지를. 또한 옳지 못한 일을 보면 피하기보단 맞서는 성격인 것도 알지 못했다.

"돈 좀 있다고 유세 떠나 본데, 잘못도 없는 무녀를 욕하기 전에 그 넘치는 돈으로 올바른 인성부터 사서 장착하지 그래?"

지지 않고 그대로 되갚아주는 해연 덕에 가게에 물건을 사러 온 손님은 물론이고, 종업원들도 단체로 패닉 상태에 빠졌다.

제삼자들이 그러한데, 당사자인 초선은 오죽할까. 그녀는 금방이라도 입에 거품을 물 듯이 부들부들 떨어댔다. 이런 수모는 처음 겪는 초선의 분위기가 점점 험악해지자, 둘 사이에 껴서 지켜보던 문덕이 조심스레 나섰다. 그는 평생 속으로만 담아뒀던 말을 시원하게 내뱉어준 해연에게 고마우면서도, 한편으로는 그녀가 다칠 것을 염려했다. 그래서 더욱 초선의 신분을 알려주어야만 했다.

"무녀님, 이분은 우현 대감 댁의 작은 아씨입니다."

"우현?"

동연국의 관직명에 익숙지 않은 해연은 무심코 되물었다. 하지만 사람들은 그 반응을 너무 놀라서 그런 것으로 받아들였다. 그만큼 우현의 세력은 대단한 것이었다. 황제를 사위로 삼았고 딸은 황후가 되었으니 누가 감히 그 집안을 무시할 수 있겠는가. 다만, 집안의 권세를 믿은 초선이 언니가 쌓아놓은 명성을 다 깎아먹고 있다는 게 그 집안의 유일한 흠이었다.

문덕에 의해 정체가 밝혀진 초선은 흥분을 가라앉히고 어떠냐는 듯 거만한 얼굴로 해연을 보았다. 언제나 그랬듯이, 이제는 눈앞의 계집이 하얗게 질린 얼굴로 무릎을 꿇고 백배사죄를 하는 일만 구경하면 되었다. 그러나 해연은 멀뚱멀뚱 서 있을 뿐이었다. 일이 생각대로 흘러가지 않자 초선의 얼굴이 다시 일그러지려는 차에 문덕이 급히 말을 덧붙였다. 상황이 더 악화되기 전에 무녀가 사죄하도록 만들어야만 했다.

"앞에 계신 아씨는 우현 대감님의 금지옥엽이시자, 황후마마와 자매이시고, 황제 폐하의 처제 되시는 분입니다."

그는 더불어 초선이 이 가게의 주인임을 귀띔해 주었다. 낱낱이 밝혀진 어마어마한 신분에 초선은 이쯤이면 해연의 기세가 콱 꺾였을 것이라고 믿었다. 그러나 그건 섣부른 판단이었다.

"그래서?"

단 한 마디 말이었으나 충격을 넘어 경악스러운 답변이었다. 눈앞에서 무녀 하나 경치겠다고 여기는 그들의 표정을 해연은 개의치 않아 했다. 처음 본 사람에게 무턱대고 욕을 하며 망신을 주는 자가 집안이 대단하면 무얼 하겠는가. 그것이야말로 그 집안이 가정교육 하나 제대로 못 했다고 떠드는 것과 동일한 일이었다. 그래서 더욱 집안을 내세우며 자신의 잘못을 정당화하려는 초선의 행동이 마음에 들지 않았다. 그만큼 말이 곱게 나갈 리도 없었다.

"네가 황후와 자매고, 황제의 처제인 게 나랑 무슨 상관이냐고. 애도 아니고 신분으로 날 이겨볼 생각인가 본데. 좋아, 네 방식대로 다시 물어볼게. 네 신분이 나보다 더 높다고 자신할 수 있어?"

날카로운 해연의 질문에 초선은 입을 다물었다. 처음에는 그냥 좀 덜떨어진 무녀라 생각했다. 머리는 산발인 데다가 옷은 지저분하기 그지없었다. 오히려 무녀라고 생각해 주는 게 다행일 정도였다. 그러나 일반 무녀라고 하기에는 태도가 너무 당당했다. 정말 미쳤거나 그것도 아니면 숨겨둔 한 수가 있는 게 분명했다.

초선이 혼란을 느끼는 동안 해연도 생각을 정리했다. 이 자리에서 초선을 혼쭐내 주고 싶었으나, 잘못했다간 신녀라는 신분이 들통 날 수도 있고, 암살의 위험에도 노출될 가능성이 높았다. 또한 신궁으로 다시 붙잡혀 가지 않으려면, 그 지옥 같았던 비밀 통로의 험난함을 다시 겪지 않으려면, 지금은 물러나야만 했다. 그러나 이대로 고분고분 물러나는 것도 비위에 거슬렸다. 갈 때 가더라도 당한 만큼은 갚아줄 생각이었다.

"내가 누군지 모르겠단 얼굴이네?"

대관식을 하지 않았으니 알 리가 없었다. 해연은 그 사실에 감사하며 여전히 대답 못 하는 초선에게 천천히 다가갔다.

"궁금하면 네 아버지한테 가서 물어봐. 그리고 가진 게 많아서 태도가 재수 없나 본데, 사람 하나 갱생시킨다 생각하고 다 뱉어내게 할 테니까 각오해도 좋아. 바닥에 닿고 나면 사람 보는 눈이 좀 달라지겠지?"

해연은 굳어버린 초선의 어깨를 두어 번 두드려 주고 밖으로 나갔다. 지금은 부득이 물러날 수밖에 없지만, 내일은 확실하게 혼을 내줄 생각이었다. 그렇게 후일을 기약했으나 이미 상할 대로 상한 기분은 나아지지 않았다.

"에이, 딴 데나 가자."

해연은 축 처진 기분을 풀기 위해 정처 없이 발을 옮겼다.

"폐하, 대무녀 모라가 뵙기를 청하옵니다."

내관 모백이 황제에게 고하는 동안 모라는 마음을 가다듬었다. 될 수 있다면 이번 일은 아무도 모르게 해결하고 싶었다. 하지만 사안이 사안인지라 황제에겐 비밀로 할 수가 없었다.

"들라 하라."

허락이 떨어지자 소리도 없이 문이 열렸다. 열린 문 안쪽으로 국상 김학과 함께 상소문을 처리하고 있는 황제가 보였다. 상소문에서 눈을 떼지 않던 가후는 모라가 다가가 예를 갖추려고 하자 그제야 시선을 돌렸다.

"예는 되었으니 자리에 앉으시오. 마침 그대에게 묻고 싶은 것이 있었는데 잘 되었군. 상소문은 추후에 다시 봅시다, 국상."

"예, 폐하. 소신은 이만 물러가겠사옵니다."

김학은 눈치껏 자리를 비켜주었다. 그가 나가고 자리에 착석한 모라는 황제가 묻고자 하는 말을 대충 짐작했다. 그가 자신에게만 조용히 물을 것이 하나밖에 없기 때문이었다. 그리고 그건 신녀가 사라진 사안만큼이나 중한 일이었다.

"벌써 증상을 겪으셨습니까?"

"약은 얼마나 남았소."

수긍이나 마찬가지인 황제의 물음에 모라의 얼굴에는 근심이 어렸다. 황제가 약을 복용한 지 얼마 지나지 않았으니 아직 증상이 나타날 시기가 아니었다. 게다가 남은 약이 얼마 없었다.

"앞으로 두 번 복용할 분량만 남았습니다."

"……."

두 번. 남은 약의 개수를 확인한 가후는 천천히 눈을 감았다. 그는 이 암담한 현실을 덤덤하게 받아들였다. 이 년 전, 일이 꼬이기 시작했을 때부터 자신의 운명이 이렇게 되리란 것쯤은 짐작하고 있었다. 오히려 조급해하는 건 모라였다.

"벌써 증상이 나타났다는 건 선대 황후마마께서 남기신 약의 효력이 점차 떨어지고 있다는 증거입니다. 제가 신력으로 보관하고는 있으나 이대로라면……."

"알고 있소."

"이리 넘기실 일이 아닙니다. 폐하는 이 나라의 군주십니다. 나라와 후대를 위해서라도 이제 그만 황후마마를……."

"그만!"

가후의 고성에 흠칫 놀란 모라는 아직 다 하지 못한 말을 억지로 삼켰다. 황제의 붉은 눈동자에 살의까지 비치고 있었다. 이 상태에서 말을 더 꺼냈다가는 그의 분노를 피할 수 없을 것이었다. 모라는 고개를 숙이고 가후의 눈빛이 한풀 꺾이길 기다렸다. 더 직언을 했다간 혀가 잘릴 수도 있지만, 이대로 물러날 수는 없었다. 나라를 위해서라도 그는 스스로 해결을 봐야만 했다.

"폐하께옵서 싫어하시니 더는 말하지 않겠습니다. 하나, 내년 봄이 지나기 전에는 결단을 내리셔야 합니다. 임시방편에도 한계가 있는 법입니다."

모라는 조곤조곤한 말투로 마지막 경고를 했다. 그녀가 우려하는 일과 사태의 심각성을 아는 가후는 화를 가라앉혔다. 굳이 모라가 말하지 않아도 주어진 시간이 얼마 없다는 것쯤은 잘 알고 있었다. 예전에는 약을 한 번 복용하면 일 년은 거뜬했으나, 요즘은 자다가도 증상이 나타났다. 종종 나타나는 심장의 통증은 참기 어려울 정도였고, 별것도 아닌 일에 살의를 품는 일도 점차 잦아졌다. 그럼에도 가후는 자신의 마지막을 애써 의식하지 않으려 했다. 죽는 날까지 부친에게 물려받은 나라나 잘 다스린다면 그것으로 만족할 생각이었다.

그렇게 마음을 다잡은 그는 껄끄러운 화제를 돌리고자 면담을 청한 이유를 물었다. 드디어 올 것이 왔다. 모라는 떨리는 호흡을 가다듬으며, 곧 터질 역정을 감당할 준비를 했다.

"그것이, 신녀님의 일입니다."

"신녀?"

가후의 미간이 언뜻 찌푸려졌다. 이년이 또 무슨 짓을 벌였나 싶었다. 그가 우려하는 틈을 타 모라는 해연이 신궁을 빠져나갔음을 밝혔다. 믿기 힘든 신녀의 도망 소식에 황제의 분노가 휘몰아친 것은 당연한 절차였다.

용주전의 호위 상태를 둘러보던 소렵은 황제가 찾는다는 내관의 말에 급히 집무실로 갔다. 차분히 앉아 있는 대무녀에 비해 가후는 노기를 참지 못하고 씩씩거렸다. 그것만 보아도 무슨 큰일이 생겼음을 짐작하는 건 어렵지 않았다.

"찾으셨습니까, 폐하."

"당장 가서 그 망할 년 좀 잡아와."

황제가 욕까지 섞어가며 부르는 존재가 누구인지는 빤했다. 요며칠 조용하던 신녀가 또 황제의 심기를 건드린 모양이었다.

"무슨 일이 있으신 겁니까?"

소렵은 사건의 요지를 파악하고자 했다. 비가 온 뒤부터는 신녀와 관련된 모든 일이 조심스러웠기 때문이다. 그런 소렵의 질문에 대답한 건 가후가 아닌 모라였다. 그녀에게 자초지종을 듣고 난 소렵은 골치가 아파오는 머리를 부여잡고 싶었다.

'어쩐지. 요즘은 잠잠하시더니.'

용주전에서 물러 나온 소렵은 풍월대 훈련장으로 향하면서 땅이 꺼지도록 한숨을 쉬었다. 해연의 심장에 검이 꽂혔던 날, 그녀와 자신의 사이도 틀어질 만큼 틀어져 버렸다. 그래서 될 수 있는 한 신궁과 관련된 일은 하랑에게 떠넘겨 왔었다. 마주쳐 봤자 껄끄럽기 때문이었다. 그러나 오늘은 하랑마저 임무로 궁을 비웠기에 직접 신녀를 찾아와야만 했다.

'하아, 내가 어쩌다가…….'

소렵은 해연을 대면할 생각에 눈앞이 아득해졌다. 그 사건 이후로 처음 만나는 것인데 어떤 태도를 취해야 할지, 걱정부터 앞섰다.

소렵의 한숨이 대기를 채우는 동안, 해연은 이름 모를 찻집에서 여유를 만끽하는 중이었다. 2층 창가에 앉아서 차 한 잔 기울이며 바라보는 노을은 묘하게 향수를 자극했다.

'그때가 아마 수능 끝나고였었지.'

해연은 고3 겨울방학 때 친구들과 우정여행을 갔었다. 제주도로 내려가기 전에 한번 놀러 가자고 의기투합했던 것이다. 그리고 해연은 그 여행의 마지막 날에 지금과 똑 닮은 노을을 봤었다.

'거기가 어디였더라?'

여행 갔던 장소를 떠올리기 위해 추억을 더듬어보았으나 지명은 좀처럼 생각나지 않았다. 분명 이곳과 비슷한 분위기의 전통 찻집이 많았었는데, 이상하게도 놀러 간 도시의 이름은 기억나지 않았다.

'이놈의 건망증.'

해연은 자신의 기억력을 탓하며 떠올리는 것을 포기했다. 이제 그만 돌아가야 할 시간이었다. 안타깝게도 하랑의 선물과 정보 수집이라는 소기의 목적은 달성하지 못했지만, 그래도 나름의 수확은 있었다.

'무녀들을 싫어하는 이유가 뭔지는 알았으니까 우선은 그걸로 만족해야지.'

해연은 초선의 가게를 나온 뒤에, 사람들이 무녀를 껄끄럽게 보는 이유를 알아보고 다녔다. 상점 주인들을 은근슬쩍 떠보기도 했고, 어린아이들에게 간식을 사주기도 했다. 그렇게 고생하며 알아본 바에 의하면, 가뭄에 대한 책임을 무녀에게 씌우고 있었다. 사람들은 신녀를 제대로 보필하지 못한 무녀들 탓에 가뭄이 발생했고, 수많은 사람이 죽었으며, 자신들이 고통받았다고 여겼다. 현 신녀를 모시는 무녀들에게 대놓고 돌을 던지지는 못해도 예전만치 호의적인 눈빛을 보이지 않았던 이유가 거기에 있었다.

'어쨌든 오늘은 여기까지. 해결책은 천천히 생각하자.'

복잡한 생각을 정리한 해연은 점원을 불러 찻값을 주고 자리에서 일어났다.

붉은 노을이 보라색으로 변색되자, 술과 여자를 파는 주사청루 거리는 점점 활기를 띠기 시작했다. 뜨거움에 눈이 먼 부나방들은 어둠이 몸을 감춰주기도 전에 날아들었고, 화려한 독버섯들은 저마다의 방법으로 부나방의 신경을 마비시켰다.

자유를 찾으러 왔다가 독에 취하게 되는 그곳에 화려한 옷차림의 두 사내가 들어섰다. 하늘색 비단옷을 입은 사내는 체격이 매우 건장했고, 붉은 옷을 입은 사내는 무표정한 눈길이 도리어 관능적이기까지 했다.

오랜만에 보는 탐스러운 먹잇감에 길거리에 있는 여인네들은 너나 할 것 없이 눈을 빛냈다. 그러나 그녀들의 교태 어린 눈짓에도 두 사람은 반응을 보이지 않았다.

"미행은?"

"없습니다."

하랑의 질문에 대답을 덧붙인 나호는 대장의 분위기를 슬쩍 살폈다. 이른 저녁이지만 장소가 장소인 만큼 여인들의 간들거리는 웃음소리와 제 한 몸 못 가누는 사내들이 여기저기 눈에 띄었다. 하랑이 좋아하지 않는 것들로만 가득 차 있다고 해도 과언이 아니었다.

"대장, 정말 괜찮으시겠습니까?"

달천대에 들어가기 전, 주사청루 거리에서 키워진 나호는 앞으로 벌어질 일들이 걱정되었다. 하랑의 외모에 돈까지 있어 보이면 나름 자존심 세우던 기녀들도 과감하게 굴게 마련이었다. 그만큼 들러붙을 것이고, 그에게는 견디기 힘든 시간이 될 터였다. 물론 하랑도 그에 대한 각오 정도는 해둔 상태였다.

"대안이 없지 않느냐, 작전대로 하는 수밖에."

그의 말이 맞았다. 달리 방법이 없었다. 적에 대한 정보는 적었고, 정체가 발각되는 건 조심스러웠다. 그래서 두 사람은 이런 식으로 변장 아닌 변장을 하고 거대한 기루로 향할 수밖에 없었다.

나호가 안내한 초호루는 3층으로 된 건물이었다. 청색과 홍색 등이 처마 아래 여기저기 걸려 있었고, 벌써부터 창가에 자리 잡은 사람도 보였다. 사내들은 안면 있는 기녀들과 시시덕대며 떠들었고, 그런 이들을 맞이하는 대문은 언제나처럼 활짝 열려 있었다. 하랑과 나호가 그 문에 다가서기도 전에, 화려하게 치장한 여인들이 우르르 몰려나와 두 사람의 양쪽 팔에 달라붙었다. 마음을 얻고자 교태를 부리는 기녀들을 떼어놓지도 못하고, 하랑은 내키지 않는 걸음을 옮겼다.

해가 진 뒤의 신궁은 언제나처럼 침묵에 잠겨 있었다. 1층 벽과 바닥을 따라 천천히 흐르는 물소리는 평온함을 선사했고, 은은한 촛불의 불빛은 어둠과 섞여 아늑함을 자아냈다. 하지만 그 뒤에는 긴장과 초조함이 감춰져 있었다. 대들보 위에 몸을 숨긴 채 무녀들의 분위기를 살피던 유신의 눈이 가늘어졌다. 그의 직감이 무언가 일이 틀어졌음을 예리하게 짚어냈다.

'확실히 이상하군. 무슨 일인지 알아봐야겠어.'

결정이 내려지자 유신은 순식간에 자취를 감췄다.

단야는 몇 시간 동안 신궁 문 앞을 서성이고 있었다. 시간이 흐를수록 자꾸 나쁜 생각이 고개를 들었다. 혹시나 신녀님이 다치진 않았을까, 납치라도 당한 건 아닐까, 별별 해괴한 생각들이 뇌를 점령하곤 했다. 사라진 신녀를 걱정하는 단야의 눈이 궐문 주변을 끊임없이 살펴댔다. 꼭 마주 잡은 두 손마저 불안정하게 꿈질거리고 있을 때, 그녀를 부르는 목소리가 있었다.

"단야."

차분한 목소리에 뒤를 돌아보니 상급 무녀인 보리가 다가오고 있었다. 그녀를 발견한 단야의 큰 눈에는 눈물이 맺혔다. 그 모습에 보리는 안쓰러운 동생의 등을 부드럽게 쓸어주었다.

"이제 그만 들어가서 쉬어야지. 소렵님이 풍월대를 이끌고 나가셨다 하니 금방 연통이 올 거야."

상냥한 목소리에 단야는 고개를 끄덕이면서도 쉽사리 자리를 뜨지 못했다. 며칠 전부터 해연이 동연국에 대한 질문을 쏟아낼 때만 해도 단야는 진심으로 기뻤다. 그 반응이 이 나라에 적응하려는 마음이라고 여겼고, 그래서 이것저것 더 많이 알려주었다. 하지만 해연의 호기심이 이런 결과를 도출할 줄은 짐작조차 못 했었다.

"제 탓이에요. 신녀님이 호기심을 품으셨을 때 눈치챘어야 했는데……."

쓰디쓴 자책에 보리는 미소 띤 얼굴로 단야를 다정하게 안아주었다. 소여가 신궁의 기강을 잡는 채찍 역할을 한다면, 보리는 알뜰하게 살펴주고 다정하게 다독여 주곤 했다. 그리고 그런 행동을 통해 본인도 흔들리는 마음을 다잡을 수 있었다.

"너무 걱정 마렴. 신녀님은 이 나라에서 가장 강하신 분이잖니."

그걸 너무 믿는 바람에 전대 신녀를 잃었지만, 그래도 지금 이 상황에서 그녀들이 기댈 수 있는 건 신녀에게 주어진 물의 힘뿐이었다.

"잠시 바람 쐬러 나가셨다고 생각하자. 활발하신 분이라 그동안 많이 답답하셨을 거야."

보리는 침착하게 단야를 달랬다.

조금 떨어진 곳에서 그녀들의 대화를 엿듣던 유신은 팔짱을 끼고 기둥에 몸을 기댔다. 해연을 놓친 그의 얼굴에 미미한 웃음이 서려 있었다.

'이번엔 탈주인가. 정말 어디로 튈지 모를 여자군.'

생각하면 생각할수록 허탈했다. 기껏 죽일 마음을 품고 달려왔건만 또 실패해 버린 것이다. 이번이 벌써 네 번째였다. 처음 만났던 날은 하랑이 끼어들어서 실패했고, 두 번째 만났을 때는 체온이 높아서 신녀가 아니라고 믿었다. 비가 왔던 날은 죽었다고 생각했다가 뒤통수를 맞았고, 오늘은 신궁에 있어야 할 신녀가 없었다.

'빠져나가는 재주 하나는 인정해야겠어.'

지금껏 살면서 임무 실패를 맛보게 한 사람은 그 여자 단 하나뿐이었다. 다음번에는 또 어떤 방식으로 빠져나갈지 묘한 기대까지 하게 만들었다. 끝을 알 수 없는 신녀의 행보를 떠올리며 유신은 신궁 밖으로 걸음을 옮겼다. 오늘도 허탕이었다. 그런데 어째서인지 기분은 좋았다. 그는 그런 자신의 감정을 휘영청 뜬 달의 탓으로 돌렸다.

'손에 피를 묻히기엔 날이 너무 좋긴 하군. 초호루에나 갈까?'

이번 일이 틀어진 건 자신의 의도가 아니었다. 죽일 신녀가 없는 걸 어쩌겠는가. 목표물을 잃은 유신은 황제가 보낸 자를 만나볼 생각을 품었다. 하랑과 나호가 그곳에서 잠복하고 있다는 건 꿈에도 모르고 그는 초호루로 방향을 정했다.

유신이 신궁을 빠져나가는 사이, 초호루의 널찍한 방으로 안내받은 나호는 안을 쭉 살폈다. 가장 안쪽에는 붉은 휘장을 늘어뜨린 침상이 있었고, 문에서 가까운 널찍한 공간에는 커다란 테이블이 놓여 있었다. 초호루에서도 제법 가격이 나가는 방인지 여기저기 화려한 장식물들이 가득했다.

내부를 모두 파악한 나호는 뒤따라 들어오는 하랑을 보며 슬며시 웃었다. 이제 방에 들어왔을 뿐인데 이미 질려 버린 기색이 역력했다. 그의 팔에는 저고리를 헐렁하게 입은 기녀 둘이 매달려 있었고, 뒤를 쫓아온 기녀들도 눈길 한 번 받기 위해 콧소리를 내며 온갖 교태를 부렸다. 임무 때문에 싫은 티도 내지 못하는 하랑이 안타까우면서도, 이때 아니면 두 번 다시 못 볼 광경에 나호는 새어 나오려는 웃음을 간신히 되삼켰다.

"형님, 어떠십니까? 방이 마음에 드십니까?"

"좁군."

하랑은 자신의 괴로움을 즐기는 나호를 노려보면서 나지막하게 말했다. 차후에 임무가 끝나면 그에게 몸소 대련을 시켜주겠다고 다짐하면서, 미리 정해놓았던 답변을 그대로 옮겼다. 하지만 나호는 자신에게 닥친 위험을 감지하면서도 능청을 떨어댔다.

"형님, 화나신 겁니까? 어여쁜 기녀들에게 둘러싸여 계시면서 어찌……. 크흠. 큼."

조금 더 즐길 생각에 대본에도 없던 말로 시간을 끌던 나호는 헛기침이 나와 말을 끝맺지 못했다. 이글거리는 하랑의 눈빛을 보아하니 더 말을 했다가는 정말 뼈도 못 추릴 것 같았다. 슬며시 시선을 피한 그는 결국 하랑이 원하는 대로 대화를 진행했다.

"크흠! 우리 형님이 마음에 안 들어 하시니 딴 방으로 해야겠다. 더 큰 방으로 안내해라."

"어머나, 나으리. 이 방은 저희 초호루에서도 두 번째로 큰 방입니다. 가장 큰 방은 며칠 전부터 약조된 분이 계셔서 부득이 이곳으로 모실 수밖에 없었어요."

하랑의 팔에 매달려 있던 기녀 하나가 기회를 잡은 듯 급히 대답했다. 질문에 만족스럽게 대답해야 시중 들 가능성도 높아진다는 점을 그녀는 잘 알고 있었다. 하지만 그 답변이 만족스럽지 않았는지 나호는 인상을 쓰면서 화를 냈다.

"내 말이 말 같지 않으냐? 돈이라면 충분히 줄 테니 그 방으로 안내해라! 어서!"

"나, 나으리."

예상치 못한 그의 반응에 기녀들은 당황한 기색이 역력했다. 가장 큰 방을 잡은 자는 초호루에도 영향력이 있는 대상인이어서 그녀들이 함부로 방을 바꿀 수가 없었다. 서로 눈치를 보던 기녀들은 분위기를 풀 요량으로 나호에게 들러붙으며 그를 설득하려 했다.

"나으리, 그곳도 이 방과 비슷합니다."

"맞아요. 큰 차이가 없습니다."

"아무리 그래도 다르긴 할 것 아니냐."

좀 전까지만 해도 큰 소리를 내던 나호의 분위기가 조금이나마 나아지자 기녀들은 반색하며 설명을 덧붙였다.

"바로 옆방인데 구조도 같고 크기도 큰 차이가 없는걸요. 게다가 이 방은 가구들도 최고로만 채웠습니다."

드디어 원하는 정보가 나오자 하랑은 못 이기는 척 고개를 끄덕였다. 그들이 이렇게까지 한 이유는 적들이 접선할 장소에 대해 정확히 알기 위함이었다. 첩자에 대한 정보는 암살자와 접촉하는 쪽이 대상인이라는 것뿐이었다.

한정된 정보로 정확한 급습을 하려면 적어도 자신들의 정체는 숨기면서 접선하는 방이 어디인지 알아야 했다. 적들도 신중하기로 소문난 이들이니 정보를 얻는 게 쉬운 일이 아니었지만, 하랑은 첩자가 상인이라는 것에 초점을 맞췄다.

청일국 황제의 눈에 띄어 상권을 얻으려는 상인은 위험한 임무로 가치를 증명하고 싶었을 테고, 극비 임무를 맡은 살수에게도 잘 보이기 위해서 가장 큰 방을 잡았을 가능성이 높았다. 그래서 그 방의 위치와 구조 등을 기녀들이 의심하지 않는 선에서 불게 만들어야 했다. 제법 훌륭한 나호의 연기 덕에 수월히 접선 장소를 찾아낸 하랑은 두 번째 단계로 넘어갔다.

"흥분할 필요 없다. 그냥 이 방으로 하지."

"괜찮으시겠습니까?"

하랑은 귀찮은 듯 고개를 끄덕이는 걸로 답변을 대신했다. 나호가 다시 묻는 것이 시간 끌기 위함인 걸 알기 때문이었다. 속내를 간파당한 나호는 아쉬운 듯 입맛을 다시곤 하랑의 곁에 붙은 기녀들을 쫓아냈다. 간만에 마음에 든 손님을 놓치게 된 기녀들은 울상이었으나 나호는 단호했다.

"전부 다 나가, 어서! 후에 다시 부를 것이다."

나중을 기약해 준 뒤에야 기녀들은 아쉬움을 뒤로하고 밖으로 나갔다. 전부 방과 멀어진 것을 확인한 나호는 문을 걸어 잠그고 창문을 활짝 열었다. 어두워진 주사청루의 대로에는 붉고 푸른 등이 곳곳에 걸려 환각을 일으키려는 듯이 빛나고 있었다.

피익.

나호의 입에서 나온 작은 휘파람 소리에 어둠 속에 숨어 있던, 흑의를 입고 복면까지 한 사내들이 하나둘씩 창문으로 모습을 드러냈다. 전부 안으로 들어오자 나호는 열어두었던 창문도 굳게 닫았다. 이제부터는 조금이라도 정보가 새나가는 일을 미연에 차단해야 했다.

"대장, 다 모였습니다."

나호의 보고를 들으며 하랑은 앞에 선 부하 다섯을 쭉 훑어보았다. 지금까지 이 구성원으로 임무를 수행해 본 적이 없었다. 달천대에서 부대장인 역운을 제외하고 실력순으로 다섯 명을 차출한 것이다. 나호는 물론이고, 다른 네 명도 각자 부대를 이끄는 편이었기 때문에 섞일 일이 흔치 않았다. 그런 이들을 한꺼번에 부른 것은 이번 일이 그만큼 위험했기 때문이다.

"오늘 임무는 신중을 기해야 한다. 공력자도 섞여 있을 가능성이 농후하니 집중하도록."

"예."

나호까지 진지한 얼굴로 답하자 하랑은 각자의 위치를 정해주었
다. 나호는 예정대로 하랑과 함께 정보 수집을 맡았고, 나머지 네
사람은 방 안의 사각지대에 몸을 숨기게 했다.

하랑은 부하에게 맡겨두었던 검까지 돌려받고 최대한 마음을 안
정시켰다. 이제는 기녀들을 통해 옆방에 머무를 적의 정보를 알아
내고, 기회를 틈타 습격하는 일만 남았다.

어두운 밤하늘 아래서도 신궁은 하얗게 제 존재감을 뽐냈다. 마
치 등대처럼 오롯이 서서 길을 알려주는 듯한데, 멀리서 그걸 보며
한숨을 내쉬는 여인이 있었다. 어째서인지 신궁과 거리를 좁히지
못한 해연이었다.

'이 방향이 맞는 것 같은데.'

방향은 맞는데 길을 잘못 들었다. 하나둘 문을 닫는 상점들 사이
에서 홀로 멀뚱히 선 해연은 그대로 미아가 되어버렸다. 길을 물어
보면서 가야 하는데 거리엔 사람이 점점 줄어들었고, 불안감은 비
례하여 상승했다. 별수 없이 직감에 의존하여 길을 걷는 중에 맞은
편에서 천천히 걸어오는 남자 하나가 눈에 띄었다.

그는 긴 머리카락을 하나로 높이 묶어 이마를 시원하게 드러냈
고, 넓은 어깨와 매끄러운 허리에는 은실로 수를 놓은 무복을 입고
있었다. 넓은 비단 허리띠 아래로 앞뒤, 양옆이 트인 쾌자는 움직일
때마다 조금씩 펄럭이며 신비로운 분위기를 자아냈고, 흰옷과 잘
어울리는 부채는 그의 검은 머리카락을 꽃잎처럼 흩날리게 했다.
그 모습이 무척이나 아름다워서 한 번 보면 결코 잊을 수 없는 사

내, 꽃도령이었다.

　초호루로 향하던 유신은 자신을 빤히 보는 이상한 무녀를 발견했다. 단정해야 할 머리는 부스스했고, 본래 하얀색이었을 치마 끝을 너저분하기 그지없었다. 그래서인지 더 눈길이 가는 그녀는 형용하기 어려운, 독특한 분위기를 지니고 있었다. 차림새는 정신 나간 여자 같으면서도 눈빛은 맑고 다부졌다.

　'신기한 여자군.'

　그녀에 대한 유신의 감상평은 그것이 전부였다. 그 이상 관심을 가질 이유가 없었다. 눈빛이 마음에 들긴 했지만 그뿐이었다. 그래서 무심코 지나가려는데, 들어본 적 있던 익숙한 목소리가 그를 붙잡았다.

　"꽃도령!"

　유신은 움직임을 멈췄다. 꽃도령이라는 해괴한 호칭으로 자신을 부르는 여자는 이 세상에서 딱 하나뿐이었다.

　'동연국의 신녀.'

　신궁에는 없던 신녀, 그녀가 자신을 부르는 것일 가능성이 높았다. 황급히 뒤를 돌아본 유신은 헤실헤실 웃고 있는 무녀를 발견했다. 그가 좀 전에 이상하게 여겼던 그 여인이 목소리의 주인이었다. 그제야 유신은 해연이 물의 힘을 각성한 탓에 알아볼 수 없을 만큼 외모가 많이 변했다는 걸 깨달았다. 하지만 통통 튀는 발랄한 목소리만큼은 여전했다.

　"꽃도령, 나 알아보겠어요? 저번에 한 번 만났었는데."

　해연은 유신에게 다가가며 아는 척을 했다. 문 닫을 준비를 하느라 바쁜 상인들보다는 그가 길을 좀 더 자세하게 알려줄 것만 같았다.

눈앞에서 알짱대며 방실방실 웃어대는 여인은 분명 신녀였다. 그는 이걸 반갑다고 해야 할지, 미치겠다고 해야 할지 답을 내리기가 어려웠다. 다만, 한 가지 확실한 건 마주친 이상 그냥 보내줄 수는 없다는 점이었다. 이 기막힌 만남에 쓴웃음을 삼킨 유신은 최대한 평상심을 유지하며 말을 걸었다.

"또 뵙는군요. 차림새 때문에 한눈에 알아뵙지 못했습니다."

조금 날이 선 느낌이지만 듣기 좋은 목소리였다. 혹시나 싶었는데, 그가 아는 체를 해주자 해연은 활짝 웃었다. 단 한 번의 만남을 기억해 주고 있다는 게 기분 좋았다. 아는 사람이란 생각이 들자 급격히 친밀함을 느낀 해연은 그를 불러세운 이유를 기억해 냈다.

"저기, 꽃도령. 혹시 신궁 가는 길 알아요? 방향은 알겠는데 거리가 너무 복잡하네요."

해연은 순식간에 길 잃은 강아지 같은 표정을 지었다. 눈꼬리가 아래로 향한 모습이 꽤 귀여워서, 유신은 저도 모르게 은근한 미소를 머금었다. 달빛 아래 비친 그의 웃음은 여전히 아름다웠다.

"길을 잃으셨나 보군요. 이렇게 만난 것도 인연인데, 차라리 제가 모셔다 드리겠습니다."

신녀가 그냥 굴러들어 왔는데 이런 절호의 기회를 놓칠 수는 없었다. 초호루에는 호섭을 보내놨으니 느긋이 신궁으로 향하면서 신녀나 처리하면 될 일이었다.

호의처럼 느껴지는 그의 제안에 해연은 반색했다. 날이 점점 어두워지면서 더 늦을까 불안했는데, 함께 가준다면야 마다할 이유가 없었다.

"그래도 되나요? 안 바빠요?"

해연은 혹시나 싶어 재차 물어보았다. 하지만 그녀의 초롱초롱한 눈에는 같이 가준다면 정말 고맙겠다는 뜻이 묻어 있었다. 그녀의 암묵적인 부탁을 기분 좋게 받아들인 유신은 고개를 끄덕였다.

"마침 할 일이 없어서 적적했습니다. 이 밤에 여인 혼자 움직이는 것도 위험하니, 신궁까지 모셔다 드리지요."

그렇게 말하는 유신의 미소 띤 얼굴이 너무나도 고와서 문제였다.

해연은 유신의 곁에서 함께 걸으며 이야기보따리를 풀었다. 종종 눈을 마주치며 웃는 것만으로도 두 사람의 분위기는 화기애애하게 흘러갔다. 그러나 해연을 바라보는 유신의 속내는 그리 밝지만은 않았다. 물의 힘을 각성한 해연은 한 번에 죽이지 않으면 곤란했다. 단 한 번의 기회를 어찌 살려야 하나 고민하는 그의 귓가에 해연의 목소리가 울렸다.

"꽃도령? 꽃도령! 무슨 생각을 그렇게 해요?"

"아, 아닙니다. 무녀님을 뵈니 제 누이가 생각나서 잠시 결례를 범했습니다."

급히 한 변명이었지만 맞는 말이기도 했다. 신녀인 해연을 볼 때마다 청일국에 두고 온 누이가 더 보고 싶어졌다. 그래서 최대한 빨리 일을 끝내 버리고 청일국으로 돌아가야겠다고 다짐하고 있었다. 그런 유신의 말을 굳게 믿은 해연은 새로운 화제에 곧바로 적응했다.

"누이라면, 위에? 아님 아래?"

이곳은 누이라는 단어에 누나라는 뜻과 여동생이란 뜻이 함께 공존했다. 해연이 정확히 어느 쪽인지를 묻자 유신은 그 이야기를 꺼낸 걸 후회했다. 가족과 관련된 건 심복인 호섭에게도 숨기는 편이었다. 해연이 누이에 대해서 대수롭지 않게 여기고 넘어가리라 생각한 것이 잘못이었다. 그러면서도 그는 그녀의 질문에 순순히 답했다.

"위에 계신 누님입니다."

"그럼 제게도 언니겠네요? 꽃도령이랑 닮았으면 정말 미인이시겠다."

해연의 칭찬에도 유신은 살짝 웃어 보일 뿐, 더는 대꾸하지 않았다. 황제에게 인질처럼 잡혀 있는 누이는 그의 약점이자 아픔이었다.

'좋지 않군.'

유신은 화제를 바꿔야겠다고 생각했다. 자객에게 개인적인 이야기는 정보가 새어 나갈 위험이 컸다. 게다가 가슴속 깊이 묻어두었던, 인간적인 면을 다른 이에게 보여준다는 것이 그를 더 불안하게 만들었다. 그래서 더욱 해연의 주의를 돌리고자 고민하고 있는데, 그녀가 다시 물어왔다.

"시집가신 건가요? 아님 따로 살아요?"

"예?"

예상치 못한 그녀의 질문에 유신은 자신도 모르게 반문했다. 그가 좀 놀란 듯 보이자 해연이 설명을 덧붙였다

"꽃도령 표정이 많이 어두워서 물어본 거예요. 자주 못 만나나 싶어서."

속없이 웃기만 하길래 맹한 줄로만 알았던 신녀에게도 예리한 구석이 있었다. 당황한 유신은 대답해야 하나 말아야 하나 고민했다. 하지만 곧 죽을 여자란 생각이 들자 조금은 속내를 내보이는 것도 나쁘지 않겠다 싶었다.

"멀리 떨어져 계십니다. 일 때문에 뵙지 못한 지 좀 되었습니다

만, 곧 만날 수 있을 겁니다."

"꽃도령처럼 누님도 그날이 무척 기대되겠네요. 진짜 부럽다."

해연은 곧 있을 만남을 축하하며 부러워했다. 그게 그렇게까지 부러울 일인가 싶었지만, 그녀는 자신의 일처럼 기뻐했다. 그 마음을 이해하지 못한 유신은 해연에게 무슨 꿍꿍이가 있는 건 아닐까 하는 작은 의구심이 들었다. 그래서 더 유심히 살펴보다가 그녀의 웃음이 잔잔해질 때 잠깐 나타난 표정을 발견했다.

그건 그리움이었다. 그 감정과 함께 억지로 삼켜 버린 소리도 그의 심장을 파고들었다. 공력자가 아니었다면 듣지 못했을 만큼 작은 소리, '나도, 보고 싶다'. 그 대상이 누구인지는 묻지 않아도 알수 있었다. 본인도 언제나 그리움에 사무쳐 살기 때문에 누구보다 빠르게 눈치챌 수 있었다. 유신의 표정이 무거워지는 것과 달리 해연은 다시 명랑하게 변했다.

"기회가 되면 나도 소개해 줄래요? 여긴 아는 사람이 많지 않아서 언니랑 알고 지내면 좋을 것 같은데. 어때요?"

좀 전의 표정은 어디다 숨겼는지 해연은 다시 밝은 얼굴이었다. 순식간에 스쳐 지나간 감정을 못 봤다면 진짜인 줄 알았을 정도였다. 하지만 지금은 아니었다. 실없이 웃는 얼굴과 철없는 행동, 밝은 말투로 본인마저 속이고 있을 뿐. 그녀는 가슴속에 난 상처를 들여다보길 무서워하고 있었다.

그걸 알아차린 유신의 얼굴에 수심이 깃들었다. 놀란 해연이 그를 불러도 대답조차 하지 못하고 앞서 걸어갔다. 그녀의 감정을 더들여다보고 있으면 차마 죽이지 못할 것만 같았다.

'연민이라니. 내가 또.'

일전에도 연민이 들어 죽이지 못했었다. 꿈속에서도 부모를 그리워하는 모습에 동질감이 느껴져서, 그래서 일을 그르쳤었다. 그 잘 못된 선택을 되돌리기 위해 이제야 기껏 죽일 마음을 먹었는데, 또 다시 연민이 생기면 위험했다.

유신은 흔들리는 마음을 다잡기 위해 입안을 꽉 깨물었다. 비릿한 피가 흘러나오자 조금이나마 정신이 드는 듯했다.

'이대로 두면 위험해.'

정말 위험했다. 그녀를 더 내버려 두었다간 의지가 흔들리는 걸로는 멈추지 않을 것만 같았다. 그는 이상하게 변하고 있는 자신의 마음을 본능적으로 느끼는 중이었다.

기녀들이 따라주는 술을 넙죽넙죽 받아먹던 나호는 앞에 앉은 하랑을 보며 히죽거렸다. 맛좋은 안줏거리들이 상다리가 부러질 만큼 차려져 있었지만, 술맛을 좋게 만드는 최고의 안주는 불편해 보이는 대장의 얼굴이었다. 몸을 더듬어대는 기녀들 탓에 곤혹스러워하는 대장의 모습이 매우 색다른 재미를 선사하고 있었다.

달천대에 발탁되어 십 년이 훌쩍 넘는 세월 동안 하랑을 모셨지만 이런 모습은 정말 처음 보았다. 항상 반듯하기만 했으니, 언제 기녀들과 놀아보기라도 했겠는가. 나호는 돈 주고도 못 볼 이 순간을 제대로 만끽하고 있었다.

"형님, 여기 비쌉니다. 본전은 찾으셔야지요. 본능을 너무 억압해도 병 생깁니다."

간땡이가 부어버린 부하의 놀림에 하랑의 눈매가 가늘어졌다. 본인보다 나이도 더 많은 부하가 본능을 운운하며 놀리는 것이 영 마음에 안 든 탓이었다. 하지만 나호는 실실 웃으며 하랑의 이글거리는 눈빛을 가볍게 넘겨 버렸다. 차후에 맞아 죽더라도 지금 이 순간만은 즐기고 싶었다. 그런 부하의 장난질에 하랑의 관자놀이에도 힘줄이 자리를 잡았다.

"좋은가 보지?"

악문 이 사이로 흘러나오는 목소리에도 나호는 아랑곳 않고 술을 쭉쭉 들이켰다. 어차피 잘 취하지도 않는 몸이었으니 임무를 앞에 두었어도 몇 잔의 술은 문제없었다. 그렇게 술을 연거푸 비우면서 그는 호기롭게 대답했다.

"좋습니다! 형님이랑 술도 하고. 하하하하! 여기에 못 낀 녀석들은 제가 부러워서 죽을 겁니다. 이렇게 맛있는 술에, 어여쁜 기녀들과 즐거워하시는 형님까지 있으니 말입니다!"

하랑은 전혀 즐거워하지 않았지만, 나호는 매우 기뻤다. 얼마나 행복했으면 기척을 감추고 숨어 있는 달천대원들에게까지 자랑을 해대겠는가. 그에 호응하듯 이 가는 소리가 방 귀퉁이에서 살짝 흘러나왔다. 배 아파할 동료들 생각에 나호는 더 크게 웃어젖혔다. 즐거워서 죽을 맛이었다.

"자자, 형님. 제 술 한 잔 받으십시오."

"아까도 받지 않았느냐."

"어허, 형님. 빈 잔 놓고 고사 지내십니까. 이곳에서는 잔을 손에서 놓으시면 안 됩니다."

나호는 말도 안 되는 소리를 하면서 하랑의 잔에 술을 가득 따라 주었다. 그리곤 본인의 잔에도 술을 채웠을 때, 톡톡— 작은 신호음이 들렸다. 드디어 목표가 도착한 것이다.

그 소리를 놓치지 않은 하랑은 곧바로 기녀들을 떼어놓았다. 아직 재미를 보지 못한 기녀들이 들러붙었지만, 분위기가 확 달라진 나호가 으름장을 두어 전부 쫓아내 버렸다.

귀찮은 존재들을 다 털어버린 하랑은 벽을 타고 들려오는 옆방의 소리에 한껏 귀를 기울였다. 가장 먼저 들린 건 어이없어 하는 한 남성의 목소리였다.

"그게 무슨 소립니까. 두령이 아니 오시다니요."

덥수룩한 수염 때문에 흡사 산적처럼 보이는 남자가 맞은편에 앉아 있는 흑립을 쓴 사내에게 화를 냈다. 챙이 넓은 흑립 탓에 얼굴의 반이 가려진 사내가 유신이 보낸 호섭이었다. 대리인 자격으로 온 호섭의 뒤에는 검은 옷 일색인 세 명의 무사가 서 있었고, 모두 흑립을 눌러써서 정체를 숨기고 있었다. 숨조차 쉬지 않는 듯, 미동도 하지 않는 사내들 앞에서 호섭만이 위협적인 감정을 드러냈다.

"목소리를 낮추시오."

단조롭지만 은근한 힘이 실린 그의 질책에 오대주는 헛기침을 하며 못마땅한 감정을 다듬으려 애썼다. 사실 그는 이번 기회에 단살단의 두령과 안면을 트고 싶었다. 청일국의 비밀 살수 집단, 단살단과 친분을 맺는다면 경쟁자를 제거하는 건 일도 아니었다. 주위의 상권을 전부 틀어쥘 수 있는 절호의 기회였는데, 그걸 놓치자 자신도 모르게 언짢은 감정을 내비쳤다. 하지만 표정은 금방 수습되었다. 일이 이렇게 되었으니 앞에 있는 단살단의 2인자, 호섭에게 잘 보여야 했다.

"실례했습니다. 소인이 좀 흥분했군요. 폐하께옵서 특별히 맡기신 일이니, 확인 절차를 진행하는 걸 허락해 주십시오."

확실히 줄어든 음성에는 전에 없던 부드러움도 갖추고 있었다. 이해타산이 빠른 오대주의 태도에 호섭은 허리춤에서 붉은 보석 반지를 꺼내 탁자 위에 올려놓았다. 그것이 바로 단살단의 두령을 뜻하는 인장이었다.

오대주는 조심스러운 손길로 붉은 보석 안을 살펴보았다. 보석 안쪽에 죽인다는 뜻의 '살' 자가 매우 작게 음각되어 있었다. 청일국의 황제가 말했던 것과 같았다.

"확실하군요. 그럼 정보를 넘기도록 하겠습니다."

그는 탁자 위에 올려놓았던 두 개의 상자 중 무늬가 없는 걸 호섭에게 내밀었다. 뚜껑을 젖히자 보라색 비단에 하얀 독수리가 수놓아진 두루마리가 드러났다. 황제가 보낸 서신이 분명했다. 그 두루마리를 꺼내서 펼쳐 본 호섭은 얼굴 근육이 찌푸려지는 걸 차마 막지 못했다.

─동연국에는 여전히 비가 오는군. 짐은 언제까지 기다려야 하는가. 성에 갇혀 사는 누이는 그대를 그리워하는데, 그대의 마음은 그렇지만도 않은 모양이야. 의좋은 남매가 너무 오랫동안 떨어져 지내지 않았는가. 어서 빨리 돌아오길 바랄 뿐이네. 짐은 믿고 싶지 않지만, 그대의 힘으로 달천대의 대장을 뚫기가 어렵다면 우현의 수양딸을 이용하게. 우현도 전심을 다 해 도와줄 걸세. 그대도 알지 않은가. 짐은 기다리는 걸 좋아하지 않아. 도대체 어찌하면 자네가 빨리 모국으로 돌아올지 고민해 보겠네.

완벽한 협박성 편지였다. 그걸 뜯어내면 뒷장에 필요로 했던 첩자들의 이름이 나타나겠지만, 겉은 그야말로 최악의 내용만 담고 있었다.

황제의 행태에 눈살을 찌푸린 호섭은 두루마리를 품속에 챙겨 넣었다. 이제 이 서찰만 유신에게 전해주면 맡은바 임무는 끝난다. 목적을 달성한 호섭이 자리에서 일어나자 오대주가 그를 만류하며 상자 하나를 더 내밀었다.

"이것도 가져가시지요. 두령께는 후에 다시 찾아뵙겠다고 전해주십시오."

오대주는 호화로운 상자를 직접 열어서 내용물을 보여주었다. 상자 안에는 진귀한 보석들이 멋스럽게 진열되어 있었다. 척 봐도 최고급 보석들만 골라 담은 걸 알 수 있을 정도였다. 그 상자를 자랑스럽게 내미는 오대주를 슬쩍 눈질한 호섭이 손을 내밀어 상자 뚜껑을 탁— 닫아버렸다.

"그대가 두령을 찾아뵙는 일은 없을 거요."

"예?"

오대주는 반문하면서도 이상한 낌새를 감지했다. 수십 년간 상권 바닥을 쓸고 다녔던 그의 감각이 격한 경고음을 터뜨리고 있었다. 귓등까지 소름이 돋은 오대주의 시선이 호섭의 뒤에 조각상처럼 서 있던 호위들을 훑었다. 어느새 호위들의 손이 검에 닿아 있었다. 무슨 짓을 하려는지 모를 리가 없었다. 경악한 오대주의 입이 떡 벌어졌다.

"이게, 이게 무슨 짓이오!"

입막음당할 위기에 처한 오대주가 원망에 찬 눈을 부라리자, 호섭은 그에게 원인 제공자를 다시 짚어주었다. 죽는 순간에라도 자신의 두령을 탓하는 건 싫었다.

"저승에 가거든 폐하께 저주나 퍼붓게. 그 엿 같은 폐하는 사람 가지고 장난치는 걸 좋아하시거든."

"뭐, 뭐요?"

"우리의 존재가 지금껏 알려지지 않은 이유가 무엇이겠나."

패는 한 번만 쓰고 버린다. 그것이 바로 단살단에 대한 정보가 극히 적은 이유였다. 그제야 오대주는 워낙 비밀 단체라 호위들을 데려가지 말라던 황제의 언질을 떠올렸다. 처음부터 이렇게 죽일 생각이었던 것이다. 비로소 황제의 뜻을 깨달았지만 후회하기에는 이미 늦었다. 피할 곳은 없었고, 검을 다룰 줄도 몰랐다.

군이 오대주의 마지막을 지켜볼 필요성을 못 느낀 호섭은 창가로 걸음을 옮겼다. 문밖에도 단살단원 두 명이 지키고 있었으니 힘없는 상인 하나 소리 소문 없이 처리하는 건 숨 쉬는 일만큼이나 쉬웠다. 호섭은 품에 넣은 두루마리를 한 번 더 확인한 후 창문을 열었다.

"정리하고 돌아오도록."

부하들에게 명을 내린 그가 밖으로 빠져나가려고 할 때, 맞은편 벽이 터져 나갔다. 큰 소음과 함께 박살 난 벽이 조각이 되어 후두둑 떨어지고, 옅은 먼지와 함께 나타난 이는 낭패감을 심어주기에 충분했다.

'달천대의 하랑……'

동연국의 무력을 상징하는 이가 눈앞에 나타났다. 여유롭게 벽을 뚫고 들어선 하랑의 기운에 단살단원들은 이를 악물었다. 결론이 눈에 보이는, 승산 없는 싸움이 시작되고 있었다.

해연은 앞서 가는 유신을 쫓아가려다가 포기했다. 하도 오래 걸어서 지끈거리는 발이 좀처럼 제 속도를 내지 못했다. 그에게 폐를 끼칠 수 없다는 일념으로 지금껏 걸었지만, 통증은 점점 더 심해질 뿐이었다.

'꽃도령은 왜 저러는 거야?'

해연은 저만치 앞서 가는 유신의 등을 보며 한숨지었다. 자신이

330 신녀의 서

무슨 말실수라도 했나 되짚어보았으나 딱히 문제가 될 만한 이야기는 하지 않았다. 누나를 소개해 달란 말을 했을 때부터 분위기가 변했는데, 그게 정색할 만큼 싫었나 싶은 생각과 함께 조금 섭섭한 마음이 들었다.

'나도 아는 사람이 많지 않으니까 언니랑 친하게 지내면 좋을 것 같아서 한 말이었는데.'

동연국에서는 마음을 터놓고 지낼 만한 이들이 별로 없었다. 신녀라는 신분 때문에 다들 떠받들어 주기만 할 뿐, 친구처럼 지내기는 어려웠다. 그나마 하랑이 해연의 외로운 감정을 짐작하고 한탄 같은 이야기를 들어줄 뿐이었다.

해연은 문득 한국에 두고 온 친구들이 그리워졌다. 시험이 끝난 날에는 노래방에 가서 막춤도 추고 말도 안 되는 노래 실력으로 서로 놀려대곤 했었다. 하지만 이곳에서는 그렇게 편하게 속을 드러낼 수 있는 사람이 하나도 없었다.

또다시 감당하기 힘든 외로움과 슬픔이 해일처럼 일어나 그녀의 몸을 덮쳤다. 매일 아침마다 활기차게 살자고 마음을 다독이고 있지만 본인도 알고 있었다. 얼굴은 웃고 있어도 속은 썩어 들어가고 있음을.

'또, 또 궁상맞게. 잘생긴 꽃도령을 눈앞에 두고 이게 뭔 짓이야. 내가 언제 저런 꽃미남과 함께 밤길을 걸어보겠어. 한국으로 돌아가면 불가능한 일이니까 지금은 맘껏 좋아해야지.'

해연은 숨을 크게 들이마시고 우울한 마음을 추슬렀다. 이렇게 가라앉아 있는다고 해결될 일이 아니었다. 빨리 정보를 모으고 집으로 돌아가는 길을 뚫는 것이 더 생산적이라는 걸 그녀는 잘 알고 있었다.

"꽃도령, 같이 가요!"

활기차게 부르는 소리에 뒤를 돌아본 유신은 해연과의 거리가 꽤 떨어져 있음을 발견했다. 혼자 생각에 잠겨서 챙기지 못한 탓이었다. 민망해진 그는 해연이 다가오길 기다리기보다는 직접 그녀의 곁으로 돌아갔다. 깨끗하게 빛나는 해연의 눈동자에는 작은 불평도 담겨 있지 않았다. 그것이 더욱 그의 양심을 찔러댔다.

"딴생각에 잠겨서, 보폭을 맞추지 못했군요. 죄송합니다."

"아니요, 괜찮아요. 그보다 아까 기분 많이 나빴어요? 언니 소개해 달라고 한 거, 별다른 뜻이 있어서 그런 건 아닌데."

"기분 나쁠 리가 있겠습니까. 응당 소개해 드려야지요. 누이도 많이 좋아할 겁니다."

소개해 준다는 말은 거짓이었지만 좋아할 거란 얘긴 진심이었다. 유란도 신녀다보니 해연에 대해 관심이 많았다. 아마 소개해 준다면 누구보다 기뻐할 것이다. 해연과 유란이 만나 도란도란 이야기를 나누는 모습을 상상한 유신은 입안이 씁쓸해졌다. 상상만으로도 무척 즐거운데, 이루어질 수는 없는 일이었다. 오늘 밤이 일을 치를 적기라고 생각하는 그의 귓가에 해연의 목소리가 닿았다.

"저기, 꽃도령? 조금만 쉬었다 가면 안 될까요?"

해연은 잠시 쉴 수 있는지 물었다. 너무 오랫동안 돌아다닌 탓에 발바닥이 화끈거렸고 다리는 저릿했다. 그런 해연의 상태를 파악했는지 유신은 쉬었다 가자는 청을 흔쾌히 받아들였다. 이런 길거리보다는 조금 한갓진 곳이 일을 치르기에도 좋았다.

"잘 되었군요. 저도 좀 쉬고 싶었는데. 마침 저 앞에 정자가 하나 있으니, 그곳으로 가심이 어떻겠습니까?"

유신의 말에 해연은 기꺼이 고개를 끄덕였다. 그렇게 두 사람은 대로변을 벗어나 조금 안쪽에 있는 팔각정으로 향했다.

초호루의 방 안은 그야말로 난장판이었다. 상인 오대주와 흑의를 입은 사내 넷이 포박당한 채 무릎 꿇려 있었고, 단살단원 두 명이 전투 과정에서 죽었다. 그런 상황에서 달천대원들은 포로들이 자결하지 못하도록 입에 재갈을 물렸다.

대체로 살수들은 붙잡히면 바로 자결을 하지만 이들은 어찌 된 일인지 순순히 재갈을 입에 물었다. 다들 그 점을 의아하게 여겼으나 더 깊게 생각하진 않았다. 이대로 황궁에 도착하면 발목 인대를 자른 뒤에 지하 감옥에 가둘 것이었다. 그러고 나면 무슨 수를 쓰든 도망은 불가능했다.

하랑은 일사천리로 일을 진행시켰다. 난데없이 피해를 당한 초호루에는 차후에 보상해 주기로 약조하고, 포로들의 몸은 꼼꼼히 수색했다. 시신들의 품까지 뒤적인 달천대원들은 증거가 될 만한 물건들을 전부 다 압수했다.

그들의 몸에서 나온 건 여러 종류의 암기와 붉은 보석 반지 하나뿐이었다. 그 반지에 뭔가가 있음을 직감한 하랑은 그걸 직접 챙긴 뒤에 사로잡은 포로들을 이끌고 황궁으로 향했다. 그들의 여정은 처음만 해도 무난하게 진행되었다.

혹시나 있을 기습에 대비해 주위를 경계하며 걷던 하랑은 한 골목 앞에서 걸음을 멈췄다. 그 탓에 달천대원들과 포로들도 줄줄이 멈출 수밖에 없었다. 그들은 이미 많이 어두워진 길에서 예상치 못한 인물들과 조우했다. 맞은편에서 소렵과 풍월대가 다가오고 있었다.

"소렵?"

"하랑, 일이 끝났나 보군."

소렵은 포로들을 힐끗 보곤 억지로 미소 지었다. 그 얼굴이 매우 피곤해 보였다. 그에 하랑은 의아한 마음을 감추지 못했다. 궐에 있어야 할 소렵이 풍월대를 끌고 온 것도 이해되지 않았고, 그들의 얼굴에 서린 불안감도 좀처럼 납득하기 어려웠다.

"자네 무슨 일 있나? 지원 나온 건 아닌 것 같은데."

"그게……."

소렵은 잠시 어물거렸다. 하랑에게 신녀가 갈 만한 곳을 물어보고자 찾아왔지만, 쉽게 입이 떨어지지 않았다. 훌륭히 임무를 수행한 그와 그러지 못한 자신의 모습이 비교가 된 탓이었다. 그렇다고 이제 와 숨길 수도 없는 노릇이었다.

소렵은 사라져 버린 신녀와 그녀를 추적 중인 상황을 알려주었다. 찻집까지는 추적했는데, 해가 지고 상점들이 하나둘씩 문을 닫으면서 신녀를 찾는 일이 요원해지고 있음도 사실대로 밝혔다. 그의 말에 낯빛이 변한 하랑은 지체 없이 포로들을 맡겼다.

"신녀님은 내가 찾지. 자네는 달천대와 함께 황궁으로 복귀하게."

소렵에게 포로를 떠넘겨 버린 하랑은 그가 말리기도 전에 해연을 찾아 사라져 버렸다. 마음 급한 그를 붙잡지도 못하고 덩그러니 남아버린 소렵은 한숨을 푹 쉬었다. 어쩌다 일이 이 지경까지 되었는지, 그동안 너무 안일하게 지냈다는 생각이 들었다. 신녀의 곁에 있는 공력자가 흔적을 지웠다는 건 생각도 못 하고, 그는 풍월대원과 달천대원, 붙잡힌 포로들까지 모두 스물다섯 명에 달하는 대인원을 이끌고 황궁으로 향했다.

보름달이 아름답게 뜬 밤하늘 아래, 노란 등을 매단 팔각정이 있었다. 여덟 개의 처마 끝마다 등을 매단 팔각정은 어둠 속에서도 홀로 은은하게 빛을 내며 운치를 자아냈다. 그 앞에 선 해연의 눈동자에도 노란 등을 매단 팔각정의 자태가 가득 담겼다.

"이런 데가 다 있네요."

해연의 목소리에는 감탄과 함께 옅은 흥분이 담겨 있었다. 아름다운 풍경을 볼 때 나타나는 감동이 그녀를 사로잡았다. 넋을 놓고 팔각정을 감상하는 해연의 뒤로 유신이 다가왔다. 그는 해연의 옆모습을 잠시 지켜보다가 팔각정으로 시선을 돌렸다. 노란 등으로 밝힌 팔각정은 연모하는 마음을 전하는 장소 중 하나로, 선대 황제와 황후의 일화로 유명했다.

"들기로는 선대 황후마마가 승하하신 지 얼마 지나지 않아 선황 폐하의 명으로 수도 곳곳에 지었다고 합니다."

"선황 폐하가 황후마마를 많이 좋아하셨나 봐요."

"처음에는 억지로 혼례를 치렀는데, 황후마마의 현명함을 흠모하게 되셨다더군요. 등을 매단 팔각정으로 황후마마를 초청하여 연모하는 마음을 전하셨다 합니다."

유신이 들려주는 선황의 사랑 이야기에 해연은 그를 빤히 바라보았다. 외모만 최고인 줄 알았더니 지식도 풍부했다. 전에는 보지 못했던, 그의 친절하고 지적인 모습 때문인지 오늘따라 더 멋있어 보였다. 대단하게 여기는 해연의 시선에 유신은 볼이 간질간질함을 느꼈다.

"왜 그러십니까?"

"음, 꽃도령이 멋있어서요. 어떻게 그런 것도 아나요?"

동연국에 대해 잘 모르는 해연은 척 하면 나오는 유신의 상식이 부러웠다. 그런 부분이 멋있다는 표현에 유신은 겸연쩍게 웃었다. 종종 나오는 그녀의 당찬 말들이 당혹스러우면서도 기분 좋게 느껴졌다. 문제는 그런 일을 겪을수록 의지가 흔들린다는 점이었다.

"그저 민간에 떠도는 이야기를 주워들었을 뿐입니다. 황후마마가 승하하신 뒤부터는 팔각정의 등불을 매일 밤마다 켜두는 것이 관청의 일이 되었지요."

유신은 선황의 명령이 참으로 쓸데없다고 여겼다. 하지만 해연은 그렇게 받아들이지 않았다. 이 어둠 속에서 홀로 빛나는 정자처럼, 그 누구보다 빛나던 아내를 기리는 선황의 마음이 느껴졌다. 팔각정을 보는 해연의 눈빛이 처음보다 더 따뜻하게 빛나고 있었다.

"로맨틱하네요."

혼잣말처럼 중얼거린 해연은 무슨 말인지 이해 못 하는 유신에게 살짝 웃어 보였다. 사실 해연에게 이 나라의 첫인상은 매우 잔인했었다. 사람도 함부로 죽이고 시체도 방치된 모습을 보았었으니 무리도 아니었다. 그러나 이곳에서도 따뜻한 사랑이 핀 적 있음을 확인하고 나자 마음 한구석이 포근해졌다. 지금의 황제는 성격파탄자지만 그의 부모님은 아름다운 사랑을 나누었던 모양이다.

'근데 그 자식은 웬 의처증이람?'

갑자기 황제가 떠오른 해연은 고개를 설레설레 내저었다. 궁에서 떠도는 소문을 접한 적이 있었다. 특히 황제가 극심한 의처증으로 사람을 여럿 잡았다는 이야기는 충격적이기까지 했다. 누군가를 좋아할 성격으로는 보이지 않았는데 심한 의처증이라니, 한 번도 본 적 없는 황후가 예쁘긴 예쁜 모양이었다.

해연은 또다시 떠오르는 심술궂은 황제의 얼굴을 머릿속에서 확 지워 버리고 팔각정에 엉덩이를 붙였다. 그 모습을 지켜보던 유신도 스스럼없이 그녀의 곁으로 가 앉았다.

팔각정에 앉은 두 사람의 몸은 닿을 듯이 가까웠다. 불편한 마음에 몸을 조금 틀던 해연은 그와 눈이 마주쳤다. 그는 속을 알 수 없는 미소를 짓더니, 손을 뻗어 흐트러진 머리카락을 슬며시 다듬어 주었다. 머리에 닿는 그의 손길과 묘한 분위기에 해연은 그대로 얼어붙어 버렸다. 생각보다 순진한 해연의 반응에 유신은 더욱 진한 웃음을 지었다.

"걷는 게 힘드셨던 모양입니다. 얼굴이 붉은데, 괜찮으십니까?"

해연의 볼이 붉어지는 이유가 자꾸만 가까워지는 자신 때문이란 걸 다 알면서도 유신은 얄궂게 굴었다. 그는 해연의 머리카락을 매만지다가 뜨끈하게 달아오른 귓볼을 슬쩍 건드렸다.

작은 접촉이었으나 당황한 해연은 움찔거리며 그와 간격을 넓히려고 애썼다. 그럴 때마다 유신은 더 짓궂게 웃었다. 그냥 둬도 색기가 흐르는 사내가 야릇한 미소까지 지으니 해연은 눈이 멀어버릴 것만 같았다.

"저, 저기, 꽃도령?"

그를 부르는 목소리가 떨렸다. 갑자기 왜 이런 분위기가 되었는지는 모르겠지만, 당혹스러워서 어찌해야 할지 감이 잡히지 않았다. 먼저 달려들면 기겁하며 도망가는 하랑과는 전혀 달랐다. 어느새 바짝 다가온 그의 뇌쇄적인 눈빛이 긴장한 입술에 닿는 게 느껴졌다. 그 시선만으로도 그가 원하는 것이 무엇인지 알 수 있었다.

"이곳은 연인들이 마음을 고백하는 장소입니다."

달콤한 목소리와 함께 머리카락을 매만지던 그의 손가락이 목선을 타고 저고리 쪽으로 내려갔다. 당황한 해연이 몸을 뒤로 물렸지만, 팔각정 기둥에 가로막혀 버렸다. 유신은 그 틈을 타 해연의 저고리 고름을 풀어버렸다.

"전 그대를 여러 번 보았습니다. 남몰래 지켜보고 살펴보다가 어느새 당신을 가엾이 여기는 절 발견하게 되더군요."

팔각정에 담긴 사랑 이야기 때문이었을까? 아니면 노란 등불의 은은한 분위기 때문이었을까. 그는 바짝 긴장한 해연에게 자신의 마음을 조금씩 내보이고 있었다. 처음 만났을 때부터 웃을 수 있게 해준 그녀에게 고마웠고, 곧 죽여야 한다는 걸 알면서도 고백하고 싶었다. 그것이 그의 진심이었다.

"언제나 예측을 벗어나는 그대를 생각하다 보면, 진심으로 웃고 있는 나를 발견하게 됩니다."

지그시 마주한 그의 눈동자에서 해연은 안쓰러움을 느꼈다. 그것은 아릿한 자백이었고, 슬픈 이별이었다. 그 감정에 동화된 해연은 한마디 말조차 내뱉을 힘을 잃어버렸다. 더는 거부하지 못했고 반항할 수도 없었다. 혀는 마비되었고 몸은 굳어버렸다. 그의 손가락이 저고리를 젖히자 부드러운 바람이 어깨를 타고 스치는 게 느껴졌다. 생소한 기분에 움찔하는 해연을 그는 다정하게 다독였다.

"무서워 마십시오. 아프지 않을 겁니다."

그건 거짓말이었다. 다만 그녀가 아프지 않길 바랐다. 더는 이 분위기를 견딜 수 없는 해연은 힘겹게 고개를 돌렸다. 거부의 뜻이었으나 유신은 멈추지 않았다. 그는 드러난 해연의 어깨를 향해 몸을 숙였다. 따뜻한 살결에 가까워질수록, 긴장한 그녀의 호흡이 고스란히 느껴졌다. 입술이 거의 닿아갈 때, 유신의 눈이 슬며시 감겼다. 그는 제 품 안에 손을 집어넣었다. 단단한 불의 검이 손끝에 닿았다. 벌써부터 가슴이 쓰렸다.

해연은 목덜미에서 느껴지는 유신의 단숨결에 머릿속이 흐릿해졌다. 친구들과 평범한 학창 시절을 보내고 이제 갓 성인이 된 그녀는 이 분위기를 어떻게 받아들여야 하는지 혼동이 왔다. 자신은 그를 좋아하는가. 그 물음에 대해 확답을 내리긴 어려웠다. 싫지도 않았고 가슴 떨리게 사랑하지도 않았다. 이제 겨우 두 번째 만남이었다.

그리고 그 순간, 해연은 하랑을 떠올렸다. 그가 보고 싶었다. 그를 생각하면 심장이 조금 다르게 반응을 한다. 그제야 해연은 제 마음이 어디로 향하고 있는지 깨달았다. 녹아 있던 몸에 힘이 돌았다. 결심이 서자 손은 뜻대로 움직여 주었다. 해연은 유신의 팔을 잡고 슬며시 그를 밀어냈다.

"꽃도령, 이건……."

이건 아니라고 그를 설득하려던 해연은 유신의 목에 닿아 있는 은빛 검을 발견했다. 충격이 몸을 덮쳤다. 멍하니 그 검을 따라간 해연의 시선이 무서우리만치 차가워져 있는 하랑의 얼굴에 닿았다. 눈도 마주치지 않는 그를 보자 위태롭게 매달려 있던 심장이 쿵 떨어져 버렸다.

하랑의 전신에서 진득한 살기가 피어올랐다. 마음 같아서는 당장 목을 그어버리고 싶었다. 처음 두 사람을 발견했을 때 그대로 숨이 멎는 듯했다. 믿기지 않았고, 믿을 수 없었다. 해연이 잔인한 걸 무서워하지만 않았더라면, 당장에라도 그의 숨통을 끊었을 것이다.

극심한 분노를 참아내야 하는 하랑의 검이 잘게 떨렸다. 그 탓에 옅은 피비린내를 맡게 된 유신은 묘한 흥분을 느꼈다. 따끔한 목의 상처가 온몸의 감각을 깨웠고, 알싸하게 느껴지는 피 냄새는 살수로서의 본능을 헤집었다. 해연의 육체가 풍기는 향기에 몽롱해졌던 이성이 다시 돌아오고 있었다.

"역시나, 대단하군."

유신의 입술이 삐뚜름하게 올라갔다. 확실히 하랑은 이 세상에 다시없을 자신의 적수였다. 해연에게 잠시 정신이 팔려 있었다고는 해도 기척을 느끼고 대비하기도 전에 검이 겨눠졌다. 이제는 인정할 수밖에 없었다. 그는 자신과 호각이었다.

정적 속에서 처음으로 목소리를 낸 유신 덕에 해연도 정신을 차렸다. 바람이 드나드는 저고리 앞섶도 급히 여미고 하랑을 올려다보았다. 그가 곁에 있으니 안심이 되면서도 한편으로는 두려웠다. 그가 자신을 어찌 볼까, 그것이 무서워서 해연은 남몰래 가슴을 졸였다.

"저, 저기, 하랑."

해연은 조심스럽게 그를 불렀다. 저고리부터 풀어헤친 유신의 행동이 옳지 않은 건 사실이지만, 그렇다고 목에 피를 내는 건 과하다고 느꼈다. 또한 그에게 억지로 당한 것도 아니었고, 거부 의사를 처음부터 확실하게 밝히지 못한 자신의 잘못도 있었다. 또한 싫다고 하면 얼마든지 멈춰줄 수 있는 분위기였고, 이제 막 멈추게 하려던 차였다.

"꽃도령 잘못이 아니야. 그러니까 칼은……."

"제 뒤로 오십시오."

그는 해연의 말을 잘랐다. 이 상황에서 유신을 감싸는 소리는 더 듣고 싶지 않았다. 어깨에 닿으려던 입술을 보았고, 그것만으로도 눈이 뒤집혔다. 어디서 감히 신녀의 몸에 손을 댄단 말인가.

'어디서 감히…….'

하랑은 이가 갈렸다. 화도 나고, 짜증도 나고, 뭔가 답답한 것들이 가슴속에 몽글몽글 차올랐다. 성질이 나서 미치겠는데 해연이 보고 있어서, 그녀의 눈에 또 충격이 어릴까 봐 참고 또 참고 있었다. 하지만 그가 그럴수록 해연은 애가 탔다. 검을 쉽게 휘두르는 이곳의 성향을 알기에 두렵고 조급했다.

"하랑, 도대체 왜 그래. 그만하고 놔줘."

해연의 목소리가 커지자 하랑의 미간이 일그러졌다. 그런 일을 겪고도 어째서 저 남자의 편을 드는지, 심통이 나면서도 알 수 없는 불안감이 그를 엄습했다.

"어찌 그냥 보내라 하십니까. 신분 확인이 먼저입니다."

하랑의 목소리에도 날이 섰다. 이대로 유신을 보낼 수는 없었다. 의심 가는 곳이 한두 군데가 아니었다. 알려지지 않은 공력자인 데다가 계속 해연과 마주치는 것도 이상했다. 그것도 궐 밖에서 해연이 혼자 있을 때만.

의혹을 제기하는 하랑의 말에 유신은 순순히 왼쪽 소매를 내밀었다. 목에 검이 닿아 있어서 함부로 움직일 수 없으니 직접 살펴보란 뜻이었다. 하랑은 그의 주시하며 소매를 뒤적여 부채와 호패를 찾아냈다. 노리개가 장식처럼 달린 작은 나뭇조각에는 유신의 이름과 스물여섯이라는 나이가 적혀 있었고, 뒤엔 우현의 자택 주소와 인증 도장이 찍혀 있었다. 초가의 집에 머무르는 객이라는 뜻이었다. 다른 이도 아니고 초가가 증명하는 패에 하랑은 그를 더 잡아둘 명분이 없어졌다.

"더는 내 눈에 띄지 마라. 다음번엔 이 정도로 끝내지 않겠다."

하랑의 살벌한 경고에 유신은 피식— 김빠진 웃음으로 화답했다. 하랑과 거리를 벌린 그는 따끔거리는 목을 슬쩍 만져 보았다. 꽤 오랜 시간 붙잡혀서인지 묻어나는 피의 양이 제법 되었다.

"경고라……. 내가 왜 그래야 하지?"

유신의 도발에 하랑의 눈썹이 꿈질거렸다. 두 사람 모두 공력을 억누르고 있었으나 그것이 더 위험한 분위기를 자아냈다. 눈앞에서 벌어지는 일촉즉발의 상황에 해연만 속이 시커멓게 타들어갔다. 다친 유신이 화를 내는 것도 이해가 되었고, 하랑의 행동이 다 자신을 위한 것임도 알고 있었다. 하지만 둘 중 누군가가 크게 다치거나 죽는 건 결코 보고 싶지 않았다.

"둘 다 그만해요. 검 들고 싸우는 거 싫어요. 피 보는 것도 싫고, 다치는 것도 싫으니까 제발 말로 풀어요. 다 큰 어른들이 왜 항상 폭력으로 사태를 해결하려고 해요. 누구 하나 죽어야 결론이 나나요?"

그것이 비록 이곳의 방식이라 해도 해연은 아직 받아들이기가 힘들었다. 그녀의 음성에 조금 날이 선 뒤에야 두 남자는 슬그머니 기운을 거뒀다. 어째서인지 해연에게는 미움받고 싶지 않았다. 그렇게 두 사내의 알력 싸움은 다음 만남을 기약한 유신이 사라지는 것으로 끝이 났다.

유신이 가고 난 뒤의 팔각정은 고요했다. 해연은 제 곁에 남은 하랑의 눈치를 살폈다. 그는 여전히 눈도 마주치지 않으려 했다.

"저기, 하랑."

해연은 그가 유신과의 관계를 오해할까 봐 걱정했다. 유신이 다가왔을 때는 너무 놀랍고 당혹스러워서 몸이 잠시 굳었을 뿐, 밀어내려 했는데 다르게 생각하는 건 아닐까, 그것이 가장 염려되었다.

하지만 그녀가 뒷말을 더 꺼내기도 전에 하랑이 몸을 돌려 팔각정을 빠져나갔다. 성큼성큼 혼자 가버리는 그의 등을 보며 해연은 충격에 말을 잇지 못했다. 홀로 남겨진 해연은 극심한 좌절감과 함께 외로움이 주는 공포를 맛봐야 했다.

하랑은 해연의 어깨를 탐하던 유신을 떠올리곤 격하게 고개를 저어 기억에서 털어내려 했다. 말로 표현 할 수 없을 만큼 격한 짜증이 치밀어 올랐다. 흐트러진 해연의 저고리는 머릿속을 헤집어댔고, 그를 두둔하던 그녀의 모습은 떠올리기도 싫었다.

"젠장."

그의 입에서 나지막한 욕설이 흘러나왔다. 걸음을 멈추고 뒤를 돌아보자 조금 떨어진 곳에서 해연이 풀이 죽어 걸어오고 있었다. 하랑은 그녀가 다가오길 기다리며 감정을 최대한 추슬렀다. 왜 그에게 몸을 내주려 했던 건지, 돌려 묻더라도 확인하지 않고는 견딜 수가 없을 것만 같았다.

앞서 가던 하랑이 기다리고 있자 해연의 얼굴이 환해졌다. 오해를 풀 기회라도 잡은 것에 기분이 좋았다. 그의 표정은 여전히 싸늘했지만, 해연은 그래도 한 줌의 기대를 품고 다가갔다. 그러나 그와의 거리가 가까워질수록 하랑의 표정은 더 냉랭해졌다. 그는 해연의 저고리 고름에 시선이 닿은 상태였다. 급히 묶은 티가 나는 매듭을 보니 감정이 또 제멋대로 날뛰려고 했다. 하랑은 입안을 살짝 깨물고 그 통증으로 감정을 최대한 억눌렀다.

"몇 가지 물어볼 것이 있습니다."

해연이 말을 꺼내기도 전에 흘러나온 그의 음성은 딱딱하기 그지없었다. 눈길조차 마주 않고 물어볼 게 있다는 그의 말에 해연은 긴장하며 침을 삼켰다. 여기서 말 한마디 잘못했다가는 그와 멀어질 수도 있겠단 생각이 그녀를 휘어 감았다.

해연이 긴장하며 기다렸으나 하랑은 무얼 어찌 물어야 할지 정리가 되지 않았다. 대놓고 직접적으로 묻는 건 실례가 될 수 있었고, 그녀도 수치스럽게 생각할지도 몰랐다. 그래서 그는 고민하다가 가장 궁금했던 질문 하나를 건져 냈다.

"신녀님께 그자는 도대체 어떤 사람입니까? 왜 그가 원하는 대로 해주…….."

하랑은 말을 하다 말고 입을 다물었다. 뱉고 나니 이것도 옳은 질문은 아닌 것 같았다. 저고리 고름을 푸는 그의 행동을 그냥 내버려 둘 만큼 그를 특별하게 생각하는가. 그것이 미치도록 궁금했지만, 대놓고 묻기에는 어려운 질문이었다. 비록 자신이 그녀의 보호자 노릇을 자청했어도, 육체적 관계에 대해서까지 관여할 권리는 없었다.

하랑은 깊은 한숨을 내쉬었다. 속이 답답했고, 왜 이런 걸로 화가 나는지 인정하기도 어려웠다. 그래서 그는 자신의 마음을 '순진한 해연이 유신의 꾐에 빠져서 당할 뻔했고, 그럼에도 그를 감싸는 그녀의 태도를 이해할 수 없어서'라고만 치부해 버렸다. 그렇게 결론을 내려 버린 하랑은 몸을 돌렸다.

"그만 가시죠."

더 묻지 못한 그는 신궁을 향해 걸음을 옮겼다. 뭘 묻는다더니, 하다 말고 가버리는 그를 해연은 어이없게 바라보았다. '그자'가 나오는 질문으로 보아 신궁을 몰래 빠져나온 것보다는 유신 때문에 화가 난 듯 보였다. 일전에도 그에게 매우 민감하게 반응하던 하랑이었으니, 오늘도 순순히 놓아준 게 싫었던 건가 싶었다.

거기까지 생각이 닿자 해연의 눈살이 찌푸려졌다. 가뜩이나 자신과 엮여서 아무 죄 없는 유신의 목에 상처가 난 것도 미안해 죽겠는데, 무조건 그를 미워하고 경계하는 하랑이 곱게 보이지만은 않았다.

"꽃도령은 좋은 사람이야. 왜 자꾸 그와 싸우려고만 해?"

등 뒤에서 들리는 해연의 외침에 하랑의 걸음이 우뚝 멈췄다. 왜 싸우려고 하느냐 묻는다면 대답할 말은 많았다. 의심스러운 점이 한두 가지가 아니었다. 하지만 그는 굳이 대답하지 않았다.

　그런 하랑의 곁으로 다가온 해연이 그의 소매를 붙잡았다. 신궁을 몰래 빠져나와서 이 밤까지 찾게 만든 것도 사과하고 싶었고, 유신과의 장면에 대해서도 해명하고 싶었다. 하지만 그보다 그의 오해를 먼저 풀어주고 싶었다.

　"내가 신궁까지 가는 길을 잃어버려서 그가 데려다주기로 했던 거였어. 다리가 아파서 좀 쉬었다 가기로 한 거고. 물론 아까 그건……."

　뭐라고 해야 좋을지, 마땅한 변명이 생각나지 않았다. 팔각정 때문에 분위기가 이상해서 생긴 일이라고 하는 것도 어쩐지 우스웠다. 또한 하랑과 자신의 관계는 그런 이야기를 나눌 만한 사이가 아니었다. 연인도 아니었고 부부 사이는 더욱 아니고. 다만 자신이 혼자 그를 좋아하고 있을 뿐이었다.

　해연이 고민하며 입을 열지 못하자 하랑은 체념했다. 불쾌감이 정점을 찍었지만, 뭐라 할 수 없는 처지였다. 그걸 알지만, 그녀에게 자신은 그 정도밖에 안 된다는 생각에 기분이 나빠져. 그 불쾌감을 이기지 못한 그는 결국 괜한 심술을 부렸다.

　"그가 데려다주기로 했었는데 그것도 모르고 제가 방해를 했던 모양입니다. 지금이라도 늦지 않았으니 그와 함께 신궁으로 가시는 게 어떻겠습니까? 그는 반대 방향으로 갔습니다만."

　처음 듣는 그의 비아냥에 해연은 매우 놀랐다. 심장이 쓰라렸으나, 그는 아예 고개를 돌려 버렸다. 외면당한 그녀는 이 야심한 밤에, 사람도 뜸한 길 한복판에 버려졌다. 하랑은 점점 멀어져 갔고,

해연은 어깨가 처져서 쓸쓸히 돌아섰다.

'첫사랑은 이루어지지 않는다더니.'

마음을 깨닫자마자 멀어져 버린 야속한 사랑에 해연은 눈물이 핑 돌았다. 하지만 울고 있을 수만은 없었다. 이곳에서 울어버리면 더는 일어서지 못할 것만 같았다. 유일한 버팀목이던 하랑과 이렇게 되어버리고 나니 앞으로 어찌 살아갈지가 더 막막해졌다.

'신궁엔 돌아가고 싶지 않아.'

신궁으로 가던 일이 도화선이 되어 이 지경에 이르렀다. 그 탓에 해연은 돌아가고 싶은 마음이 사라져 버렸다. 우선은 마음을 추스르고 앞으로 어찌 할지 생각해 볼 필요가 있었다.

'쉴 곳부터 찾자.'

고단한 몸을 뉘일 곳이 필요했다. 그녀는 예전에 하랑과 함께 머물렀던, 노란 깃발이 꽂힌 건물을 떠올렸다. 방을 하나만 잡으려 했던 그의 의도를 오해하는 바람에 톡톡히 망신을 산 그곳이 이쪽 세상의 호텔인 듯싶었다. 유신과 같이 걸으면서 몇 개의 노란 깃발을 봤던 해연은 왔던 길을 다시 되짚어갔다.

어둡고 조용한 길은 조금 을씨년스러웠다. 달은 휘영청 밝았지만, 사람 그림자 하나 보이지 않았다. 더욱 주의하며 걷는 해연의 뒤를 조심히 쫓는 이가 있었다. 간다고 해놓고 돌아온 하랑이었다. 아무리 물을 다룰 수 있다지만 밤중에 홀로 두는 게 불안하기 그지없었다.

'진짜 그자에게 가시는 건가?'

하랑은 불안한 얼굴로 해연을 살폈다. 뒤틀렸던 감정이 완전히 풀린 건 아니었지만, 상처 입은 얼굴로 눈시울이 촉촉해지던 해연이 자꾸 눈에 밟혔다. 결국, 그는 얼마 가지 못하고 되돌아올 수밖에 없었다. 게다가 신경 쓰이는 게 하나 더 있었다.

'자신이 여인이란 자각은 정말 없는 건가?'

하랑은 잘만 돌아다니는 해연을 보며 입술을 잘근 물었다. 술 취한 사내들이 그녀를 보고 찝쩍댄다면, 상상만 해도 끔찍했다. 또한 유신과 만날 경우에도 근거리에서 지켜볼 필요가 있었다. 초가가 신분을 입증해 주고 있다지만, 그래도 의심쩍은 부분이 너무 많았다. 하랑은 부디 유신과는 만나지 않길 바라며 어둠 속에 몸을 숨기고 해연의 뒤를 따랐다.

소렵은 풍월대원들과 달천대원들, 사로잡은 단살단의 포로 네 명과 상인 오대주를 이끌고 황궁으로 향하고 있었다. 단살단의 포로들은 몸을 묶어 양옆으로 사람을 붙였고, 상인 오대주는 손만 묶어두었다.

"늦었다. 빨리 가자."

소렵은 하늘 높이 뜬 달을 보며 걸음을 재촉했다. 그의 말에 풍월대원들도 단살단의 포로들을 채근했다. 단살단원들의 걸음이 너무 느긋한 바람에 시간이 많이 지체되었다. 일부러 시간을 끄는 듯이 느껴지는 그들의 걸음걸이에 소렵의 눈썹이 꿈틀거렸다.

"너희를 구해줄 수 있는 사람 따윈 없으니까, 빨리 걸……."

"커헉!"

소렵이 말을 하는 와중에 풍월대원의 단말마가 터지고, 단살단원을 묶고 있던 끈이 후드득 떨어졌다. 자유를 얻은 단살단원들은 급히 자리를 이탈했다. 일급 살수다운 가벼운 몸놀림이었다. 도망친 그들은 길 옆쪽으로, 조금 떨어져 있는 담벼락 밑에 모여들었다. 순식간에 벌어진 일이었다. 다른 이들은 물론이고 소렵마저 미처 대처하지 못할 정도였다.

'바람?'

소렵은 습격한 공력의 속성을 느꼈다. 그는 도망간 단살단원들이 모여 있는 곳으로 고개를 돌렸다. 길고 검은 머리를 하나로 묶어 내린 남자가 복면을 한 채 단살단원들 앞에 서 있었다. 갑자기 나타난 사내는 동연국의 무복을 입고 있었는데, 특이점이 하나 있다면 새하얀 옷과는 달리 옷깃 주변이 피로 조금 물들어 있다는 점이었다. 물든 방향이나 양으로 보아 크게 다친 것 같지는 않았지만, 공력자인 걸 감안하면 쉽게 넘길 만한 일도 아니었다.

'본인 피 같은데, 설마 하랑과 만난 건가?'

목까지 가린 복면 탓에 유신의 상처를 보지 못한 소렵은 나름대로 사실에 가까운 결론을 내렸다. 하지만 한편으로는 번개가 치는 소리도 듣지 못한 게 내심 껄끄러웠다. 어쨌거나 눈앞의 적은 공력의 속성이 바람일 가능성이 높았다. 싸늘한 바람 줄기가 훑고 지나가자마자 단살단원들을 포박해둔 끈이 잘려 나갔었다. 그 끈을 쥐고 있다가 팔에 상처를 입은 풍월대원들도 셋이나 되었다. 알려지지 않은 공력을 지닌 데다가 단살단원들을 구출할 만한 인물. 그런 자는 이 세상에 딱 하나뿐이었다.

"네가 단살단의 두령인가?"

소렵은 차분하게 유신을 대했다. 다친 이들을 제외하더라도 남아 있는 대원의 수가 아군이 더 많았다. 다만, 그가 정말 단살단의 두령이라면 실력이 무척 뛰어나단 소문을 들은 적이 있다는 게 조금 찝찝했다.

'그래 봤자 하랑보다는 못 하겠지.'

유신의 손등과 이마만 보아도 젊은 사내인 게 분명했다. 많이 잡아봤자 이십대. 소렵은 그 나이에 하랑보다 강한 이는 없다고 장담할 수 있었다. 하랑처럼 전투와 공력에 두루두루 천재성을 타고난 이가 결코 흔할 리가 없었다.

소렵이 유신의 전투 능력치를 판단하는 동안, 호섭은 앞에 서 있는 자신의 두령에게 다가갔다. 그가 구해주러 오리라 굳게 믿고 있었으나, 볼 면목이 없는 건 마찬가지였다.

"송구합니다, 두령. 제 불찰로 둘을 잃었습니다. 인장은 달천의 하랑에게 빼앗겼고, 밀지는 숨겨두었습니다."

소렵만 보고 있던 유신의 눈동자가 스르륵 호섭에게 향했다. 그의 눈길에 담긴 질책에 호섭은 고개를 숙였다. 일이 잘 끝났는지 확인하려고 초호루로 가다가 발견했으니 망정이지, 그러지 않았다면 꽤나 골치 아플 뻔했다. 그러나 혼을 내는 것보다 더 시급한 일이 있었다. 인장이야 되찾으면 되지만 밀지는 지켜야 했다. 그것이 적의 손에 넘어갔다가는 그동안 공들여 온 작업이 한순간에 무너질 수 있었다. 그런 유신의 생각을 읽은 호섭은 밀지를 회수할 의지를 밝혔다.

"책임지고 다시 가져오겠습니다."

숨겨둔 밀지를 가져오겠다는 말에 유신은 고개를 한 번 끄덕여 주었다. 밀지를 찾는 건 호섭에게 맡기고 자신은 이곳을 정리해야 했다. 그는 앞으로 나서며 어깨 너머로 손을 저었다. 나서지 말고 물러나라는 뜻에 호섭을 비롯한 단살단원들이 급히 한쪽 무릎을 꿇고 고개를 숙였다.

"존명!"

유신의 명을 받든 단살단원들이 어둠 속으로 녹아들었다. 포로들이 사라지자 소렵은 이를 아득 물었다. 수적으로 불리한 상태에서 무기도 없는 부하는 당할 게 분명하니 미리 물려 버린 것이다. 그 속내를 짐작한 소렵은 가차 없이 검을 뽑아 들었다. 다 잡은 단살단원들을 전부 놓쳐 버렸으니 두령의 목이라도 가져가야만 했다.

"인사를 나눌 생각이 없나 본데, 입 뒀다 쓸 생각이 없다면 비명이라도 지르게 해주지."

소렵은 말 한마디 하지 않는 유신을 도발했다. 파공을 공력으로 사용하는 그는 소리에 민감해서 한 번 들은 목소리는 정확히 짚어낼 수 있었다.

하지만 유신도 그 점을 알고 있었기 때문에 소렵의 도발에 넘어가지 않았다. 그는 입을 꾹 다문 채 품에서 단검 한 자루를 꺼내 들었다. 검은 바탕에 흰 무늬가 새겨진 검집을 벗기자, 피를 머금은 듯한 붉은 단검이 신비로운 자태를 드러냈다.

"불의 검? 역시, 네가 신녀님을!"

아연실색한 소렵의 외침에 상황을 지켜보고 있던 대원들의 분위기가 확 변했다. 살기를 풀풀 풍기는 그들은 당장에라도 유신을 쳐 죽일 듯이 강한 기운을 뿜어냈다. 전대 신녀를 죽이고 백성들을 기근으로 몰아넣은 당사자, 그야말로 나라의 원수이자 자신들의 원수였다. 상대의 정체를 짐작한 대원들 사이에서 검을 빼 드는 소리가 흘러나왔다. 신녀와 백성들의 복수를 위해 너도나도 다 참여할 기세였다.

"달천대원들과 육공, 손가만 나서라."

소렵은 직접 나설 이들을 정해주었다. 달천대원들이야 하랑이 위에서부터 다섯 명을 뽑아온 것이니 실력이 확실했지만, 풍월대원들은 해연을 찾겠다고 급히 모아온 이들이었다. 이 싸움에서 제 몸 하나 지킬 수 있는 이는 노련한 육공과 빠른 검술을 구사하는 손가뿐이었다.

이처럼 신속한 소렵의 지시 덕에 나름 짜임새 있는 구도가 갖춰졌고, 유신과 대원들은 그대로 맞부딪쳤다.

1대 8의 결투는 치열했다. 소렵이 유신의 검을 봉쇄하면 나머지

일곱 명이 사방에서 찔러 들어갔다. 하지만 협공이 익숙지 않은 달천대원과 풍월대원들은 약간의 빈틈을 내보였고, 유신은 살수다운 빠른 몸놀림으로 그 틈을 파고들며 공격을 가했다. 붉은 검신이 가까워질 때마다 대원들의 몸에는 작은 상처가 차곡차곡 쌓였다.

또 한 번, 다리를 노리고 휘둘러진 붉은 단검에 달천대의 동비는 허벅지가 후끈해짐을 느꼈다. 찢어진 검은 바지 안쪽으로 붉은 선이 그어졌고, 아린 통증을 동반했다. 그러나 상처를 살필 여유 따윈 존재하지 않았다. 단살단의 두령이라는 자는 자신의 대장만큼이나 그 깊이를 알 수 없는 남자였다. 그나마 소렵 덕에 지금까지 버티고 있을 뿐이었다. 동비는 다시 마음을 가다듬고 기회를 엿보았다. 승리의 기회는 생각보다 빨리 찾아왔다.

소렵의 검이 위에서 내려쳐지자 유신은 다리를 살짝 굽히며 그의 공격을 막았다. 그 순간, 동비가 검을 들고 유신에게 달려들었다. 위에서 검이 짓누를 때는 피하기가 쉽지 않은 법이었다. 이번에야 말로 전대 신녀님의 복수를 할 절호의 기회였다. 날을 바짝 세운 동비의 검이 유신의 옆구리를 향해 쇄도했다.

유신은 곧바로 소렵의 복부를 가격해 뒤로 물리고 동시에 동비의 검을 불의 검으로 막아냈다. 동비가 자신의 공격이 막혔음을 깨닫기도 전에, 무방비로 노출된 그의 눈을 향해 새빨간 검신이 날아들었다. 속수무책으로 당하게 된 동비는 몸이 굳는 걸 느꼈다. 생의 마지막이 코앞으로 다가왔다. 그 순간, 멀리서 여성의 비명 한 줄기가 어렴풋이 들렸다.

"꺄아아아아아악!"

예상치 못한 비명 때문인지 유신의 공격이 일순 흔들렸다. 정신이 번쩍 든 동비는 그 틈을 놓치지 않고 바로 검을 휘둘러 유신의 공격을 막아냈다. 그야말로 천운이었다. 물론 비명을 지른 여성 쪽은 그렇지 않을 수도 있겠지만.

해연은 눈을 동그랗게 뜨고 물에 쫄딱 젖은 하랑을 보았다. 그가 이토록 물에 젖어버린 건 좀 전의 일이었다. 해연은 유신이 간 방향으로 계속 걸었고, 그게 싫었던 그는 그녀의 팔을 잡아 돌려세웠다. 그런데 예상치 못한 손길에 놀란 해연이 비명을 지르며 물을 퍼부은 것이다.

머리 위에서 쏟아지는 물의 반응 속도는 하랑의 예상보다 훨씬 빨랐고, 그는 차가운 물을 그대로 뒤집어쓸 수밖에 없었다. 가후가 물벼락을 피하지 못한 이유를 깨달은 그는 쓴웃음을 지었다. 그런 하랑을 바라보는 해연은 여전히 놀란 표정을 수습하지 못했다.

"하, 하랑?"

신궁으로 간다던 그가 왜 눈앞에 있는 것일까. 갑작스러운 그의 등장도 놀라웠고, 하랑이 물에 맞았다는 건 더 당혹스러웠다. 그런 해연을 앞에 두고 하랑은 물에 젖어 눈을 가려 버린 머리카락을 손으로 쓸어 올렸다. 조금은 무심한 눈빛으로 머리를 쓸어 넘기는 그의 자태가 해연의 정신을 아찔하게 만들었다.

'아, 안 돼! 내가 지금 외모에 넘어갈 때가 아니잖아. 안 돼. 안 돼.'

해연은 고개를 휘휘 저어 정신을 차리려 노력했다. 하랑은 그 모습을 신기하게 보았다. 난데없이 물을 퍼붓더니만, 이제는 말없이 도리질을 하니 이상하지 않을 리가 없었다. 가만히 보고 있던 하랑이 천천히 입을 열었다.

"뭐 하십니까."

"응?"

무심코 고개를 든 해연은 외모에 안 넘어간다던 결심이 와장창 깨지는 걸 느꼈다. 짙푸른 눈동자는 여전히 시원했고, 물기 어린 입술은 더욱 붉어져 있었다. 촉촉하게 젖어버린 그의 부드러운 입술은 만져 보고 싶은 욕구를 자극했다. 그런 마음을 짐작한 손가락이 움찔하자 해연은 얼굴이 후끈 달아올랐다. 민망함에 귀까지 빨개져서 차마 고개를 들 수가 없었다.

"신녀님?"

하랑은 좀처럼 알 수 없는 해연의 반응을 매우 의아하게 여겼다. 물을 뿌리고 고개를 젓더니, 멍하니 눈을 마주치다가 얼굴이 붉어져서는 고개를 푹 숙인다. 그러더니 이젠 바닥에 시선을 고정하고 시선을 계속 피했다. 그녀가 왜 이러는지 알 수 없었다. 혹시 뭔가 불편한 건 아닐까 싶어서 유심히 살피던 하랑은 젖어 있는 그녀의 저고리에 흠칫 놀랐다.

물을 끼얹을 때 워낙 가까이 붙어 있어서 젖어버린 것이다. 몸에 달라붙은 저고리는 강한 물줄기를 이기지 못했는지 작은 틈을 벌리고 뽀얀 피부를 내보였다.

의도치 않게 해연의 속살을 본 하랑은 급히 다른 곳으로 시선을 돌렸다. 하지만 보이는 건 늦은 밤에 단둘뿐인 거리였다. 그 사실을 깨닫자마자 어두운 허공만 더듬던 눈은 안착할 곳을 찾지 못하고 다시 해연 쪽으로 돌아가려 했다.

자신의 본능에 식겁한 하랑은 해연의 몸을 가리기 위해서 옷을 벗어주려다 멈칫했다. 자신의 옷도 폭삭 젖어 있었다. 그는 어찌해야 하나 고민하다가 해연을 힐끔 살폈다. 이유는 모르겠지만, 그녀는 스스로 볼을 꼬집어대는 중이었다.

해연은 자꾸 떠오르는 망상을 지우려고 볼을 세게 꼬집었다. 그러나 볼만 얼얼할 뿐, 별 소용이 없었다.

'미치겠네. 도대체 왜 이러는 거야.'

해연은 심장과 머리가 따로 놀자 답답해졌다. 그때, 무언가 축축한 것이 몸을 감쌌다. 뭔가 싶어 고개를 드니 하랑이 겉옷을 벗은 상태로 서 있었다. 그는 시선을 피한 채로 작게 중얼거렸다.

"좀 많이 젖었지만, 그거라도 걸치고 계십시오."

왜 옷을 벗어줬는지는 모르지만, 해연은 어깨에 걸쳐진 그의 겉옷 소매에 팔을 끼워 넣었다. 옷이 큰 탓에 소매에 파묻힌 손은 보이지도 않았고 밑단은 바닥에 살짝 쓸렸다. 그럼에도 해연은 만족스러웠다. 하랑의 걱정과 달리 옷에 서려 있는 물의 기운이 안정감을 준 덕분이었다. 게다가 이곳까지 따라온 그가 옷을 걸쳐 준 건, 화해할 마음이 있다는 뜻으로도 보였다. 한결 기분이 나아진 해연은 헤실헤실 웃으며 그에게 고맙다 말했다. 그런데 이번에도 그는 눈을 마주치지 못했다.

하랑은 해연이 자신의 옷을 입으며 좋아하는 모습에 묘한 감정을 느꼈다. 겉으로 티를 내지는 않았지만, 많이 당황한 상태였다. 이상하게 심박수가 강해지고 있었다. 공력을 돌린 것도 아닌데 몸은 뜨끈해졌고 해연을 보기가 아까보다 더 힘들었다.

'왜 이러지?'

그는 자신의 이마를 짚어보았다. 열이 제법 있었다. 아까는 한없이 기분이 나빠지더니 지금은 심장이 요동을 친다. 감기 한 번 걸려본 적이 없던 자신의 몸 상태가 이러하니 매우 혼란스러웠다.

그가 본인의 건강에 심각한 오해를 하는 동안 해연은 하랑의 안색을 살폈다. 얼굴이 붉고 이마를 스스로 짚어보는 게 몸이 좀 안좋은 모양이었다.

"어디 아파?"

해연은 그렇게 물으면서 이마를 짚고 있는 그의 팔을 잡아 내렸다. 하랑은 아무렇지 않은 척 숨기려 했으나 얼굴이 더 붉어지는 것까진 감추지 못했다. 그걸 열감으로 오인한 해연은 소매를 걷고 그의 이마에 손을 가져다 댔다. 그 다정한 손길에 하랑은 널뛰는 심장의 외침을 들었고, 해연은 심각하게 그의 체온을 살폈다. 확실히 이마가 뜨거웠다.

"열이 좀 있어. 물이 너무 차가웠나 봐."

"아닙니다. 괜찮습니다. 그보다."

하랑은 해연의 손을 잡고 슬쩍 떼어냈다. 닿는 해연의 피부가 무척 보드라웠다. 이전에도 몇 번 잡았었는데, 오늘따라 다른 감촉에 그는 더 당황하며 급히 말을 돌렸다.

"신궁은 이곳과 반대 방향입니다. 설마 그를 만나러 가는 중이십니까?"

급히 화젯거리를 짜내다 보니 튀어나온 질문이 또 유신이었다. 그 질문에 해연은 말을 하려다 말고 입을 다물었다. 그가 화를 내던 모습이 떠오른 탓이었다.

"신궁이 반대인 건 나도 알아. 그냥……."

해연은 조금 억울하고 속상한 마음에 눈을 살짝 흘기며 입술을 삐죽였다. 그런 해연의 태도에 하랑은 머릿속이 조금 멍해졌다. 확실히 그녀가 평소와 달라 보였다. 새치름하게 말하는 모습이 애교를 부리는 것처럼 보인달까. 귀엽다고 생각하면서도 그는 자신의 감정에 뭔가 문제가 생긴 건 아닌지 의심할 지경에 이르렀다. 그런 하랑의 생각을 꿈에도 모르는 해연은 하다 만 대답을 이었다.

"하랑이 꽃도령한테 가버리라며."

물론 유신에게 갈 생각은 아니었다. 하지만 해연은 자신을 버리고 간 하랑에게 섭섭한 마음이 남은 탓에 괜히 심술을 부렸다. 물론, 그가 이번 한 번쯤은 잡아주지 않을까 싶어서 한 행동이었다. 그가 잡아주면 속 썩여서 미안하다고 사과하고 함께 궐로 돌아갈 생각이었다. 미친 황제의 감시 속에서 살아야 하는 궁이지만, 그래도 하랑을 못 보는 것보다는 나았다. 그런 마음과 달리 해연이 꺼낸 꽃도령이란 단어에 하랑은 머리가 차갑게 식었다. 그놈의 꽃도령은 꿈에서도 보고 싶지 않을 것만 같았다.

"정말 그자한테 가려 했다는 말씀이십니까?"

좀 전과는 분위기가 확연히 달라진 그의 음성에 해연은 커다란 바위가 심장으로 쿵 소리를 내며 떨어지는 기분을 느껴야만 했다. 어느새 그의 눈은 서늘한 빛을 품고 있었다. 무뚝뚝해지는 표정에 해연은 뭔가 울컥하는 감정을 느꼈다. 더도 말고 덜도 말고 딱 한 번만, 한 번만 좀 받아주고 달래주면 좋으련만, 어째 다시 한 번 사이가 망가질 분위기였다.

결국, 참다못한 해연의 눈에 눈물이 고였다. 어찌도 이리 마음을 몰라주는지, 가슴이 쓰라리다 못해 난도질당하는 기분이었다. 해연은 아픈 가슴을 외면하며 울지 않으려고 눈에 더 힘을 주고 하랑을 올려다봤다.

"그래! 가려고 했어. 가라면서. 하랑이 꽃도령한테 가라 그랬잖아! 하란 대로 했는데 왜 나한테 화내! 내가 진짜, 서러워서."

버럭 화를 낸 해연은 몸을 팩 돌려 버렸다. 눈물이 왈칵왈칵 솟아올랐다. 젖은 소매로 눈을 훔치는 해연의 뒷모습에 하랑은 머리를 몇 대 맞은 기분이었다. 그냥 물어봤을 뿐인데 눈물까지 보이니 당혹스러웠다. 자신의 눈빛이 싸늘했음을 미처 깨닫지 못한 그는 잠시 고민하다가 조심스레 다시 물었다.

"그럼 그자에게 가려던 이유가 제 말 때문이란 겁니까?"

등 뒤에서 들려오는 하랑의 목소리가 좀 부드러운 덕에 해연은 숨을 크게 들이마시며 감정을 다독였다. 우는 건 자존심 상해서 보여주고 싶지 않았다. 그녀는 눈물 때문에 살짝 잠겨 버린 목소리를 숨기려고 일부러 더 크게 소리를 냈다.

"당연하지! 하랑이 가라 했잖아."

톡톡 쏘는 해연의 대꾸에 하랑은 헛웃음을 지었다.

"언제부터 그리 제 말을 잘 들으셨습니까?"

아마도 지금이 처음이지 않을까 싶었다. 웃음기가 담긴 목소리에 해연은 고개를 홱 돌리며 그를 노려보았다. 하랑의 얼굴에 미소가 슬쩍 지어져 있는 것이, 지금 이 상황이 제법 즐거운 모양이었다. 그 웃음에 더 화가 나야 하는데 해연은 오히려 누그러져 버렸다.

"내가 언제 하랑 말 안 들었어. 비 내려달라 해서 내려주고, 황제 괴롭힐 때는 남몰래 하라고 해서 신하들 앞에서는 참고, 지금은 꽃도령한테 가래서 가는데. 내가 언제 하랑 말 안 들었다고 그래."

일리 있는 반론에 하랑은 작게 웃었다. 듣고 보니 또 맞는 말이었다. 황제도 체면이 있으니 괴롭히더라도 몰래 하라고 한 적이 있었다. 나라를 다스리는 황제가 자주 무너지는 모습을 보이는 것도 국가경영에는 좋지 않아서 한 언질이었는데, 그때부터 그녀도 나름 자제를 하는 중이었다. 황제의 협박이야 귓등으로도 안 들었지만 자신의 말만큼은 최대한 지키려고 노력해 왔다.

구구절절 다 맞는 말을 내뱉고 해연은 또 서러운지 울먹울먹했다. 좋아하는 사람에게 자꾸 밉보인다는 생각에 눈물을 참는 해연을 향해 하랑은 손을 뻗었다. 팔을 잡고 살짝 잡아당기자 그녀가 그대로 품 안에 들어왔다. 하랑은 해연을 꼭 껴안고 다독여 주었다.

"그리 제 말을 잘 들으시는지 몰랐습니다."

얼떨결에 하랑의 품에 안긴 해연은 얼굴이 후욱 달아올랐다. 하도 놀라서 눈물까지 쏙 들어가 버렸다. 이 남자는 정말 가끔가다 예상치 못한 방식으로 사람을 놀라게 한다. 붉어진 얼굴을 들키지 않으려고 가만히 있는 해연의 귓가로 하랑의 나긋한 목소리가 흘러들어 왔다.

"이제부터는 제게서 멀어지지 마십시오. 이 말도 잘 들으시는 겁니다?"

하랑의 속삭임은 너무 달지도, 느끼하지도 않았다. 맛있는 생크림같이 적당히 시원하고 포근한 그의 진심에 해연의 얼굴에도 행복한 감정이 떠올랐다. 그의 넓은 품에 안겨 있자니 오늘 하루 고생했던 모든 일이 다 보상받는 느낌이었다.

하랑은 자신의 품속에서 꼬물거리는 해연의 움직임에 입가에 미소가 번졌다. 누군가를 품에 안는다는 것이 이토록 기분 좋은 느낌인 줄 처음 알았다. 해연의 머리에 턱을 살짝 올려놓고 은근슬쩍 머리카락을 쓰다듬던 그의 손가락이 멈칫했다. 뒤쪽에서 많은 수의 움직임이 있었다. 그는 검을 쥔 손에 힘을 주고 해연을 안던 걸 살짝 풀었다. 그의 자세가 바뀐 걸 느낀 해연이 고개를 들었으나 하랑은 눈을 가늘게 뜨며 다른 곳을 응시하고 있었다.

"하랑?"

해연의 부름에 그는 대답 대신 다시 안아주었다. 안심시키려는 행동이었지만 그의 표정은 더 심각해졌다. 은밀하면서도 빠른 움직임이 점점 더 가까워졌다. 이윽고 근처에 있는 건물 지붕 위로 무언가가 검은 것들이 획획 지나갔다.

'자객?'

움직임으로 보아 훈련받은 살수들이 확실했다. 서른 명에 달하는 자객들은 순식간에 자취를 감췄다. 공격도 하지 않고 사라져 버린 자객들의 모습에 하랑은 미간을 찌푸렸다. 뭔가 찜찜했다.

　'저 방향으로 가면 주사청루인데.'

　음지에서는 살인도 밥 먹듯이 일어난다지만 자객의 수가 영 거슬렸다. 일급 살수가 서른여 명. 그 정도의 자객을 움직일 수 있는 이는 이 동연국 내에 많지 않았다. 마음이 불편해진 하랑은 고개를 숙여 해연을 보았다. 그녀는 무엇이 그리 좋은지 해사하게 웃으며 품에 얼굴을 비비고 있었다. 그 모습이 뭔가 애교부리는 다람쥐 같다는 생각이 들자 하랑의 눈도 부드럽게 휘었다. 좀 전에 본 자객마저 잊을 뻔한 그 찰나에 그는 해연과 함께 있던 유신을 떠올렸다. 동시에 아직 마주치지 못한 소렵과 부하들, 그리고 좀 전에 지나가던 수십 명의 자객까지. 일련의 사건들이 그의 머릿속에서 퍼즐처럼 딱딱 맞아 들어갔다.

　유신은 눈썹 사이에 내 천(川) 자를 새기며 소렵과의 거리를 벌렸다. 생각과 달리 전투가 너무 오래 진행되고 있었다. 그가 뒤로 물러나자 뜨겁던 전투는 잠시 소강상태가 되었다. 대열을 정비하는 달천대원이나 풍월대원은 몸이 성한 자가 없었다. 다들 온몸에 상처를 입었지만 힘겨워하면서도 끝까지 검을 들었다. 전투에 참여한 이들 중에서 소렵과 유신만이 멀쩡했다.

　'확실히 부하들을 제대로 키워놓긴 했군. 풍월대 대장도 꽤 노련하고.'

　하나하나가 다 만만찮은 실력자들이었다. 게다가 무기도 불리했다. 가지고 있는 검이라고는 단검 형태인 불의 검뿐이었다. 그래서인지 숨이 완전히 끊어진 자가 단 한 명도 없었다. 다들 작지 않은 상처를 입었지만, 유신은 성에 차지 않았다.

죽일 각오를 다질수록 눈빛이 차분해지는 그를 보며 소렵은 이를 갈았다. 자신을 우습게 여긴 것인지 그는 공력을 제대로 사용하지 않고 있었다. 간간이 검에 공력을 둘렀지만 쏘아내지 않았다.

'속성이 바람인지 확인해야 하는데.'

단살단 두령이 무슨 속성을 사용하는지 정확히 확인해야만 했다. 하지만 아무리 몰아쳐도 살수다운 빠른 움직임으로 피하기만 할 뿐 공력을 보여주지 않았다. 살수여서 그런지는 몰라도 정체를 드러내는 걸 극도로 조심하고 있었다.

"지금 장난하자는 건가? 아니면 내가 우스운가?"

살기가 가득한 소렵의 말에 유신은 피식 웃음을 흘렸다. 장난치자는 것도 아니고 우습게 여기는 건 더더욱 아니었다. 공력을 드러내지 않는 건 흔적을 남기지 않기 위함이었다. 이곳에 있는 모든 이를 죽인 자에 대한 흔적. 유신은 단 하나도 살려 보낼 생각이 없었다. 초호루에서 죽은 부하들의 복수를 위해서라도 죄다 숨통을 끊어놓을 생각이었다. 그리고 그 뜻에 맞게 그의 뒤로 수십 명의 부하들이 속속 도착했다. 포로로 붙잡혔다 풀려난 단원들이 데려온 이들이었다.

단살단원의 수가 스무 명을 넘어서기 시작하자 소렵의 얼굴이 급격히 굳어졌다. 부상당한 달천대원들과 풍월대원들을 다 합쳐도 고작 스무 명이었다. 그에 비해 단살단원들은 계속 불어났다. 쪽수로 몰아붙여서라도 모조리 몰살시켜 버리겠다는 의지가 담겨 있었다.

유신은 불의 검을 품에 넣고 부하가 건넨 긴 장검을 뽑아 들었다. 바짝 날이 선 검이 알싸한 기운을 풍겼다.

유신의 손에 들린, 잘 벼려진 검을 본 소렵은 이를 악물었다. 어쩌면 이 전투가 자신의 마지막 싸움이 될지도 몰랐다.

'아직 사죄도 못 했는데……'

마지막 순간이라고 생각해서인지 살면서 잘못했던 일들이 미련이 되어 가슴에 새겨졌다. 위태롭게 하루하루를 버티는 황제에게 버팀목이 되어주지 못한 일, 주군을 힘겹게 하는 하랑을 미워했던 일, 그리고…… 죄 없는 해연을 억압하며 죽게 내버려 두었던 일.

'모두 업으로 남겨서 다음 생에는 꼭 갚겠습니다.'

굳은 다짐을 한 소렵은 유신을 향해 검을 겨눴다.

소렵이 죽을 결심을 한 걸 감지한 유신은 빙긋 웃으며 검을 들어 가로로 그었다. 그의 신호에 살수들이 매서운 기세로 달천대원들과 풍월대원들을 덮쳤다. 사방에서 쇳소리가 시끄럽게 울려 퍼지고, 비명이 난무했다.

유신이 소렵을 향해 발을 떼려 할 때, 뒤에 남아 있던 자객이 그에게 다가왔다. 그는 초호루에서 포로로 잡혔던 네 명 중 한 명이었다.

"두령, 오는 길에 달천대의 대장을 보았습니다. 어떤 여인과 함께 있었는데, 확실히 그입니다. 이곳에서 가깝습니다."

그의 이야기를 들은 유신의 얼굴에 낭패가 스쳤다. 이제야 승기를 잡았는데 하필이면 이럴 때 해연과 하랑이 가까이 있었다. 공력자인 하랑이 합류하면 몰살을 당하는 건 자신의 부하들이었다. 게다가 해연에게만큼은 살수로서의 모습을 보여주고 싶지 않았다.

한창 전투에 열을 올리는 부하들을 보던 그는 결국 휘파람을 불어 퇴각을 명했다. 우세한 상황에서도 퇴각 명령이 떨어지자마자 단살단원들은 일사불란하게 몸을 빼냈다.

부하들이 모두 퇴각할 수 있도록 유신은 직접 전투 현장에 뛰어들었다. 그가 참여하자마자 주변에 있던 풍월대원들은 추풍낙엽처럼 쓰러져갔다. 유신의 살육은 소렵이 그의 검을 막고 나서야 멈췄다.

단살단원들이 모두 자취를 감추자 유신도 순식간에 적의 틈바구니를 빠져나갔다. 지붕 위로 자리를 옮긴 그는 이를 가는 소렵을 한 번 보고 급히 자리를 피했다. 유신이 사라지자마자 반대편에서 하랑이 나타났다. 해연을 숨겨놓고 오느라 시간이 조금 지체되었다. 그래도 그가 등장한 덕분에 몰살은 면할 수 있었다.

"대장!"

하랑을 발견한 달천대원들의 얼굴에 화색이 돌았다. 죽음의 문턱에서 살아 돌아왔더니 대장이 이토록 반가울 수가 없다.

하랑은 많이 다친 부하들의 모습에 침음을 삼켰다. 팔이니 다리니 피가 새어 나오지 않는 곳이 없었다. 달천대원들은 그나마 목숨을 부지했지만, 풍월대원 중 실력이 조금 부족했던 이들은 여럿이 죽거나 다쳤고, 포로였던 상인 오대주도 살해당했다.

"소렵, 이게 어찌 된 건가."

"단살단 두령이 습격했네. 좀 전엔 떼로 몰려왔는데, 그중에 자네를 본 자가 있었던 모양이야. 급히 퇴각하더군."

소렵은 자객이 유신에게 소곤거리던 음성을 똑똑히 들었다. 그 일련의 과정을 알려주면서 그는 주변을 둘러보았다. 단살단이 날뛴 현장은 처참했다. 상인 오대주는 그렇다 쳐도 일어서 있는 부하들이 많지 않았다. 숨이 붙어 있는 이들 중에서도 사지가 멀쩡한 이는 없었다. 그나마 멀쩡한 대원들이 응급처치를 해주고 있었지만, 살 가망은 없었다. 소렵은 발아래, 숨이 끊어진 부하의 눈을 덤덤한 얼굴로 감겨주었다.

무릇 대장이란 어떤 상황에서도 흔들리지 않아야 하고, 약한 모습을 보여서도 안 되기에 그는 울지 않았다. 하지만 지금 이 순간, 그의 심장이 찢어지고 있음을 그 누구보다 하랑이 잘 알고 있었다.

죽은 이들의 눈을 모두 감겨준 소렵은 상처 입은 부하들을 살폈다. 부상이 가장 심한 이는 배에 단검이 꽂혀 있었고, 옆에 있는 부하는 유신의 검에 베인 오른팔이 너덜거렸다. 둘 다 아직 숨이 붙어 있었지만, 너무 많은 피를 흘렸다. 그 두 사람뿐만 아니라 부상당한 다른 세 명의 부하에게도 주어진 시간이 이제 얼마 남지 않았다.

다가오는 소렵을 발견한 도재는 배에 꽂힌 단검을 잡고 몸을 일으키려 했다. 소렵은 그런 부하의 어깨를 쥐고 조심스럽게 자리에 눕혔다. 무리하지 말라는 뜻이었다.

"대, 대장."

사방이 고요한 와중에 옅어지는 도재의 목소리가 주위를 맴돌았다. 그는 끊어져 가는 생명을 부여잡고 소렵을 향해 못다 한 말을 전했다.

"저희 아버지."

도재는 홀아비를 모시고 살았다. 그가 무슨 말을 하려는지 알고 있는 소렵은 고개를 가만히 끄덕였다.

"그래, 알고 있다. 걱정 말고 조금만 참아라. 궁으로 가서 치료를……."

치료해 주겠다고 말하려던 소렵은 입안을 깨물었다. 부상이 심한 이들은 궁에 도착하기도 전에 죽을 게 뻔했다. 치료 한 번 해보지 못하고 송장이 되어 땅에 묻어야만 했다. 그걸 알면서도 부하의 마지막 시간을 거짓으로 메우고 있는 자신이 한심스럽기 그지없었다.

"대장……."

반쯤 잘린 팔에서 끊임없이 피가 새어 나오고 있는 반고가 그를 불렀다. 힘없는 목소리를 따라 고개를 돌린 소렵은 괜찮다는 듯이 실실 웃는 반고를 발견했다. 그 모습에 소렵은 복받쳐 오르는 감정을 억누르기 위해 숨을 가득 들이마셔야만 했다.

그는 떨리는 입꼬리를 억지로 끌어 올렸다. 최대한 눈물을 참고 죽어가는 부하와 눈을 마주했다. 마지막 가는 길이라도 끝까지 지켜봐 주는 것이 그동안 고생하며 따라와 준 부하에게 해줄 수 있는 유일한 일이었다.

'이리 허무하게……'

무인으로 사는 인생이 다 그렇다지만, 잃을 때마다 가슴 아픈 건 그로서도 어쩔 수 없었다. 그때, 소렵의 머릿속에 옛 기억 하나가 스쳤다. 전대 물의 신녀가 그를 보면서 웃으며 했던 말 한마디.

"그래서 물의 힘을 기적이라 하는 것이 아니겠습니까."

기적. 그 단어를 떠올린 소렵은 눈의 초점이 풀리는 반고의 어깨를 다시 힘주어 쥐었다.

"정신 차려라, 반고야. 모두 정신 차려라! 살려주마. 내 어떻게 해서든 살려줄 테니 다들 정신 차리고 있어야 한다!"

소렵은 큰 소리로 외치며 죽어가는 부하들이 의식을 붙잡도록 만들었다. 멍해지던 눈에 다시 초점이 잡히는 걸 확인한 소렵은 다급히 하랑에게 달려갔다. 그는 당황하는 하랑의 팔을 붙잡았다.

"신녀님! 신녀님 어디 계신가! 자네가 여인과 함께 있다는 얘길 들었네. 신녀님이지? 근처에 계신 게지? 그렇지? 안내해 주게, 어서!"

소렵의 얼굴은 무척 간절했다. 아직 살아 있는 부하라도 구하고자 하는 그 마음을 알기에 하랑은 차마 아니라고 말할 수가 없었다. 하지만 그가 무슨 짓을 하려는지도 알고 있었다. 그래서 차마 해연이 어디에 있는지 말해주지 못했다.

하랑이 입을 다물고 있자 소렵의 눈빛이 사나워졌다. 그의 입에서 해연의 행방이 나오지 않을 것임을 깨달은 소렵은 하랑이 왔던 길로 달려나갔다. 찾아내야 했다. 물의 힘을 가진 신녀를 당장 찾아야만 했다.

해연은 불 꺼진 가게 안에 앉아 있었다. 자객의 목표가 누구인지 알게 된 하랑이 닫혀 있는 상점문을 부숴 버리곤 거기다 넣어둔 탓이었다. 찾으러 올 때까지 가만히 숨어 있으라는 말에 해연은 밖을 내다보지도 못하고 어두운 곳에서 멍하니 시간만 죽이고 있어야 했다.

'데리러 온다고는 했는데.'

꼭 돌아오겠다고 했으나 정확히 언제 올지는 알 수 없었다. 그를 기다리는 게 조금 지루해진 그녀는 가게 안을 살펴보았다. 옷감들이 널려 있는 걸 보니 포목점인 모양이었다. 살짝 벌어진 문틈 사이로 바람이 들어오자 얇은 옷감들이 기류를 타고 흐느적거렸다.

벽에 걸린 옷감들이 펄럭이는 걸 본 해연은 하랑이 입혀준 옷을 좀 더 여몄다. 아직 물기가 남아 있는 옷에 얼굴을 박으니 무섭던 마음도 조금은 진정되었다. 그때, 멀리서 누군가가 부르는 소리가 들렸다.

"신녀님! 어디 계십니까, 신녀님!"

'나?'

어렴풋이 신녀라는 단어를 들은 해연은 급히 문 쪽으로 다가갔다. 벌어진 문틈 사이로 밖을 내다보았으나 사람의 모습은 보이지 않았다.

'하랑은 아닌데, 누구지? 익숙한 목소린데.'

"신녀님! 저 소렵입니다. 이제 나오셔도 됩니다! 어디 계십니까!"

'소렵?'

해연은 소렵이란 이름을 기억하고 있었다. 미친 황제의 충신이자 풍월대의 대장이었고, 좋지 않은 기억을 심어준 인물이기도 했다. 그걸 기억하기에 해연은 입을 꾹 다물고 나가지 않았다. 하지만 그 결심은 오래가지 못했다. 소렵의 외침에 담긴 간절함이 마음을 움직였다. 왜인지는 모르겠지만, 그는 무척 다급하면서도 절실했다. 그 음성에 마음이 흔들린 해연은 조심스레 문을 열고 밖으로 나갔다.

정말 소렵인지 확인해 볼 생각이었다. 혹시라도 자객의 계략이라면 큰일이었기에 해연은 대비책으로 왼손에서 물이 계속 나오도록 했다. 하랑에게 물벼락을 뿌린 뒤로 물이 뜻대로 움직여 주는 건 정말 다행스러운 일이었다.

신궁으로 향하는 길을 따라가며 해연을 찾던 소렵은 앞쪽에서 느껴지는 기척에 급히 달려갔다. 문이 부서진 상점 앞쪽에 하랑의 겉옷을 걸친 해연이 숨어 있었다.

"신녀님!"

소렵의 외침에 움찔한 해연이 두어 발짝 뒤로 물러났다. 소렵인 걸 확인했지만 경계심이 누그러지진 않았다. 그만큼 그는 좋은 사람으로 분류될 수 없는 인물이었다. 소렵도 그런 해연의 감정을 깨닫고 더는 다가가지 않았다. 적당히 거리를 유지한 소렵은 그녀의 손에서 솟아나는 물을 발견했다. 틀림없는 물의 능력이었다. 간절히 찾던 신녀가 눈앞에 있었다. 그는 주저없이 무릎을 꿇었다.

"죽을죄를 지었습니다, 신녀님!"

소렵은 큰 목소리로 잘못을 빌었다. 상상조차 못 했던 그의 행동에 해연은 무척 당혹스러웠다. 느닷없이 나타나선 왜 이러는지 알 수가 없었다. 당황한 해연이 아무 말도 못 하고 눈만 깜박일 때 소렵의 말이 이어졌다.

"소인이 무능력하여 신녀님의 힘을 의심했고 지켜 드리지 못했습니다. 그로 인해 고통을 받으셨음도 압니다. 모두 다 소인의 불찰입니다."

그제야 해연은 그가 하는 말의 의미를 짐작할 수 있었다. 일전에 황제에게 끌고 가서 검에 찔리도록 방치한 것을 사죄하는 중이었다. 그리고 그가 갑자기 이러는 이유도 곧 밝혀졌다.

"죄를 용서치 않겠다고 하셔도 변명할 말이 없습니다. 신녀님이 죽으라 하면 죽을 각오도 되어 있습니다. 하지만 다 죽어가는 제 부하들만큼은 살려주십시오. 부탁드립니다, 신녀님."

소렵은 해연을 향해 머리를 깊이 숙였다. 차갑고 더러운 땅에 무릎을 꿇고 이마를 댄 채 부하들을 살려달라 빌었다. 죽은 자는 살릴 수 없다 해도 아직 살아 있는 녀석들만큼은 구해주고 싶었다. 이대로 포기하기에는 그들이 너무 젊었고, 살릴 수 있는 희망이 눈앞에 있었다. 소렵은 자신의 체면을 차리고자 아까운 생명들을 모른 체할 수 없었다.

"신녀님, 제발, 이리 부탁드립니다."

황제 외에는 어느누구에게도 절대 부복해 본 적 없던 소렵이었다. 그건 황후에게도 마찬가지였다. 오로지 황제만을 위해 살아가던 목숨이었으나 처음으로 다른 이에게 몸을 낮췄다. 그만큼 그는 간절했다.

"신녀님! 제발 제 부하들을……."

"잠깐만요, 이게 무슨. 아니, 그보다 환자가 생겼으면 의사부터 불러야죠. 이러고 있을 시간이 어딨어요."

부하들을 살려달라는 부탁에 해연은 더 당황하고 있었다. 자신은 의사가 아니었다. 누군가를 치료해 본 적도 없었다. 그런 해연의 생각을 간파한 소렵이 급히 설명을 덧붙였다.

"신녀님의 물의 힘이라면 외상치료가 가능합니다. 전대 신녀님께서도 물의 힘으로 다친 이들을 구해주신 적이 있습니다. 제가 똑똑히 보았습니다."

"물, 물로?"

해연은 자신의 손에서 솟아나고 있는 액체를 바라보았다. 손바닥에서 끊임없이 나오는 물이 소매와 땅을 축축이 적시고 있었다.

'이 물로 상처를 치료할 수 있다고?'

그 원리를 알아내기도 전에 소렵이 다시 한 번 해연을 불렀다. 시간이 별로 없었다. 숨이 넘어가려는 걸 간신히 붙들고 있을 부하들이 눈앞에 아른거렸다. 당장 가서 치료해야만 한다는 생각에 소렵은 더 간절히 부하들을 살려달라 빌었다. 당황하여 조금 우물쭈물하던 해연은 그에게 다가가 일으켜 세웠다. 아무리 미워도 나이 차가 많이 나는 사내에게 절을 받는 건 불편했다.

"물로 치료한 적은 한 번도 없어서, 잘할 수 있을지는 모르겠어요. 그래도 노력은 해볼 테니까, 꺄악!"

해연의 말이 끝나기도 전에, 마음 급한 소렵이 그녀를 번쩍 안아들었다. 허락이 떨어졌으니 얼른 데려가야만 했다. 소렵은 그대로 질주했고, 해연은 비명이 터지려는 걸 억누르며 그의 목에 팔을 걸고 버텨야만 했다.

소렵의 품에 안겨온 해연을 보고 하랑은 작은 신음을 흘렸다. 시체나 심한 상처를 잘 못 보는 해연이 걱정된 탓이었다. 게다가 하랑은 물을 이용한 외상치료에 대해 전대 신녀에게 들은 적이 있었다.

"일반적인 물의 힘을 넘어선 영역은 신녀도 대가를 치러야 합니다."

심하게 다친 사람을 치료하기 위해선 신녀도 희생을 감수해야 한
다는 뜻이었다. 정확히 무슨 대가를 치르는 건지 듣지 못했지만, 하
랑은 지금 당장 해연을 데리고 도망치고 싶었다. 그러나 숨이 넘어
가려는 풍월대원들을 생각하면 그럴 수가 없었다. 이도 저도 선택
할 수 없는 상황에 그는 눈을 감고 고개를 숙였다. 아무것도 할 수
없는 무력한 자신이 싫었다.

해연은 주변에 흩어져 있는 시신들을 발견하곤 얼굴이 창백해졌
다. 흙바닥에는 혈흔이 낭자했고 피비린내는 짙었다. 잔혹한 광경
에 정신이 아찔해지려는데, 소렵이 팔을 잡고 어디론가 이끌었다.
그를 따라 무의식적으로 걸음을 옮긴 해연은 다 죽어가는 두 명의
풍월대원 옆에 도달했다.

배에 단검이 꽂힌 도재는 거의 빈사 상태였고, 팔이 너덜거리는
반고는 아직 의식이 있었으나 숨이 무척 가빴다.

반고는 다시 돌아온 소렵을 보고 희미하게 웃었다. 그를 동경하
여 풍월대에 들어왔고, 열심히 노력했었다. 운이 나빠 이렇게 죽음
을 맞이하게 되었으나, 마지막에도 곁을 지켜주는 대장 덕에 그리
나쁘지만은 않은 죽음이라 생각했다.

"대장, 늘그막이어도 장가는 좀⋯⋯."

반고는 굳은 분위기를 풀기 위해 농담을 건네려 했으나 더 말을
잇지 못했다. 몸에서 힘이 쭉 빠져나가는 게 느껴졌다. 자꾸 감기는
눈꺼풀 사이로 다급한 소렵의 얼굴이 보였다.

사그라드는 반고의 옅은 목소리에 해연은 정신을 차리려 애썼다.
이렇게 주저앉아서 넋 놓고 있으려고 소렵의 청을 받아들인 게 아
니었다. 그녀는 심호흡을 하며 떨리는 심장을 진정시키고 현실을

직시했다. 현재 가장 큰 문제는 물을 이용해 치료하는 방법을 모른 다는 점이었다. 소렵의 말로는 외상치료가 가능하다지만 단 한 번 도 해본 적이 없었다. 그래도 무슨 짓이든 해야만 했다.

해연은 자신의 손을 보았다. 물의 힘은 대체로 간절히 바라면 이루어지는 편이었다. 황제에게 물을 끼얹을 때도 그랬고 좀 전에도 원한다면 들어주었다. 그러니 이번에도 풍월대원들이 낫길 간절히 바란다면, 물이 그들을 치료해 줄지도 몰랐다. 해연은 눈을 꽉 감고 두 손을 모아 기원했다. 이곳에 있는 모두가 치료되기를.

해연이 눈을 감자 좌중이 고요해졌다. 그녀를 바라보는 사람들의 눈동자에는 절실함이 가득했다. 그들은 신녀가 물의 힘으로 고통에 빠진 이들을 구해주기를 경건한 마음으로 간절히 바라고 있었다.

영원 같던 찰나의 순간이 흐르고, 묶여 있던 해연의 머리카락이 슬며시 풀렸다. 그 반동에 찰랑이는 검은 머리카락을 타고 두 줄기의 뿔이 스르륵 흘러내렸다. 푸른 가지를 뻗으며 점점 모양을 갖춰가는 뿔은 어둠 속에서도 은은한 빛을 발했다. 물빛의 보석처럼 찬란하게 빛나면서 눈앞에 있는 여인이 물의 주인이자 고귀한 신녀임을 증명하고 있었다. 그 아름다움에 어떤 이는 탄성을 흘렸고, 어떤 이는 감격에 겨워했다. 그렇게 해연은 많은 이들 앞에서 기적을 준비하고 있었다.

눈을 감고 간절히 기원하던 해연은 멀리서 물이 떨어지는 소리를 들었다. 토옥, 토옥, 떨어지는 물방울은 점점 소리가 커졌고 그만큼 가까워졌다. 그 소리에 마음이 놓인 해연은 천천히 눈을 떴다. 주변은 파란색으로 가득 차 있었고, 물빛의 거대한 호랑이 한 마리가 다가오고 있었다. 크고 기품 있는 뿔을 이마에 단 신수, 대랑이었다.

대랑의 큼직한 발이 땅을 디딜 때마다 파란 바닥에 소리 없는 파문이 일었다. 널리 퍼지는 수문으로 존재감을 부각하며 기품 있게 걸어온 그는 일전에 그러했던 것처럼 한쪽 발을 뒤로 물리면서 해연을 향해 몸을 낮췄다.

「신수 대랑이 물의 신녀 해연을 뵈오.」

대랑의 인사에 해연은 처음 그와 만났던 날을 기억해 냈다. 신녀로 각성하고 비를 내리던 그날, 대랑을 통해서 물의 신과 계약을 맺었었다. 당시의 일을 전부 알게 된 해연은 자리에서 일어나 대랑을 향해 예를 갖췄다.

"물의 신녀 해연이 대랑을 뵙습니다."

겨우 두 번째 만남이었으나, 해연은 그를 무서워하지 않았다. 오히려 듬직한 오빠처럼 느껴졌다. 그는 마치 깨끗한 물과 같아서 옆에 있으면 정화되는 기분을 전해주곤 했다.

예의 바르게 인사하는 해연을 푸른 눈동자에 담던 대랑은 자상하게 웃어주었다. 갑자기 다른 세상으로 끌려왔음에도 씩씩하게 굴고 적응하려 노력하는 모습이 대견하기 그지없었다. 그런 부분을 칭찬해 주고 싶었으나, 지금은 그보다 더 중한 일이 있었다.

「신녀 해연께 묻고자 하오. 물의 힘을 강하게 사용하려 함은 곁에 있는 인간들을 구해주기 위함이오?」

해연은 쓰러져 있던 풍월대원들을 떠올리곤 고개를 끄덕였다. 그들을 구해주고 싶었다. 간절한 해연의 마음을 느낀 대랑의 표정은 자못 심각했다.

본래 물의 신녀는 다른 이가 아파하거나 다치는 걸 외면하지 못하는 법이었다. 균형의 신이 걸어버린, 착해야만 하는 저주에 매여 있기 때문이다. 그래서 항상 남을 위해 양보했고, 황제들에게도 이용당하곤 했다. 하지만 다른 차원에서 갑자기 불려온 해연은 힘이 불균형을 이루는 대신 저주에서도 좀 더 자유로웠다. 물론, 그만큼 문제도 있었다.

「죽어가는 사람을 살릴 정도의 강력한 물의 힘은 신녀에게도 무리를 주오. 알고 있소?」

"무리요?"

해연의 눈이 살짝 커졌다. 물의 힘을 사용할 수 있게 된 지 얼마 되지 않았으니 그런 건 잘 모르고 있었다. 그저 죽어가는 사람들이 너무나 안타까워서 치료해 주고 싶었을 뿐이다. 그 점을 짐작한 대랑은 해연에게 과도한 힘을 썼을 때의 부작용에 대해서 알려주었다.

「극심한 외상을 치료하기 위해서는 신녀도 그만한 대가를 내주어야 하오. 신녀의 생명, 그대의 수명이 대가요.」

그의 목소리는 무거웠다. 다른 5대 신녀는 주어진 육체의 수명이 끝나면 죽었다가 다시 태어나기를 반복한다. 하지만 해연은 한 번 죽으면 끝이었다. 이번 삶이 끝나면 다시는 신녀로 태어날 수 없었다. 즉, 그녀의 수명은 다른 신녀들과는 달리 제한되어 있다는 뜻이었다.

수명이 깎인다는 대랑의 말에 해연의 얼굴에 그늘이 졌다. 생각지도 못한 타격이었다. 자신의 수명과 다른 이들의 목숨. 어느 한쪽으로 기울기에는 양쪽 다 무게가 상당했다. 잠시 고민하던 해연은 수명이 얼마나 깎이는지 물어보았다.

「한 명당 신녀의 수명을 일 년씩 앗아가오. 이번 일로 최소 오 년은 줄어들 것이오.」

'오 년……'

결코 적지 않은 기간이었다. 해연은 자신의 오 년과 죽어가는 사

람들의 목숨을 저울질해 보았다. 계산해 보고, 따져 보고, 생각해
봐도 답은 이미 나와 있었다.

"그들을 살려주세요."

해연의 선택에 대랑은 큼지막한 콧잔등에 옅은 주름을 만들었다.
수명이 제한되어 있는 만큼 그녀가 좀 더 신중하길 바랐다. 그러나
이계에서 온 신녀라도 신이 걸어둔 저주에서 완전히 자유롭지는 못
한 모양이었다.

「신녀 해연, 그대에게 점지된 수명이 얼마인지는 나도 모르오. 하
나 앞으로 오 년 안에 죽을 운명이었다면, 지금 이 선택으로 인해
그대는 오늘 죽을 수도 있소.」

대랑은 다시 한 번 생각해 보길 권했다. 해연은 그런 대랑의 눈을
지그시 바라보았다. 무섭고 불안하지 않다면 거짓말이었다. 자기
목숨 귀한 줄도 잘 알고 있었다. 하지만 불안이란 감정은 결심을 흔
들지 못했다. 내가 그들의 입장이라면, 그들이 내 가족이라면, 그리
생각한다면 답은 쉽게 내려지는 법이었다.

✕

왼쪽 다리가 잘린 보우의 눈동자가 초점을 잃고 흔들렸다. 그의
동료인 평국이 절단된 다리를 붙들고 지혈하려 애썼으나, 그런 노
력이 무색하게도 보우의 심장이 한 번 뛸 때마다 피가 쏟아졌다. 붉
은 피에 물든 평국의 손은 미끄러웠고, 지혈은 더 힘들어졌다. 그러
나 그는 포기하지 않았다. 살릴 수 있을 것이다. 평국은 그렇게 마
음을 다잡으면서 근처에 앉아 있는 해연을 보았다. 믿을 곳은 오로
지 그녀뿐이었다.

'제발 신녀님! 제발 살려주십시오.'

그의 간절한 청이 닿은 것일까. 늦은 밤, 깊은 어둠 속에서 신녀의 뿔이 빛을 발했다. 은은하게 뿜어진 푸른 빛은 그녀의 몸을 덮었고, 주변으로 수백 개의 작은 비눗방울들이 생겨났다. 무지개처럼 알록달록한 방울이 생성되는 모습은 신비롭기 그지없었다. 그 누구도 입을 열어 말하지 못했고, 그저 멍하니 지켜볼 뿐이었다.

그렇게 생성된 방울들은 넋 놓은 사람들 사이로 둥실 날아 다친 사람들에게 다가갔다.

평국은 얼떨떨한 얼굴로 주위를 떠도는 방울들을 바라보았다. 크기도 다양한 방울들이 보우의 잘린 다리에 내려앉았다. 그러자 거짓말처럼 피가 멈췄다. 그렇게 애써도 되지 않던 지혈이 순식간에 된 것이다. 그것만으로도 신기하고 감사한데, 방울은 거기에 만족하지 않았다. 일부는 땅에 흘린 피를 정화해 내부에 저장했고, 다른 것들은 잘려 나간 다리를 옮겨왔다. 상처 부분에 다리를 끼워 맞추자 찢겨졌던 혈관은 물론이고 근육과 피부조직까지 말끔하게 접착되었다. 그 광경을 맨눈으로 지켜보고 있던 평국은 떨리는 손으로 보우의 다리를 만져 보았다.

"아아."

그의 입에서 탄성이 흘러나왔다. 손에 닿는 다리는 언제 잘렸냐는 듯 말끔하게 나아 있었다. 작은 상처 하나 남아 있지 않았다. 임무를 완수하고 얼마 남지 않은 방울 몇 개가 보우의 머릿속으로 들어갔다. 곧이어 시체 같던 그의 얼굴에도 혈색이 돌기 시작했다. 그런 현상이 일어난 건 비단 보우뿐만이 아니었다.

배에 단검이 꽂혔던 도재는 내상까지 치료되었고, 팔이 너덜거리던 반고는 직접 팔을 움직일 수 있을 정도가 되었다. 극심하던 통증마저 사라진 지 오래였다. 믿기 힘든 눈으로 손가락을 움직여 보던 반고는 자신의 눈앞에 앉아 여전히 기도 중인 해연을 바라보았다.

성스럽게 빛나는 신녀의 모습은 매우 아름다웠다. 마치 신을 영접한 듯, 가슴속 깊은 곳에서 올라오는 감동이 그의 심장을 울렸다. 이 땅에 나라가 생성되고 수백 년간 사람들이 존경하고 모시는 이유를 이제는 또렷하게 알 수 있었다. 목숨을 구제받은 반고가 감사한 마음을 아로새기는 사이, 해연의 눈이 천천히 떠졌다.

긴 속눈썹 안에 자리한 검은 눈동자가 그를 보았고, 무사해서 다행이라는 듯 빙긋 웃어주었다. 안심시켜 주는 그녀의 미소에 반고는 이루 헤아릴 수 없는 따뜻함으로 가슴속이 충만해지는 걸 느꼈다. 심장이 저릿하면서 눈에 뜨거운 눈물이 고였다. 얼마나 힘들었을지, 얼마나 아팠을지, 얼마나 무서웠을지, 말하지 않아도 알아주는 이분이 이 땅의 신녀님이셨다.

해연의 뿔이 푸른 빛가루로 변해 사라졌다. 하랑은 본래 모습으로 돌아온 해연에게 다가가 어깨를 붙잡았다. 팔에 힘을 주어 몸을 살짝 돌리니 파리해진 그녀의 얼굴이 보였다. 큰 힘을 쓴 게 타격이 오는지 호흡도 조금 가빴다.

그의 굳은 표정을 본 해연은 웃으려고 노력했다. 하지만 눈이 자꾸 감겼다. 힘이 빠진 그녀는 결국 하랑의 품속으로 무너졌다. 많은 사람들의 외침이 아득해지는 의식 사이로 들어왔다가 사라져 버렸다.

대랑은 조금 떨어진 곳에서 해연과 사람들을 보고 있었다. 신수이기에 다른 이들은 그의 존재를 눈치채지 못했으나, 그는 계속 그곳에서 지켜보며 상황을 파악한 상태였다. 불의 검에 난 상처를 제외하고는 모든 부상을 치료했고, 목숨이 위태롭던 자들도 해연 덕에 구할 수 있었다. 문제는 그만큼 신녀의 수명을 깎아야 했다는 점이었다.

「신녀 해연.」

그는 해연이 마지막으로 했던 말을 떠올렸다.

"한 사람의 목숨을 구하면, 그를 사랑하는 사람들까지 구해주는 것과 같아요. 그들을 모두 구하는 데 제 목숨 오 년이면 싼 것 아닌가요?"

머릿속에 울리던, 단호한 목소리를 기억하는 대랑의 눈이 살며시 휘었다. 확실히 5대 신녀와는 또 다른 매력이 있었다. 대랑은 해연과 그녀를 안아 드는 하랑을 보았다. 공력자란 점이 마음에 들지 않지만, 해연이 그에게 많이 의지하고 있다는 것쯤은 잘 알고 있었다.

「이계에서 온 신녀를 지켜주게, 뇌공의 하랑. 물의 신의 가호가 그대와 함께할 것이네.」

대랑은 하랑에게 물의 신의 뜻에 따라 축복을 내렸다. 작은 비눗방울 세 개가 하랑의 왼쪽 목깃 위로 내려앉더니 스며들 듯이 사라졌다. 그런 와중에도 자신에게 무슨 일이 벌어진지 모르는 하랑은 다급히 신궁으로 향했다. 걱정에 사로잡힌 그의 머릿속에는 오로지 해연만이 가득했다.

〈2권에서 계속〉

신녀의 서